U0134866

2011 不求人文化

2009 懶鬼子英日語

I'm 我識出版集團
I'm Publishing Group
www.17buy.com.tw

2006 意識文化

2005 易富文化

2004 我識地球村

2001 我識出版社

2011 不求人文化

2009 懶鬼子英日語

I'm 我識出版集團
I'm Publishing Group
www.17buy.com.tw

2006 意識文化

2005 易富文化

2004 我識地球村

2001 我識出版社

給你**大聲説**西文的勇氣！

寫給無法完整説出一句西文的人。

保證勇敢開口的「西文句型大全集」！

使用說明 | Instrucciones

給無法完整說出一句西文的你：

只要學會基本句型，再將腦中已經記得的單字重新排列，就能夠說出心中的想法。

《寫給無法完整說出一句西文的人》教你用最簡單的方式，輕輕鬆鬆開口說西文。

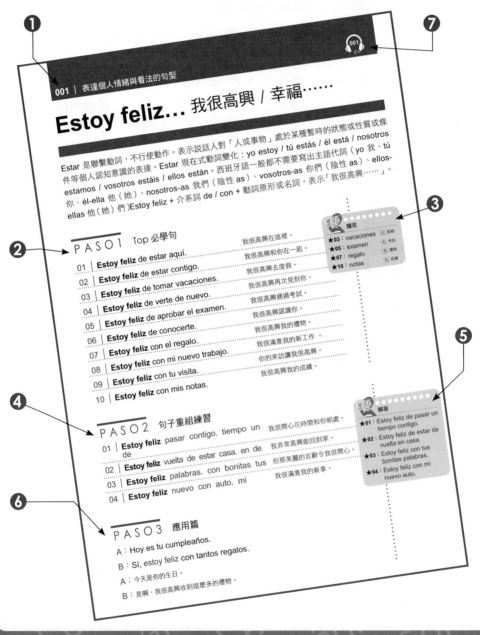

❶

001 | 表達個人情緒與看法的句型

Estoy feliz... 我很高興 / 幸福……

Estar 是聯繫動詞，不行使動作。表示說話人對「人或事物」處於某種暫時的狀態或性質或條件等個人認知意識的表達。Estar 現在式動詞變化：yo estoy / tú estás / él está / nosotros estamos / vosotros estáis / ellos están。西班牙語一般都不需要寫出主語代詞（yo 我、tú 你、él-ella 他（她）、nosotros 我們（陰性 as）、vosotros-as 你們（陰性 as）、ellos-ellas 他（她）們）Estoy feliz + 介系詞 de / con + 動詞原形或名詞，表示「我很高興……」。

❷

PASO 1　Top 必學句

01	**Estoy feliz** de estar aquí.	我很高興在這裡。
02	**Estoy feliz** de estar contigo.	我很高興和你在一起。
03	**Estoy feliz** de tomar vacaciones.	我很高興去度假。
04	**Estoy feliz** de verte de nuevo.	我很高興再次見到你。
05	**Estoy feliz** de aprobar el examen.	我很高興通過考試。
06	**Estoy feliz** de conocerte.	我很高興認識你
07	**Estoy feliz** con el regalo.	我很高興我的禮物。
08	**Estoy feliz** con mi nuevo trabajo.	我很滿意我的新工作。
09	**Estoy feliz** con tu visita.	你的來訪讓我很高興。
10	**Estoy feliz** con mis notas.	我很高興我的成績。

❸ 補充

★03：vacaciones 假期
★05：examen 考試
★07：regalo 禮物
★10：notas 成績

❹

PASO 2　句子重組練習

01	**Estoy feliz** pasar contigo. tiempo un de	我很開心花時間和你相處。
02	**Estoy feliz** vuelta de estar casa. en de	我非常高興能回到家。
03	**Estoy feliz** palabras. con bonitas tus	你那美麗的言辭令我很開心。
04	**Estoy feliz** nuevo con auto. mi	我很滿意我的新車。

❺ 解答

★01：Estoy feliz de pasar un tiempo contigo.
★02：Estoy feliz de estar de vuelta en casa.
★03：Estoy feliz con tus bonitas palabras.
★04：Estoy feliz con mi nuevo auto.

❻

PASO 3　應用篇

A : Hoy es tu cumpleaños.

B : Sí, estoy feliz con tantos regalos.

A : 今天是你的生日。

B : 是啊，我很高興收到這麼多的禮物。

❼ 001

$\overline{STEP1} \rightarrow$ 找到需要的句型

❶ 9 大類型，共300 個句型

全書收錄日常生活中最常用的西語會話句型，包含「表達個人情緒與看法」、「表達感謝和幫助」、「常用的提問句」、「否定陳述句」、「表達意見和建議」、「條件句」、「祈使句和感歎句」、「比較級和最高級」、「常用的短語句型」讓你在任何時刻、隨時隨地都能夠找到那個臨時需要用到的句型。

❷ Top 必學句

每個句型皆收錄使用頻率最高的7 - 10個句子。透過例句熟悉句型架構與用法，並可嘗試替換語彙，以便活學活用，隨時都能説出一句完整的西文。

❸ 關鍵字彙隨機補充

TOP必學句中較重要的單字或片語，隨機補充説明。學句子，也能夠學到單字，面對陌生的單字，也可特別留意其用法。

$\overline{STEP2} \rightarrow$ 將關鍵單字進行「單字重組」

❹ 句子重組練習

嘗試將句中打散的單字，重新依正確語序排列。多練習幾次，就能提升對句型的熟悉度。

❺ 重組解答方便對照

重組練習的解答就在右邊欄位中，方便對照練習。

$\overline{STEP3} \rightarrow$ 依據對話情境開口說出完整句子

❻ 會話應用情境練習

想訓練開口説西文的能力，不能光靠死記句型。透過對話的情境以及雙向的對話練習，才能測試自己是否已經完全學會並加以應用。

❼ MP3 隨身聽

特請專業西籍老師（一男一女）錄製全書西語會話，包括TOP必學句、句子重組練習的解答、應用篇的情境對話。就算手邊沒有書，也能聽音檔熟悉老師的發音，無形中學會外國人的説話語調，提昇説西文的自信心。而西語有陰性、陽性之分，可留意男女錄音員的發音，掌握並熟悉其中的不同之處。

★本書附贈CD片內容音檔為MP3格式★

西班牙語字母表 | El alfabeto español

西班牙語字母合計有**27**個字母，其中有**22**個子音和**5**個母音。如下：

Consonantes（子音）

字母	發音	音標	單字
Bb	be, be alta, o be larga	[be]	bomba（炸彈）
Cc	ce Cc	[se]	casa（住家）
Dd	de	[de]	dedo（手指）
Ff	efe	[ˈefe]	feo（醜的）
Gg	ge	[xe] o [he]	gigante（巨大的）
Hh	hache	[ˈatʃe] (sin sonido)	hacer（做）
Jj	jota	[ˈxot̯a] o [ˈhot̯a]	jamón（火腿）
Kk	ka	[ka]	kilo（公斤）
Ll	ele	[ˈele]	lado（邊、側）
Mm	eme	[ˈeme]	mano（手）
Nn	ene	[ˈene]	nada（沒有）
Ññ	eñe	[ˈeñe]	niño（小男孩）
Pp	pe	[pe]	pan（麵包）
Qq	cu	[ku]	quijote（愛管閒事的人）
Rr	erre	[ˈere]	rato（片刻）
Ss	ese	[ˈese]	salsa（醬汁）
Tt	te	[te]	todo（整個的）
Vv	uve, ve, ve baja, ve corta	[ˈuβ̞e], [be] o [ve]	vino（葡萄酒）

Ww	doble uve, doble v	['uβe 'ðoβle] o [be 'ðoβle]	kiwi（奇異果）
Xx	equis	['ekis]	xenofobia（仇外、排外）
Yy	i griega o ye	[ɟe], [ʃe]	yerba（草）
Zz	zeta	['θeta] o ['seta]	zapato（鞋子）

另外，**Ch** 和 **Ll** 為二合字母，表示單個音素：

字母	發音	音標	單字
Ch	che	[tʃ]	chico（男孩）
Ll	elle	['elle]	lleno（滿的）

Vocales（母音）

字母	發音	音標	單字
Aa	a	[a]	alto（高）
Ee	e	[e]	este（這個） Este（東方）
I i	i, o i latina	[i]	isla（島嶼）
Oo	o	[o]	oso（熊）
Uu	u	[u]	uva（葡萄）

Diptongos（雙母音，指兩個母音在同一個音節）

❶ a-i → aire（空氣）　　　❹ e-u → deuda（債務）

❷ a-u → pausa（暫停）　　❺ o-i → oigo（聽到、聽見）

❸ e-i → reina（皇后）

西班牙語發音小技巧 |

發音方式

　　西班牙語的發音跟注音符號的發音類似，「看見什麼念什麼」是西班牙語的發音訣竅。雖然對於習慣英文發音的我們來說，剛開始練習西班牙語的口說會遭遇一些困難，但是相較單純的發音方式，在習慣發音規則之後，口說的能力就能夠突飛猛進。

音節分法

在西班牙語中，音節的分法可略分成以下幾種規則：

❶ 單個母音獨立成一個音節

　　ojo（眼睛）→音節分法：**o – jo**

　　ala（翅膀）→音節分法：**a – la**

❷ 子音和母音結合成一個音節

　　España（西班牙）→音節分法：**Es – pa – ña**

　　lámpara （燈、燈具）→音節分法：**lám – pa – ra**

❸ 子音位在兩個強母音間時，與後面的母音結合成一個音節

　　casa（家、住宅）→音節分法：**ca – sa**

　　bala（子彈）→音節分法：**ba – la**

❹ 「強母音＋弱母音」或是「弱母音＋弱母音」

　　ciudad（城市、鄉鎮）→音節分法：**ciu – dad**

　　patio（庭院、院子）→音節分法：**pa – tio**

❺ 弱母音＋強母音＋弱母音

　　Uruguay（烏拉圭）→音節分法：**U – ru – guay**

　　buey（公牛）→音節分法：**bu – e – y**

❻ 兩個子音相連時，若後面接母音，則分成兩個音節

alto（高大的、高度）→音節分法：**al－to**

asno（驢、公驢）→音節分法：**as－no**

❼ 三個子音相連時，最後一個子音需和後面的母音形成一個音節

instinto（本能、天性）→音節分法：**ins－tin－to**

instructor（訓練員、指導員）→音節分法：**ins－truc－tor**

❽ 四個子音相連時，必須兩個子音、兩個子音分開

construir（建築、建設）→音節分法：**cons－truir**

obstruir（阻塞、堵塞）→音節分法：**obs－truir**

重音規則

重音的規則基本可分成三種：

❶ 單字的結尾為母音（a、e、i、o、u）或是子音（s、n）的時候，重音會在倒數第二個音節上。

❷ 單字的字尾為子音（s、n 以外）重音會在最後一個音節上。

❸ 單字上面有重音符號者（ˊ），表示重音落在該音節。

打舌音

　　什麼時候要發打舌音呢？主要是看r的位置，當r在字首、字母l、s、n的後面時，就要發出打舌音。打舌音的發音要點是控制舌頭的擺動，對於台灣人來說，打舌音的發音會覺得有點困難，主要是要需放鬆舌頭，讓舌頭自然地擺動。但無法確實發出打舌音並不會對學習西班牙語造成障礙，只是在口說上聽起來比較不道地而已，若想練習好打舌音，可上網搜尋影片，網路上有不少人的學習經驗分享及推薦的教學影片喔！

作者序 | Prefacio

　　當我們決定接下《寫給無法完整說出一句西文的人》撰寫工作的那一刻，心中就已經開始編織著無限想法，希望藉由這本書能幫助嚮往到西語國家旅遊的朋友或渴望增添外語優勢的學生，能真正感受到西班牙語詞彙之優美與豐富。

　　西班牙語（Español）也稱卡斯蒂利亞語（Castellano），簡稱西文。全世界約有二十幾個國家、超過四億人以上使用西文（母語），主要集中在拉丁美洲國家。按照語言總使用人數，西語排名世界第三，僅次於英語和漢語，由此可見它的重要性。

　　學習一種新的語言本來就不是一件簡單的事，更遑論西語文法結構極其複雜、動詞變化經常使人困惑混淆……。凡此種種難免令人產生畏懼。然而，西語的確是一個容易上口的語言，重覆多練習幾次就能掌握讀音的技巧，日復一日，時間久了……會唸也就會寫。

　　這本書淡化了上述的複雜性，我們幾度修飾，終於完成了一本簡單有深度又實用的書，一本連初學者都可用來自修學習的西語參考書。本書使用了300則日常生活會話句型，每個句型延伸出12-15個句子，算下來就有約4,500個包羅萬象句子，且各個都是最普及與最常用的生活短語；內容涵蓋情緒之表達、思想和感情、以及基本的溝通和日常生活需要：舉凡食、衣、住、行、育、樂……等等，甚至連人文歷史地理與社會議題均簡略帶入，您只要跟著書中MP3的西籍老師大聲朗讀就可以達到非常滿意的效果。

　　我們相信無論是出國旅遊或學習進修，這本《寫給無法完整說出一句西文的人》都能為您打開意想不到的好處。書跟著您走，帶著您徜徉在西班牙語系熱情奔放、充滿的歡樂的輝煌新世界。

Pamela V. Leon、儲明發

2015. 04

目錄 | Tabla de contenidos

PARTE 1 ｜表達個人情緒與看法的句型

目錄 | Tabla de contenidos

目錄 | Tabla de contenidos

PARTE 2 | 表達感謝和幫助的句型

PARTE 3 ｜常用提問句的句型

目錄 | Tabla de contenidos

目錄 | Tabla de contenidos

PARTE 4 │否定陳述句的句型

目錄 | Tabla de contenidos

PARTE 5 ｜表達意見和建議的句型

目錄 | Tabla de contenidos

PARTE 6 | 條件句（可能性）的句型

PARTE 7 ｜祈使句和感歎句的句型

目錄 ｜ Tabla de contenidos

PARTE 8 | 比較級和最高級的句型

目錄 │ Tabla de contenidos

PARTE 9 │常用短語的句型

寫給無法完整說出
一句西文的人

表達個人
情緒與看法
的句型

PART

1

Estoy feliz... 我很高興 / 幸福……

Estar 是聯繫動詞,不行使動作。表示說話人對「人或事物」處於某種暫時的狀態或性質或條件等個人認知意識的表達。Estar 現在式動詞變化:yo estoy / tú estás / él está / nosotros estamos / vosotros estáis / ellos están。西班牙語一般都不需要寫出主語代詞(yo 我、tú 你、él-ella 他(她)、nosotros-as 我們(陰性 as)、vosotros-as 你們(陰性 as)、ellos-ellas 他(她)們)Estoy feliz + 介系詞 de / con + 動詞原形或名詞,表示「我很高興……」。

PASO1　Top 必學句

01	**Estoy feliz** de estar aquí.	我很高興在這裡。
02	**Estoy feliz** de estar contigo.	我很高興和你在一起。
03	**Estoy feliz** de tomar vacaciones.	我很高興去度假。
04	**Estoy feliz** de verte de nuevo.	我很高興再次見到你。
05	**Estoy feliz** de aprobar el examen.	我很高興通過考試。
06	**Estoy feliz** de conocerte.	我很高興認識你。
07	**Estoy feliz** con el regalo.	我很高興我的禮物。
08	**Estoy feliz** con mi nuevo trabajo.	我很滿意我的新工作。
09	**Estoy feliz** con tu visita.	你的來訪讓我很高興。
10	**Estoy feliz** con mis notas.	我很高興我的成績。

補充
★03:vacaciones　名 假期
★05:examen　名 考試
★07:regalo　名 禮物
★10:notas　名 成績

PASO2　句子重組練習

01	**Estoy feliz** pasar contigo. tiempo un de	我很開心花時間和你相處。
02	**Estoy feliz** vuelta de estar casa. en de	我非常高興能回到家。
03	**Estoy feliz** palabras. con bonitas tus	你那美麗的言辭令我很開心。
04	**Estoy feliz** nuevo con auto. mi	我很滿意我的新車。

解答
★01:Estoy feliz de pasar un tiempo contigo.
★02:Estoy feliz de estar de vuelta en casa.
★03:Estoy feliz con tus bonitas palabras.
★04:Estoy feliz con mi nuevo auto.

PASO3　應用篇

A:Hoy es tu cumpleaños.

B:Sí, estoy feliz con tantos regalos.

A:今天是你的生日。

B:是啊,我很高興收到這麼多的禮物。

Estoy contento... 我很高興 / 愉快 / 滿意……

Estar 是聯繫動詞，不行使動作。表示說話人對人或事物處於某種暫時的狀態或性質或條件等個人認知意識的表達。yo 我，是第一人稱單數。西班牙語一般都不需要寫出主語代詞。Estoy contento + 介系詞 de / con + 動詞原形或名詞，表示「我很高興 / 愉快 / 滿意……」。

PASO1　Top 必學句

01	**Estoy contento** de hablar contigo.	我很高興和你談話。
02	**Estoy contento** con mi nueva ropa.	我很喜歡我的新衣服。
03	**Estoy contento** de ir al cine.	我很高興去看電影。
04	**Estoy contento** con el libro.	我很喜歡這本書。
05	**Estoy contento** de viajar a Europa.	我很高興去歐洲旅行。
06	**Estoy contento** de que te cases.	我很高興你結婚。
07	**Estoy contento** con el trabajo.	我很滿意這工作。
08	**Estoy contento** con el nuevo puesto.	我滿意我的新職位。
09	**Estoy contento** con mi nueva casa.	我很滿意我的新房子。
10	**Estoy contento** con la noticia.	這消息讓我很高興。

補充
★02：ropa　名 衣服
★03：cine　名 電影
★10：noticia　動 新聞

PASO2　句子重組練習

01	**Estoy contento** comportamiento. con tu	我對你的行為很滿意。
02	**Estoy contento** premio. el con	我很高興獲獎。
03	**Estoy contento** con flores. las	我很喜歡這些花。

解答
★01：Estoy contento con tu comportamiento.
★02：Estoy contento con el premio.
★03：Estoy contento con las flores.

PASO3　應用篇

Ａ：Hola Juan.

Ｂ：Hola Pedro. Estoy muy contento de verte.

Ａ：Yo también estoy contento de verte.

Ａ：璜，你好。

Ｂ：佩德羅你好。我很高興見到你。

Ａ：是啊，我也很開心見到你。

Estoy preocupado por... 我很擔心……

Estar 是聯繫動詞，不行使動作。表示說話人對人或事物處於某種暫時的狀態或性質或條件等個人認知意識的表達。西班牙語一般都不需要寫出主語代詞（yo 我、tú 你、él-ella 他（她）、nosotros-as 我們（陰性 as）、vosotros-as 你們（陰性 as）、ellos-ellas 他（她）們）。Estoy preocupado por + 動詞原形或名詞，表示「我很擔心……」。

PASO1　Top 必學句

01	**Estoy preocupado por** el robo.	我很擔心搶劫。
02	**Estoy preocupado por** mis hijos .	我很擔心我的孩子。
03	**Estoy preocupado por** Juan .	我很擔心璜。
04	**Estoy preocupado por** no encontrar trabajo.	我擔心找不到工作。
05	**Estoy preocupado por** mi futuro.	我很擔心我的未來。
06	**Estoy preocupado por** ti.	我很擔心你。
07	**Estoy preocupado por** los niños.	我很擔心孩子。
08	**Estoy preocupado por** tu salud.	我關心你的健康。
09	**Estoy preocupado por** tus malas notas.	我擔心你的成績不好。
10	**Estoy preocupado por** la situación.	我很關心局勢。

補充

★01：robo 【名】搶劫
★04：trabajo 【名】工作
★05：futuro 【名】未來

PASO2　句子重組練習

01	**Estoy preocupado por** tener no dinero.	我擔心沒有錢。
02	**Estoy preocupado por** empresa. Mi	我很擔心我的公司。
03	**Estoy preocupado por** enfermedad. Tu	我關心你的病情。
04	**Estoy preocupado por** resultados. los	我很擔心結果。
05	**Estoy preocupado por** del mundial. terrorismo	我焦慮全球恐怖主義。

解答

★01：Estoy preocupado por no tener dinero.
★02：Estoy preocupado por mi empresa.
★03：Estoy preocupado por tu enfermedad.
★04：Estoy preocupado por los resultados.
★05：Estoy preocupado del terrorismo mundial.

PASO3　應用篇

A：Hoy me siento mal.　　　　A：今天我感到不舒服。

B：Estoy preocupado por tu salud.　B：我擔心你的健康。

Estoy triste... 我很傷心……

Estar 是聯繫動詞，不行使動作。表示說話人對人或事物處於某種暫時的狀態或性質或條件等個人認知意識的表達。Estoy 是動詞 estar 現在式的第一人稱單數。Estoy triste + 介系詞 por / con + 動詞原形或名詞，表示「我很傷心……」。

PASO1　Top 必學句

01	**Estoy triste** por tu accidente.	我很難過你發生意外。
02	**Estoy triste** por no poder ir.	我很難過不能去。
03	**Estoy triste** por tu enfermedad.	我很難過你的病情。
04	**Estoy triste** por la muerte de José.	我對荷塞的去世感到非常難過。
05	**Estoy triste** con la separación.	分離讓我感到非常傷心。
06	**Estoy triste** por no tener dinero.	我難過沒有錢。
07	**Estoy triste** con tu carta.	你的信使我悲傷。
08	**Estoy triste** por la tragedia.	悲劇使我感到悲傷。
09	**Estoy triste** por terminar con mi novio.	跟男朋友分手，我感到非常難過。
10	**Estoy triste** con tu decisión.	我很傷心你做的決定。

補充

★01：accidente 图 事故
★03：enfermedad 图 病
★05：separación 图 分離

PASO2　句子重組練習

01	**Estoy triste** catástrofe. la por	這場災難令我非常傷心。
02	**Estoy triste** entender por no idioma. el	我很難過不懂外語。
03	**Estoy triste** por bolso. mi perder	我很傷心掉了包包。
04	**Estoy triste** quebrar copa. la por	打破玻璃杯，我很難過。
05	**Estoy triste** fiesta. ir no por tu a	我很難過沒參加你的派對。

解答

★01：Estoy triste por la catástrofe.
★02：Estoy triste por no entender el idioma.
★03：Estoy triste por perder mi bolso.
★04：Estoy triste por quebrar la copa.
★05：Estoy triste por no ir a tu fiesta.

PASO3　應用篇

A：¿Qué te pasa?

B：Estoy triste por la muerte de mi amigo.

A：你怎麼了？

B：我為朋友的去世感到非常悲傷。

Estoy loco por...
我特別喜愛 / 著迷（某人、某物）⋯⋯

Estar 是聯繫動詞，不行使動作。表示說話人對人或事物處於某種暫時的狀態或性質或條件等個人認知意識的達達。Estoy 是動詞 estar 現在式的第一人稱單數，loco 是形容詞，Estoy loco por + 動詞原形或名詞...，表示「我特別喜愛 / 著迷（某人、某物）⋯⋯」。

PASO1　Top 必學句

01	**Estoy loco por** ti.	我為你瘋狂。
02	**Estoy loco por** ir a Holanda.	我瘋狂想去荷蘭。
03	**Estoy loco por** conocerte.	我瘋狂的想認識你。
04	**Estoy loco por** salir contigo.	我好想和你一塊出去。
05	**Estoy loco por** el flamenco.	我瘋狂喜歡佛朗明哥舞。
06	**Estoy loco por** bailar tango.	我瘋狂喜歡跳探戈。
07	**Estoy loco por** una cerveza.	我非常喜歡喝啤酒。
08	**Estoy loco por** volver a verte.	我瘋狂想再看到你。
09	**Estoy loco por** besarte.	我非常想親你。
10	**Estoy loco por** comer arroz frito.	我特別愛吃炒飯。

補充
★05：flamenco　名 佛朗明哥舞
★06：tango　名 探戈
★07：cerveza　名 啤酒

PASO2　句子重組練習

01	**Estoy loco por** película. esa ver	我非常想去看那部電影。
02	**Estoy loco por** comida. tu probar	我非常想品嚐你的食物。
03	**Estoy loco por** a Italia. Ir	我瘋狂想去義大利。
04	**Estoy loco por** arte. libros de los	我非常喜歡藝術書籍。

解答
★01：Estoy loco por ver esa película.
★02：Estoy loco por probar tu comida.
★03：Estoy loco por ir a Italia.
★04：Estoy loco por los libros de arte.

PASO3　應用篇

A：Cariño, ¿qué quieres cenar hoy?

B：Estoy loco por comer mariscos.

A：親愛的，晚餐你想吃什麼？

B：我超級喜歡吃海鮮。

Estoy ansioso... 我焦急 / 渴望的……

Estoy ansioso + 介系詞 por / de + 動詞原形或名詞或代詞...，表示「我焦急 / 渴望的……」。

PASO1　Top 必學句

01	**Estoy ansioso** por verte.	我急盼見到你。
02	**Estoy ansioso** por pasar el examen.	我渴望通過考試。
03	**Estoy ansioso** por conocerte.	我渴望認識你。
04	**Estoy ansioso** por conocer a Enrique.	我急盼認識安立奎。
05	**Estoy ansioso** por conocer los resultados.	我急切想知道結果。
06	**Estoy ansioso** por encontrar otro trabajo.	我急盼找一份工作。
07	**Estoy ansioso** por aprender inglés.	我急切想學英語。
08	**Estoy ansioso** de tener vacaciones.	我急盼假期到來。
09	**Estoy ansioso** de llegar a casa.	我焦急的想回家。
10	**Estoy ansioso** por jugar tenis.	我渴望打網球。

補充

★03：	conocer	動	認識；瞭解
★05：	resultados	名	結果；成果
★10：	tenis	名	網球

PASO2　句子重組練習

01	**Estoy ansioso** tu ir casa. por a	我渴望去你家。
02	**Estoy ansioso** cita. la llegar a de	我急切地想去約會。
03	**Estoy ansioso** unas tomarme por vacaciones.	我渴望去渡假。
04	**Estoy ansioso** llegue de viernes. el que	我急盼星期五的到來。
05	**Estoy ansioso** música. tu escuchar de	我渴望聽你的音樂。

解答

★01：Estoy ansioso por ir a tu casa.
★02：Estoy ansioso de llegar a la cita.
★03：Estoy ansioso por tomarme unas vacaciones.
★04：Estoy ansioso de que llegue el viernes.
★05：Estoy ansioso de escuchar tu música.

PASO3　應用篇

A：¿Supiste los resultados de los exámenes?

B：No, aún no. Estoy ansioso por saberlos.

A：你知道考試的結果嗎？

B：不，還沒有。我急著想知道。

Estoy interesado en... 我對……有興趣

Estoy interesado + 介系詞 en（在……方面）+ 動詞原形或名詞，表示「我對……有興趣」。

PASO1　Top 必學句

01	**Estoy interesado en** el libro.	我對看書有興趣。
02	**Estoy interesado en** el programa.	我對這節目感興趣。
03	**Estoy interesado en** la clase.	我對上課有興趣。
04	**Estoy interesado en** los idiomas.	我對語言有興趣。
05	**Estoy interesado en** el cine.	我對電影有興趣。
06	**Estoy interesado en** la música.	我對音樂有興趣。
07	**Estoy interesado en** el deporte.	我對運動有興趣。
08	**Estoy interesado en** el trabajo.	我對工作有興趣。
09	**Estoy interesado en** la cocina.	我對烹飪有興趣。
10	**Estoy interesado en** el juego.	我對遊戲有興趣。

補充
- ★**02**：programa　名 節目；應用程式
- ★**05**：cine　名 電影
- ★**10**：juego　名 玩；玩耍；遊戲

PASO2　句子重組練習

01	**Estoy interesado en** atletismo. el	我對田徑感興趣。
02	**Estoy interesado en** política. la	我對政治感興趣。
03	**Estoy interesado en** viajes. los	我對旅行感興趣。
04	**Estoy interesado en** película. esta	我對這部電影感興趣。
05	**Estoy interesado en** Perú. ir a	我對去祕魯充滿興趣。

解答
- ★**01**：Estoy interesado en el atletismo.
- ★**02**：Estoy interesado en la política.
- ★**03**：Estoy interesado en los viajes.
- ★**04**：Estoy interesado en esta película.
- ★**05**：Estoy interesado en ir a Perú.

PASO3　應用篇

A：¿Quieres aprender a esquiar?

B：No. Estoy más interesado en nadar.

A：想學滑雪嗎？

B：不，我更感興趣的是游泳。

Estoy cansado de... 我累 / 厭倦了……

Estar 是聯繫動詞，不行使動作。表示說話人對「人或事物」處於某種暫時的狀態或性質或條件等個人認知意識的表達。Estoy 是動詞 Estar 現代時的第一人稱單數，cansado（形）疲累的，形容「我是」處在某種「疲累的」狀態。Estoy cansado de + 動詞原形或名詞，意思是「我累 / 厭倦了……」。

PASO1　Top 必學句

01	**Estoy cansado de** este trabajo.	我厭倦了工作。
02	**Estoy cansado de** estudiar.	我厭倦了學習。
03	**Estoy cansado de** hablar.	我厭倦了說話。
04	**Estoy cansado de** caminar.	我走累了。
05	**Estoy cansado de** llamarte.	我厭倦了打電話給你。
06	**Estoy cansado de** correr.	我跑累了。
07	**Estoy cansado de** ver tele.	我厭倦了看電視。
08	**Estoy cansado de** hacer deporte.	我厭倦了做運動。
09	**Estoy cansado de** ti.	我對你已厭倦了。
10	**Estoy cansado de** escuchar música.	我已厭倦了聽音樂。

補充
★04： caminar 動 走；步行
★06： correr 動 跑；奔
★10： escuchar 動 聽

PASO2　句子重組練習

01	**Estoy cansado de** ir museo. al	我厭倦了去博物館。
02	**Estoy cansado de** clase. la	我厭倦了去上課。
03	**Estoy cansado de** contigo. vivir	我厭倦了與你生活。

解答
★01： Estoy cansado de ir al museo.
★02： Estoy cansado de la clase.
★03： Estoy cansado de vivir contigo.

PASO3　應用篇

A： ¿Podrías ponerte los zapatos, por favor?

B： Ya, ya...

A： Estoy cansado de repetirte lo mismo.

A： 你可以把鞋子穿上嗎？

B： 好，好……好

A： 我受不了一再重複跟你說同樣的事。

Estoy incómodo con… 我感到不舒服

Estar 是聯繫動詞，不行使動作。表示說話人對「人或事物」處於某種暫時的狀態或性質或條件等個人認知意識的表達。Estoy 是動詞 estar 現在時的第一人稱單數，incómodo（形）不舒服的，Estoy incómodo，形容「我是」處在某種「不舒服的」狀態。Estoy incómodo + 介系詞 con（由於）+ 動詞原形或名詞，表示「我感到不舒服……」。

PASO1　Top 必學句

01	**Estoy incómodo con** los lentes.	眼鏡讓我不舒服。
02	**Estoy incómodo con** la camisa.	襯衫讓我不舒服。
03	**Estoy incómodo con** el programa.	（電視）節目讓我不舒服。
04	**Estoy incómodo con** el trabajo.	工作讓我不舒服。
05	**Estoy incómodo con** la conversación.	談話讓我不舒服。
06	**Estoy incómodo con** tanta gente.	有這麼多人，我感到不自在。
07	**Estoy incómodo con** tu presencia.	你在場讓我不舒服。
08	**Estoy incómodo con** tu silencio.	你的沉默令我不舒服。
09	**Estoy incómodo con** la visita.	訪客讓我不舒服。
10	**Estoy incómodo con** la ropa.	衣服讓我不舒服。

補充
★01：lentes 名 眼鏡
★06：gente 名 人
★07：presencia 名 出現；在場

PASO2　句子重組練習

01	**Estoy incómodo con**　extraña. gente	和陌生人在一起處，我感到不自在。
02	**Estoy incómodo con**　ruido. el	噪音令我不舒服。
03	**Estoy incómodo con**　mentiras. tus	你的謊言令我不舒服。
04	**Estoy incómodo con**　niños. tantos	那麼多孩子在，令我很不自在。

解答
★01：Estoy incómodo con gente extraña.
★02：Estoy incómodo con el ruido.
★03：Estoy incómodo con tus mentiras.
★04：Estoy incómodo con tantos niños.

PASO3　應用篇

A：¿Por qué te sacaste los guantes, Maria?

B： Porque me quedan pequeños y estoy incómodo con ellos.

A：你為什麼脫掉手套，瑪麗亞？

B： 因為它們對我來說都太小了，戴起來很不舒服。

Estoy enfermo de... 我很討厭……

Estoy enfermo + 介系詞 de（表示涉及的事物）+ 動詞原形或名詞，表示「我很討厭……」。

PASO1 　Top 必學句

01	**Estoy enfermo de** escucharte.	我很討厭聽你的。
02	**Estoy enfermo de** verte.	我很討厭看到你。
03	**Estoy enfermo de** tu hipocresía.	我厭惡你的虛偽。
04	**Estoy enfermo de** tus malos modales.	我厭惡你沒禮貌的行為。
05	**Estoy enfermo de** tu egoismo.	我很討厭你的自私行為。
06	**Estoy enfermo de** tu comportamiento.	我厭惡你的態度。
07	**Estoy enfermo de** tu pereza.	我受不了你的懶惰。
08	**Estoy enfermo de** la polución.	我受不了空氣污染。
09	**Estoy enfermo de** tu codicia.	我很討厭你的貪婪。
10	**Estoy enfermo de** tu desorden.	我很討厭你的雜亂無章。

補充

★03：hipocresía 名 虛偽
★04：modales 名 舉止；儀態
★05：egoísmo 名 自私自利；利己主義

PASO2 　句子重組練習

01	**Estoy enfermo de** suciedad. la	我很討厭骯髒。
02	**Estoy enfermo del** embotellamiento ciudad. de la	我受不了這城市的壅塞交通。
03	**Estoy enfermo de** frescura. tu	我討厭你的厚顏無恥。
04	**Estoy enfermo de** gente. los rumores la de	我受不了造謠的人。
05	**Estoy enfermo de** espera. tanta	我受不了等那麼久。

解答

★01：Estoy enfermo de la suciedad.
★02：Estoy enfermo del embotellamiento de la ciudad.
★03：Estoy enfermo de tu frescura.
★04：Estoy enfermo de los rumores de la gente.
★05：Estoy enfermo de tanta espera.

PASO3 　應用篇

A：Te noto muy enfadado hoy.

B：Sí, estoy enfermo de la manera de ser de Victoria.

A：我發現你今天很生氣。

B：是啊，我受不了維多莉亞的行為舉止。

Estoy furioso con... 我很憤怒……

介系詞連用：con 和 mí,ti, si 連用時變成 conmigo, contigo, consigo。Estoy furioso ＋介系詞 con ＋動詞原形或名詞，表示「我很憤怒……」。

PASO1　Top 必學句

01	**Estoy furioso con**tigo.	我非常討厭你。
02	**Estoy furioso con** Patricio.	巴提修讓我非常生氣。
03	**Estoy furioso con** el profesor.	我跟老師生氣。
04	**Estoy furioso con** el médico.	我對醫生火冒三丈。
05	**Estoy furioso con** el empleado del banco.	銀行職員惹怒了我。
06	**Estoy furioso con** la nueva ley.	我對新法律感到憤怒。
07	**Estoy furioso con**migo mismo.	我討厭我自己。
08	**Estoy furioso con** el veterinario de mi perro.	我家狗的獸醫，惹火了我。
09	**Estoy furioso con** tu comportamiento.	我對你的行為感到憤怒。
10	**Estoy furioso con** su actitud.	他的態度惹我大怒。

補充
- ★03：profesor　名 教師；教授
- ★04：médico　名 醫生
- ★05：banco　名 銀行
- ★08：veterinario　名 獸醫

PASO2　句子重組練習

01	**Estoy furioso con** hija. mi	我的女兒令我憤怒。
02	**Estoy furioso con** carta. tu	你的信，惹火了我。
03	**Estoy furioso con** Maggie. la de pesada	討厭的瑪姬，惹火了我。

解答
- ★01：Estoy furioso con mi hija.
- ★02：Estoy furioso con tu carta.
- ★03：Estoy furioso con la pesada de Maggie.

PASO3　應用篇

A：Juan, hoy me llamó tu profesor.

B：¿Por qué?

A：Por tus malas calificaciones. Estoy furioso contigo.

A：璜，你的老師今天打電話給我。

B：為什麼呢？

A：為了你的爛成績。我對你非常生氣。

Estoy asustado... 我害怕……

Estoy asustado + 介系詞 por / con / de + 動詞原形或名詞，表示「……使我害怕……」。

PASO1　Top 必學句

01	**Estoy asustado** con las arañas.	我怕蜘蛛。
02	**Estoy asustado** con el tratamiento.	我害怕治療。
03	**Estoy asustado** con la noticia.	這個消息令我害怕。
04	**Estoy asustado** de ir al hospital	我害怕去醫院
05	**Estoy asustado** por la enfermedad de mi madre.	母親的病讓我害怕。
06	**Estoy asustado** por lo que pueda pasar.	我害怕會發生什麼。
07	**Estoy asustado** con tanto temblor.	我害怕頻繁地震。
08	**Estoy asustado** de perder mi dinero.	我怕掉錢。
09	**Estoy asustado** de caminar a oscuras.	我怕在黑暗中行走。

補充

★02：tratamiento 名 治療
★05：enfermedad 名 病
★08：perder 動 失去

PASO2　句子重組練習

01	**Estoy asustado** pandilleros la en con calle. tantos	街上有這麼多流氓，令我害怕。
02	**Estoy asustado** trabajo. de tener no	我怕沒有工作。
03	**Estoy asustado** guerra. la con	我怕戰爭。
04	**Estoy asustado** avión. en viajar de	我畏懼搭飛機

解答

★01：Estoy asustado con tantos pandilleros en la calle.
★02：Estoy asustado de no tener trabajo.
★03：Estoy asustado con la guerra.
★04：Estoy asustado de viajar en avión.

PASO3　應用篇

A：Voy de compras esta tarde.

B：No lleves tanto dinero en tu bolso cuando salgas.

A：Sí, yo también estoy asustado de perderlo.

B：今天下午我要去逛街。

A：當你出門時，不要放太多的錢在皮包。

A：是啊，我也怕掉錢。

Estoy aburrido de...
我感到無聊 / 厭倦……

Estar / aburrido（動詞短語）感到厭倦的，感到心煩的。Estoy aburrido + 介系詞 de + 動詞原形或名詞，表示「我感到無聊 / 厭倦……」。

PASO1　Top 必學句

01	**Estoy aburrido de** ver las noticias.	看新聞讓我覺得好無聊。
02	**Estoy aburrido de** leer este libro	讀這本書令我感到厭煩。
03	**Estoy aburrido de** seguir trabajando aquí.	我覺得繼續在這裡工作很無趣。
04	**Estoy aburrido de** hablar contigo.	我覺得跟你談話好無聊。
05	**Estoy aburrido de** la película.	我覺得電影很無聊。
06	**Estoy aburrido de** ir al concierto.	去聽音樂會使我覺得好無趣。
07	**Estoy aburrido de** estar aquí.	待在這裡使我感到好無聊。
08	**Estoy aburrido de** ver televisión.	我覺得看電視好無聊。
09	**Estoy aburrido de** estar solo.	我覺得獨處真無趣。
10	**Estoy aburrido de** ponerme la misma ropa.	我已厭倦穿同樣的衣服。

補充
★05：película 名 電影
★06：concierto 名 音樂會
★10：ropa 名 服裝；衣服

PASO2　句子重組練習

01	**Estoy aburrido de** inglés. aprender	我已厭倦學英語。
02	**Estoy aburrido de** juego. este	這個遊戲令我覺得很無聊。
03	**Estoy aburrido de** ajedrez. jugar	我覺得下棋很無聊。
04	**Estoy aburrido de** románticas. escuchar canciones	我已厭倦聽浪漫的歌曲。
05	**Estoy aburrido de** diaria. rutina la	我已厭倦千篇一律的生活。

解答
★01：Estoy aburrido de aprender inglés.
★02：Estoy aburrido de este juego.
★03：Estoy aburrido de jugar ajedrez.
★04：Estoy aburrido de escuchar canciones románticas.
★05：Estoy aburrido de la rutina diaria.

PASO3　應用篇

A：¿Qué te pasa, Julio?

B：Estoy aburrido de hacer el mismo trabajo todos los días.

A：怎麼呢？胡里歐。

B：每天做同樣的工作，我覺得好無聊。

Estoy realmente... 我真的……

Estoy + 副詞（realmente）描述身體、情緒或是非狀態等 Estoy realmente...，表示「我真的……」。

PASO1　Top 必學句

01	**Estoy realmente** cansado contigo.	我真的厭倦了你。
02	**Estoy realmente** aburrido con la conversación.	這談話真讓我厭煩。
03	**Estoy realmente** hambriento.	我真的餓了。
04	**Estoy realmente** contento de estar aquí.	我真的很高興能來這裡。
05	**Estoy realmente** gordo.	我真的很胖。
06	**Estoy realmente** delgado.	我真的很瘦。
07	**Estoy realmente** enfermo.	我真的病了。
08	**Estoy realmente** perdido en esta ciudad.	在這個城市，我真的迷路了。
09	**Estoy realmente** loco.	我真的瘋了。
10	**Estoy realmente** asustado en esta casa.	我真的怕待在這所房子。

補充

★03：hambriento　形 饑餓的
★05：gordo　形 胖的
★06：delgado　形 瘦的
★10：asustado　形 害怕的

PASO2　句子重組練習

01	**Estoy realmente** verte. de nervioso	見你，真的讓很緊張。
02	**Estoy realmente** película. ansioso la ver de	我真的好想看那部電影。
03	**Estoy realmente** noticia. con alegre la	這個消息，真的讓我很高興。
04	**Estoy realmente** libro. interesado en el	我對這本書，真的很感興趣。
05	**Estoy realmente** contigo. enfadado	我真的對你很生氣。

解答

★01：Estoy realmente nervioso de verte.
★02：Estoy realmente ansioso de ver la película.
★03：Estoy realmente alegre con la noticia.
★04：Estoy realmente interesado en el libro.
★05：Estoy realmente enfadado contigo.

PASO3　應用篇

A：Luis, ¿me quieres?

B：Sí, cariño. Estoy realmente enamorado de ti.

A：路易士，你愛我嗎？

B：是啊，親愛的。我真的好愛你。

Estoy desesperado por... 我急於……

Estoy desesperado + 介系詞 por + 動詞原形或名詞，表示「我急於…」。

PASO1　Top 必學句

01	**Estoy desesperado por** salir de aquí.	我急於離開這裡。
02	**Estoy desesperado por** irme a casa.	我迫不及待的想回家。
03	**Estoy desesperado por** verte de nuevo.	我迫不及待的想再次見到你。
04	**Estoy desesperado por** volver a mi país.	我急切地想回到我的祖國。
05	**Estoy desesperado por** encontrar trabajo.	我急切地想找到工作。
06	**Estoy desesperado por** solucionar el problema.	我急著想解決這個問題。
07	**Estoy desesperado por** casarme con Elena.	我急著想娶愛琳。
08	**Estoy desesperado por** comprarme una casa.	我急著想買房子。
09	**Estoy desesperado por** vender mi coche.	我急著想賣掉我的汽車。
10	**Estoy desesperado por** estudiar japonés.	我急著想學日語。

補充
★04：país 　名 國家
★06：solucionar 　動 解決
★07：casarse 　動 結婚

PASO2　句子重組練習

01	**Estoy desesperado por**　paella. una comerme	我急著想吃西班牙海鮮飯。
02	**Estoy desesperado por**　Francés. aprender	我急著想學法語。
03	**Estoy desesperado por**　copa de tomarme una vino.	我急切地想喝一杯酒。
04	**Estoy desesperado por**　contigo. salir	我迫不及待的想和你一起出去。

解答
★01：Estoy desesperado por comerme una paella.
★02：Estoy desesperado por aprender Francés.
★03：Estoy desesperado por tomarme una copa de vino.
★04：Estoy desesperado por salir contigo.

PASO3　應用篇

A：Hay mucha gente aquí.

B：Sí. Estoy desesperado por quedar solo.

A：有很多人在這裡。

B：是啊，我渴望獨處。

Tengo ganas de... 我很想……

Tengo ganas（意願）動詞短語，Tengo ganas + 介系詞 de + 動詞原形或名詞，表示「我很想……」。

PASO1　Top 必學句

補充

★01：tortilla 名 煎蛋餅
★04：deporte 名 運動
★07：leer 名 唸；讀

01 | **Tengo ganas de** comer tortilla de patatas. 　我很想吃馬鈴薯煎蛋餅。

02 | **Tengo ganas de** ir al concierto. 　我很想去聽音樂會。

03 | **Tengo ganas de** ir al cine. 　我好想去看電影。

04 | **Tengo ganas de** hacer deporte. 　我好想去運動。

05 | **Tengo ganas de** verte. 　我好想看你。

06 | **Tengo ganas de** tomarme vacaciones. 　我好想去度假。

07 | **Tengo ganas de** leer un buen libro. 　我很想讀一本好書。

08 | **Tengo ganas de** tomarme una cerveza. 　我好想喝一杯啤酒。

09 | **Tengo ganas de** tener un nuevo coche. 　我好想要有一輛新車。

PASO2　句子重組練習

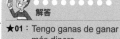

解答

★01：Tengo ganas de ganar más dinero.
★02：Tengo ganas de hablar contigo.
★03：Tengo ganas de viajar al sur.
★04：Tengo ganas de ver una buena película.
★05：Tengo ganas de conocerte mejor.

01 | **Tengo ganas de** ganar dinero. más 　我很想賺更多的錢。

02 | **Tengo ganas de** contigo. hablar 　我好想同你談話。

03 | **Tengo ganas de** sur. viajar al 　我好想去南部旅行。

04 | **Tengo ganas de** buena ver película. una 　我很想去看一部好電影。

05 | **Tengo ganas de** mejor. conocerte 　我好想更認識你。

PASO3　應用篇

A：Natalia, ¿quieres cenar conmigo esta noche?

B：Sí, claro! Tengo ganas de comer comida italiana hoy .

A：納塔利，今晚願意和我共進晚餐嗎？

B：好啊，當然！今天我好想吃義大利料理。

Tengo miedo de... 我害怕 / 擔心……

Tengo miedo（害怕）動詞短語，Tengo miedo + 介系詞 de（表示涉及的事物）+ 動詞原形或名詞，意思是「我害怕 / 擔心……」。

PASO1　Top 必學句

01	**Tengo miedo de** los fantasmas.	我怕鬼。
02	**Tengo miedo de** la oscuridad.	我怕黑。
03	**Tengo miedo de** estar solo.	我害怕孤獨。
04	**Tengo miedo de** no aprobar mi examen.	我怕沒通過考試。
05	**Tengo miedo de** no pasar el curso.	我怕沒通過進階考試。
06	**Tengo miedo de** perder mi trabajo.	我怕失去工作。
07	**Tengo miedo de** enfermarme.	我怕生病。
08	**Tengo miedo de** mi padre.	我怕我父親。
09	**Tengo miedo de** andar en moto.	我怕騎摩托車。
10	**Tengo miedo de** salir de noche.	晚上我不敢出門。

補充

★01：fantasmas 名 鬼
★02：oscuridad 名 黑暗
★05：curso 名 課程；學年

PASO2　句子重組練習

01	**Tengo miedo de** tormenta. la	我怕暴風雨。
02	**Tengo miedo de** ahogarme.	我怕溺水。
03	**Tengo miedo de** la altura.	我怕高。
04	**Tengo miedo de** soledad. la	我害怕孤獨。

 解答

★01：Tengo miedo de la tormenta.
★02：Tengo miedo de ahogarme.
★03：Tengo miedo de la altura.
★04：Tengo miedo de la soledad.

PASO3　應用篇

A：No quiero ir al cine hoy.

B：¿Por qué?

A：Tengo miedo de las películas de terror.

A：我今天不想去看電影。

B：為什麼呢？

A：我怕看恐怖電影。

Me encanta… 使（我）非常喜歡／著迷……

Me encanta + 名詞，表示「使（我）非常喜歡／著迷……」。

PASO1　Top 必學句

01	**Me encanta** el chocolate.	我非常喜歡吃巧克力。
02	**Me encanta** el pastel de fresas.	我愛吃草莓蛋糕。
03	**Me encanta** la fruta.	我非常喜歡吃水果。
04	**Me encanta** el deporte.	我熱愛運動。
05	**Me encanta** el cine.	我非常喜歡看電影。
06	**Me encanta** el libro.	我非常喜歡這本書。
07	**Me encanta** la chica.	我非常喜歡這女孩。
08	**Me encanta** el coche.	我非常喜歡這輛車。
09	**Me encanta** la casa.	我非常喜歡這棟房子。
10	**Me encanta** el regalo.	我很喜歡這禮物。

補充
★02：fresas 名 草莓
★07：chica 名 女孩
★08：coche 名 汽車

PASO2　句子重組練習

01	**Me encanta** tenis. el	我熱愛打網球。
02	**Me encanta** ciudad. la	我很喜歡這座城市。
03	**Me encanta** música la clásica.	我對古典音樂著迷。
04	**Me encanta** nuevo el sofá.	我很喜歡新的沙發。
05	**Me encanta** playa. la	我非常喜歡海灘。

解答
★01：Me encanta el tenis.
★02：Me encanta la ciudad.
★03：Me encanta la música clásica.
★04：Me encanta el nuevo sofá.
★05：Me encanta la playa.

PASO3　應用篇

A：Susana va a preparar sushi esta noche.

B：Ah, qué bien! Me encanta la comida japonesa!

A：蘇珊娜，今晚妳將準備壽司。

B：啊，太好了！我超愛吃日本料理！

Siento orgullo de...
我感到自豪 / 驕傲 / 光榮……

Siento orgullo de（動詞短語）+ 動詞原形或名詞，意思是「我感到自豪 / 驕傲 / 光榮…… 」。

PASO1 Top 必學句

01	**Siento orgullo de** mis hijos.	我為我的孩子感到驕傲。
02	**Siento orgullo de** mi familia.	我為我的家人感到驕傲。
03	**Siento orgullo de** estudiar en esta escuela.	能在這所學校學習，我感到光榮。
04	**Siento orgullo de** poder ayudarte.	我感到十分榮幸能幫助你。
05	**Siento orgullo de** terminar mi tesis.	我很自豪完成了我的論文。
06	**Siento orgullo de** escribir un libro.	我很自豪能寫一本書。
07	**Siento orgullo de** ser tu hermano.	身為你的兄弟，我感到光榮。
08	**Siento orgullo de** hablar idiomas.	我很自豪能說外語。
09	**Siento orgullo de** ganar la competencia.	我感到驕傲能贏得比賽。
10	**Siento orgullo de** ser educador.	我以身為教育工作者而自豪。

補充

★02：familia 名 家庭
★06：libro 名 書
★07：hermano 名 兄弟
★08：idiomas 名 語言

PASO2 句子重組練習

01	**Siento orgullo de** trabajar bien.	我很自豪做好我的工作。
02	**Siento orgullo de** premio. el ganar	我很驕傲贏得該獎項。
03	**Siento orgullo de** casa. comprar esta	我很自豪買了這間房子。
04	**Siento orgullo de** honesto. ser	我很自豪能去倫敦。
05	**Siento orgullo de** la estar en TV.	我很自豪能上電視。

解答

★01：Siento orgullo de trabajar bien.
★02：Siento orgullo de ganar el premio.
★03：Siento orgullo de comprar esta casa.
★04：Siento orgullo de ser honesto.
★05：Siento orgullo de estar en la TV.

PASO3 應用篇

A：Has hecho un muy buen trabajo, Enrique.

B：Gracias. Siento orgullo de mi mismo.

A：安立奎，你把工作做得很好 。

B：謝謝。我為自己感到驕傲。

Siento vergüenza de... 使我感到羞愧……

Dar / sentir vergüenza（動詞短語）羞愧／羞辱。Siento vergüenza + 介系詞 de（表示涉及的事物）+ 動詞原形或名詞，意思是「使我感到羞愧……」。

PASO1　Top 必學句

01	**Siento vergüenza de** mi actitud.	你的惡劣態度使我感到羞恥。
02	**Siento vergüenza de** la mala educación de mi hijo.	我兒子的無禮行為使我感到慚愧。
03	**Siento vergüenza de** ser egoista.	我為我的自私行為感到羞愧。
04	**Siento vergüenza de** ser tan perezoso.	我為自己的懶惰感到慚愧。
05	**Siento vergüenza de** hacer tantos errores.	我感到羞愧犯了這麼多錯誤。
06	**Siento vergüenza de** insultarte en público.	我很慚愧在公眾面前侮辱你。
07	**Siento vergüenza de** la conducta de Elena.	愛琳娜的惡劣行為使我讓感到羞愧。
08	**Siento vergüenza de** mentirte.	對你撒謊使我感到極其羞愧。
09	**Siento vergüenza de** llorar.	哭泣使我感到羞愧。
10	**Siento vergüenza de** traicionar a mi amigo.	背叛了我的朋友令我汗顏無地。

補充
★04：perezoso 形 懶惰
★05：errores 名 錯誤
★10：traicionar 動 背叛

PASO2　句子重組練習

01	**Siento vergüenza de** verdad. decirte la no	我很慚愧沒跟你說實話。
02	**Siento vergüenza de** novio. ex ver a volver a mi	我羞於再見到我的男朋友。
03	**Siento vergüenza de** copiar examen. el en	考試作弊使我無地自容。

解答
★01：Siento vergüenza de no decirte la verdad.
★02：Siento vergüenza de volver a ver a mi ex-novio.
★03：Siento vergüenza de copiar en el examen.

PASO3　應用篇

A：¿Sabes que ayer fue el cumpleaños de Sara?

B：Si sé. Siento vergüenza de no haberle regalado nada.

A：你知道，昨天是莎拉的生日嗎？

B：是的，我知道。我很慚愧什麼禮物也沒送給她。

Me duele... 使（我）難過 / 感到痛……

人稱代詞 Me，我（yo）的受詞。Me duele + 名詞，表示「使（我）難過 / 感到痛……」。

PASO1　Top 必學句

01	**Me duele** la cabeza.	我頭疼。
02	**Me duele** la espalda.	我背疼。
03	**Me duele** el cuerpo.	我全身酸痛。
04	**Me duele** la pierna.	我的腿痛。
05	**Me duele** la mano derecha.	我的右手痛。
06	**Me duele** la inyección.	打針讓我痛。
07	**Me duele** tu indiferencia.	你的冷漠讓我心痛。
08	**Me duele** tu acción.	你的行為，讓我難過。
09	**Me duele** tu comentario.	你的評論，讓我難過。
10	**Me duele** la injusticia.	不公平，讓我難過。

補充

★01：cabeza 名 頭
★02：espalda 名 背部
★04：pierna 名 腿
★06：inyección 名 注射

PASO2　句子重組練習

01	**Me duele** insulto el de Sofía.	索非亞的辱罵，讓我難過。
02	**Me duele** oido el izquierdo.	我的左耳痛。
03	**Me duele** enfermo. niño ver al	看到孩子生病，我好心疼。
04	**Me duele** estómago. el	我肚子疼。
05	**Me duele** llorar. verte	看到你哭，我好難過。

 解答

★01：Me duele el insulto de Sofía.
★02：Me duele el oido izquierdo.
★03：Me duele ver al niño enfermo.
★04：Me duele el estómago
★05：Me duele verte llorar.

PASO3　應用篇

A：¿Estás enfermo?

B：Sí, me duele la garganta.

A：你生病了？

B：是的，我喉嚨痛。

Tengo rabia... 我感到氣惱 / 憤怒……

Tener rabia...（動詞短語）惱火；氣惱。Tengo rabia + 介系詞 de / de que 連接主句和從句 + 動詞原形或名詞，表示「我感到氣惱 / 憤怒……」。

PASO1 Top 必學句

01	**Tengo rabia** del maltrato animal.	虐待動物的行為使我氣惱。
02	**Tengo rabia** de que me mientas.	你對我撒謊使我感到憤怒。
03	**Tengo rabia** de que me grites.	我厭惡你對我吼叫。
04	**Tengo rabia** de que le pegues al niño.	你打孩子行為令我憤怒。
05	**Tengo rabia** de que no vengas a mi fiesta.	我很生氣你沒參加我的派對。
06	**Tengo rabia** de que llegues tarde.	我厭惡你遲到。
07	**Tengo rabia** de que hables mal de mi.	你說我的壞話令我憤怒。
08	**Tengo rabia** de que no me contestes.	我很氣惱你竟不回答我。
09	**Tengo rabia** de tu mal humor.	我厭惡你的壞脾氣。
10	**Tengo rabia** de perder el dinero.	我好氣惱竟掉了錢。

補充

★03：gritar 動 大喊；吼叫
★04：pegar 動 打
★08：contestar 動 回答

PASO2 句子重組練習

01	**Tengo rabia** de roben. que me	搶劫這件事令我怒不可抑。
02	**Tengo rabia** de te quejes que tanto.	你這麼愛抱怨令我厭惡。
03	**Tengo rabia** de impuesto. pagar tanto	付了那麼多稅令我惱怒。
04	**Tengo rabia** de errores. hagas que tantos	你做這麼多錯誤令我十分氣惱。
05	**Tengo rabia** de tu. amigo tener como un	有你這樣的朋友令我慎怒。

 解答

★01：Tengo rabia de que me roben.
★02：Tengo rabia de que te quejes tanto.
★03：Tengo rabia de pagar tanto impuesto.
★04：Tengo rabia de que hagas tantos errores.
★05：Tengo rabia de tener un amigo como tú.

PASO3 應用篇

A：No crees lo que te digo, ¿sí?

B：Tengo rabia de de que no me tengas confianza.

A：你不相信我說的，是嗎？

B：無法贏得你的信任令我非常生氣。

Me impacienta…

使（我）不耐煩／失去耐心……

人稱代詞 Me，我（yo）的受詞。Me impacienta + 連接詞 que + 動詞或名詞或代名詞，引出各種從句，表示「使（我）不耐煩／失去耐心……」。

PASO1　Top 必學句

01	**Me impacienta** la falta de noticias.	我無法忍受匱乏的新聞。
02	**Me impacienta** tu atraso.	我無法忍受你遲到。
03	**Me impacienta** escucharte.	我懶得聽你說話。
04	**Me impacienta** tu desobediencia.	我無法忍受你的不服從。
05	**Me impacienta** que camines tan lento.	我不耐煩你走的這麼慢。
06	**Me impacienta** que no estudies.	我無法忍受你不讀書。
07	**Me impacienta** que no trabajes.	我受不了你不工作。
08	**Me impacienta** hablar de este tema.	我懶得談這個話題。
09	**Me impacienta** que no pongas atención.	我無法忍受你不專心。
10	**Me impacienta** que no llegues a tiempo.	我不能容忍你沒準時到達。

補充

★02：atraso　　　名 遲到
★04：desobediencia　名 不服從；反抗
★09：atención　　　名 注意；專心

PASO2　句子重組練習

01	**Me impacienta** pescar. a ir	我沒耐性去釣魚。
02	**Me impacienta** problema. poder el solucionar no	我不能容忍解決不了問題。
03	**Me impacienta** profesor. a escuchar este	我沒耐性去聽這個老師。
04	**Me impacienta** niños. los enseñar a	教導孩子我缺乏耐性。

解答

★01：Me impacienta ir a pescar.
★02：Me impacienta no poder solucionar el problema.
★03：Me impacienta escuchar a este profesor.
★04：Me impacienta enseñar a los niños.

PASO3　應用篇

A：Ya estás esperando a Patricio por mucho tiempo.

B：Sí, siempre llega tarde. Me impacienta esperarlo tanto.

A：你已經等候巴提修很長的時間。

B：是啊，他總是遲到，我已經等的很不耐煩。

Me emociona... 使（我）感動 / 激動……

人稱代詞 Me，我（yo）的受詞。Me emociona + 名詞 / 動詞 / 副詞 cuando 當……的時候，表示「……（人或事物）使我感動……」。

PASO1　Top 必學句

01	**Me emociona** la canción.	這首歌使我感動。
02	**Me emociona** cuando me hablas.	當你跟我講話時，我很感動。
03	**Me emociona** la película romántica.	浪漫電影讓我感動。
04	**Me emociona** cuando me regalas flores.	當你送花給我時，我好感動。
05	**Me emociona** la conversación.	該談話令我十分感動。
06	**Me emociona** ver a la abuela.	探視奶奶使我感動。
07	**Me emociona** cuando gana mi equipo de fútbol.	當我那組足球隊獲勝的時候，我好激動。
08	**Me emociona** cuando estás felíz.	當你快樂的時候，我好感動。
09	**Me emociona** cuando bailo contigo.	當我們跳舞時，我好激動。
10	**Me emociona** el paisaje.	風景讓我感動。

補充
- ★04：flores 名 花卉
- ★06：abuela 名 奶奶
- ★10：paisaje 名 風景

PASO2　句子重組練習

01	**Me emociona** me llamas. cuando	當你打電話給我時，我好感動。
02	**Me emociona** enamorado. estar	談戀愛讓我好感動。
03	**Me emociona** contigo. estar	和你在一起我好感動。
04	**Me emociona** el amiga. de regalo mi	朋友送的禮物，令我好感動。
05	**Me emociona** cuidas. cuando me	當你照顧我的時候，我好感動。

解答
- ★01：Me emociona cuando me llamas.
- ★02：Me emociona estar enamorado.
- ★03：Me emociona estar contigo.
- ★04：Me emociona el regalo de mi amiga.
- ★05：Me emociona cuando me cuidas.

PASO3　應用篇

A：¿Te gusta el regalo?

B：Por supuesto! Me emociona cuando te acuerdas de mi.

A：你喜歡這禮物嗎？

B：當然！我好感動你居然還記得我。

Me gusta... 我喜歡……

人稱代詞 Me，我（yo）的受詞。Me gusta + 動詞原形或名詞，表示「我喜歡……」。

PASO1　Top 必學句

01	**Me gusta** el inglés.	我喜歡英語。
02	**Me gusta** la música.	我喜歡音樂。
03	**Me gusta** el jazz.	我喜歡爵士樂。
04	**Me gusta** el helado.	我喜歡霜淇淋。
05	**Me gusta** el profesor.	我喜歡這位老師。
06	**Me gusta** el deporte.	我喜歡運動。
07	**Me gusta** estudiar historia.	我喜歡學習歷史。
08	**Me gusta** ver películas románticas.	我喜歡看浪漫電影。
09	**Me gusta** ir al campo.	我喜歡去鄉下。
10	**Me gusta** comer papas fritas.	我喜歡吃炸薯條。

> 補充
> ★02：música 名 音樂
> ★04：helado 名 霜淇淋
> ★07：historia 名 歷史

PASO2　句子重組練習

01	**Me gusta** playa. ir la a	我喜歡去海邊。
02	**Me gusta** vino el tinto.	我喜歡紅酒。
03	**Me gusta** tranquilo. estar	我喜歡安靜。
04	**Me gusta** perro. el	我喜歡狗。
05	**Me gusta** poemas. escribir	我喜歡寫詩。

> 解答
> ★01：Me gusta ir a la playa.
> ★02：Me gusta el vino tinto.
> ★03：Me gusta estar tranquilo.
> ★04：Me gusta el perro.
> ★05：Me gusta escribir poemas.

PASO3　應用篇

A：¿Quieres ir a nadar esta tarde?

B：Sí... ¡Me gusta mucho la idea!

A：今天下午，你想去游泳嗎？

B：好……我真的很喜歡這個主意！

Me sorprende…
使（我）使驚訝 / 感到意外……

人稱代詞 Me，我（yo）的受詞。Me sorprende + 連接詞 que + 動詞或名詞，引出各種從句，表示「使（我）使驚奇 / 感到意外……」。

PASO1　Top 必學句

01	**Me sorprende** que estés aquí.	我很驚訝你在這裡。
02	**Me sorprende** que viajes solo.	我很驚訝你獨自旅行。
03	**Me sorprende** que no tengas dinero.	我很震驚你竟然沒錢。
04	**Me sorprende** que tengas éxito.	我很驚訝你居然成功。
05	**Me sorprende** que vendas tu casa.	我很驚訝你賣你的房子。
06	**Me sorprende** que juegues tan bien al ajedrez.	我很驚訝你那麼會下棋。
07	**Me sorprende** tu llamada.	你打來的電話令我很驚訝。
08	**Me sorprende** la visita de Antonio.	安東尼的來訪令我非常驚訝。
09	**Me sorprende** la muerte de tu madre.	我很震驚你母親的死訊。
10	**Me sorprende** la noticia.	這消息令我驚訝。

補充
★04：éxito　图 成功
★07：llamada　图 叫；呼喚
★09：muerte　图 死亡

PASO2　句子重組練習

01	**Me sorprende** llegues. no que	我很驚訝你還沒到。
02	**Me sorprende** hijo a mi ver fumando.	看到兒子抽煙，我覺得非常驚訝。
03	**Me sorprende** creas. que me no	我很驚訝你居然不相信我。
04	**Me sorprende** bien. cocines tan que	我很驚訝你這麼會烹飪。

解答
★01：Me sorprende que no llegues.
★02：Me sorprende ver a mi hijo fumando.
★03：Me sorprende que no me creas.
★04：Me sorprende que cocines tan bien.

PASO3　應用篇

A：Quiero comprar un coche italiano.

B：¡Me sorprende el precio tan alto!

A：我想買一輛義大利汽車。

B：我感到意外價格那麼貴！

Me haces sentir... 你讓我感覺……

人稱代詞 Me，我（yo）的受詞。Me haces sentir + 動詞，表示「你讓我感覺……」。

PASO1　Top 必學句

01	**Me haces sentir** bien.	你讓我感覺很好。
02	**Me haces sentir** mal.	你讓我感覺不舒服。
03	**Me haces sentir** felíz.	你讓我覺得幸福。
04	**Me haces sentir** triste.	你讓我感到難過。
05	**Me haces sentir** culpable.	你讓我感到內疚。
06	**Me haces sentir** vergüenza.	你讓我感到羞愧。
07	**Me haces sentir** cómodo.	你讓我感覺很舒服。
08	**Me haces sentir** incómodo.	你讓我覺得不舒服。
09	**Me haces sentir** atractiva.	你讓我覺得很有吸引力。
10	**Me haces sentir** orgulloso.	你讓我感到驕傲。

補充

★05：culpable 形 內疚的
★09：atractiva 形 吸引力的
★10：orgulloso 形 驕傲的

PASO2　句子重組練習

01	**Me haces sentir** vida. tu necesario en	你讓我覺得你的生活需要我。
02	**Me haces sentir** casa. la en solo	你讓我感覺在家很孤獨。
03	**Me haces sentir** ti. lejos de	你讓我感覺離你好遠。
04	**Me haces sentir** palabras. bien tus con	你的話讓我感到好舒服。
05	**Me haces sentir** noticia. triste la con	你帶來的消息讓我感到悲傷。

解答

★01：Me haces sentir necesario en tu vida.
★02：Me haces sentir solo en la casa.
★03：Me haces sentir lejos de ti.
★04：Me haces sentir bien con tus palabras.
★05：Me haces sentir triste con la noticia.

PASO3　應用篇

A：Laura, te queda muy bien ese vestido.

B：Gracias. Me haces sentir bella.

A：蘿拉，那件洋裝真的很適合妳。

B：謝謝。你讓我覺得自己很漂亮。

Me muero por... 我真想……

人稱代詞 Me，我（yo）的受詞。Me muero + 介系詞 por + 動詞原形或名詞，表示「我真想……」。

PASO1　Top 必學句

01	**Me muero por** verte.	我真想見你。
02	**Me muero por** comer fideos con salsa blanca.	我真想吃麵配白醬。
03	**Me muero por** ir a tu casa.	我真想去你家。
04	**Me muero por** estar contigo.	我渴望和你在一起。
05	**Me muero por** conocerte mejor.	我渴望更認識你。
06	**Me muero por** conducir mi nuevo coche.	我等不及想開我的新車。
07	**Me muero por** darte el regalo.	我急於要給你禮物。
08	**Me muero por** salir de vacaciones.	我渴望去度假。
09	**Me muero por** viajar al Amazonas.	我渴望去亞馬遜旅遊。
10	**Me muero por** hablar inglés.	我真想説英語。

補充
★02：fideos　名 麵
★06：conducir　動 駕駛；開車
★09：Amazonas　名 亞馬遜

PASO2　句子重組練習

01	**Me muero por** invitarte cenar. a	我真想請你吃晚餐。
02	**Me muero por** vivir de más cerca ti.	我真想住的離你近一點。
03	**Me muero por** de melón. jugo tomarme un	我真想喝香瓜汁。
04	**Me muero por** tener moto. una	我渴望有一台摩托車。
05	**Me muero por** fútbol. el	我好喜歡足球。

解答
★01：Me muero por invitarte a cenar.
★02：Me muero por vivir más cerca de ti.
★03：Me muero por tomarme un jugo de melón.
★04：Me muero por tener una moto.
★05：Me muero por el fútbol.

PASO3　應用篇

A：¿Tienes tiempo para una copa esta noche?

B：Sí! Me muero por salir contigo!

A：今晚你有時間喝一杯嗎？

B：當然！我渴望和你一起出去！

Me molesta…
使（我）感到不舒服 / 不適 / 厭煩……

人稱代詞 Me，我（yo）的受詞。Me molesta + 連接詞 que + 動詞 / 形容詞 / 名詞，引出各種從句，表示「使（我）感到不舒服 / 不適 / 厭煩……」。

PASO1　Top 必學句

01	**Me molesta** que viajes sin mi.	我不喜歡你旅行沒有我 。
02	**Me molesta** que me dejes solo.	我不喜歡你讓我獨自一人留下。
03	**Me molesta** que bebas tanto.	我不喜歡你喝這麼多。
04	**Me molesta** que no te bañes.	我不喜歡你不洗澡。
05	**Me molesta** que seas tan tonto.	挺煩人的，為什麼你那麼愚蠢。
06	**Me molesta** salir tan tarde.	這麼晚出門令我感到不舒服。
07	**Me molesta** ir a la escuela.	去上學令我感到厭煩。
08	**Me molesta** estudiar piano.	學鋼琴，我覺得很煩。
09	**Me molesta** la pregunta.	這問題令我感到不舒服。
10	**Me molesta** el paro.	罷工遊行令我感到厭煩。

補充
★05：tonto 　形 傻的
★07：escuela 　名 學校
★08：piano 　名 鋼琴

PASO2　句子重組練習

01	**Me molesta** trabajo. el	我覺得工作很煩。
02	**Me molesta** dinero. prestar	我討厭借人錢。
03	**Me molesta** disculpas. pedir	我不喜歡道歉。
04	**Me molesta** tarde. que llegues	我討厭遲到。
05	**Me molesta** los días. cocinar todos	我討厭每天做飯。

解答
★01：Me molesta el trabajo.
★02：Me molesta prestar dinero.
★03：Me molesta pedir disculpas.
★04：Me molesta que llegues tarde.
★05：Me molesta cocinar todos los días.

PASO3　應用篇

A：Mañana nos vamos a las 6:00 al aeropuerto.

B：¡Oh, no! Me molesta levantarme temprano.

A：明天，我們6:00要出發到機場。

B：喔，不！我討厭早起。

Me da lástima…
使（我）感到惋惜 / 同情……

人稱代詞 Me，我（yo）的受詞。Me da lástima + 連接詞 que 用於某些動詞或形容詞或名詞，引出各種從句，表示「使（我）感到惋惜 / 同情……」。

PASO1　Top 必學句

01	**Me da lástima** que no tengas dinero.	我同情你沒有錢。
02	**Me da lástima** la pobreza.	我同情貧窮。
03	**Me da lástima** que Marta esté enferma.	我感到難過瑪塔生病了。
04	**Me da lástima** el niño huérfano.	我同情孤兒。
05	**Me da lástima** el vagabundo.	我可憐流浪漢。
06	**Me da lástima** la miseria.	我同情苦難。
07	**Me da lástima** que tengas hambre.	我感到難過你餓了。
08	**Me da lástima** ver morir a la gente.	看到人死讓我傷心。
09	**Me da lástima** que llores.	我感到難過你哭了。
10	**Me da lástima** que seas tan perezoso.	我感到遺憾你這麼懶惰。

> **補充**
> ★04：huérfano 　名 孤兒
> ★05：vagabundo 　名 流浪者
> ★07：hambre 　名 飢餓

PASO2　句子重組練習

01	**Me da lástima** vayas. te que	我感到遺憾你要走。
02	**Me da lástima** muera que tu se perro.	我為你死去的狗感到惋惜。
03	**Me da lástima** descansar. no puedas que	我同情你無法休息。
04	**Me da lástima** gorda. tan estés que	我感到難過你這麼胖。

> **解答**
> ★01：Me da lástima que te vayas.
> ★02：Me da lástima que se muera tu perro.
> ★03：Me da lástima que no puedas descansar.
> ★04：Me da lástima que estés tan gorda.

PASO3　應用篇

A：Veo a Ana muy delgada últimamente.　　B：我看到安娜最近變得好瘦。

B：Sí, yo también.　　A：是啊，我同意。

A：Me da lástima verla así.　　B：我感到好難過看她變成那樣。

Me da lo mismo... 我不在乎……

人稱代詞 Me，我（yo）的受詞。Me da lo mismo + 關係代詞 lo que（什麼），表示「我不在乎……」。

PASO1　Top 必學句

01	**Me da lo** mismo lo que hagas.	你做什麼我都無所謂。
02	**Me da lo** mismo lo que hables.	你講什麼我都無所謂。
03	**Me da lo** mismo lo que digas.	你說什麼我都不在乎。
04	**Me da lo** mismo lo que pienses.	你想什麼我不在乎。
05	**Me da lo** mismo lo que pase.	你發生什麼事，我都無所謂。
06	**Me da lo** mismo lo que escribas.	你寫什麼我都無所謂。
07	**Me da lo** mismo lo que estudies.	你學什麼我都無所謂。
08	**Me da lo** mismo lo que comas.	你吃什麼我都無所謂。
09	**Me da lo** mismo lo que sientas.	我不在乎你的感覺。
10	**Me da lo** mismo lo que te pongas.	你穿什麼我都無所謂。

補充

★03：decir 動 說；告訴
★06：escribir 動 寫
★10：ponerse 動 穿

PASO2　句子重組練習

01	**Me da lo mismo** que creas. lo	你相信什麼，我都無所謂。
02	**Me da lo mismo** lo Juan. haga que	我不在乎璜做什麼。
03	**Me da lo mismo** viaje. que al lo lleves	你旅行帶什麼，我無所謂。
04	**Me da lo mismo** pagues el coche. por que lo	我不在乎你為車付的錢。
05	**Me da lo mismo** que regales le lo Pedro. a	我無所謂你送佩卓什麼禮物。

 解答

★01：Me da lo mismo lo que creas.
★02：Me da lo mismo lo que haga Juan.
★03：Me da lo mismo lo que lleves al viaje.
★04：Me da lo mismo lo que pagues por el coche.
★05：Me da lo mismo lo que le regales a Pedro.

PASO3　應用篇

A：Voy a preparar tortilla de patatas para la cena.

B：No te preocupes. Me da lo mismo lo que cocines.

A：我要去準備馬鈴薯煎蛋當晚餐。

B：你不用擔心。你煮什麼我都無所謂。

Me da pena que…
使（我）感到難過 / 傷心……

Me da pena + 連接詞 que + 動詞 / 形容詞 / 名詞，引出各種子句，表示「使（我）感到難過 / 傷心……」。

PASO1　Top 必學句

01	**Me da pena que** no me creas.	你不相信我，我很難過。
02	**Me da pena que** no puedas venir.	我很難過你不能來。
03	**Me da pena que** estés solo.	看到你孤單單的，我好難過。
04	**Me da pena que** te sientas mal.	知道你不舒適，我很難過。
05	**Me da pena que** estés enfermo.	你病了，令我十分難過。
06	**Me da pena que** perdieras el juego.	你輸了比賽，我很難過。
07	**Me da pena que** te quedes sin trabajo.	你沒了工作，我很難過。
08	**Me da pena que** no hagas esfuerzo.	你不努力，讓我很難過。
09	**Me da pena que** estés en el hospital.	你住院了，我很難過。
10	**Me da pena que** te vayas tan lejos.	你去那麼遠，我很難過。

補充

★05：enfermo 形 生病
★08：esfuerzo 名 努力
★10：lejos 副 遠

PASO2　句子重組練習

01	**Me da pena que** dinero. perdiera su	我很難過，您丟了錢。
02	**Me da pena que** quieras. ya me no	你已不愛我了，讓我很傷心。
03	**Me da pena que** no ayudarme. puedas	我很難過，你無法幫我
04	**Me da pena que** tanto. llores	你哭得這麼厲害，令我好傷心。
05	**Me da pena que** triste. estés	你悲傷的時候，我好難過。

解答

★01：Me da pena que perdiera su dinero.

★02：Me da pena que ya no me quieras.

★03：Me da pena que no puedas ayudarme.

★04：Me da pena que llores tanto.

★05：Me da pena que estés triste.

PASO3　應用篇

A：Julio no puede encontrar trabajo.

B：Me da pena que esté tan pobre.

A：胡里歐找不到工作。

B：看他這麼可憐，我好難過。

Me es difícil... 我覺得很困難 / 不容易……

人稱代詞 Me，我（yo）的受詞。 difícil（形）困難的，形容對「我」而言是「困難的」。Me es difícil + 動詞原形，表示「我覺得很困難（不容易）……」。

PASO1　Top 必學句

01	**Me es difícil** dejarte solo.	我覺得很難留下你一人。
02	**Me es difícil** hacer dieta.	我覺得節食不容易。
03	**Me es difícil** adelgazar.	我覺得減肥不容易。
04	**Me es difícil** ir a tu casa.	我覺得去你家很困難。
05	**Me es difícil** comprar el libro.	我覺得買這本書不容易。
06	**Me es difícil** entender esta pregunta.	我很能難理解這個問題。
07	**Me es difícil** contestar al profesor.	我很難回答教授的問題。
08	**Me es difícil** hablar contigo.	我幾乎不能跟你談。
09	**Me es difícil** perdonarte.	我很難原諒你。
10	**Me es difícil** darte una explicación.	我很難給你一個解釋。

> 補充
> ★02：dieta　名 節制飲食
> ★03：adelgazar　動 減重（肥）
> ★10：explicación　名 解釋

PASO2　句子重組練習

01	**Me es difícil** dolor. tu imaginarme	我很難想像你的痛苦。
02	**Me es difícil** hacer. qué decidir	我很難決定怎麼做。
03	**Me es difícil** comprender error. tu	我很難理解你的錯誤。
04	**Me es difícil** tan ser que puntual. tener	對我而言，守時很難做到。
05	**Me es difícil** entender letra. tu	我很難辨識你的字跡。

> 解答
> ★01：Me es difícil imaginarme tu dolor.
> ★02：Me es difícil decidir qué hacer.
> ★03：Me es difícil comprender tu error.
> ★04：Me es difícil tener que ser tan puntual.
> ★05：Me es dificil entender tu letra.

PASO3　應用篇

A：Por favor, trata de entenderme.

B：No sé... Me es difícil entender lo que haces.

A：請，試著瞭解我。

B：我不知道……我覺得很難理解你做的。

Me da risa... 使（我）感到想笑……

Me da risa + 名詞或副詞 cuando（當……時候），表示「使（我）感到想笑……」。

PASO1 Top 必學句

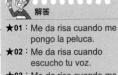

01	**Me da risa** cuando cantas.	當你唱歌時，讓我想笑。	
02	**Me da risa** el chiste.	笑話讓我笑。	
03	**Me da risa** cuando bailas.	當你跳舞時，讓我想笑。	
04	**Me da risa** cuando te pones esa ropa.	當你穿上那衣服時，讓我想笑。	
05	**Me da risa** el payaso.	小丑逗我笑。	
06	**Me da risa** cuando pienso en ti.	當我想到你的時候，不禁笑了出來。	
07	**Me da risa** la manera que hablas.	你說話的方式，讓我想笑。	
08	**Me da risa** lo que dices.	你說的什麼來得，讓我想笑。	
09	**Me da risa** cuando usas esos zapatos.	當你穿上這雙鞋的時候，我很想笑。	
10	**Me da risa** cuando pones esa cara.	當你擺出這張臉的時候，我很想笑。	

補充
★03：bailar 動 舞蹈
★05：payaso 名 小丑
★10：cara 名 臉

PASO2 句子重組練習

01	**Me da risa** peluca. cuando pongo me la	當我戴上假髮的時候，我覺得好笑。
02	**Me da risa** voz. tu cuando escucho	當我聽到你的聲音，我覺得好笑。
03	**Me da risa** miras. me cuando	當你看著我的時候，讓我不禁笑了。
04	**Me da risa** canción. esta	這首歌，我覺得很好笑。
05	**Me da risa** carta. tu leer	看你的信，我覺得很好笑

解答
★01：Me da risa cuando me pongo la peluca.
★02：Me da risa cuando escucho tu voz.
★03：Me da risa cuando me miras.
★04：Me da risa esta canción.
★05：Me da risa leer tu carta.

PASO3 應用篇

A：El novio de mi hija es muy divertido.

B：Sí, me da risa cuando habla.

A：我女兒的男朋友，真的很逗趣。

B：是啊，每當他說話的時候，我都很想笑。

Me cansa... 使（我）感到厭煩 / 生厭……

人稱代詞 Me，我（yo）的受詞。Me cansa + 連接詞 que + 動詞或名詞，引出各種從句，表示「使（我）感到厭煩 / 生厭……」。

PASO1　Top 必學句

01	**Me cansa** que no estudies.	我實在受不了你不用功。
02	**Me cansa** que no ordenes tu habitación.	我討厭你不整理房間。
03	**Me cansa** que seas tan holgazán.	我實在受不了你這麼懶。
04	**Me cansa** ver tanta gente	我受不了看到這麼多人。
05	**Me cansa** ser pobre.	我厭倦了貧窮的日子。
06	**Me cansa** tratar de complacerte.	我厭倦討你歡心。
07	**Me cansa** venir a esta ciudad.	我討厭來到這個城市。
08	**Me cansa** limpiar la casa.	我厭倦了清理房子。
09	**Me cansa** el calor del verano.	我實在受不了夏日的酷暑。
10	**Me cansa** vivir aquí.	我厭倦了在這裡生活。

> **補充**
> ★**02**：habitación 名 房間
> ★**03**：holgazán 形 懶惰
> ★**06**：complacer 動 取悅

PASO2　句子重組練習

01	**Me cansa** quejas. oir tus	我厭倦了聽你的抱怨。
02	**Me cansa** mismo hacer trabajo. el	我厭倦了做同樣的工作。
03	**Me cansa** arroz días. los comer todos	我厭倦了每天吃米飯。
04	**Me cansa** la tocar batería.	我厭倦了打鼓。
05	**Me cansa** ama casa. ser de	我厭倦了做家庭主婦。

> **解答**
> ★**01**：Me cansa oir tus quejas.
> ★**02**：Me cansa hacer el mismo trabajo.
> ★**03**：Me cansa comer arroz todos los días.
> ★**04**：Me cansa tocar la bateria.
> ★**05**：Me cansa ser ama de casa.

PASO3　應用篇

A：Mamá, me cansa levantarme temprano todos los días.

B：Sí, ya sé. Pero "a quien madruga, dios le ayuda."

A：媽媽，我討厭每天早起。

B：是啊，我知道。然而「早起的鳥兒有上帝的祝佑（早起的鳥兒有蟲吃）」。

Me siento satisfecho con...
我感到滿意 / 高興……

人稱代詞 Me，我（yo）的受詞。satisfecho（形）滿意的，形容「我」對某事物或人是「滿意的」。Me siento satisfecho + 介系詞 con / de + 名詞，表示「我感到滿意 / 高興……」。

PASO1　Top 必學句

01	**Me siento satisfecho con** mi trabajo.	我很滿意我的工作。	
02	**Me siento satisfecho con** esta relación.	我很滿意這段感情。	
03	**Me siento satisfecho con** tu respuesta.	我很滿意你的回答。	
04	**Me siento satisfecho con** mi salario.	我很滿意我的薪資。	
05	**Me siento satisfecho con** los vendedores.	我對業務員很滿意。	
06	**Me siento satisfecho con** el informe.	我很滿意你的報告。	
07	**Me siento satisfecho con** el nuevo coche.	我很滿意新車。	
08	**Me siento satisfecho con** el resultado.	我對結果感到滿意。	
09	**Me siento satisfecho con** la propuesta.	我對該提案感到滿意。	
10	**Me siento satisfecho con** el nuevo proyecto.	我對新計劃感到滿意。	

補充
★02：relación 名 關係
★06：informe 名 報告
★09：propuesta 名 提案

PASO2　句子重組練習

01	**Me siento satisfecho con** votos. los	我很滿意投票結果。
02	**Me siento satisfecho con** comida. la	我對食物很滿意。
03	**Me siento satisfecho con** libro escribí. el que	我很滿意我寫的這本書。

解答
★01：Me siento satisfecho con los votos.
★02：Me siento satisfecho con la comida.
★03：Me siento satisfecho con el libro que escribí.

PASO3　應用篇

A：¡Te veo muy contento hoy, cariño!

B：Sí. Me siento muy satisfecho con las últimas ventas.

A：親愛的，今天你看起來好像很高興，

B：是啊，我很滿意最新的銷售成績。

Me alivia...
使（我）減輕 / 負擔 / 病痛 / 疲勞等……

Me alivia + 連接詞 que + 動詞或名詞，引出各種從句，表示「使（我）減輕 / 負擔 / 病痛 / 疲勞等……」。

PASO1　Top 必學句

01	**Me alivia** que llegues sano y salvo a casa.	我感到欣慰能平安回家。
02	**Me alivia** que no te cases con Miguel.	你沒跟米格爾結婚令我如釋重負。
03	**Me alivia** que aceptes mi propuesta.	我很欣慰你接受了我的建議。
04	**Me alivia** que termine la guerra en Afganistán.	我感到欣慰阿富汗戰爭結束了。
05	**Me alivia** que estés mejor de tu enfermedad.	你的病情好轉令我如釋重負。
06	**Me alivia** que confies en mi.	我感到欣慰你相信我。
07	**Me alivia** no tener más dolor de garganta.	喉嚨不再痛了令我感到舒適。
08	**Me alivia** saber que estás bien.	知道你沒事令我如釋重負。
09	**Me alivia** verte estudiar tanto.	我感到欣慰你如此用功。
10	**Me alivia** dormir más horas.	我感到舒適能再多睡幾小時。

補充
★02：casarse　　動 結婚
★05：enfermedad　名 病
★10：dormir　　　動 睡覺

PASO2　句子重組練習

01	**Me alivia** verte. a volver	我很欣慰能再看到你。
02	**Me alivia** sigas bebiendo. no que	我感到欣慰你不再喝酒。
03	**Me alivia** nuevamente. sonreir verte	我很高興再次見到你的笑容。

解答
★01：Me alivia volver a verte.
★02：Me alivia que no sigas bebiendo.
★03：Me alivia verte sonreir nuevamente.

PASO3　應用篇

A：¿Sabes? José y yo volvimos.

B：Ah, qué bien! Me alivia saber que siguen juntos.

A：你知道嗎？我和荷塞又復合了。

B：啊，多麼美好！知道你們能在一起，我感到十分欣慰。

Me deprime...
使（我）感到壓抑 / 消沉 / 沮喪……

Me deprime + 動詞原形或連接詞或名詞，表示「使（我）感到壓抑 / 消沉 / 沮喪……」。

PASO1　Top 必學句

01	**Me deprime** ir al funeral.	參加葬禮令我心情沮喪。
02	**Me deprime** verte enfermo.	看到你生病令我情緒低落。
03	**Me deprime** ir al hospital.	去醫院令我備感壓力。
04	**Me deprime** que no puedas venir.	你不能來使我感到沮喪。
05	**Me deprime** que seas tan pesimista.	你如此的悲觀令我心情抑鬱。
06	**Me deprime** que no encuentres trabajo.	你找不到工作令我感到沮喪。
07	**Me deprime** que llueva tanto.	雨下這麼多令我心情抑鬱。
08	**Me deprime** la guerra.	戰爭令我備感沮喪。
09	**Me deprime** oir las noticias.	這消息使我心情低落。
10	**Me deprime** que muriera tanta gente.	死了這麼多人令我感到沮喪。

補充
★05：pesimista 形 悲觀
★07：llover 動 雨
★08：guerra 名 戰爭

PASO2　句子重組練習

01	**Me deprime** nadie que fiesta. no venga mi a	沒人來參加我的派對令我沮喪。
02	**Me deprime** noticias TV. en ver las la	電視新聞使我心情低落。
03	**Me deprime** vengas que verme. a no	你沒來看我令我心情低落。
04	**Me deprime** mal hables que mi. de	你講我的壞話使我心情低落。
05	**Me deprime** hayas que perdido.	你輸了令人備感沮喪。

解答
★01：Me deprime que no venga nadie a mi fiesta.
★02：Me deprime ver las noticias en la TV.
★03：Me deprime que no vengas a verme.
★04：Me deprime que hables mal de mi.
★05：Me deprime que hayas perdido.

PASO3　應用篇

A：El chico falleció en el accidente de anoche.

B：¡Oh, no! Me deprime escuchar tan mala noticia.

A：昨晚事故中的男孩已經去世了。

B：哦，不！這樣的壞消息令我心情沮喪。

Me complace que…
使（我）高興 / 歡喜 / 滿意……

人稱代詞 Me，我（yo）的受詞。Me complace + 連接詞 que + 動詞或名詞，引出各種從句，表示「使（我）高興 / 歡喜 / 滿意……」。

PASO1　Top 必學句

01	**Me complace que** quieras aprender sueco.	我很喜悅，你想學瑞典語。
02	**Me complace que** cocines para mi.	我很喜悅，你為我做飯。
03	**Me complace que** te cases mañana.	我很喜悅，你明天結婚了。
04	**Me complace que** cantes tan bien.	我很喜悅，你這麼會唱歌。
05	**Me complace que** llegues temprano.	我很喜悅，你竟然早到了。
06	**Me complace que** vayamos a Corea.	我很喜悅，我們要去韓國。
07	**Me complace que** leas este libro.	我很喜悅，你閱讀這本書。
08	**Me complace que** veas esta película.	我很喜悅，你看那部電影。
09	**Me complace que** toques el piano.	我很喜悅，你彈鋼琴。
10	**Me complace que** esperes un bebé.	我很喜悅，你懷孕了。

補充
- ★**01**：sueco 名 瑞典語
- ★**04**：cantar 動 唱
- ★**06**：Corea 名 韓國

PASO2　句子重組練習

01	**Me complace** digas me eso. que	我很喜悅，你說那事。
02	**Me complace** que prestes coche. el me	我很喜悅，你借我車。
03	**Me complace** valiente. que tan seas	我很喜悅，你這麼勇敢。
04	**Me complace** que juntos hoy. estemos	我很喜悅，我們今天在一起。
05	**Me complace** sepas que bailar.	我很喜悅，你會舞蹈。

解答
- ★**01**：Me complace que me digas eso.
- ★**02**：Me complace que me prestes el coche.
- ★**03**：Me complace que seas tan valiente.
- ★**04**：Me complace que estemos juntos hoy.
- ★**05**：Me complace que sepas bailar.

PASO3　應用篇

A：Mario volvió de Los Angeles.

B：¿Verdad? Me complace que esté nuevamente aquí.

A：馬里奧已經從洛杉磯回來了。

B：真的嗎？我很高興他回來了。

Me siento tranquilo… 我感到放心……

Me siento tranquilo + 介系詞 de / 副詞 cuando，表示「我感到放心……」。

PASO1　Top 必學句

01	**Me siento tranquilo** de escuchar la buena noticia.	聽到這個好消息，我感到安心。
02	**Me siento tranquilo** de saber que estás mejor.	知道你好多了，我感到放心。
03	**Me siento tranquilo** de verte estudiar.	看到你認真學習，我感到安心。
04	**Me siento tranquilo** de tenerte cerca.	身邊有你，我感到安心。
05	**Me siento tranquilo** de terminar el proyecto.	完成了該項目，我感到放心。
06	**Me siento tranquilo** cuando estás a mi lado.	當你在我身旁，我感到安心。
07	**Me siento tranquilo** cuando paso mis exámenes.	當我通過了考試，心情格外放鬆。
08	**Me siento tranquilo** cuando te escucho.	當我聽到你的聲音，我感到安心。
09	**Me siento tranquilo** cuando llegas a casa.	當你回家的時候，我感到放心。
10	**Me siento tranquilo** cuando te veo.	當我看到你的時候，我感到放心。

補充

★04：cerca 副 近
★06：lado 副 側；旁邊
★10：ver 動 看到；看見

PASO2　句子重組練習

01	**Me siento tranquilo** felíz. veo cuando te	當我看到你很幸福，我感到安心。
02	**Me siento tranquilo** casa. en estar de	家讓我有平安舒心的感覺。
03	**Me siento tranquilo** hijos cuando sanos. están mis	當孩子健康的時候，我感到放心。
04	**Me siento tranquilo** tareas. cuando las termino	當我完成了功課，我很放鬆。

 解答

★01：Me siento tranquilo cuando te veo felíz.
★02：Me siento tranquilo de estar en casa.
★03：Me siento tranquilo cuando mis hijos están sanos.
★04：Me siento tranquilo cuando termino las tareas.

PASO3　應用篇

A：Me siento tranquilo del resultado de mi exámen físico.

B：Sí. Me alegro de que no tengas nada grave.

A：我的體檢報告，讓我放心。

B：是啊，我很高興你沒什麼大不了的事。

Me disgusta... 我不喜歡……

Me disgusta 連接詞 que 後面從句動詞用虛擬式。（假設語氣（虛擬式）在西班牙文語中使用的非常頻繁。表達說話人主觀的情緒與感覺；期盼或願望以及表命令與要求或勸誡……等）。

PASO1　Top 必學句

01	**Me disgusta** que tengas que irte.	我不喜歡你必須離開。
02	**Me disgusta** que tengas que terminar la fiesta.	我不喜歡你必須結束聚會。
03	**Me disgusta** que me eches la culpa.	我不喜歡你怪罪於我。
04	**Me disgusta** que inventes cosas.	我不喜歡你捏造事情。
05	**Me disgusta** que te escriba tu ex-novio.	我不喜歡你前男友寫信給你。
06	**Me disgusta** que le pegues a tu perro.	我不喜歡你打你的狗。
07	**Me disgusta** que me amenaces.	我討厭你威脅我。
08	**Me disgusta** que no me respetes.	我不喜歡，你不尊重我。
09	**Me disgusta** que bebas y conduzcas.	我不喜歡你酒後開車。
10	**Me disgusta** que me interrumpas cuando hablo.	我不喜歡你打斷我的談話。

補充
★03：echar la culpa 片 責怪，歸咎於
★07：amenazas 名 威脅
★10：interrumpir 動 打斷（別人的話等）

PASO2　句子重組練習

01	**Me disgusta** escándalo. que tanto hagas	我不喜歡你這麼愛小題大作。
02	**Me disgusta** Sofía que te verdad. la no diga	我不喜歡索菲亞沒對你說實話。
03	**Me disgusta** no que estudies bien.	我討厭你不認真學習。
04	**Me disgusta** devuelvas no libro. me que el	我不喜歡你不還我書。

解答
★01：Me disgusta que hagas tanto escándalo.
★02：Me disgusta que Sofía no te diga la verdad.
★03：Me disgusta que no estudies bien.
★04：Me disgusta que no me devuelvas el libro.

PASO3　應用篇

A：¿Vienes conmigo o con Julio a la fiesta?

B：No estoy seguro…

A：Me disgusta que seas tan indecisa.

A：你要和誰來派對，跟我還是胡里歐？

B：我還不確定……

A：我不喜歡你這麼優柔寡斷。

Me siento bien...
我感到很好 / 愜意 / 愉快……

人稱代詞 Me，我（yo）的受詞。Me siento bien + en / de / cuando（介系詞 / 動詞 / cuando（副詞）當……時候 ），表示「我感到很好 / 愜意 / 愉快……」。

PASO1　Top 必學句

01 │ **Me siento bien** en casa.	我喜歡待在家的感覺。
02 │ **Me siento bien** en tu compañía.	有你陪伴，我好快樂。
03 │ **Me siento bien** en este lugar.	我覺得這裡很好。
04 │ **Me siento bien** de cocinar para mi familia.	為家人做飯，我好開心。
05 │ **Me siento bien** de ganar el primer lugar.	贏得了第一名，我覺得開心。
06 │ **Me siento bien** de hablar contigo.	跟你說話，我覺得真好。
07 │ **Me siento bien** de terminar mi tarea.	寫完了功課，我感覺好輕鬆。
08 │ **Me siento bien** cuando te veo contento.	當我看到你開心時，我覺得好快樂 。
09 │ **Me siento bien** cuando te escucho.	當我傾聽你時，我感覺好幸福。
10 │ **Me siento bien** cuando me llamas.	當你打電話給我時，我好開心。

補充
★02：compañía 名 陪伴
★05：primer 形 第一名
★09：escuchar 動 聽；傾聽

PASO2　句子重組練習

01 │ **Me siento bien** verdad. de la saber	知道事情的真相後，我覺得很舒坦。
02 │ **Me siento bien** novio. mi estoy cuando con	當我和男朋友在一起時，我好開心。
03 │ **Me siento bien** zapatos. cuando estos uso	當我穿上這雙鞋時，我覺得好舒適。
04 │ **Me siento bien** más. de fumar no	我戒菸了，感覺真好。

解答
★01：Me siento bien de saber la verdad.
★02：Me siento bien cuando estoy con mi novio.
★03：Me siento bien cuando uso estos zapatos.
★04：Me siento bien de no fumar más.

PASO3　應用篇

A：Ana, te veo muy cansada después del partido…

B：Sí, pero me siento bien después de jugar tenis.

A：安娜，我看妳賽後好像很疲憊……

B：是啊，但是我覺得打網球後的感覺真好。

Me siento mal...
我感到不適 / 不安 / 不好……

人稱代詞 Me，我（yo）的受詞。Me siento mal + 介系詞 en，de + 動詞 + 副詞 cuando 當……時候，表示「我感到不適 / 不安 / 不好……」。

PASO1　Top 必學句

01	**Me siento mal** cuando me repites lo mismo.	你重複説同樣的事情，我覺得很煩。
02	**Me siento mal** cuando me regañas.	當你埋怨我的時候，我感到不舒服。
03	**Me siento mal** de ser tan egoísta.	我覺得自己糟透了竟如此自私。
04	**Me siento mal** de pegarle a mi hijo.	我打孩子後的感覺，好懊悔。
05	**Me siento mal** cuando no me baño.	當我沒洗澡時，覺得渾身不舒服。
06	**Me siento mal** en la oficina.	我不喜歡待在辦公室的感覺。
07	**Me siento mal** cuando como mariscos.	當我吃了海鮮時，覺得不舒服。
08	**Me siento mal** en casa de tus padres.	待在你父母家，我感到很不自在。
09	**Me siento mal** de limpiar el baño.	我不喜歡清洗浴室。
10	**Me siento mal** de no poder ayudarte.	沒能幫的到你，我覺得很懊惱。

補充

★01：repetir　動 重複
★02：regañar　動 抱怨；埋怨
★07：mariscos　名 海鮮

PASO2　句子重組練習

01	**Me siento mal** tanto. cuando hablas	你話太多，我覺得很煩。
02	**Me siento mal** criticas. me cuando	當你批評我時，我真的很不舒服。
03	**Me siento mal** fiesta. ir de no tu a	沒能參加你的派對，我覺得很難過。

解答

★01：Me siento mal cuando hablas tanto.
★02：Me siento mal cuando me criticas.
★03：Me siento mal de no ir a tu fiesta.

PASO3　應用篇

A：Juan, ¿por qué llega a esta hora a la oficina?

B：Disculpe, jefe. Me siento muy mal de estómago hoy .

A：璜，為什麼這個時候才到辦公室？

B：對不起，老闆。今天我肚子很不舒服。

Me da la impresión... 我覺得……

人稱代詞 Me，我（yo）的受詞。Me da la impresión + de que 連接主句和從句 + 動詞原形或名詞，表示「我覺得……」。

PASO1　Top 必學句

01	**Me da la impresión** de que estás enfadado.	我覺得你好像生氣了。
02	**Me da la impresión** de que estás aburrido.	我覺得你似乎很無聊。
03	**Me da la impresión** de que estás cansado.	我覺得你好像累了。
04	**Me da la impresión** de que estás deprimido.	我感覺你似乎很鬱悶。
05	**Me da la impresión** de que estás apurado.	我感覺你似乎有點急。
06	**Me da la impresión** de que estás ganando.	我覺得你好像要贏了。
07	**Me da la impresión** de que estás mintiendo.	我感覺你似乎在說謊。
08	**Me da la impresión** de que tienes hambre.	我覺得你好像餓了。
09	**Me da la impresión** de que tienes pena.	我感覺你似乎很難過。
10	**Me da la impresión** de que tienes problemas.	我覺得你好像有麻煩。

補充

★02：aburrido 形 無聊的
★05：apurado 形 匆忙；急
★08：hambre 名 餓；飢餓

PASO2　句子重組練習

01	**Me da la impresión** a de llover. va que	我感覺好像會下雨。
02	**Me da la impresión** tarde. a vas llegar que de	我感覺你好像會遲到。
03	**Me da la impresión** el salario. que de subir van me a	我覺得他們似乎會幫我加薪。

解答

★01：Me da la impresión de que va a llover.
★02：Me da la impresión de que vas a llegar tarde.
★03：Me da la impresión de que me van a subir el salario.

PASO3　應用篇

A：La economía está cada vez mejor en Chile.

B：Sí, me da la impresión de que también bajó el desempleo.

A：智利的經濟愈來愈好。

B：是啊，我覺得失業率似乎也降低了。

Me ofende...

冒犯 / 得罪 / 侮辱了（我）……

人稱代詞 Me，我（yo）的受詞。Me ofende + 連接詞 que / 副詞 cuando 當……時 / 動詞，表示「冒犯 / 得罪 / 侮辱了（我）……」。

PASO1　Top 必學句

01	**Me ofende** que no creas lo que te digo.	你不相信我說的話，侮辱了我。
02	**Me ofende** que me insultes así.	他這樣辱罵我，冒犯了我。
03	**Me ofende** que no me digas la verdad.	你不告訴我真相，冒犯了我。
04	**Me ofende** que me hables con ese tono.	你跟我講話的那種語氣，冒犯了我。
05	**Me ofende** que seas tan desleal.	你不忠實的行為，冒犯了我。
06	**Me ofende** que me amenaces.	你威脅我令我很不舒服。
07	**Me ofende** cuando me tratas de ladrón.	當你把我當成賊時，侮辱了我。
08	**Me ofende** cuando no respetas a tu madre.	當你不尊重你母親時，冒犯了我。
09	**Me ofende** cuando me hablas así.	當你這樣跟我說話時，冒犯了我。

補充

★02：insultar　動 侮辱；辱罵
★04：tono　名 聲調；語氣
★05：desleal　形 不忠實的（人）

PASO2　句子重組練習

01	**Me ofende** culpes todo. me de que	你什麼都怪罪於我，冒犯了我。
02	**Me ofende** razón. que odies me sin	你沒理由的恨我，冒犯了我。
03	**Me ofende** tan que irresponsable. Seas	你是如此的不負責任，冒犯了我。
04	**Me ofende** religión. cuando mi insultas	當你侮辱我的宗教時，冒犯了我。

解答

★01：Me ofende que me culpes de todo.
★02：Me ofende que me odies sin razón.
★03：Me ofende que seas tan irresponsable.
★04：Me ofende cuando insultas mi religión.

PASO3　應用篇

A：No me gusta ver tantos inmigrantes sucios.

B：Por favor, José... Me ofende tu comentario racista.

A：我不喜歡看到這麼多骯髒的移民。

B：請注意，荷塞……你不當的種族歧視言論，冒犯了我。

Me agrada...
使（我）感到愉快 / 愜意 / 高興 / 喜歡……

人稱代詞 Me，我（yo）的受詞。Me agrada + que / v（介系詞 / 動詞），表示「使（我）感到愉快 / 愜意 / 高興 / 喜歡……」。

PASO1　Top 必學句

01	**Me agrada** que vuelvas a tu país.	我感到高興你回到祖國。
02	**Me agrada** que puedas conseguir un buen empleo.	我感到高興你可以找到一個好工作。
03	**Me agrada** que tengas tan buen humor.	我感到高興你心情這麼好。
04	**Me agrada** que seas optimista.	我感到高興你很樂觀。
05	**Me agrada** que te comas lo que te preparé.	我感到喜悅你吃我做的食物。
06	**Me agrada** que sigas bien de salud.	我感到高興你維持良好的健康狀況。
07	**Me agrada** salir contigo.	我感到愉快和你一起出去。
08	**Me agrada** volver a verte.	我感到愉快再次見到你。
09	**Me agrada** ganar este premio.	我感到高興贏得這個獎項。
10	**Me agrada** hacer deporte.	我感到愉快做運動。

補充

★02：conseguir 　動 獲得；達到
★04：optimista 　形 樂觀；樂觀主義
★10：deporte 　名 運動

PASO2　句子重組練習

01	**Me agrada** elección. Felipe gane que la	我感到愉快費利佩贏得了選舉。
02	**Me agrada** mis crecer ver a sanos. hijos	我感到喜悅看到我的孩子健康長大。
03	**Me agrada** amigos. tener tantos	我感到喜悅我有很多朋友。
04	**Me agrada** me confianza. tengas que	我感到高興你對我有信心。

解答

★01：Me agrada que Felipe gane la elección.
★02：Me agrada ver crecer a mis hijos sanos.
★03：Me agrada tener tantos amigos.
★04：Me agrada que me tengas confianza.

PASO3　應用篇

A：Querida, ¡te ves fantástica con este bikini!

B：Gracias… Me agrada que te guste.

A：親愛的，這件比基尼泳衣讓你看起來棒極了！

B：謝謝……我很高興你喜歡它。

Quiero... （我）想要 / 希望

Quiero + que / v（介系詞 / 動詞），表示「（我）想要 / 希望……」。

PASO1　Top 必學句

01 | **Quiero** que me ayudes con mi tarea.　　我希望你幫我作業。

02 | **Quiero** que vayas al colegio.　　我希望你去上學。

03 | **Quiero** que llegues temprano.　　我希望你提早回來。

04 | **Quiero** que compres este libro.　　我希望你買這本書。

05 | **Quiero** que seas honesto.　　我希望你誠實。

06 | **Quiero** comprar esta camisa.　　我想買這件襯衫。

07 | **Quiero** comerme una ensalada hoy.　　今天我想吃沙拉。

08 | **Quiero** usar los zapatos negros.　　我想穿黑色皮鞋。

09 | **Quiero** tomarme una copa de vino.　　我想喝一杯酒。

10 | **Quiero** irme de vacaciones.　　我想去度假。

> **補充**
>
> ★03：temprano 副 提早；早
> ★06：camisa 名 襯衫
> ★07：ensalada 名 沙拉

PASO2　句子重組練習

01 | **Quiero** tu ir a casa hoy.　　我今天想去你家。

02 | **Quiero** ahora. ducharme　　我想現在沖個澡。

03 | **Quiero** patatas. probar la de tortilla　　我想嚐馬鈴薯煎蛋。

04 | **Quiero** me que llames.　　我希望你打電話給我。

05 | **Quiero** campo. el vivir en　　我希望在鄉下生活。

> **解答**
>
> ★01：Quiero ir a tu casa hoy.
> ★02：Quiero ducharme ahora.
> ★03：Quiero probar la tortilla de patatas.
> ★04：Quiero que me llames.
> ★05：Quiero vivir en el campo.

PASO3　應用篇

A：Quiero comprarme un nuevo coche.

B：Sí, pero tienes que ahorrar más dinero primero.

A：我想買一輛新車。

B：是啊，但是，首先你必須存很多錢。

Me quiero... （我）想要……

Me quiero + v（動詞），表示「我想……」。

PASO1　Top 必學句

01 | **Me quiero** dar un baño.　　　　我想要洗澡。

02 | **Me quiero** ir a los Estados Unidos.　我想要去美國。

03 | **Me quiero** tomar una copa contigo.　我想跟你喝一杯酒。

04 | **Me quiero** dar un descanso.　　　我想休息一下。

05 | **Me quiero** buscar otro trabajo.　　我想另謀高就。

06 | **Me quiero** poner este traje.　　　我想穿這套西裝。

07 | **Me quiero** salir de este curso.　　我想離開這個課程。

08 | **Me quiero** maquillar.　　　　　　我想要化妝。

09 | **Me quiero** comer una pizza.　　　我想吃比薩。

10 | **Me quiero** ir de pesca.　　　　　我想要去釣魚。

補充
★01：baño　　　　　　名 洗澡
★02：Estados Unidos　名 美國
★08：maquillar　　　　動 化妝

PASO2　句子重組練習

01 | **Me quiero** un bocadillo. hacer　　我想做一個三明治。

02 | **Me quiero** cerveza. una tomar　　我想喝啤酒。

03 | **Me quiero** temprano. acostar　　我想早睡。

04 | **Me quiero** buenas sacar notas.　我想得到好成績。

05 | **Me quiero** libro. comprar este　　我想買這本書。

解答
★01：Me quiero hacer un bocadillo.
★02：Me quiero tomar una cerveza.
★03：Me quiero acostar temprano.
★04：Me quiero sacar buenas notas.
★05：Me quiero comprar este libro.

PASO3　應用篇

A：Luis, te veo tenso últimamente.

B：Sí, me quiero hacer un masaje.

A：路易士，我看你最近有點精神緊繃。

B：是啊，我想去做一個按摩。

Me da pereza... 我懶得……

Me da pereza + v（動詞），表示「我懶得……」。

PASO1　Top 必學句

01	**Me da pereza** hacer mis deberes.	我懶得做我的功課。
02	**Me da pereza** estudiar para el examen.	我懶得準備考試。
03	**Me da pereza** conducir tan lejos.	我懶得開那麼遠。
04	**Me da pereza** hacer deporte.	我懶得去運動。
05	**Me da pereza** viajar en autobús.	我懶得搭公共汽車去旅行。
06	**Me da pereza** trabajar.	我懶得工作。
07	**Me da pereza** cocinar esta noche.	今晚我懶得做飯。
08	**Me da pereza** caminar tanto.	我懶得走那麼遠。
09	**Me da pereza** ir a la fiesta.	我懶得去參加聚會。
10	**Me da pereza** escalar la montaña.	我懶得去爬山。

補充
★05：autobús　名 公共汽車
★08：caminar　動 走
★10：escalar　動 爬；攀登

PASO2　句子重組練習

01	**Me da pereza** hoy. ducharme	今天我懶得淋浴。
02	**Me da pereza** casa. limpiar la	我懶得打掃房子。
03	**Me da pereza** el escribir libro.	我懶得寫這本書。
04	**Me da pereza** temprano. tan levantarme	我懶得這麼早起床。
05	**Me da pereza** francés. estudiar	我懶得學習法語。

解答
★01：Me da pereza ducharme hoy.
★02：Me da pereza limpiar la casa.
★03：Me da pereza escribir el libro.
★04：Me da pereza levantarme tan temprano.
★05：Me da pereza estudiar francés.

PASO3　應用篇

A：¿Tienes clases de inglés hoy?

B：Sí, pero me da pereza salir con este frío.

A：今天你有英語課嗎？

B：是啊，然而天這麼冷，我懶得出去。

Me entusiasma…
使（我）感到興奮……

Me entusiasma + 動詞，表示「使（我）感到興奮……」。

PASO1　Top 必學句

01	**Me entusiasma** leer este libro.	我很興奮讀這本書。
02	**Me entusiasma** viajar al Caribe.	我很興奮前往加勒比海。
03	**Me entusiasma** ver la nueva película.	我很興奮看新電影。
04	**Me entusiasma** celebrar tu cumpleaños.	我很興奮為你慶生。
05	**Me entusiasma** trabajar en el nuevo proyecto.	我很興奮能夠參與新的工作項目。
06	**Me entusiasma** aprender portugués.	我很興奮能學葡萄牙語。
07	**Me entusiasma** ir a la conferencia.	我很興奮去參加會議。
08	**Me entusiasma** continuar el trabajo.	我很興奮能繼續工作。
09	**Me entusiasma** abrir la nueva tienda.	我很興奮開新店。
10	**Me entusiasma** dedicarme a la enseñanza.	我很興奮投入教育界。

 補充

★03：película　電影
★06：portugués　葡萄牙；葡萄牙語
★10：enseñanza　教育；教育工作

PASO2　句子重組練習

01	**Me entusiasma** conversación una tener contigo.	我很興奮和你交談。
02	**Me entusiasma** museo. al ir	我很興奮能去博物館。
03	**Me entusiasma** actor. al conocer	我很興奮能認識這個演員。
04	**Me entusiasma** nuevas. hacer cosas	我很興奮去接觸新的事物。
05	**Me entusiasma** vuelta dar al mundo. la	我很興奮去環遊世界。

解答

★01：Me entusiasma tener una conversación contigo.
★02：Me entusiasma ir al museo.
★03：Me entusiasma conocer al actor.
★04：Me entusiasma hacer cosas nuevas.
★05：Me entusiasma dar la vuelta al mundo.

PASO3　應用篇

A：María, ¿te entusiasma cenar conmigo esta noche?

B：Sí! Me entusiasma mucho la idea!

A：瑪麗，今晚妳和我共進晚餐，妳感到興奮？

B：是啊，我非常喜歡這想法！

Creo que... 我覺得 / 相信⋯⋯

Creo 是動詞 creer 現在式的第一人稱單數。Creo + que，表示「我覺得 / 相信⋯⋯」。

PASO1　Top 必學句

01	**Creo que** trabajas mucho.	我覺得你做太多的工作。
02	**Creo que** corres muy rápido.	我覺得你跑的非常快。
03	**Creo que** voy a Brasil en verano.	我相信這個夏天我會去巴西。
04	**Creo que** no es justo.	我認為這是不公平的。
05	**Creo que** eres muy inteligente.	我覺得你很聰明。
06	**Creo que** puedes hacerlo.	我相信你可以做到。
07	**Creo que** escribes bien.	我覺得你寫的很好。
08	**Creo que** es cierto.	我相信這是真的。
09	**Creo que** José está mal.	我認為荷塞是錯的。
10	**Creo que** cocino bien.	我覺得我很會做飯。

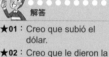

補充

★**02**：rápido　形 快速的；迅速的
★**04**：justo　副 公平合理的；公道的
★**05**：inteligente　形 聰明的（人）；能幹的（人）

PASO2　句子重組練習

01	**Creo que** dólar. el subió	我認為美元已經增值了。
02	**Creo que** beca. dieron la le	我覺得他們給了他獎學金。
03	**Creo que** casó María se con Juan.	我覺得瑪麗已經嫁給璜了。
04	**Creo que** coche. comprar me a voy el	我相信我會買這輛汽車。
05	**Creo que** aburrida. la película es	我覺得這部電影很無聊。

解答

★**01**：Creo que subió el dólar.
★**02**：Creo que le dieron la beca.
★**03**：Creo que María se casó con Juan.
★**04**：Creo que me voy a comprar el coche.
★**05**：Creo que la película es aburrida.

PASO3　應用篇

A：La serie de TV es a las 9.

B：No… creo que estás confundido. Es a las 10.

A：電視劇是9點開始。

B：不⋯⋯我覺得你搞錯了，是10點才對。

Estoy de acuerdo... 我同意……

Estar 是聯繫動詞，不行使動作。表示說話人對「人或事物」處於某種暫時的狀態或性質或條件等個人認知意識的表達。Estar 現動詞變化：yo estoy / tú estás / él está / nosotros estamos / vosotros estáis / ellos están。西班牙語一般都不需要寫出主語代詞（yo 我、tú 你、él-ella 他（她）、nosotros-as 我們（陰性 as）、vosotros-as 你們（陰性 as）、ellos-ellas 他（她）們）。介系詞連用：con 和 mí,ti, si 連用時變成 conmigo, contigo, consigo。

PASO1　Top 必學句

01	**Estoy de acuerdo** contigo.	我同意你的看法。
02	**Estoy de acuerdo** en que el problema es complicado.	我同意這個問題是複雜的。
03	**Estoy de acuerdo** con lo que dices.	我同意你的說法。
04	**Estoy de acuerdo** con la recomendación.	我同意這個建議。
05	**Estoy de acuerdo** en que celebremos mi cumpleaños.	我同意，我們慶祝我的生日。
06	**Estoy de acuerdo** en salir temprano.	我同意提前離開。
07	**Estoy de acuerdo** con el gerente.	我與經理意見一致。
08	**Estoy de acuerdo** con tu opinión.	我同意你的看法。
09	**Estoy de acuerdo** con tus comentarios.	我同意你的意見。
10	**Estoy de acuerdo** con tu reclamo.	我同意你的抱怨。

補充

★02：complicado 形 複雜的
★06：temprano 副 提早；早
★07：gerente 名 經理

PASO2　句子重組練習

01	**Estoy de acuerdo** profesor. el con	我和老師意見一致。
02	**Estoy de acuerdo** las del condiciones con contrato.	我同意合約條款。
03	**Estoy de acuerdo** tu con decisión.	我同意你的決定。
04	**Estoy de acuerdo** ley. la con nueva	我同意新的法律。

解答

★01：Estoy de acuerdo con el profesor.
★02：Estoy de acuerdo con las condiciones del contrato.
★03：Estoy de acuerdo con tu decisión.
★04：Estoy de acuerdo con la nueva ley.

PASO3　應用篇

A：Ya no aguanto más de estar casada contigo.

B：Está bien. Estoy de acuerdo con el divorcio.

A：我無法再繼續忍受我們的婚姻生活。

B：可以啊。我同意離婚。

Pienso que... 我認為 / 想……

Pienso + 連接詞 que，表示「我認為 / 想……」。

PASO1　Top 必學句

01	**Pienso que** el asunto es importante.	我認為這個問題非常重要。
02	**Pienso que** tienes que dejar de fumar.	我認為你必須戒菸。
03	**Pienso que** debes estudiar más.	我想你應該更用功。
04	**Pienso que** tienes que casarte.	我認為你必須結婚。
05	**Pienso que** va a hacer calor hoy.	我認為今天會很熱。
06	**Pienso que** hay que pintar la casa.	我認為必須要粉刷房子。
07	**Pienso que** tenemos que arreglar el coche.	我認為，我們必須修車。
08	**Pienso que** eres muy autoritario.	我覺得你很專制。
09	**Pienso que** estás enfermo.	我覺得你有病。
10	**Pienso que** estás equivocado.	我認為你錯了。

補充

★04：casarse　　動 結婚
★07：arreglar　　動 修理
★08：autoritario　　形 獨裁的；專橫的

PASO2　句子重組練習

01	**Pienso que** contigo. tengo hablar que	我想我應該和你談談。
02	**Pienso que** juntos. cenar debemos	我覺得我們應該一起用餐。
03	**Pienso que** dieta. hacer debo	我想我應該節食。
04	**Pienso que** amigos. tengo buenos	我覺得我有很多好朋友。
05	**Pienso que** interesante. este muy libro es	我覺得這本書很有意思。

解答

★01：Pienso que tengo que hablar contigo.
★02：Pienso que debemos cenar juntos.
★03：Pienso que debo hacer dieta.
★04：Pienso que tengo buenos amigos.
★05：Pienso que este libro es muy interesante.

PASO3　應用篇

A：Mamá, pienso que me va a ir muy bien en los estudios.

B：Qué bien, hijo! Me alegro mucho!

A：媽媽，我覺得在讀書方面我會有很好的表現。

B：太好了，兒子！我很高興！

Parece que... 看起來 / 好像 / 顯得……

Parece que + 動詞或名詞，表示「看起來……；好像……」。

PASO1　Top 必學句

01 | **Parece que** va a hacer frío. | 天氣看來要變冷了。
02 | **Parece que** estás triste. | 你好像很悲傷。
03 | **Parece que** la tarea es difícil. | 該作業似乎很難。
04 | **Parece que** no entiendes lo que te digo. | 你好像不明白我說的話。
05 | **Parece que** no estás concentrado. | 你好像很專心。
06 | **Parece que** va a llover mucho. | 看樣子要下很多雨了。
07 | **Parece que** viene una tormenta. | 暴風雨似乎即將來臨。
08 | **Parece que** estás cansado. | 你看來很累。
09 | **Parece que** el inglés es fácil. | 英語似乎很容易。
10 | **Parece que** la receta es sencilla. | 食譜看來很簡單。

補充
★05：concentrado 形 全神貫注
★06：llover 動 下雨
★07：tormenta 名 暴風雨
★10：receta 名 食譜

PASO2　句子重組練習

01 | **Parece que** Carlos llegar. va no a | 卡洛斯好像不會來了。
02 | **Parece que** es piso. difícil alquilar | 租公寓似乎很困難。
03 | **Parece que** ciudad esta muy bonita. es | 這個城市看起來非常漂亮。
04 | **Parece que** tímido. muy eres | 你似乎很害羞。
05 | **Parece que** ti. confiar no en puedo | 我好像不能相信你。

解答
★01：Parece que Carlos no va a llegar.
★02：Parece que es difícil alquilar piso.
★03：Parece que esta ciudad es muy bonita.
★04：Parece que eres muy tímido.
★05：Parece que no puedo confiar en ti.

PASO3　應用篇

A：¿Dónde está papá?

B：Parece que aún está en la oficina.

A：爸爸在哪裡？

B：顯然，他還在辦公室。

Considero que... 我認為 / 覺得…

Considero que + 名詞，表示「我認為 / 覺得……」。

PASO1　Top 必學句

01 │ **Considero que** la pregunta es tonta.　我覺得這問題很愚蠢。

02 │ **Considero que** la propuesta es interesante.　我覺得該建議很有趣。

03 │ **Considero que** el resultado es favorable.　我認為結果是有利的。

04 │ **Considero que** el asunto es grave.3　我覺得問題很嚴重。

05 │ **Considero que** la mejor respuesta es la tuya.　我認為你的答案最好。

06 │ **Considero que** la reforma es necesaria.　我認為改革是必要的。

07 │ **Considero que** el cambio es positivo.　我認為改變是正面的。

08 │ **Considero que** el chico es bastante guapo.　我覺得這男孩很帥。

09 │ **Considero que** el desfile de modas fue un éxito.　我覺得時裝秀是成功的。

10 │ **Considero que** el restaurante es muy bueno.　我覺得餐廳非常好。

補充

★01：tonta　形 愚蠢的
★03：favorable　形 有利的
★07：positivo　形 正面的

PASO2　句子重組練習

01 │ **Considero que** precioso. el regalo está　我覺得禮物很美麗。

02 │ **Considero que** canta cantante el bien. muy　我覺得歌手唱得很好。

03 │ **Considero que** demasiado la es reunión larga.　我覺得這會議拖太長。

04 │ **Considero que** viaje interesante. es el muy　我認為旅行是非常有趣的。

解答

★01：Considero que el regalo está precioso.
★02：Considero que el cantante canta muy bien.
★03：Considero que la reunión es demasiado larga.
★04：Considero que el viaje es muy interesante.

PASO3　應用篇

A：¿Y a ti, te dieron el aumento?

B：Sí, considero que el jefe es muy generoso.

A：你呢 ?他們幫你加薪了嗎？

B：是的，我覺得老闆很慷慨。

表達感謝和幫助
的句型

PART

2

Gracias... 謝謝……

Gracias + por + 介系詞 / 原形動詞 / 名詞 ，表示「謝謝……」。

PASO1　Top 必學句

01	**Gracias** por el favor.	感謝幫忙。
02	**Gracias** por venir.	感謝光臨。
03	**Gracias** por el libro.	謝謝（你 / 你們）送的書。
04	**Gracias** por estar aquí.	謝謝（你 / 你們）來這裡。
05	**Gracias** por los zapatos.	感謝（你 / 你們）送的鞋子。
06	**Gracias** por la camisa.	感謝（你 / 你們）送的襯衫。
07	**Gracias** por el regalo.	謝謝（你 / 你們）送的禮物。
08	**Gracias** por ayudarme.	感謝（你 / 你們）的幫助。
09	**Gracias** por la invitación.	感謝（你 / 你們）的邀請。
10	**Gracias** por el reloj.	感謝（你 / 你們）送的手錶。

補充

★01：favor 名 幫助；幫忙
★05：zapatos 名 鞋子
★09：invitación 名 邀請
★10：reloj 名 錶；鐘

PASO2　句子重組練習

01	**Gracias** palabras. tus por	謝謝你的讚賞。
02	**Gracias** acompañarme. por	感謝（你 / 你們）陪伴我。
03	**Gracias** la por ropa.	感謝（你 / 你們）的衣服。
04	**Gracias** la nueva por computadora.	謝謝（你 / 你們）的新電腦。
05	**Gracias** conmigo. por estar	謝謝（你 / 你們）和我在一起。

解答

★01：Gracias por tus palabras.
★02：Gracias por acompañarme.
★03：Gracias por la ropa.
★04：Gracias por la nueva computadora.
★05：Gracias por estar conmigo.

PASO3　應用篇

A：Mi hijo llora mucho.

B：No importa, no me molesta.

A：Gracias por tu paciencia.

A：我兒子哭的好厲害。

B：沒關係，不會打擾到我的。

A：感謝你的耐心。

Te quería dar las gracias…

我要感謝……

Te quería dar las gracias ＋ por（介系詞 / 原形動詞 ），表示「我要感謝……」。

PASO1　Top 必學句

01	**Te quería dar las gracias** por esperarme.	我要感謝你等候我。
02	**Te quería dar las gracias** por tu discreción.	我想要感謝你的謹慎。
03	**Te quería dar las gracias** por guardar el secreto.	我想要感謝你保守祕密。
04	**Te quería dar las gracias** por ayudar a mi hija.	我要感謝你幫助我的女兒。
05	**Te quería dar las gracias** por tu trabajo.	我要感謝你為工作的付出。
06	**Te quería dar las gracias** por cuidar a mi hijo.	我要感謝你幫忙照顧我的兒子。
07	**Te quería dar las gracias** por prestarme dinero.	我要感謝你借給我錢。
08	**Te quería dar las gracias** por tu apoyo.	我要感謝你的支持。
09	**Te quería dar las gracias** por tu amabilidad.	我要感謝你的親切。
10	**Te quería dar las gracias** por tu bondad.	我們要感謝你的好意。

補充
- ★02：discreción　名 謹慎；慎重
- ★03：secreto　名 祕密
- ★09：amabilidad　名 和藹；親切
- ★10：bondad　名 善良；仁慈

PASO2　句子重組練習

01	**Te quería dar las gracias** el té. por	我想要感謝你的茶。
02	**Te quería dar las gracias** visitarme. por	我要感謝你來探視我。
03	**Te quería dar las gracias** flores. las por	我想要謝謝你送的花。
04	**Te quería dar las gracias** los chocolates. por	我要感謝你送的巧克力。

 解答
- ★01：Te quería dar las gracias por el té.
- ★02：Te quería dar las gracias por visitarme.
- ★03：Te quería dar las gracias por las flores.
- ★04：Te quería dar las gracias por los chocolates.

PASO3　應用篇

A：Te quería dar las gracias por la rica cena.

B：No, no es nada.

A：我想感謝你美味的晚餐。

B：不，這沒什麼。

Te agradezco... 我感激（感謝）你……

Te agradezco + 名詞，表示「我感激（感謝）你……」。

PASO1　Top 必學句

01	**Te agradezco** los regalos.	我要謝謝你的禮物。
02	**Te agradezco** el interés.	我要謝謝你的關心。
03	**Te agradezco** la respuesta.	我要謝謝你的回答。
04	**Te agradezco** la ayuda.	我感謝你的幫助。
05	**Te agradezco** la donación.	我感謝你的捐贈。
06	**Te agradezco** la confianza.	謝謝你對我的信任。
07	**Te agradezco** el elogio.	我感謝你的稱讚。
08	**Te agradezco** el esfuerzo.	我感激你的努力。
09	**Te agradezco** la propuesta.	我感謝你的建議。
10	**Te agradezco** el saludo.	我要謝謝你的問候。

補充

★02：interés　名 注意；關心
★03：respuesta　名 回覆；回答
★05：donación　名 捐款；捐獻
★10：saludo　名 問候；致敬

PASO2　句子重組練習

01	**Te agradezco** préstamo. el	我要謝謝你的借款。
02	**Te agradezco** compañía. la	我感謝你的陪伴。
03	**Te agradezco** postal. la	我要謝謝你的明信片。
04	**Te agradezco** atención. la	我要謝謝你的關心。
05	**Te agradezco** comprensión. la	我要感謝你的理解。

解答

★01：Te agradezco el préstamo.
★02：Te agradezco la compañía.
★03：Te agradezco la postal.
★04：Te agradezco la atención.
★05：Te agradezco la comprensión.

PASO3　應用篇

A：Tenemos un puesto disponible para ti en la empresa.

B：Te agradezco la oportunidad de trabajo que me das.

A：我們公司有一個職缺可以提供給你。

B：我要謝謝你，提供給我工作機會 。

Me siento agradecido…

我十分感激……

Me siento agradecido + de que / por（介系詞），表示「我十分感激……」。

PASO1　Top 必學句

01	**Me siento agradecido** de que hayas venido.	我很感謝你的到來。
02	**Me siento agradecido** de que estés aquí.	我很感謝你在這裡。
03	**Me siento agradecido** de que viajes conmigo.	我很感激你陪我旅行。
04	**Me siento agradecido** de que seas tan buen amigo.	我很感恩，你真是一位好朋友。
05	**Me siento agradecido** por la educación que recibí.	我很感恩我所接受的教育。
06	**Me siento agradecido** por el esfuerzo de mi hijo.	我很感恩，兒子懂得努力了。
07	**Me siento agradecido** por recuperar mi perro perdido.	我很感恩，總算找回我失去的狗。
08	**Me siento agradecido** por la cooperación.	我很感謝大家的合作。
09	**Me siento agradecido** por el cariño que me das.	我很感謝你給我的愛。
10	**Me siento agradecido** por todo el apoyo.	我要感謝所有的支持。

補充

★01：venir 　　　動 來；到來
★06：esfuerzo 　　名 努力；盡力
★08：cooperación　名 合作；協助

PASO2　句子重組練習

01	**Me siento agradecido** estar por sano.	我很感恩健康良好。
02	**Me siento agradecido** preocupación. tu por	我很感謝你的關心。
03	**Me siento agradecido** recuperar bolso. por mi	我要感激錢包失而復得。
04	**Me siento agradecido** un por trabajo. conseguir	我很感激得到一份工作。

解答

★01：Me siento agradecido por estar sano.
★02：Me siento agradecido por tu preocupación.
★03：Me siento agradecido por recuperar mi bolso.
★04：Me siento agradecido por conseguir un trabajo.

PASO3　應用篇

A：Qué bien que tus padres te regalaran el viaje a México!

B：Sí, me siento muy agradecido por esta oportunidad.

A：多麼好，你父母要送你去墨西哥旅行！

B：是的，我非常感激他們給我這個機會。

Gracias a Dios… 感謝上帝……

Gracias a Dios + que / por，表示「感謝上帝……」。

PASO 1　Top 必學句

01	**Gracias a Dios** que Hitler perdió la guerra.	謝天謝地，希特勒戰敗。
02	**Gracias a Dios** que podemos pagar la hipoteca.	感謝上帝，我們可以支付抵押貸款。
03	**Gracias a Dios** que el mundo tenga tanta gente buena.	感謝上帝，世界上有這麼多的好人。
04	**Gracias a Dios** que mis hijos estén bien.	感謝上帝，我的孩子們都很好。
05	**Gracias a Dios** por nuestros héroes.	感謝上帝，賜給我們偉大的英雄。
06	**Gracias a Dios** por esos muchachos que me ayudaron.	感謝神，多虧那些幫助我的男孩們。
07	**Gracias a Dios** que llegaste sano y salvo.	謝天謝地，你平安健康回來。
08	**Gracias a Dios** que hay suficiente agua en el mundo.	謝天謝地，世界上有足夠的水源。
09	**Gracias a Dios** por tenerte conmigo.	感謝上帝，讓我生活中有你。
10	**Gracias a Dios** por tener una vida fácil.	感謝上帝，給了我一個安逸的生活。

補充

★02：	hipoteca	名	抵押貸款
★05：	héroe	名	英雄
★07：	sano y salvo	片	健康平安的
★10：	fácil	形	簡單的；安逸的

PASO 2　句子重組練習

01	**Gracias a Dios** volver que a podemos país. nuestro	謝天謝地，我們可以回到自己的國家。
02	**Gracias a Dios** alimento. por tener	感謝上帝，賜給我們食物。
03	**Gracias a Dios** a verte. volver por	謝天謝地，我能再見到你。
04	**Gracias a Dios** llegar tormenta. por antes la de	感謝神，我們在暴風雨前到達。

解答

★01： Gracias a Dios que podemos volver a nuestro país.

★02： Gracias a Dios por tener alimento.

★03： Gracias a Dios por volver a verte.

★04： Gracias a Dios por llegar antes de la tormenta.

PASO 3　應用篇

A：Julio, estás muy bien últimamente.

B：Sí, gracias a Dios que tengo este empleo.

A：胡里歐，你最近好像還不錯。

B：是啊，要感謝上蒼，讓我擁有這份工作。

Aprecio mucho... 我非常感激……

Aprecio mucho + art. / v（冠詞 / 動詞），表示「我非常感激……」。

PASO1　Top 必學句

01	**Aprecio mucho** la atención que me dan.	我很感激他們對我的關心。
02	**Aprecio mucho** poder visitar Barcelona.	我非常感謝可以參訪巴塞羅那。
03	**Aprecio mucho** la oportunidad de ir a Canadá.	我非常感謝有機會去加拿大。
04	**Aprecio mucho** el trabajo que has hecho.	我很欣賞你所做的工作。
05	**Aprecio mucho** la actitud positiva que tienes.	我很欣賞你擁有的積極態度。
06	**Aprecio mucho** a mi madre.	我很感激母親。
07	**Aprecio mucho** la preocupación que muestras.	我感謝你所表現出的關注。
08	**Aprecio mucho** la presencia de mis padres.	我感謝我父母的出席。
09	**Aprecio mucho** estar sano.	非常感恩我身體健康。
10	**Aprecio mucho** las personas limpias.	我喜歡愛乾淨的人。

補充
★01：atención 名 關心
★08：presencia 名 在場；出席；到場
★10：limpio 形 乾淨

PASO2　句子重組練習

01	**Aprecio mucho** coraje el mi padre. de	我感激父親的勇氣。
02	**Aprecio mucho** das. trato me que el	我很感謝你對我這麼好。
03	**Aprecio mucho** Elena. de amistad la	我重視愛琳娜的友誼。
04	**Aprecio mucho** muestras. que el entusiasmo	我很感激你表現出的熱情。

解答
★01：Aprecio mucho el coraje de mi padre.
★02：Aprecio mucho el trato que me das.
★03：Aprecio mucho la amistad de Elena.
★04：Aprecio mucho el entusiasmo que muestras.

PASO3　應用篇

A：Qué suerte tienes Juan!

B：Sí, mucha... Aprecio mucho las vacaciones que me da mi jefe.

A：璜，你啊，多麼幸運！

B：是的，太幸運了……我很感激老闆給我的假期。

Es un placer... 很樂意……

con 和 mí, ti, si 連用時變成 conmigo, contigo, consigo。Es un placer + 動詞，表示「 很樂意……；非常榮幸 」。

PASO1　Top 必學句

01	**Es un placer** conocerte.	很榮幸見到你。
02	**Es un placer** poder hablar contigo.	很榮幸能同你交談。
03	**Es un placer** estudiar idiomas.	學習語言，是一件快樂的事。
04	**Es un placer** cocinar para ti.	很高興為你做飯。
05	**Es un placer** ir a tu casa.	很榮幸能去你家。
06	**Es un placer** tocar el piano para ti.	很榮幸能為你演奏鋼琴。
07	**Es un placer** escuchar a Placido Domingo.	很榮幸聆聽普拉西多·多明哥的演唱。
08	**Es un placer** ayudarte con la limpieza.	很高興能幫助你清理。
09	**Es un placer** leer este libro.	閱讀這本書，是一種樂趣。
10	**Es un placer** trabajar en esta empresa.	我很高興在這家公司工作。

補充

★01：conocer 動 見面；認識
★06：piano 名 鋼琴
★08：limpieza 名 打掃；清潔

PASO2　句子重組練習

01	**Es un placer** en casa. acompañarte	很高興陪你待在家。
02	**Es un placer** hoy contigo. comer	很高興今天能跟你一起用餐。
03	**Es un placer** el viajar por mundo.	環遊世界，是一種多麼愜意的事。
04	**Es un placer** película. esta ver	很高興看這部影片。
05	**Es un placer** ruinas visitar mayas. las	很榮幸能參觀瑪雅遺址。

解答

★01：Es un placer acompañarte en casa.
★02：Es un placer comer contigo hoy.
★03：Es un placer viajar por el mundo.
★04：Es un placer ver esta película.
★05：Es un placer visitar las ruinas mayas.

PASO3　應用篇

A：¿Quieres ver la película de Nicole Kidman?

B：Sí, para mi es un placer ir al cine contigo.

A：你想不想去看妮可·基嫚的電影？

B：當然，我很高興能和你一塊看電影 。

Es un honor... 非常榮幸……

con 和 mí, ti, si 連用時變成 conmigo, contigo, consigo。Es un honor + 動詞，表示「非常榮幸」。

PASO1　Top 必學句

01	**Es un honor** estar visitando la Casa Blanca.	參觀白宮，是一種榮耀。
02	**Es un honor** conocer al presidente.	能認識總統，是一種榮耀。
03	**Es un honor** leer a este afamado escritor.	很榮幸，能閱讀著名作家的作品。
04	**Es un honor** compartir este momento contigo.	非常榮幸，能與你分享這一刻。
05	**Es un honor** visitar al rey.	很榮幸能拜見國王。
06	**Es un honor** conversar con el actor.	非常榮幸能與演員交談。
07	**Es un honor** participar en esta fiesta.	非常榮幸參加本次活動。
08	**Es un honor** ir a tu graduación.	很榮幸，去參加你的畢業典禮。
09	**Es un honor** ir al concierto de Carreras.	很榮幸，去聽卡雷拉斯音樂會。
10	**Es un honor** quedar aceptado en Harvard.	很榮幸被哈佛錄取了。

PASO2　句子重組練習

01	**Es un honor** este ganar premio.	很榮幸贏得這一獎項。
02	**Es un honor** mi luchar país. por	為國家而戰，是一種榮耀。
03	**Es un honor** elegido presidente. ser	當選總統，是一種榮耀。
04	**Es un honor** ejército. en estar el	從軍，是一種榮耀。。
05	**Es un honor** amigo. tu ser	很榮幸成為你的朋友。

PASO3　應用篇

A：¿Quieres ver la película de Nicole Kidman?

B：Sí, para mi es un honor ir al cine contigo.

A：你想不想去看妮可‧基嫚的電影？

B：當然，我很高興能和你一塊看電影。

Es un agrado... 是愉快的……

con 和 mí, ti, si 連用時變成 conmigo, contigo, consigo。Es un agrado + 動詞，表示「是愉快的……」。

PASO1　Top 必學句

01	**Es un agrado** salir contigo el viernes.	我很高興星期五能跟你出去。
02	**Es un agrado** ir al cine.	去看電影，是一件愉悅的事。
03	**Es un agrado** tomar un café con amistades.	和朋友喝咖啡，是一件愉快的事。
04	**Es un agrado** caminar en el bosque.	在樹林裡散步，有一種愉悅的感覺。
05	**Es un agrado** vivir cerca de la playa.	住在海邊附近，是多麼愜意的事。
06	**Es un agrado** cuidar a mi abuela.	照顧奶奶，是一件親切的事。
07	**Es un agrado** estar en buena compañía.	在優質的公司上班，是一件愉快的事。
08	**Es un agrado** conducir este coche.	駕駛這輛車，是一種樂趣。
09	**Es un agrado** esuchar esta música.	聽這種音樂，是一件愉悅的事。
10	**Es un agrado** tocar el violín.	拉小提琴，是一件愉悅的事。

補充

★03：amistades 〔名〕朋友；友誼
★04：bosque 〔名〕樹林；森林
★06：abuela 〔名〕奶奶；祖母

PASO2　句子重組練習

01	**Es un agrado** la ayudar a gente.	幫助人是一件愉快的事。
02	**Es un agrado** los con jugar niños.	跟孩子嬉戲，是一件愉悅的事。
03	**Es un agrado** tu probar torta fresas. de	很高興能品嚐你做的草莓蛋糕。
04	**Es un agrado** contigo. bailar	很高興和你一起跳舞。
05	**Es un agrado** cartas. jugar las a	打牌是一件愉悅的事。

解答

★01：Es un agrado ayudar a la gente.
★02：Es un agrado jugar con los niños.
★03：Es un agrado probar tu torta de fresas.
★04：Es un agrado bailar contigo.
★05：Es un agrado jugar a las cartas.

PASO3　應用篇

A：¿Vamos a visitar a José?

B：Sí, claro…Es un agrado ir a verlo.

A：我們要去拜訪荷塞？

B：當然要，去看他是一件愉快的事。

Es un gusto… 很高興……

con 和 mí, ti, si 連用時變成 conmigo, contigo, consigo。Es un gusto + 動詞，表示「很高興……」。

PASO1 Top 必學句

01	**Es un gusto** volver a encontrarnos.	很高興我們再次見面。
02	**Es un gusto** hablar contigo por teléfono.	很高興和你在電話中談話。
03	**Es un gusto** viajar juntos.	一起旅行感覺真好。
04	**Es un gusto** tomar una copa contigo.	很高興跟你一起喝酒。
05	**Es un gusto** salir de vacaciones.	去度假是一種樂事。
06	**Es un gusto** estar solo a veces.	偶爾獨處感覺好快樂。
07	**Es un gusto** estudiar música.	學習音樂是一種樂趣。
08	**Es un gusto** hacer deporte.	做運動是蠻不錯的感覺。
09	**Es un gusto** jugar golf.	打高爾夫球，好一個悠閒娛樂。
10	**Es un gusto** ir a un país tropical.	去熱帶國家，是一種樂事。

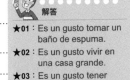

補充

★04：copa　名 杯（量詞）
★06：a veces　片 有時候；偶爾
★10：tropical　形 熱帶的；酷熱的

PASO2 句子重組練習

01	**Es un gusto** baño tomar espuma. un de	洗個泡泡浴感覺真好。
02	**Es un gusto** una grande. vivir en casa	住在一間大房子裡，真好。
03	**Es un gusto** amigos. tener muchos	有很多朋友真好。
04	**Es un gusto** libros los leer Isabel Allende. de	閱讀伊莎貝爾·阿連德的書，真好。
05	**Es un gusto** vecino. tu ser	做你的鄰居，真好。

解答

★01：Es un gusto tomar un baño de espuma.
★02：Es un gusto vivir en una casa grande.
★03：Es un gusto tener muchos amigos.
★04：Es un gusto leer los libros de Isabel Allende.
★05：Es un gusto ser tu vecino.

PASO3 應用篇

A：Iré a visitarte durante las vacaciones.

B：Es un gusto volver a verte!

A：我會在假期去探訪你。

B：能再次見到你，真好！

Quisiera agradecerte...
我想要感謝你……

Quisiera agradecerte + por 介系詞，表示「我想要感謝你……」。

PASO1　Top 必學句

01 | **Quisiera agradecerte** por esta maravillosa velada.
感謝你帶給我這美好的晚會。

02 | **Quisiera agradecerte** por estas lindas flores.
感謝你送我這些美麗的花朵。

03 | **Quisiera agradecerte** por ayudarme.
感謝你對我的幫助。

04 | **Quisiera agradecerte** por perdonarme.
我想謝謝你原諒我。

05 | **Quisiera agradecerte** por la fiesta sorpresa.
我想謝謝你的驚喜派對。

06 | **Quisiera agradecerte** por venir tan rápido.
我想感謝你這麼快就來了。

07 | **Quisiera agradecerte** por invitarme a almorzar.
我要感謝你邀請我共進午餐。

08 | **Quisiera agradecerte** por enseñarme español.
我想感謝你教我西班牙語。

09 | **Quisiera agradecerte** por dejarme vivir en tu casa.
我要感謝你讓我住你家。

10 | **Quisiera agradecerte** por arreglar mi bicicleta.
我想感謝你替我修自行車。

補充
★01：velada 名 晚會；聯歡晚會
★05：sorpresa 形 驚喜的
★07：almorzar 動 午餐；吃午餐

PASO2　句子重組練習

01 | **Quisiera agradecerte** libro por cuentos. de el
我想感謝你的故事書。

02 | **Quisiera agradecerte** buen por informe. el
我想感謝你優秀的報告。

03 | **Quisiera agradecerte** tu donación. por generosa
我想感謝你的慷慨捐贈。

04 | **Quisiera agradecerte** reunión. la por venir a
我想感謝你來參加會議。

解答
★01：Quisiera agradecerte por el libro de cuentos.
★02：Quisiera agradecerte por el buen informe.
★03：Quisiera agradecerte por tu generosa donación.
★04：Quisiera agradecerte por venir a la reunión.

PASO3　應用篇

A：Jefe, las ventas han aumentado mucho...

A：老闆，銷量增加了不少……。

B：Ya sé... Quisiera agradecerte por tu gran esfuerzo.

B：我知道……我要感謝你傑出的表現。

¿Me podrías…? 你可以……嗎？

¿Me podrías … ?（問句）+ 動詞，表示「你可以……嗎？」。

PASO1　Top 必學句

01	**¿Me podrías** prestar el libro?	你可以借我這本書嗎？
02	**¿Me podrías** llamar mañana?	明天，你可以打電話給我嗎？
03	**¿Me podrías** conseguir el empleo?	你可以幫我爭取這份工作嗎？
04	**¿Me podrías** dar un vaso de agua?	你可以給我一杯水嗎？
05	**¿Me podrías** ayudar con la tarea?	你可以輔導我做功課嗎？
06	**¿Me podrías** hacer una sopa?	你可以替我做一碗湯嗎？
07	**¿Me podrías** enseñar chino mandarin?	你可以教我漢語嗎？
08	**¿Me podrías** lavar la ropa?	你可以幫我洗衣服嗎？
09	**¿Me podrías** comprar el boleto?	你可以幫我買入場券嗎？
10	**¿Me podrías** reservar el hotel?	你可以替我預訂酒店嗎？

補充
- ★02：mañana 名 明天
- ★04：vaso de agua 短 一杯水
- ★07：chino mandarin 名 漢語
- ★09：boleto 名 入場券；門票

PASO2　句子重組練習

01	**¿Me podrías** pan? comprar	你可以幫我買麵包嗎？
02	**¿Me podrías** libro? el devolver	你可以還我書嗎？
03	**¿Me podrías** pregunta? la contestar	你可以回答這個問題嗎？
04	**¿Me podrías** hospital? al acompañar	你願意陪我去醫院嗎？
05	**¿Me podrías** cena? la preparar	你能為我做晚餐嗎？

解答
- ★01：¿Me podrías comprar pan?
- ★02：¿Me podrías devolver el libro?
- ★03：¿Me podrías contestar la pregunta?
- ★04：¿Me podrías acompañar al hospital?
- ★05：¿Me podrías preparar la cena?

PASO3　應用篇

A：Sophie me escribió una carta en francés.

B：¿No entiendes?

A：No, nada. ¿Me podrías ayudar a traducirla?

A：蘇菲用法語寫信給我。

B：你看不懂嗎？

A：不懂，什麼都看不懂。你能幫忙翻譯嗎？

¿Te importa si…? 如果……，你介意嗎？

¿Te importa si + v？問句 + 動詞，表示「如果……，你介意嗎？」。

PASO1　Top 必學句

01	**¿Te importa si** comemos temprano hoy?	如果我們提早吃，你介意嗎？
02	**¿Te importa si** vamos a la montaña el sábado?	如果我們週六去山上，你介意嗎？
03	**¿Te importa si** te pregunto algo?	如果我問你某件事，你介意嗎？
04	**¿Te importa si** compro la cámara?	如果我買相機，你介意嗎？
05	**¿Te importa si** llamo a Ana?	如果我叫安娜，你介意嗎？
06	**¿Te importa si** conduzco yo?	如果我開車，你介意嗎？
07	**¿Te importa si** fumo aquí?	如果我在這裡抽煙，你介意嗎？
08	**¿Te importa si** enciendo la TV?	如果我打開電視，你介意嗎？
09	**¿Te importa si** me tomo una copa de vino?	如果我喝一杯酒，你介意嗎？
10	**¿Te importa si** hablo yo primero?	如果我先發言，你介意嗎？

補充

★**02**：sábado 名 星期六；週六
★**04**：cámara 名 照相機
★**07**：fumar 動 抽煙；吸菸

PASO2　句子重組練習

01	**¿Te importa si** cumpleaños José? de vamos al	如果我們去荷塞的生日聚會，你介意嗎？
02	**¿Te importa si** voy no la fiesta? a	如果我不去參加聚會，你介意嗎？
03	**¿Te importa si** TV? veo	如果我看電視，你介意嗎？
04	**¿Te importa si** terror? vemos película una de	如果我們去看恐怖電影，你介意嗎？
05	**¿Te importa si** Olga? verdad le la digo a	如果我對歐嘉説實話，你在乎嗎？

解答

★**01**：¿Te importa si vamos al cumpleaños de José?
★**02**：¿Te importa si no voy a la fiesta?
★**03**：¿Te importa si veo TV?
★**04**：¿Te importa si vemos una película de terror?
★**05**：¿Te importa si le digo la verdad a Olga?

PASO3　應用篇

A：Parece que tienes mucha hambre, Luisito.

B：Sí, mamá... ¿Te importa si como primero?

A：你看起來好像很餓，小路易。

B：是的，媽媽……你介意我先吃嗎？

Si no es mucha molestia…¿podrías…?

如果不是太麻煩的話，你是否可以……？

表達禮貌或客氣的給予一個善意建議時用條件句。Si no es mucha molestia... ¿podrías… ? + 條件式簡單時態（Condicional Simple），表示「如果不是太麻煩的話……，你是否可以？」。

PASO1 Top 必學句

01	**Si no es mucha molestia, ¿podrías** devolverme el dinero?	如果不是太麻煩的話，你可以還我錢嗎？
02	**Si no es mucha molestia, ¿podrías** hacerme un favor?	如果不是太麻煩的話，你可以幫我一個忙嗎？
03	**Si no es mucha molestia, ¿podrías** venir a mi casa?	如果不是太麻煩的話，你能來我家嗎？
04	**Si no es mucha molestia, ¿podrías** ir conmigo a la cita?	如果不是太麻煩的話，你能陪我赴約嗎？
05	**Si no es mucha molestia, ¿podrías** comprarme un café?	如果不是太麻煩的話，你能否幫我買咖啡？
06	**Si no es mucha molestia, ¿podrías** ayudarme a limpiar?	如果不是太麻煩的話，你能否幫我打掃？
07	**Si no es mucha molestia, ¿podrías** dejar de fumar?	如果你不介意的話，請你能不抽菸嗎？
08	**Si no es mucha molestia, ¿podrías** hablar más bajo?	如果你不介意的話，請你小聲點説話好嗎？

補充

★04：cita 　　名 約會
★06：limpiar 　動 打掃；清潔
★07：dejar de 　短 停止；終止

PASO2 句子重組練習

01	**Si no es mucha molestia, ¿podrías** a despertarme las 7?	如果不麻煩的話，你能在七點叫醒我嗎？
02	**Si no es mucha molestia, ¿podrías** despacio? conducir más	如果你不介意的話，請開慢點？
03	**Si no es mucha molestia, ¿podrías** habitación? tu limpiar	如果你不介意的話，請打掃你的房間？

解答

★01：Si no es mucha molestia, ¿podrías despertarme a las 7?

★02：Si no es mucha molestia, ¿podrías conducir más despacio?

★03：Si no es mucha molestia, ¿podrías limpiar tu habitación?

PASO3 應用篇

A：Juan, vamos a llegar tarde a la reunión.

B：Sí, sólo por algunos minutos.

A：Si no es mucha molestia, ¿podrías caminar más deprisa?

A：璜，參加會議，我們要遲到了。

B：別急，就幾分鐘而已。

A：如果你不介意的話，請走快一點好嗎？

Deseo pedirte... 我想請你……

連接詞 que 後面從句動詞用虛擬式現在時。（假設語氣）虛擬式在西班牙文語中使用的非常頻繁。表達説話人主觀的情緒與感覺；期盼或願望以及表命令與要求或勸誡……等等）。
Deseo pedirte que... 表示「我想請你……」。

PASO1　Top 必學句

01	**Deseo pedirte** que me hagas un favor.	我想請你幫我一個忙。
02	**Deseo pedirte** que salgas conmigo.	我想請你陪我出去。
03	**Deseo pedirte** que vuelvas pronto.	我想請你早點回來。
04	**Deseo pedirte** que no te enojes conmigo.	我想請求你不要生我的氣。
05	**Deseo pedirte** que trabajes hasta tarde.	我想請你工作到晚點。
06	**Deseo pedirte** que obedezcas.	我想請你服從。
07	**Deseo pedirte** un consejo.	我想向你請教。
08	**Deseo pedirte** permiso.	我希望得到你的許可。
09	**Deseo pedirte** más plazo para pagar.	我希望你給我更多的時間來支付。
10	**Deseo pedirte** disculpas.	我想向你致歉。

補充

★**04**： enojarse 　動 激怒；使生氣
★**06**： obedecer 　動 服從；聽從
★**08**： permiso 　名 許可；允許

PASO2　句子重組練習

01	**Deseo pedirte** aplicado. más que seas	我想請你更認真點。
02	**Deseo pedirte** médico. al que acompañes me	我想請你陪我去看醫生。
03	**Deseo pedirte** gran un favor.	我想請你幫個大忙。
04	**Deseo pedirte** poco de un comprensión.	我想請問多一點諒解。

解答

★**01**： Deseo pedirte que seas más aplicado.
★**02**： Deseo pedirte que me acompañes al médico.
★**03**： Deseo pedirte un gran favor.
★**04**： Deseo pedirte un poco de comprensión.

PASO3　應用篇

A：¿Y cuándo te casas, María?

B：En agosto. Deseo pedirte que seas mi dama de honor.

A：什麼時候你將結婚，瑪麗？

B：八月份，到時我想請你做我的伴娘。

Tenga la amabilidad de...

請您……

Ten（tenga，tengan）la amabilidad de... 請你（您、你們），西班牙文中常用「請您」敬語來
是表達，説話人對受話者的尊敬和禮貌。常用在表達某項要求或傳達某種意願，甚至間接下
達一個命令。也具有反諷的意味，説話人用敬語間接達到貶諷受話者的行為或事件。Tenga la
amabilidad de + 介系詞 de + 動詞原形，表示「請您……」。

PASO1　Top 必學句

01 | **Tenga la amabilidad de** contestar mi pregunta.　請您回答我的問題。

02 | **Tenga la amabilidad de** comunicarse conmigo.　請您與我聯繫。

03 | **Tenga la amabilidad de** completar este formulario.　請您填寫此表格。

04 | **Tenga la amabilidad de** sentarse aquí.　請您坐在這裡。

05 | **Tenga la amabilidad de** aceptar mis disculpas.　請您接受我的道歉。

06 | **Tenga la amabilidad de** esperarme aquí.　請您在這裡等我。

07 | **Tenga la amabilidad de** escucharme un momento.　請您聽一下我説的話。

08 | **Tenga la amabilidad de** no hablar mientras come.　請您不要邊吃飯邊説話。

補充

★03：formulario 名 表格
★05：aceptar 動 接受
★07：escuchar 動 聽；傾聽

PASO2　句子重組練習

01 | **Tenga la amabilidad** hacer trabajo. de dejarme mi　請您讓我做我的工作。

02 | **Tenga la amabilidad** padre. su de disculparse con　請跟您的父親道歉。

03 | **Tenga la amabilidad** tiempo. a llegar de　請您準時到達。

04 | **Tenga la amabilidad** cena. la traerme de　請您帶來我晚餐。

解答

★01：Tenga la amabilidad de dejarme hacer mi trabajo.
★02：Tenga la amabilidad de disculparse con su padre.
★03：Tenga la amabilidad de llegar a tiempo.
★04：Tenga la amabilidad de traerme la cena.

PASO3　應用篇

A：Mi hijo es el candidato a alcalde de la ciudad.　A：我兒子是市長候選人。

B：¿En serio?　B：真的嗎？

A：Sí, por favor, tenga la amabilidad de votar por él.　A：是真的，請您投他一票。

Tenga la bondad de...
請你（您；你們）……；勞駕……

Ten（tenga，tengan）la bondad de... 請你（您、你們），西班牙文中常用「請您」敬語來是表達，說話人對受話者的尊敬和禮貌。常用在表達某項要求或傳達某種意願，甚至間接下達一個命令。也具有反諷的意味，說話人用敬語間接達到貶諷受話者的行為或事件。Tenga la bondad de + 介系詞 de + 動詞原形，表示「請你（您；你們）……；勞駕…… 」。

PASO1　Top 必學句

01	**Tenga la bondad de** explicármelo.	請您解釋一下。
02	**Tenga la bondad de** darme el resultado.	請您給我結果。
03	**Tenga la bondad de** decirme la verdad.	請您告訴我真相。
04	**Tenga la bondad de** leer con atención.	請您仔細閱讀。
05	**Tenga la bondad de** cumplir con sus deberes.	請您履行您的職責。
06	**Tenga la bondad de** ayudar al anciano.	請您幫助老人。
07	**Tenga la bondad de** esforzarse más.	請您更努力。
08	**Tenga la bondad de** felicitar a Pablo.	請您恭賀保羅。

補充
★04：atención 名 注意；留心
★06：anciano 名 老人
★08：felicitar 動 祝賀；恭喜

PASO2　句子重組練習

01	**Tenga la bondad** que dan. apreciar lo le	請您感激他們給你的。
02	**Tenga la bondad** salir de ahora. aquí de	請您現在從這裡走出去。
03	**Tenga la bondad** no beber de tanto.	請您不要喝太多。
04	**Tenga la bondad** boda. su darme la fecha de	請您給我，您婚禮日期。
05	**Tenga la bondad** de amigos. sus presentarme a	請把我介紹給您的朋友。

解答
★01：Tenga la bondad de apreciar lo que le dan.
★02：Tenga la bondad de salir de aquí ahora.
★03：Tenga la bondad de no beber tanto.
★04：Tenga la bondad de darme la fecha de su boda.
★05：Tenga la bondad de presentarme a sus amigos.

PASO3　應用篇

A：¿Quiere jugar ajedrez conmigo?

B：No sé jugar. Tenga la bondad de enseñarme, por favor.

A：想和我下一盤棋嗎？

B：我不會下棋。請您教我。

Tenga la gentileza de... 請您……

Tenga la gentileza de... 請您……請你（您、你們），西班牙文中常用「請您」敬語來是表達，説話人對受話者的尊敬和禮貌。常用在表達某項要求或傳達某種意願，甚至間接下達一個命令。也具有反諷的意味，説話人用敬語間接達到貶諷受話者的行為或事件。Tenga la gentileza de + 介系詞 de + 動詞原形，表示「請您……」。

PASO1　Top 必學句

01 ｜ **Tenga la gentileza de** hacer bien su trabajo.　　請您做好份內的工作。

02 ｜ **Tenga la gentileza de** no llegar atrasado.　　請您不要遲到。

03 ｜ **Tenga la gentileza de** decirme a qué hora va a llegar.　　請您告訴我，您幾點會到。

04 ｜ **Tenga la gentileza de** darme una explicación.　　請您給我一個解釋。

05 ｜ **Tenga la gentileza de** escribir más claro.　　請您寫的更清楚。

06 ｜ **Tenga la gentileza de** llevar la maleta.　　請您攜帶手提箱。

07 ｜ **Tenga la gentileza de** venir inmediatamente.　　請您馬上過來。

08 ｜ **Tenga la gentileza de** participar en el juego de voléibol.　　請您參加排球比賽。

補充

★02：atrasado 形 落在後面的
★06：maleta 名 手提箱
★08：participar 動 參加；參與

PASO2　句子重組練習

01 ｜ **Tenga la gentileza** de su llevarme coche. en　　請您開車帶我。

02 ｜ **Tenga la gentileza** oficina. de la volver a　　請您回到辦公室。

03 ｜ **Tenga la gentileza** orden. de ropa en poner su　　請您把衣服整理好。

04 ｜ **Tenga la gentileza** traje. de plancharme el　　請您幫我燙西裝。

解答

★01：Tenga la gentileza de llevarme en su coche.
★02：Tenga la gentileza de volver a la oficina.
★03：Tenga la gentileza de poner su ropa en orden.
★04：Tenga la gentileza de plancharme el traje.

PASO3　應用篇

A：No escucho lo que dice Antonio.

B：Sí, la música está muy fuerte.

A：Tenga la gentileza de bajar el volumen, por favor.

A：聽不到安東尼奧説什麼。

B：是啊，音樂聲音太大了。

A：請您把音量調低點。

Haga el favor de... 請您幫助我……

請您……請你（您、你們），西班牙文中常用「請您」敬語來是表達，說話人對受話者的尊敬和禮貌。常用在表達某項要求或傳達某種意願，甚至間接下達一個命令。也具有反諷的意味，說話人用敬語間接達到貶諷受話者的行為或事件。Haga el favor de...〔命令式〕+ 介系詞 de + 動詞原形，表示「請你……；勞駕……」。

PASO1　Top 必學句

01	**Haga el favor de** no hacer ruido cuando come.	請您吃飯的時候不要發出聲音。
02	**Haga el favor de** obedecer a su madre.	請您服從您的母親。
03	**Haga el favor de** no pelear tanto.	請您不要那麼愛吵架
04	**Haga el favor de** sentarse y esperar.	請您坐下來等待。
05	**Haga el favor de** investigar el problema.	請您調查這個問題。
06	**Haga el favor de** leer las instrucciones.	請您閱讀說明書。
07	**Haga el favor de** enviarme el recibo.	請您寄收據給我。
08	**Haga el favor de** llegar a tiempo.	請您要準時到達。

補充
★03: pelear　　　　動 吵架；爭吵
★05: investigar　　動 調查
★08: llegar a tiempo 短 準時到

PASO2　句子重組練習

01	**Haga el favor** más. practicar de	請您多加練習。
02	**Haga el favor** no hacer de ruido. tanto	請您不要製造這麼多的噪音。
03	**Haga el favor** aclararme las de dudas.	請您澄清我的疑慮。（釋疑）
04	**Haga el favor** tanto. no hablar de	請您不要那麼愛說話。
05	**Haga el favor** cuidar los niños. a de	請您照顧孩子。

解答
★01: Haga el favor de practicar más.
★02: Haga el favor de no hacer tanto ruido.
★03: Haga el favor de aclararme las dudas.
★04: Haga el favor de no hablar tanto.
★05: Haga el favor de cuidar a los niños.

PASO3　應用篇

A：Me tengo que ir ahora.

B：¿Está conduciendo su coche?

A：No. Haga el favor de llamarme un taxi.

A：我該走了。

B：您是自己開車嗎？

A：沒開車。請您幫我叫一輛計程車。

Te ruego... 我請求您……；懇求您……

Te ruego + 連接詞 que + 動詞，有禮貌的短語。

PASO1　Top 必學句

01 | **Te ruego** que por favor me llames. 　　　我請求你打電話給我。

02 | **Te ruego** que no insistas. 　　　我求你不要堅持。

03 | **Te ruego** que me expliques lo que pasa. 　我求你告訴我發生了什麼。

04 | **Te ruego** que repitas la pregunta. 　　　我求你重說一遍問題。

05 | **Te ruego** que estudies la propuesta. 　　我敦促你研究提案。

06 | **Te ruego** que no tardes más. 　　　我求你不要再遲了。

07 | **Te ruego** que nos des unos minutos. 　　我求你給我們幾分鐘。

08 | **Te ruego** que aceptes mis disculpas. 　　我求你接受我的道歉。

09 | **Te ruego** que te saques tus zapatos. 　　我求你脫掉你的鞋子。

10 | **Te ruego** que devuelvas el libro a la biblioteca. 　　　我敦促你把書還給圖書館。

補充

★**02**：insistir 　動 堅持；堅決
★**08**：disculpas 　名 原諒；饒恕
★**10**：biblioteca 　名 圖書館

PASO2　句子重組練習

06 | **Te ruego** limpies que baño. el 　　　我求你清理浴室。

07 | **Te ruego** mi elijas a hermano que senador. como 　　　我想請選擇我的兄弟為議員。

08 | **Te ruego** empresa. que esta continúes en 　　　我想求你繼續留在這家公司。

09 | **Te ruego** apoyes. me que 　　　我想求你支持我。

10 | **Te ruego** te acerque mí. no que a 　　我懇求你不要靠近我。

解答

★**01**：Te ruego que limpies el baño.
★**02**：Te ruego que elijas a mi hermano como senador.
★**03**：Te ruego que continúes en esta empresa.
★**04**：Te ruego que me apoyes.
★**05**：Te ruego que no te acerques a mí.

PASO3　應用篇

A：Te veo muy ocupado hoy.

B：Sí, te ruego que no me molestes.

A：我看你今天似乎很忙。

B：是的，我請求你不要打擾我。

Te quedaría muy agradecido si…

我將感激不盡……如果……

quedaría 條件式簡單時態 + si + 虛擬式 過去未完成時。 Te quedaría muy agradecido si... + 虛擬式 過去未完成時，表示「我將感激不盡……如果……」。

PASO1　Top 必學句

01 | **Te quedaría muy agradecido si** trabajaras el sábado.
如果你能在週六工作，我將不勝感激。

02 | **Te quedaría muy agradecido si** vinieras a casa.
如果你回家，我將不勝感激。

03 | **Te quedaría muy agradecido si** escucharas lo que digo.
如果你聽我說的話，我將不勝感激。

04 | **Te quedaría muy agradecido si** me lo explicaras.
如果你解釋給我聽，我將感激不盡。

05 | **Te quedaría muy agradecido si** trajeras más café.
如果你帶來更多的咖啡，我將不勝感激。

06 | **Te quedaría muy agradecido si** cocinaras pollo con arroz.
如果你能煮雞肉燉飯，我將感激不盡。

07 | **Te quedaría muy agradecido si** bajaras el volumen de la radio.
如果你降低收音機的音量，我將感激不盡。

08 | **Te quedaría muy agradecido si** hicieras lo que te digo.
如果你照我說的做，我將不勝感激。

補充
★**01**：sábado　名 週六；星期六
★**06**：arroz　名 米飯；米
★**07**：volúmen　名 音量

PASO2　句子重組練習

01 | **Te quedaría muy agradecido si** más. estudiaras
如果你能用功點，我會感到安慰。

02 | **Te quedaría muy agradecido si** temprano. más levantaras
如果你早一點起床，我將不勝感激。

03 | **Te quedaría muy agradecido si** pregunta. la repitieras
如果你能再說一遍問題，我將不勝感激。

04 | **Te quedaría muy agradecido si** tus errores. corrigieras
如果你能糾正你的錯誤，我將不勝感激。

解答
★**01**：Te quedaría muy agradecido si estudiaras más.
★**02**：Te quedaría muy agradecido si te levantaras más temprano.
★**03**：Te quedaría muy agradecido si repitieras la pregunta.
★**04**：Te quedaría muy agradecido si corrigieras tus errores.

PASO3　應用篇

A：Hijo, te quedaría muy agradecida si trabajaras más y durmieras menos.

B：¿Por qué dices eso?

A：Porque te pasas el día sin hacer nada.

A：兒子，如果你能花較多時間工作，少睡點；我會感到安慰。

B：為什麼你這麼說？

A：因為，你整天無所事事。

Te estoy muy agradecido…
我非常感謝你……

Te estoy muy + 過去分詞 agradecido 表示動作和事件已完成。意思是「我非常感謝你……」。

PASO1　Top 必學句

01 | **Te estoy muy agradecido** por el excelente libro que me prestaste. 　我很感謝你借給我的好書。

02 | **Te estoy muy agradecido** por estar presente hoy. 　我很感謝你今天來到這裡。

03 | **Te estoy muy agradecido** por tu apoyo. 　我很感謝你的支持。

04 | **Te estoy muy agradecido** por la idea que me diste. 　我很感謝你提供給我的想法。

05 | **Te estoy muy agradecido** por tu amistad incondicional. 　我很感謝你無條件的友誼。

06 | **Te estoy muy agradecido** por la oportunidad que me das. 　我很感謝你給我的機會。

07 | **Te estoy muy agradecido** por compartir tu vida conmigo. 　我很感謝你與我分享你的生活。

08 | **Te estoy muy agradecido** por entenderme. 　我很感激你對我的理解。

補充

★01： prestar　　動 把……借給；借出
★05： amistad　　名 友誼
★06： oportunidad　名 機會；時機
★08： entender　　動 理解；瞭解

PASO2　句子重組練習

01 | **Te estoy muy agradecido** regalo. tu por 　我很感謝你的禮物。

02 | **Te estoy muy agradecido** conmigo por momento. este en estar 　我很感謝你此刻與我同在。

03 | **Te estoy muy agradecido** conducir. por a enseñarme 　我很感謝你教我開車。

04 | **Te estoy muy agradecido** toda por cooperación. tu 　我非常感謝你的合作。

解答

★01： Te estoy muy agradecido por tu regalo.

★02： Te estoy muy agradecido por estar conmigo en este momento.

★03： Te estoy muy agradecido por enseñarme a conducir.

★04： Te estoy muy agradecido por toda tu cooperación.

PASO3　應用篇

A：No te preocupes tanto por eso.

B：Gracias por tu apoyo. Te estoy muy agradecido por entenderme.

A：De nada.

A：你不要太擔心那個。

B：謝謝你的支持。我很感激你能理解。

A：別客氣。

Mil gracias... 非常謝謝……

Mil gracias + 介系詞 por（表示原因）+ 動詞原形或名詞或代名詞，表示「非常謝謝……，因為……」。

PASO1　Top 必學句

01	**Mil gracias** por el ramo de rosas.	非常謝謝這一束玫瑰花。
02	**Mil gracias** por tus cariñosos saludos.	多謝你深情的問候。
03	**Mil gracias** por acordarte de mi cumpleaños.	非常謝謝記得我的生日。
04	**Mil gracias** por cuidar a mi perro.	非常謝謝照顧我的狗。
05	**Mil gracias** por tu gentileza.	多謝你的好意。
06	**Mil gracias** por votar por mí.	千恩萬謝，謝謝投我一票。
07	**Mil gracias** por tu invitación.	非常謝謝你的邀請。
08	**Mil gracias** por invertir en esta nueva empresa.	非常謝謝投資這家新公司。
09	**Mil gracias** por venir tan rápido.	非常謝謝來得這麼快。
10	**Mil gracias** por ayudarme a pasar la crisis.	多謝你幫我渡過危機。

補充

★01：ramo 名（花、草等）束，把
★05：gentileza 名 好意；客氣
★08：invertir 動 投資

PASO2　句子重組練習

01	**Mil gracias** cuidar a abuela. mi por	非常謝謝你照顧我奶奶。
02	**Mil gracias** amistad. por tu	無盡感謝你的友誼。
03	**Mil gracias** fumar no aquí.	非常謝謝你不在此吸煙。
04	**Mil gracias** la participar competencia. por en	非常謝謝參加比賽。
05	**Mil gracias** lejos verme. tan desde venir a por	真是感謝你大老遠跑來看我。

解答

★01：Mil gracias por cuidar a mi abuela.
★02：Mil gracias por tu amistad.
★03：Mil gracias por no fumar aquí.
★04：Mil gracias por participar en la competencia.
★05：Mil gracias por venir desde tan lejos a verme.

PASO3　應用篇

A：Mil gracias por llegar justo a tiempo para el torneo.

B：No es nada.

A：非常謝謝你及時趕上比賽。

B：這沒什麼。

Un millón de gracias…
萬分感謝……

Un millón de gracias + 介系詞 por（表示原因）+ 動詞原形或名詞或代名詞，表示「萬分感謝……」。

PASO1　Top 必學句

01	**Un millón de gracias** por tu gran trabajo.	萬分感謝你傑出的工作。
02	**Un millón de gracias** por limpiar la oficina.	萬分感謝你清理辦公室。
03	**Un millón de gracias** por ser parte de mi equipo.	萬分感謝你成為我團隊的一部分。
04	**Un millón de gracias** por todo.	萬分感謝你所有的一切。
05	**Un millón de gracias** por ofrecerme ese crucero al Mediterráneo.	萬分感謝你送我地中海遊輪之旅。
06	**Un millón de gracias** por salvar a mi gato.	萬分感謝你救了我的貓。
07	**Un millón de gracias** por la valiosa información.	萬分感謝你提供有價值的資訊。
08	**Un millón de gracias** por el favor.	萬分感謝你的幫助。

補充

★03：equipo 名 團隊；隊
★05：crucero 名 巡航；遊輪
★06：gato 名 貓
★08：favor 名 恩惠；幫助

PASO2　句子重組練習

01	**Un millón de gracias** días pasar conmigo. estos por	萬分感謝你在這些天陪伴我。
02	**Un millón de gracias** cocinar. a enseñarme por	萬分感謝你教我做飯。
03	**Un millón de gracias** deseos. por buenos tus	萬分感謝你的美好祝願。
04	**Un millón de gracias** mí. por disponible estar para siempre	萬分感謝你始終把時間留給我。

解答

★01：Un millón de gracias por pasar estos días conmigo.
★02：Un millón de gracias por enseñarme a cocinar.
★03：Un millón de gracias por tus buenos deseos.
★04：Un millón de gracias por estar siempre disponible para mí.

PASO3　應用篇

A：Mamá, un millón de gracias por ser un ejemplo para nosotros.

B：De nada, cariño.

A：媽媽，萬分感激妳為我們作的好榜樣。

B：沒什麼，親愛的。

080

Sírvase... 請……；勞駕……

Sírvase + 動詞原形〔客套語，用在命令式時〕，表示「請……；勞駕……」。

PASO1　Top 必學句

01	**Sírvase** darme su número de teléfono.	請給我，您的電話號碼。
02	**Sírvase** ponerse de pie.	請您站起來。
03	**Sírvase** traerme un té.	請您給我一杯茶。
04	**Sírvase** enviarme los documentos.	請您寄給我文件。
05	**Sírvase** escribir los detalles.	請您寫出細節。
06	**Sírvase** llenar el formulario.	請您填寫此表格。
07	**Sírvase** aceptar mis disculpas.	請您接受我的道歉。
08	**Sírvase** atender primero a las personas mayores.	請您讓長者優先。
09	**Sírvase** dar de comer al niño.	請您先餵孩子。
10	**Sírvase** consultar al médico.	請您諮詢醫生。

補充

★02：ponerse de pie 〔短〕站起來
★05：detalles 〔名〕詳細信息；細節
★08：persona mayor 〔短〕老年人；長者

PASO2　句子重組練習

01	**Sírvase** mejor su hacer trabajo.	請做好您的工作。
02	**Sírvase** teléfono. el contestar	請您接電話。
03	**Sírvase** carta. la firmar	請您在信上簽字。
04	**Sírvase** impuestos. sus declarar	請您申報稅收。
05	**Sírvase** al 119 tiene llamar problemas. si	如果您有問題，請撥打119。

解答

★01：Sírvase hacer mejor su trabajo.
★02：Sírvase contestar el teléfono.
★03：Sírvase firmar la carta.
★04：Sírvase declarar sus impuestos.
★05：Sírvase llamar al 119 si tiene problemas.

PASO3　應用篇

A：Hola, ¿qué necesita?

B：Sírvase decirle a Carlos que necesito verlo hoy.

A：Sí, por supuesto.

A：您好，需要什麼嗎？

B：請您轉告卡洛斯，今天我需要見他。

A：是的，當然。

Me complacería…si…

我會很高興……如果……

Me complacería 條件式簡單時態 + si + 虛擬式 過去未完成時。Me complacería si... 表示「我會很高興……如果……」。

PASO1　Top 必學句

01	**Me complacería si** me devolviera el libro.	我會很高興，如果您還我書。
02	**Me complacería si** llegaras a la hora exacta.	我會很高興，如果你準時到達。
03	**Me complacería si** hicieras los deberes ahora mismo.	我會很高興，如果你現在就做功課。
04	**Me complacería si** me dieras una nueva oportunidad.	如果你再給我一次機會，我會很高興。
05	**Me complacería si** viajaramos juntos a Pekín.	我會很高興，如果我們一起前往北京。
06	**Me complacería si** me informaras cuando llegues.	我會很高興，如果你能告訴我多久到。
07	**Me complacería si** te prepararas para el campeonato.	我會很高興，如果你為冠軍賽做為準備。
08	**Me complacería si** mejorara la economía.	如果經濟好轉，我會很高興。

補充

★03：ahora mismo　短 馬上；現在
★06：informar　動 通知；告知
★07：campeonato　名 冠軍賽；錦標賽

PASO2　句子重組練習

01	**Me complacería si** su ciudad. visitáramos	我會很高興，如果我們參觀您的城市。
02	**Me complacería si** te dijeras que gusta me lo comer.	如果你告訴我喜歡吃什麼，我會很高興。
03	**Me complacería si** más. ahorrar pudiéramos	我會很高興，如果我們能更加節省。
04	**Me complacería si** propuesta. mi aceptaras	我會很高興，如果你接受我的建議。
05	**Me complacería si** paz. mundo estuviera el todo en	我會很高興，如果世界太平。

解答

★01：Me complacería si visitáramos su ciudad.
★02：Me complacería si me dijeras lo que te gusta comer.
★03：Me complacería si pudiéramos ahorrar más.
★04：Me complacería si aceptaras mi propuesta.
★05：Me complacería si todo el mundo estuviera en paz.

PASO3　應用篇

A：¿Te gustaría ir a Nueva York conmigo?　　A：你願意跟我去紐約嗎？

B：Me complacería mucho si me invitaras.　　B：如果你邀請我，我會非常高興。

Debo agradecerte...

我應該感謝你……

Debo + 動詞原形 inf，Debo agradecerte，表示「我應該感謝……」。

PASO1　Top 必學句

01 | **Debo agradecerte** la colaboración que me diste. | 我應該感謝你給我合作的機會。

02 | **Debo agradecerte** el amor que me das. | 我應該感謝你的愛。

03 | **Debo agradecerte** la oportunidad de trabajar contigo. | 我要感謝你給我機會和你工作。

04 | **Debo agradecerte** las fotografías que me tomaste. | 我必須感謝你幫我拍的這些照片。

05 | **Debo agradecerte** la ayuda en traducir este libro. | 我要感謝你幫我翻譯這本書。

06 | **Debo agradecerte** pagar el alquiler a tiempo. | 我要感謝你按時支付租金。

07 | **Debo agradecerte** ir a la opera conmigo. | 我要感謝你陪我去歌劇院。

08 | **Debo agradecerte** dedicarme la canción. | 我要感謝你將這首歌獻給我

補充

★04：fotografías 【名】照片
★05：ayuda 【名】幫助
★06：alquiler 【名】出租；租

PASO2　句子重組練習

01 | **Debo agradecerte** contribución. valiosa la | 我要感謝你寶貴的貢獻。

02 | **Debo agradecerte** la discapacitados. los ayuda a | 我要感謝你幫助殘疾人士。

03 | **Debo agradecerte** lealtad la a compañía. nuestra | 我要感謝你對我們公司的忠誠。

04 | **Debo agradecerte** durante hijos mi cuidar ausencia. a mis | 我要感謝你在我不在時照顧我的孩子。

05 | **Debo agradecerte** limpiar el jardín. | 我要感謝你幫忙打掃庭院。

解答

★01：Debo agradecerte la valiosa contribución.
★02：Debo agradecerte la ayuda a los discapacitados.
★03：Debo agradecerte la lealtad a nuestra compañía.
★04：Debo agradecerte cuidar a mis hijos durante mi ausencia.
★05：Debo agradecerte limpiar el jardín.

PASO3　應用篇

A：El color de esa camisa te va muy mal, Daniel.

B：Debo agradecerte tu franqueza, cariño.

A：丹尼爾，這件襯衫的顏色讓你看起來糟透了。

B：親愛的，我要感謝你的坦誠。

常用提問句
的句型

PART

3

¿Me puedes...? 你可以⋯⋯我嗎？

¿Me puedes + 動詞原形，表示「你可以⋯⋯我嗎？」。

PASO1　Top 必學句

01	**¿Me puedes** hacer un favor?	你能幫我個忙嗎？
02	**¿Me puedes** comprar los boletos para el concierto?	你可以幫我買音樂會的票嗎？
03	**¿Me puedes** dejar dormir aquí?	我可以讓你睡在這裡嗎？
04	**¿Me puedes** vender el cuadro?	你可以幫我賣這幅畫嗎？
05	**¿Me puedes** terminar el informe?	你是否能幫我完成報告？
06	**¿Me puedes** abrazar?	你可以給我一個擁抱嗎？
07	**¿Me puedes** aceptar en tu grupo?	你能接受我加入你的團隊嗎？
08	**¿Me puedes** dar una leche caliente?	你能給我一杯熱牛奶嗎？
09	**¿Me puedes** coser el vestido?	你可以幫我縫衣服嗎？
10	**¿Me puedes** concertar una cita?	你可以有幫我預約嗎？

> **補充**
> ★06：abrazar　動 擁抱
> ★08：leche　名 牛奶
> ★09：coser　動 縫；縫紉
> ★10：concertar　動 安排

PASO2　句子重組練習

01	**¿Me puedes** reunión? la averiguar dónde es	你可以幫我查明，會議在那舉行？
02	**¿Me puedes** de antes las despertar 6?	你可以在6點前叫醒我嗎？
03	**¿Me puedes** mano? una echar	你可以助我一臂之力嗎？
04	**¿Me puedes** presté? libro que devolver el te	你可以把我借給你的書還我嗎？
05	**¿Me puedes** paquete? el envolver	你可以幫我包紮包裹嗎？

> **解答**
> ★01：¿Me puedes averiguar dónde es la reunión?
> ★02：¿Me puedes despertar antes de las 6?
> ★03：¿Me puedes echar una mano?
> ★04：¿Me puedes devolver el libro que te presté?
> ★05：¿Me puedes envolver el paquete?

PASO3　應用篇

A：Papi, ¿me puedes arreglar la bicicleta?

B：Sí, hijo. Espérame un minuto.

A：爸爸，你能幫我修理腳踏車嗎？

B：好啊，兒子。請等一分鐘。

¿Cada cuánto tiempo…?
每隔多久的時間……？

Cuánto 形容詞疑問句，意思是：多少（麼）；多大（長）。¿Cada cuánto tiempo + 動詞現在式，表示「每隔多久的時間……」。

PASO1　Top 必學句

01	¿**Cada cuánto tiempo** haces yoga?	你每隔多久做一次瑜伽？
02	¿**Cada cuánto tiempo** debo renovar mi licencia de conducir?	每隔多久我必須更新駕駛執照？
03	¿**Cada cuánto tiempo** pagas tus impuestos?	每隔多久你要繳稅？
04	¿**Cada cuánto tiempo** sube el precio de la gasolina?	每隔多久汽油會漲價？
05	¿**Cada cuánto tiempo** ves al médico?	每隔多久你會去看病？
06	¿**Cada cuánto tiempo** debo hacer ejercicio?	每多長時間我應該做運動？
07	¿**Cada cuánto tiempo** hay que lavar la alfombra?	每隔多久應該清洗地毯？
08	¿**Cada cuánto tiempo** vas al cine?	每隔多久你去看電影？

補充

★**02**：renovar　動 更新
★**03**：impuestos　名 稅收；徵稅
★**07**：alfombra　名 地毯

PASO2　句子重組練習

01	¿**Cada cuánto tiempo** lavarse el conviene pelo?	每隔多久應該洗頭？
02	¿**Cada cuánto tiempo** tus visitas padres? a	每隔多久你去探視父母？
03	¿**Cada cuánto tiempo** novia flores? a regalas tu le	每隔多久你送花給女朋友？
04	¿**Cada cuánto tiempo** bebé? un come	嬰兒每隔多久吃一次？

解答

★**01**：¿Cada cuánto tiempo conviene lavarse el pelo?
★**02**：¿Cada cuánto tiempo visitas a tus padres?
★**03**：¿Cada cuánto tiempo le regalas flores a tu novia?
★**04**：¿Cada cuánto tiempo come un bebé?

PASO3　應用篇

A：Este presidente es malísimo.

B：Sí, así veo… ¿Cada cuánto tiempo tienen elecciones presidenciales?

A：這位總統很爛。

B：是啊，我知道……你們每隔多久舉行總統選舉？

111

¿Serías tan amable…? 你介意……嗎？

Serías 動詞 ser 的條件式 簡單時態。表達禮貌或客氣的給予一個善意的建議時用條件句。
¿Serías tan amable + 介系詞 de + 動詞原形，表示「你介意……嗎？」

PASO1　Top 必學句

01	**¿Serías tan amable** de pasarme la sal?	你介意把鹽遞給我嗎？
02	**¿Serías tan amable** de abrocharme la falda?	你介意幫我扣上裙子嗎？
03	**¿Serías tan amable** de responderme?	你介意回答我嗎？
04	**¿Serías tan amable** de cortarme el pelo?	你介意幫我剪頭髮嗎？
05	**¿Serías tan amable** de darme tu número de teléfono?	你介意給我你的電話號碼嗎？
06	**¿Serías tan amable** de contactarme?	你介意跟我保持聯繫嗎？
07	**¿Serías tan amable** de prestar atención en clases?	請你在課堂上認真點，行嗎？
08	**¿Serías tan amable** de darme tu opinión?	你介意提供我一些意見嗎？
09	**¿Serías tan amable** de leer en voz alta?	請你大聲朗讀，好嗎？
10	**¿Serías tan amable** de traerme una taza de té?	你介意給我一杯茶嗎？

補充

★02：abrochar 動 繫緊；扣上
★07：atención 短 注意；專心
★09：voz alta 短 大聲

PASO2　句子重組練習

01	**¿Serías tan amable** asunto? de el explicarme	你介意跟我解釋這件事嗎？
02	**¿Serías tan amable** foto? una tomarme de	你介意幫我拍照嗎？
03	**¿Serías tan amable** gritar? no de	請你不要尖叫，好嗎？
04	**¿Serías tan amable** probar leche? el dulce de	你介意品嚐焦糖嗎？

解答

★01：¿Serías tan amable de explicarme el asunto?
★02：¿Serías tan amable de tomarme una foto?
★03：¿Serías tan amable de no gritar?
★04：¿Serías tan amable de probar el dulce de leche?

PASO3　應用篇

A：Hoy voy a llamar a Pedro. Es su cumpleaños.

B：¿Serías tan amable de saludarlo de mi parte?

A：今天，是彼得的生日，我會打電話給他。

B：你介意順便幫我問候他嗎？

¿Está bien si...? 如果……介意嗎？

¿Está bien si + 動詞現在式，表示「 如果 …… 介意嗎？」。

PASO1　Top 必學句

01	**¿Está bien si** me siento aquí?	如果我坐這裡，你介意嗎？
02	**¿Está bien si** comemos ahora?	如果我們現在吃飯，可以嗎？
03	**¿Está bien si** enciendo la TV?	如果我打開電視，你介意嗎？
04	**¿Está bien si** le pongo mantequilla al pan?	如果我在麵包上塗奶油，可以嗎？
05	**¿Está bien si** vamos todos a ver el partido?	如果我們都去觀看比賽，你介意嗎？
06	**¿Está bien si** me levanto más tarde hoy?	如果我今天晚點起床，你介意嗎？
07	**¿Está bien si** me ducho primero?	如果我先洗澡，你介意嗎？
08	**¿Está bien si** le echo un vistazo a tu tarea?	如果我看一下你的作業，你介意嗎？
09	**¿Está bien si** cambio el canal?	如果我換電視頻道，你介意嗎？
10	**¿Está bien si** me tomo la tarde libre?	如果我下午請假，可以嗎？

補充

★04	mantequilla	名 奶油
★08	echar un vistazo	短 瞄一眼
★09	canal	名 頻道

PASO2　句子重組練習

01	**¿Está bien si** paseo? un damos	如果我們去散步，可以嗎？
02	**¿Está bien si** de jugamos partida una póker?	如果我們玩一局撲克牌，可以嗎？
03	**¿Está bien si** beso? un doy te	如果我親你一下，可以嗎？
04	**¿Está bien si** llamo te mañana?	如果我明天打電話給你，行嗎？
05	**¿Está bien si** a vamos domingo? pescar el	如果我們週日去釣魚，可以嗎？

解答

★01：¿Está bien si damos un paseo?

★02：¿Está bien si jugamos una partida de póker?

★03：¿Está bien si te doy un beso?

★04：¿Está bien si te llamo mañana?

★05：¿Está bien si vamos a pescar el domingo?

PASO3　應用篇

A：Estoy muy cansado... ¿Está bien si me acuesto?

B：Sí... descansa.

A：我好累……，如果我去睡覺，你介意嗎？

B：沒關係……你去休息。

¿Qué vas a...? 你打算……？

¿Qué vas a + 動詞原形，表示「你打算……？」。

P A S O 1　Top 必學句

01	¿**Qué vas a** hacer hoy?	今天你打算做什麼？
02	¿**Qué vas a** comer?	你打算吃什麼？
03	¿**Qué vas a** preparar para la cena?	晚餐你將準備什麼？
04	¿**Qué vas a** ver en la TV?	你打算看什麼電視節目？
05	¿**Qué vas a** plantar en el huerto?	你打算在花園裡種什麼？
06	¿**Qué vas a** comprar?	你計劃買什麼？
07	¿**Qué vas a** preguntar al profesor?	你打算問老師什麼？
08	¿**Qué vas a** decirle a Marta?	你打算跟瑪塔説什麼？
09	¿**Qué vas a** llevar a la comida?	你打算帶什麼食物來？
10	¿**Qué vas a** escribir en tu próxima novela?	下一部小説你計劃寫什麼？

補充
- ★05：plantar 動 種植；栽種
- ★05：huerto 名 菜園；果園
- ★09：comida 名 食物
- ★10：novela 名 小說

P A S O 2　句子重組練習

01	¿**Qué vas a** al proponerle jefe?	你打算跟老闆建議什麼？
02	¿**Qué vas a** noche? cantar esta	今晚你計劃唱什麼歌？
03	¿**Qué vas a** fin hacer de semana? este	這個週末你打算做什麼？
04	¿**Qué vas a** Paco su para cumpleaños? regalarle a	你打算送巴科什麼生日禮物？
05	¿**Qué vas a** documento? el corregir en	你打算在文檔中修改什麼？

解答
- ★01：¿Qué vas a proponerle al jefe?
- ★02：¿Qué vas a cantar esta noche?
- ★03：¿Qué vas a hacer este fin de semana?
- ★04：¿Qué vas a regalarle a Paco para su cumpleaños?
- ★05：¿Qué vas a corregir en el documento?

P A S O 3　應用篇

A：Y tú Olivia, ¿qué vas a ponerte para la fiesta?

B：No sé aún. Creo que me pondré el vestido rojo.

A：妳呢，奧利維亞，妳打算穿什麼去參加派對？

B：我還不知道。我想我會穿紅色的洋裝

¿Cuánto cuesta / cuestan…?

……多少錢？

Cuánto 形容詞疑問句，意思是：多少（麼）；多大（長）。 ¿Cuánto cuesta / cuestan + 名詞，表示「……多少錢？」。

PASO1　Top 必學句

01	**¿Cuánto cuesta** el sillón?	這沙發要賣多少錢？
02	**¿Cuánto cuestan** las flores?	這些鮮花要多少錢？
03	**¿Cuánto cuesta** el vino?	這瓶葡萄酒要多少錢？
04	**¿Cuánto cuestan** los libros?	這些書是多少錢？
05	**¿Cuánto cuesta** el café?	這罐咖啡多少錢？
06	**¿Cuánto cuesta** el celular?	這手機要多少錢？
07	**¿Cuánto cuesta** el curso de inglés?	英語學費要多少錢？
08	**¿Cuánto cuesta** el computador?	這台電腦要多少錢？
09	**¿Cuánto cuesta** un pasaje a Miami?	飛邁阿密的機票要多少錢？
10	**¿Cuánto cuesta** la casa en la playa?	海邊的房子是什麼價錢？

補充

★06： (teléfono) celular　名 手機；行動電話
★09： pasajes　名 船票；機票；票
★10： playa　名 海邊；海灘

PASO2　句子重組練習

01	**¿Cuánto cuesta** alrededor un mundo? del viaje	環遊世界要多少錢？
02	**¿Cuánto cuesta** pan? el	這麵包要多少錢？？
03	**¿Cuánto cuesta** cuadro? el	這幅畫是多少錢？
04	**¿Cuánto cuestan** manzanas? las	這些蘋果要多少錢？
05	**¿Cuánto cuestan** zapatos? los	這些鞋要多少錢？

解答

★01： ¿Cuánto cuesta un viaje alrededor del mundo?
★02： ¿Cuánto cuesta el pan?
★03： ¿Cuánto cuesta el cuadro?
★04： ¿Cuánto cuestan las manzanas?
★05： ¿Cuánto cuestan los zapatos?

PASO3　應用篇

A： Quiero tomarme unas vacaciones en el sur.

B： ¿Cuánto cuestan los pasajes en tren?

A： 我想去南部度假。

B： 火車票是多少錢？

¿Me permites…? 你允許我……？

¿Me permites + 動詞原形，表示「你允許我……？」。

PASO1　Top 必學句

01	**¿Me permites** hacerte una sugerencia?	你允許我提出一個建議嗎？
02	**¿Me permites** poner mis zapatos aquí?	你允許我在這裡穿鞋嗎？
03	**¿Me permites** ayudarte a limpiar la casa?	你允許我幫你打掃房子嗎？
04	**¿Me permites** usar tu teléfono?	你允許我用你的電話嗎？
05	**¿Me permites** cuidar a tu perro?	你會讓我照顧你的狗嗎？
06	**¿Me permites** aparcar mi coche aquí?	你允許我在這裡停車嗎？
07	**¿Me permites** apagar la TV?	你允許我關掉電視嗎？
08	**¿Me permites** darle un dulce a tu hijo?	你允許我給你孩子一顆糖嗎？
09	**¿Me permites** preguntarte algo?	你允許我問你一件事嗎？
10	**¿Me permites** pagarte con cheque?	你允許我用支票支付你嗎？

補充

★01：sugerencia　名 建議；意見
★06：aparcar　動 停車；停放
★08：dulce　名 糖果；糖

PASO2　句子重組練習

01	**¿Me permites** tu llevarte a casa?	你允許我帶你回家嗎？
02	**¿Me permites** Alicia? a invitar	你允許我邀請艾麗絲嗎？
03	**¿Me permites** médico? contigo ir al	你允許我和你一起去醫生那嗎？
04	**¿Me permites** plantas? las regar	你允許我幫植物澆水嗎？
05	**¿Me permites** el pagar restaurante?	你允許我來付餐廳費用嗎？

解答

★01：¿Me permites llevarte a su casa?
★02：¿Me permites invitar a Alicia?
★03：¿Me permites ir contigo al médico?
★04：¿Me permites regar las plantas?
★05：¿Me permites pagar el restaurante?

PASO3　應用篇

A：Mamá, ¿me permites probar el pastel de chocolate?

B：Sí, cariño. Prueba un trozo.

A：媽媽，妳允許我嚐嚐巧克力蛋糕嗎？

B：可以啊，親愛的。你吃一塊。

¿Qué estás…? 你在……什麼？

¿Qué estás + 現在分詞 gerundio，代表正在進行的動作，不是起始，也非結束，是進行的過程。表示「你在……什麼？」。

PASO1　Top 必學句

01 │ **¿Qué estás** haciendo?	你在幹什麼？
02 │ **¿Qué estás** comiendo?	你在吃什麼？
03 │ **¿Qué estás** planeando?	你有什麼打算？
04 │ **¿Qué estás** bebiendo?	你在喝什麼？
05 │ **¿Qué estás** viendo en la TV?	你在看什麼電視節目？
06 │ **¿Qué estás** cocinando?	你在做什麼飯？
07 │ **¿Qué estás** estudiando?	你在學習什麼？
08 │ **¿Qué estás** mirando?	你在看什麼？
09 │ **¿Qué estás** pensando?	你在想什麼？
10 │ **¿Qué estás** diciendo?	你在說什麼？

補充

★03：planear　動 打算；計劃
★08：mirar　動 看；瞧
★10：decir　動 講話；說

PASO2　句子重組練習

01 │ **¿Qué estás** cajón? el buscando en	你在抽屜裡找什麼？
02 │ **¿Qué estás** decir? de tratando	你到底想說些什麼？
03 │ **¿Qué estás** bolso? tu guardando en	你在袋子裡放什麼？
04 │ **¿Qué estás** cama? la escondiendo de debajo	你在床底下藏什麼？
05 │ **¿Qué estás** con Sara? hablando	你在跟莎拉說什麼？

解答

★01：¿Qué estás buscando en el cajón?
★02：¿Qué estás tratando de decir?
★03：¿Qué estás guardando en tu bolso?
★04：¿Qué estás escondiendo debajo de la cama?
★05：¿Qué estás hablando con Sara?

PASO3　應用篇

A：¿Qué estás llevando a casa de Juan esta noche?

B：Creo que voy a preparar una torta de fresas.

A：今晚你將帶什麼東西到璜家？

B：我想我會做一個草莓蛋糕。

¿Necesito...? 我需要……？

¿Necesito + 動詞原形，表示「我需要……？」。

PASO1　Top 必學句

01	**¿Necesito sacar visa para Europa?**	去歐洲我是否需要簽證？
02	**¿Necesito hacer dieta?**	我需要節食嗎？
03	**¿Necesito llegar temprano?**	我是否需要提前到？
04	**¿Necesito tomarme el remedio?**	我需要吃藥嗎？
05	**¿Necesito ayudarte?**	我需要幫你嗎？
06	**¿Necesito cambiar las sábanas?**	我需要換床單嗎？
07	**¿Necesito comer más?**	我需要多吃點嗎？
08	**¿Necesito aprender japonés?**	我需要學習日語嗎？
09	**¿Necesito ahorrar más?**	我是否需要更節省？
10	**¿Necesito vestirme formal?**	我需要穿正式點的衣服嗎？

補充

★04：remedio 名 藥
★06：sábanas 名 床單
★09：ahorrar 動 儲蓄；節省
★10：formal 形 正式的

PASO2　句子重組練習

01	**¿Necesito** actuación de ver la Luisa?	我需要看路易莎的表演嗎？
02	**¿Necesito** dinero? más llevar	我需要帶更多錢嗎？
03	**¿Necesito** almuerzo? el preparar	我需要準備午餐嗎？
04	**¿Necesito** los lavar platos?	我需要洗碗嗎？
05	**¿Necesito** más practicar deporte?	我需要多運動嗎？

解答

★01：¿Necesito ver la actuación de Luisa?
★02：¿Necesito llevar más dinero?
★03：¿Necesito preparar el almuerzo?
★04：¿Necesito lavar los platos?
★05：¿Necesito practicar más deporte?

PASO3　應用篇

A：¿Necesito juntar más dinero para el viaje?

B：Yo creo que sí. No tienes suficiente.

A：我需要準備更多錢去旅行嗎？

B：我想是的。你的錢還不夠。

¿Puedes creer que…? 你相信……嗎？

¿Puedes creer + 連接詞 que 用於某些動詞、形容詞和名詞後，引出各種從句，表示「你相信……嗎？」。

PASO1　Top 必學句

01	**¿Puedes creer que** me gané la lotería?	你相信嗎？我竟然中樂透了。
02	**¿Puedes creer que** no me queda dinero?	你能相信，我沒剩下錢嗎？
03	**¿Puedes creer que** por fin me dieron el ascenso?	你能相信，我終於升遷？
04	**¿Puedes creer que** tengo que sacarme una muela?	你能相信，我必須被拔掉一顆臼齒？
05	**¿Puedes creer que** me voy a Australia?	你相信嗎？我竟然要到澳洲？
06	**¿Puedes creer que** me saqué la mejor nota de la clase?	你能相信，我得到全班最好的成績？
07	**¿Puedes creer que** me gradúo en diciembre?	你能相信，我十二月畢業嗎？
08	**¿Puedes creer que** terminé mi tesis?	你能相信，我居然寫完了論文？
09	**¿Puedes creer que** pasé de curso?	你能相信，我通過了進階考試嗎？
10	**¿Puedes creer que** dejé de fumar?	你相信嗎？我竟然戒菸了。

補充

★**01**：ganarse 動 賺得，贏
★**03**：ascenso 名 升遷
★**04**：muela 名 臼齒
★**08**：tesis 名 論文

PASO2　句子重組練習

01	**¿Puedes creer que** precio que carne el subió? la de	你相信嗎？肉價竟然上漲了。
02	**¿Puedes creer que** Carlos compró en Madrid? se casa una	你相信嗎？卡洛斯竟然在馬德里買了間房子。
03	**¿Puedes creer que** Luis y Ana casar? van se a	你相信嗎？路易斯和安娜竟然要結婚。
04	**¿Puedes creer que** premio? el gané	你相信嗎？我居然獲獎了。

解答

★**01**：¿Puedes creer que el precio de la carne subió?
★**02**：¿Puedes creer que Carlos se compró una casa en Madrid?
★**03**：¿Puedes creer que Luis y Ana se van a casar?
★**04**：¿Puedes creer que gané el premio?

PASO3　應用篇

A：¿Puedes creer que Julio sufrió un accidente?

B：Sí, si supe, y me alegro que no le haya pasado nada.

A：你相信嗎？胡里歐出事了。

B：是的，我知道，我很高興他幸無大礙。

¿Estás...? 你是……嗎？

Estás 是動詞 estar 現在式的第二人稱單數。Estar 表示主語（人或事物）處於某種暫時的狀態。¿Estás... + 形容詞 + 動詞原形，表示「你是……嗎？」。

PASO1　Top 必學句

01	¿**Estás** cansado de correr?	你跑累了是嗎？
02	¿**Estás** enojado conmigo?	你在跟我生氣是嗎？
03	¿**Estás** triste por tu mala nota ?	你因成績不好而難過嗎？
04	¿**Estás** contento con el resultado?	你為結果開心是嗎？
05	¿**Estás** apurado por irte?	你在趕時間是嗎？
06	¿**Estás** ilusionado de ver a Elisa otra vez?	你仍滿懷再看一次依麗莎的希望是嗎？
07	¿**Estás** aburrido en la reunión?	你覺得開會很無聊是嗎？
08	¿**Estás** celoso de José?	你嫉妒荷塞是嗎？
09	¿**Estás** molesto con el gerente?	你覺得經理很煩是嗎？
10	¿**Estás** nervioso con el exámen?	你為考試緊張是嗎？

補充
★02：enojado 形 生氣的
★05：apurado 形 匆忙的
★06：ilusionado 形 滿懷希望的
★07：aburrido 形 無聊的

PASO2　句子重組練習

01	¿**Estás** hijo? tu orgulloso de	你為你的兒子感到驕傲是嗎？
02	¿**Estás** aceptar a reacio puesto? nuevo el	你不願意接受新的職位是嗎？
03	¿**Estás** ahora? tranquilo	你現在平靜了是嗎？
04	¿**Estás** ir entusiasmado Londres? de a	你很興奮要去倫敦是嗎？
05	¿**Estás** tu ocupado en trabajo?	你為工作忙是嗎？

解答
★01：¿Estás orgulloso de tu hijo?
★02：¿Estás reacio a aceptar el nuevo puesto?
★03：¿Estás tranquilo ahora?
★04：¿Estás entusiasmado de ir a Londres?
★05：¿Estás ocupado en tu trabajo?

PASO3　應用篇

A：¿Estás preocupado por Laura?

B：Sí, ya es medianoche y aún no llega.

A：你很擔心蘿拉是嗎？

B：是啊，已經午夜了，她還沒有回來。

¿Puedes...? 你會（能 / 可以）……？

¿Puedes + 動詞原形，表示「你會（能 / 可以）……？」。

PASO1　Top 必學句

01	¿**Puedes** jugar baloncesto?	你會打籃球嗎？
02	¿**Puedes** hablar chino mandarín?	你能說華話（普通話）嗎？
03	¿**Puedes** venir ahora?	你可以現在來嗎？
04	¿**Puedes** correr más rápido ?	你能跑得更快嗎？
05	¿**Puedes** decirme cómo llegar al museo?	你能告訴我怎麼去博物館嗎？
06	¿**Puedes** entender esto?	你能理解這個嗎？
07	¿**Puedes** hacer pastel de limón?	你會做檸檬派嗎？
08	¿**Puedes** enseñarme a nadar ?	你可以教我游泳嗎？
09	¿**Puedes** decir "hola" en inglés?	你會用英語說「你好」嗎？
10	¿**Puedes** darme tu apellido?	你可以給我，你的姓嗎？

補充

★07：limón　　名 檸檬
★08：nadar　　動 游泳
★10：apellido　名 姓

PASO2　句子重組練習

01	¿**Puedes** el piano? tocar	你會彈鋼琴嗎？
02	¿**Puedes** naranjas? comprar	你可以買橘子嗎？
03	¿**Puedes** guitarra? tu traer	你可以把吉他帶來嗎？
04	¿**Puedes** bebé? al pañales cambiarle	你能替寶寶換尿布嗎？
05	¿**Puedes** coches conducir automáticos?	你可以駕駛自動排擋的車嗎？

解答

★01：¿Puedes tocar el piano?
★02：¿Puedes comprar naranjas?
★03：¿Puedes traer tu guitarra?
★04：¿Puedes cambiarle pañales al bebé?
★05：¿Puedes conducir coches automáticos?

PASO3　應用篇

A：No puedo quedarme en tu casa hasta tan tarde hoy.

B：¿Puedes pedirle permiso a tus padres?

A：No sé si estarán de acuerdo.

A：我今天不能待在你家太晚。

B：你可以徵求父母同意嗎？

A：我不知道他們是否會答應。

¿Es este / esta...? 這是 / 這……?

¿Es este / esta...? + 所有格形容詞或名詞，用以表達該名詞（事物）由誰所有，表示「這是 / 這……?」。

PASO1　Top 必學句

01	**¿Es esta** tu casa?	這是你的房子嗎？
02	**¿Es esta** tu habitación?	這是你的房間嗎？
03	**¿Es este** tu perro?	這是你的狗嗎？
04	**¿Es esta** tu hija?	這是你的女兒嗎？
05	**¿Es esta** tu maestra?	這是你的老師嗎？
06	**¿Es este** tu lápiz?	這是你的筆嗎？
07	**¿Es este** tu equipaje?	這是你的行李嗎？
08	**¿Es este** tu ordenador portátil?	這是你的筆記電腦嗎？
09	**¿Es este** tu auto?	這是你的車嗎？
10	**¿Es esta** tu cámara?	這是你的相機嗎？

> **補充**
> ★05：maestra　　名 老師
> ★07：equipaje　　名 行李
> ★08：ordenador portátil　名 筆記電腦

PASO2　句子重組練習

01	**¿Es este** bolígrafo? tu	這是你的原子筆嗎？
02	**¿Es esta** blusa? tu	這是你的（女）襯衫嗎？
03	**¿Es esta** llave? tu	這是你的鑰匙嗎？
04	**¿Es este** sombrero? tu	這是你的帽子嗎？

> **解答**
> ★01：¿Es este tu bolígrafo?
> ★02：¿Es esta tu blusa?
> ★03：¿Es esta tu llave?
> ★04：¿Es este tu sombrero?

PASO3　應用篇

A：No puedo encontrar mi pantalón azúl.

B：¿Es este?

A：Sí, gracias!

A：我找不到我的藍色褲子。

B：是這件嗎？

A：是的，謝謝！

¿Te fue bien...? 你……進行的好嗎？

Fue 是原形動詞「ir」的「現在時簡單過去式」的第三人稱單數，表示在過去某個時刻（某段時間）發生且已經結束的行為，和現在沒有關係。與 bien, mal 一類副詞連用，意思是進行的好（壞）。¿Te fue bien？，表示「你……進行的好嗎？」。

PASO1　Top 必學句

01	**¿Te fue bien** en la prueba?	你考試考的還好嗎？
02	**¿Te fue bien** en la entrevlsta?	你在面試中表現的好嗎？
03	**¿Te fue bien** en tu primer día de clases?	你第一天上課還好嗎？
04	**¿Te fue bien** en la universidad?	你在大學還好嗎？
05	**¿Te fue bien** en la competencia?	你在競賽中表現好嗎？
06	**¿Te fue bien** en la gira por Sudáfrica?	你的南非之旅還順利？
07	**¿Te fue bien** en la carrera de autos?	賽車比賽中你表現好嗎？
08	**¿Te fue bien** en la escuela?	你在學校的功課好嗎？
09	**¿Te fue bien** en la cita con Andrea?	你與安德列的約會還好嗎？
10	**¿Te fue bien** en el médico?	你的醫生怎麼說，還好嗎？

補充

★**01**：prueba 【名】測試；考試
★**06**：Sudáfrica 【名】南非
★**08**：escuela 【名】學校

PASO2　句子重組練習

01	**¿Te fue bien** paseo? el en	你散步愉快嗎？
02	**¿Te fue bien** Alemania? en	你在德國還好嗎？
03	**¿Te fue bien** boda en la Luis? de	路易的婚禮進行的還好嗎？
04	**¿Te fue bien** el entrenamiento? en	你的培訓還順利嗎？
05	**¿Te fue bien** operación? la en	你開刀還順利嗎？

解答

★**01**：¿Te fue bien en el paseo?
★**02**：¿Te fue bien en Alemania?
★**03**：¿Te fue bien en la boda de Luis?
★**04**：¿Te fue bien en el entrenamiento?
★**05**：¿Te fue bien en la operación?

PASO3　應用篇

A：¿Te fue bien en el partido de golf?

B：Sí, ¡gané!

A：你在高爾夫球的比賽中表現如何？

B：是的，我贏了！

097

¿Te diste cuenta de…?
你有沒有注意到……？

¿Te diste cuenta + 介系詞 de + 名詞，表示「你有沒有注意到……？」。

PASO1　Top 必學句

01	**¿Te diste cuenta de** tu error?	你有沒有覺察到你犯的錯誤嗎？
02	**¿Te diste cuenta de** la camisa que llevaba Luis?	你有沒有注意到路易士穿的襯衫？
03	**¿Te diste cuenta de** lo que hablaban en la reunión?	你有沒有注意到他們在會議上談的？
04	**¿Te diste cuenta del** precio de la fruta?	你有沒有注意到水果的價格？
05	**¿Te diste cuenta de** la cola que había en el banco?	你有沒有注意到銀行排的隊？
06	**¿Te diste cuenta de** lo bonita que es María?	你有沒有注意到瑪麗是多麼漂亮？
07	**¿Te diste cuenta de** lo que cuesta un BMW?	你有沒有注意到寶馬車的價格？
08	**¿Te diste cuenta de** la marca de la bolsa?	你有沒有注意到包包的品牌？

補充

★04：	fruta	名	水果
★05：	cola	名	（動物的）尾巴；行列
★08：	marca	名	牌；品牌

PASO2　句子重組練習

01	**¿Te diste cuenta** propuesta de Jorge? la de	你有沒有注意到荷黑的提案？
02	**¿Te diste cuenta** letra la de canción? la de	你有沒有注意到這首歌的歌詞？
03	**¿Te diste cuenta** peinado de Sara? del	你有沒有注意到莎拉的髮型？
04	**¿Te diste cuenta** robo? del	你有沒有注意到竊盜？

解答

★01： ¿Te diste cuenta de la propuesta de Jorge?

★02： ¿Te diste cuenta de la letra de la canción?

★03： ¿Te diste cuenta del peinado de Sara?

★04： ¿Te diste cuenta del robo?

PASO3　應用篇

A：¿Te diste cuenta del automovil que se compró Javier?

B：No. No lo he visto aún.

A：你有沒有注意到哈維爾買的車？

B：不，我還沒看到。

¿Te importa si...? 你介意……嗎？

¿Te importa si + 動詞，表示「你介意……嗎？」。

PASO1　Top 必學句

01	**¿Te importa si** nos casamos antes?	你介意我們早點結婚嗎？
02	**¿Te importa si** vamos a Puerto Rico juntos?	你介意我們一起去波多黎各嗎？
03	**¿Te importa si** te hago algunas preguntas?	你介意我問你幾個問題嗎？
04	**¿Te importa si** preparo la cena?	你介意我做晚餐嗎？
05	**¿Te importa si** me saco los zapatos?	你介意我脫掉鞋嗎？
06	**¿Te importa si** me quedo en casa?	你介意我留在家裡嗎？
07	**¿Te importa si** uso tu computador?	你介意我用你的電腦嗎？
08	**¿Te importa si** fumo?	你介意我抽煙嗎？
09	**¿Te importa si** salimos un poco más temprano?	你介意我們早一點出去嗎？
10	**¿Te importa si** me doy una ducha?	你介意我淋浴嗎？

補充
★01：casarse 動 結婚
★02：Puerto Rico 名 波多黎各
★05：sacarse 動 取出；脫掉

PASO2　句子重組練習

01	**¿Te importa si** sirvo de vaso me agua? un	你介意我為自己倒一杯水嗎？
02	**¿Te importa si** me pedazo de un como pan?	你介意我吃一塊麵包嗎？
03	**¿Te importa si** pregunto te algo?	你介意我問你某事嗎？
04	**¿Te importa si** esta quedo noche me aquí?	你介意我今晚在這兒過夜嗎？
05	**¿Te importa si** tu hablo padre? con	你介意我跟你父親談嗎？

解答
★01：¿Te importa si me sirvo un vaso de agua?
★02：¿Te importa si me como un pedazo de pan?
★03：¿Te importa si te pregunta algo?
★04：¿Te importa si me quedo esta noche aquí?
★05：¿Te importa si hablo con tu padre?

PASO3　應用篇

A：¿Te importa si duermo mientras tú trabajas?

B：¡No seas tan flojo y ayúdame!

A：你介意我在你工作時睡覺嗎？

B：不要這麼懶惰，幫幫我吧！

¿Cómo te está yendo…?
你……近來如何？

¿Cómo te está yendo + 介系詞 en / con + 名詞，表示「你……近來如何？」。

PASO1　Top 必學句

01	**¿Cómo te está yendo** en las clases de alemán?	你的德語課進展得如何？
02	**¿Cómo te está yendo** en tu nuevo trabajo?	你的新工作怎麼樣？
03	**¿Cómo te está yendo** en tu negocio?	你的生意近來如何？
04	**¿Cómo te está yendo** con las ventas?	銷售近來如何？
05	**¿Cómo te está yendo** en la escuela?	你在學校還好嗎？
06	**¿Cómo te está yendo** en tu relación con Anita?	你跟安妮裷的交往，進展怎樣？
07	**¿Cómo te está yendo** en tus estudios?	你最近的學習狀況如何？
08	**¿Cómo te está yendo** en Europa?	你的歐洲之行如何？
09	**¿Cómo te está yendo** con la nueva ley de educación?	你對新的教育法案，有怎樣的看法？
10	**¿Cómo te está yendo** con tu jefa?	與你老闆的關係近來如何？

補充
★**01**：alemán　名 德國
★**03**：negocio　名 生意
★**09**：educación　名 教育

PASO2　句子重組練習

01	**¿Cómo te está yendo** casa? tu nueva en	你的新家怎麼樣？
02	**¿Cómo te está yendo** Nicolás? con	你與尼古拉斯關係，怎麼樣？
03	**¿Cómo te está yendo** tu rehabilitación? en	你的復健狀況如何？
04	**¿Cómo te está yendo** de tomates? con cultivo el	你栽種的蕃茄進展得如何？

解答
★**01**：¿Cómo te está yendo en tu nueva casa?
★**02**：¿Cómo te está yendo con Nicolás?
★**03**：¿Cómo te está yendo en tu rehabilitación?
★**04**：¿Cómo te está yendo con el cultivo de tomates?

PASO3　應用篇

A：¿Cómo te está yendo con los analgésicos?

B：No muy bien. Todavía me duele la cabeza.

A：你覺得止痛藥的藥效如何呢？

B：不是很好。我仍然頭痛。

¿Terminaste de...? 你做完……了嗎？

¿Terminaste + 介系詞 de+ 動詞原形，表示「你做完……了嗎？」。

PASO1　Top 必學句

01	**¿Terminaste de** hacer tus deberes?	你寫完功課了嗎？
02	**¿Terminaste de** comer?	你吃完了嗎？
03	**¿Terminaste de** jugar a las cartas?	你打完牌了嗎？
04	**¿Terminaste de** limpiar la casa?	你打掃好屋子了嗎？
05	**¿Terminaste de** leer el libro?	你讀完這本書了嗎？
06	**¿Terminaste de** ver la película?	你看完這部電影了嗎？
07	**¿Terminaste de** hablar por teléfono?	你講完電話了嗎？
08	**¿Terminaste de** comerte el bocadillo?	你吃完三明治了嗎？
09	**¿Terminaste de** trabajar?	你做完工作了嗎？
10	**¿Terminaste de** desayunar?	你吃完早餐了嗎？

補充

★03：jugar a las cartas 短 打牌
★04：limpiar 動 打掃
★10：desayunar 動 吃早餐

PASO2　句子重組練習

01	**¿Terminaste de** platos de lavadora? en poner los la	你把餐具放進洗碗機了嗎？
02	**¿Terminaste de** carta? de la escribir	你寫完信了嗎？
03	**¿Terminaste de** supermercado? el comprar de en	你在超市買好東西了嗎？
04	**¿Terminaste de** instalar de impresora? la	你安裝好列印機了嗎？
05	**¿Terminaste de** lavar de ropa? la	你洗好衣服了嗎？

解答

★01：¿Terminaste de poner los platos en la lavadora?
★02：¿Terminaste de escribir la carta?
★03：¿Terminaste de comprar en el supermercado?
★04：¿Terminaste de instalar la impresora?
★05：¿Terminaste de lavar la ropa?

PASO3　應用篇

A：¿Terminaste de hacer dieta para adelgazar?

B：Sí. Ya bajé varios kilos.

A：你完成減肥計劃了嗎？

B：是的，我掉了好幾公斤。

¿Viste si...? 你有沒有看到……？

¿Viste si... + ？表示「你有沒有看到……？」

PASO1　Top 必學句

01	¿**Viste si** había suficiente leche en el refrigerador?	你有沒有看到冰箱裡有足夠的牛奶？
02	¿**Viste si** Antonio tenía dinero?	你有沒有注意到安東尼有錢嗎？
03	¿**Viste si** caminaban hacia acá?	你有沒有看到他們往這裡走來？
04	¿**Viste si** vivían en la misma casa?	你有沒有看到他們住在同一所房子？
05	¿**Viste si** estaban jugando?	你有沒有看到他們是否在玩？
06	¿**Viste si** traían las llaves?	你有沒有看到他們有帶鑰匙嗎？
07	¿**Viste si** ponían las velas en la torta?	你有沒有看到他們放蠟燭在蛋糕上？
08	¿**Viste si** nadaban en la piscina?	你有沒有看到他們在游泳池游泳？
09	¿**Viste si** practicaban los ejercicios?	你有沒有看到他們在操練？
10	¿**Viste si** el pájaro volaba?	你有沒有看到鳥兒在飛翔？

補充
- ★01：leche　名 牛奶
- ★06：traer　動 帶來；攜帶
- ★10：pájaro　名 鳥；

PASO2　句子重組練習

01	¿**Viste si** rápido? corrían	你有沒有看到他們跑的很快？
02	¿**Viste si** daban al moneda le mendigo? una	你有沒有看到他們給乞丐一枚硬幣？
03	¿**Viste si** ventana? la miraba por	你有沒有看到他（她）從窗戶往外望？
04	¿**Viste si** final? para examen el estudiaban	你有沒有看到他們準備期末考試？
05	¿**Viste si** misma usaban ropa? la	你有沒有看到他們穿同樣的衣服？

解答
- ★01：¿Viste si corrían rápido?
- ★02：¿Viste si le daban una moneda al mendigo?
- ★03：¿Viste si miraba por la ventana?
- ★04：¿Viste si estudiaban para el examen final?
- ★05：¿Viste si usaban la misma ropa?

PASO3　應用篇

A：¿Viste si Pedro y Rosa bailaban juntos?

B：Sí, y parecían muy enamorados.

A：你有沒有看到佩德羅和羅莎一起跳舞？

B：有啊，他們似乎很相愛。

¿Alguna vez has…? 你是否曾經……？

¿Alguna vez has + 現在完成式 pretérito perfecto。（現在完成式動詞原形結尾 ar 的變成 ado bailar → bailado / 動詞原形結尾 ir 和 er 的變成 ido 例如：ir → ido / comer → comido） ¿Alguna vez has…?，表示「你是否曾經……？」。

PASO1　Top 必學句

01 | **¿Alguna vez has** comido insectos? 　你是否曾經吃過昆蟲？

02 | **¿Alguna vez te has** ganado la lotería? 　你是否曾經中過樂透？

03 | **¿Alguna vez has** ido a Inglaterra? 　你是否曾經去過英國？

04 | **¿Alguna vez te has** casado? 　你是否曾經結過婚？

05 | **¿Alguna vez te has** enamorado? 　你是否曾經有談戀愛的經驗？

06 | **¿Alguna vez has** bailado salsa? 　你是否曾跳過薩爾薩爾舞？

07 | **¿Alguna vez has** hecho trampa en los examenes? 　你是否曾經考試作弊？

08 | **¿Alguna vez has** jugado ajedrez chino? 你是否曾經玩過中國象棋？

補充
★03：Inglaterra 　名 英國
★05：enamorado 　形 戀愛
★07：hacer trampa 　短 作弊

PASO2　句子重組練習

01 | **¿Alguna vez has** ovnis? visto 　你是否曾經見過不明飛行物？

02 | **¿Alguna vez has** país? del fuera vivido 　你是否曾經在國外生活過？

03 | **¿Alguna vez has** comida la probado árabe? 　你是否曾經吃過阿拉伯食物？

04 | **¿Alguna vez has** un plantado árbol? 　你是否曾經種過一棵樹？

解答
★01：¿Alguna vez has visto ovnis?
★02：¿Alguna vez has vivido fuera del país?
★03：¿Alguna vez has probado la comida árabe?
★04：¿Alguna vez has plantado un árbol?

PASO3　應用篇

A：Mañana tengo que dar un discurso en la escuela.

B：¿Alguna vez has hablado en público?

A：No, nunca. Estoy muy nervioso.

A：明天我要在學校發表演講。

B：你是否曾經有過公開演說的經驗？

A：沒有，從來沒有。所以我很緊張。

¿Qué...te gusta? 你喜歡什麼……？

¿Qué...te gusta? + 名詞，表示「你喜歡什麼……？」。

PASO1　Top 必學句

01	¿**Qué** animal **te gusta**?	你喜歡什麼動物？
02	¿**Qué** fruta **te gusta**?	你喜歡什麼水果？
03	¿**Qué** película **te gusta**?	你喜歡看什麼樣的電影？
04	¿**Qué** color **te gusta**?	你喜歡什麼顏色？
05	¿**Qué** comida **te gusta**?	你喜歡什麼樣的食物？
06	¿**Qué** música **te gusta**?	你喜歡什麼樣的音樂？
07	¿**Qué** cantante **te gusta**?	你喜歡哪位歌手？
08	¿**Qué** asignatura **te gusta**?	你喜歡什麼科目？
09	¿**Qué** serie de TV **te gusta**?	你喜歡什麼系列的電視？
10	¿**Qué** equipo de fútbol **te gusta**?	你喜歡哪支足球球隊？

補充
★07：cantante　名 歌手
★08：asignatura　名 學科；課程
★09：serie　名 系列

PASO2　句子重組練習

01	¿**Qué** auto de marca **te gusta**?	你喜歡什麼品牌的車？
02	¿**Qué** música de tipo **te gusta**?	你喜歡什麼樣的音樂？
03	¿**Qué** restaurante **te gusta**?	你喜歡什麼餐廳？
04	¿**Qué** España de ciudad **te gusta**?	你喜歡西班牙的哪個城市？
05	¿**Qué** chica **te gusta**?	你喜歡那一個女孩？

解答
★01：¿Qué marca de auto te gusta?
★02：¿Qué tipo de música te gusta?
★03：¿Qué restaurante te gusta?
★04：¿Qué ciudad de España te gusta?
★05：¿Qué chica te gusta?

PASO3　應用篇

A：¿Qué estación del año te gusta?

B：Me gusta la primavera.

A：你喜歡一年中的哪個季節？

B：我喜歡春天。

¿Quién puede...?
有誰能夠 / 可以……？

¿Quién puede + 動詞原形，表示「有誰能夠 / 可以……？」。

PASO1　Top 必學句

01	**¿Quién puede** socorrerme?	有誰可以幫我？
02	**¿Quién puede** venir ahora?	有誰可以現在來？
03	**¿Quién puede** ayudar a Ana?	有誰可以幫安娜？
04	**¿Quién puede** cuidar a mi perro?	有誰可以照顧我的狗？
05	**¿Quién puede** jugar billar conmigo?	有誰可以和我打撞球？
06	**¿Quién puede** enseñarme matemáticas?	有誰可以教我們數學？
07	**¿Quién puede** alimentar al gato?	有誰可以餵貓？
08	**¿Quién puede** lavar el coche?	有誰可以洗車？
09	**¿Quién puede** recomendarme un buen dentista?	有誰可以推薦一個好的牙醫？
10	**¿Quién puede** preparar arroz con leche?	有誰可以做牛奶甜米粥？

 補充

★01：socorrer 　動 救助；援救
★05：billar 　名 撞球
★06：matemáticas 　名 數學

PASO2　句子重組練習

01	**¿Quién puede** colegio? al hijo a mi buscar ir a	有誰可以幫我到學校接我兒子？
02	**¿Quién puede** bien? bailar	有誰跳舞跳得好？
03	**¿Quién puede** violín? tocar	有誰會拉小提琴？
04	**¿Quién puede** puerta? la cerrar	有誰可以關門？
05	**¿Quién puede** bizcocho? un hacer	有誰可以做一個蛋糕？

解答

★01：¿Quién puede ir a buscar a mi hijo al colegio?
★02：¿Quién puede bailar bien?
★03：¿Quién puede tocar violín?
★04：¿Quién puede cerrar la puerta?
★05：¿Quién puede hacer un bizcocho?

PASO3　應用篇

A：¿Quién puede decorar el árbol de navidad?

B：Todos podemos hacerlo.

A：有誰可以幫忙裝飾聖誕樹？

B：我們都可以。

¿Quién quiere...?
誰想（願意）……？

¿Quién quiere... + 動詞原形，表示「誰想（願意）……？」。

PASO1　Top 必學句

01	**¿Quién quiere** bailar conmigo?	有誰願意和我跳舞？
02	**¿Quién quiere** lavar los platos?	有誰願意洗碗？
03	**¿Quién quiere** hacer la cena?	有誰願意做晚餐？
04	**¿Quién quiere** comprar mi bicicleta?	有誰願意買我的自行車？
05	**¿Quién quiere** ir a visitar a Luisa?	有誰願意去探訪路易莎？
06	**¿Quién quiere** madrugar mañana?	明天有誰想早起？
07	**¿Quién quiere** hacer las compras?	有誰願意去採買？
08	**¿Quién quiere** jugar boliche?	有誰願意去打保齡球？
09	**¿Quién quiere** aprender alemán?	有誰想學德語？
10	**¿Quién quiere** entregar los premios?	有誰要頒發獎品？

補充

★06： madrugar 　動　早起
★08： boliche 　名　保齡球
★09： alemán 　名　德國

PASO2　句子重組練習

01	**¿Quién quiere** música? escuchar	有誰想聽音樂？
02	**¿Quién quiere** Santa Claus? de disfrazarse	有誰願意裝扮成聖誕老人？
03	**¿Quién quiere** fiesta? la organizar	有誰願意負責籌備晚會？
04	**¿Quién quiere** jugando? seguir	有誰想繼續玩？
05	**¿Quién quiere** José la darle a noticia? mala	有誰願意去告訴荷塞這個壞消息？

解答

★01： ¿Quién quiere escuchar música?
★02： ¿Quién quiere disfrazarse de Santa Claus?
★03： ¿Quién quiere organizar la fiesta?
★04： ¿Quién quiere seguir jugando?
★05： ¿Quién quiere darle a José la mala noticia?

PASO3　應用篇

A：Ya vamos a almorzar. ¿Quién quiere poner la mesa?

B：Yo la pongo, mami.

A：我們要吃午餐了。有誰願意負責排餐具？

B：媽媽，我來擺放。

¿Qué tipo de...?
什麼樣（種類 / 類型）……？

¿Qué tipo de + 名詞，表示「什麼樣（種類 / 類型）……？」。

PASO1　Top 必學句

01	**¿Qué tipo de** música te gusta?	你喜歡什麼樣的音樂？
02	**¿Qué tipo de** persona eres?	你是什麼類型的人？
03	**¿Qué tipo de** libro te gusta?	你喜歡看什麼種類的書？
04	**¿Qué tipo de** pasatiempo prefieres?	你偏愛什麼樣的業餘活動？
05	**¿Qué tipo de** lugares te gusta conocer?	你想認識什麼樣的地方？
06	**¿Qué tipo de** fruta te gusta?	你喜歡什麼樣的水果？
07	**¿Qué tipo de** perfume te gusta?	你喜歡什麼樣的香水？
08	**¿Qué tipo de** negocio te gustaría hacer?	你想經營什麼類型的生意？
09	**¿Qué tipo de** personalidad tiene Susana?	蘇珊娜是什麼樣的性格？
10	**¿Qué tipo de** sangre tienes?	你是什麼血型？

補充

★**02**： persona　名 人；人物
★**04**： pasatiempo　名 愛好；嗜好
★**10**： sangre　名 血；血液

PASO2　句子重組練習

01	**¿Qué tipo de** prefieres? gafas	你比較喜歡什麼類型的眼鏡？
02	**¿Qué tipo de** practicar? deporte gustaría te	你喜歡什麼樣的運動？
03	**¿Qué tipo de** prefiere comida Pedro?	佩德羅比較喜歡什麼樣的食物？

 解答

★**01**： ¿Qué tipo de gafas prefieres?
★**02**： ¿Qué tipo de deporte te gustaría practicar?
★**03**： ¿Qué tipo de comida prefiere Pedro?

PASO3　應用篇

A：Hoy mi madre cumple 60 años.

B：Sí, yo quiero regalarle flores.

A：¿Sabes qué tipo de flores prefiere?

A：今天，是我母親60歲的生日。

B：是啊，我想送她花。

A：你知道她比較喜歡什麼種類的花嗎？

¿Qué tal si...? 如果……怎麼樣？

¿Qué tal si + 動詞現在式，表示「如果……怎麼樣？」。

PASO1　Top 必學句

01	¿**Qué tal si** nos acostamos temprano?	如果我們早早就寢怎麼樣？
02	¿**Qué tal si** vemos TV?	如果我們看電視怎麼樣？
03	¿**Qué tal si** vamos de excursión?	如果我們去郊遊怎麼樣？
04	¿**Qué tal si** nos tomamos una copa?	如果我們去喝一杯怎麼樣？
05	¿**Qué tal si** planeamos el viaje?	如果我們計劃旅行怎麼樣？
06	¿**Qué tal si** escribimos un libro?	如果我們寫一本書怎麼樣？
07	¿**Qué tal si** invitamos a nuestros amigos a casa?	如果我們邀請朋友回家怎麼樣？
08	¿**Qué tal si** te compras un nuevo coche?	如果你買輛新車怎麼樣？
09	¿**Qué tal si** te pones la chaqueta verde?	如果你穿綠色外套怎麼樣？
10	¿**Qué tal si** festejamos mi cumpleaños?	如果我們慶祝我的生日怎麼樣？

補充

★03：excursión 图 短程旅行；郊遊
★05：planear 動 計劃
★10：festejar 動 慶祝

PASO2　句子重組練習

01	¿**Qué tal si** Elisa? le matrimonio a propones	如果你向艾麗莎求婚怎麼樣？
02	¿**Qué tal si** vemos afuera? nos	如果我們在外面碰面如何？
03	¿**Qué tal si** mañana? juntos desayunamos	如果我們明天一起吃早餐如何？
04	¿**Qué tal si** a ver Teresa vamos Barcelona? a	如果我們一起去巴塞隆納看泰瑞莎如何？
05	¿**Qué tal si** lección? repasamos la	如果我們一起複習功課怎麼樣？

解答

★01：¿Qué tal si le propones matrimonio a Elisa?
★02：¿Qué tal si nos vemos afuera?
★03：¿Qué tal si desayunamos juntos mañana?
★04：¿Qué tal si vamos a ver a Teresa a Barcelona?
★05：¿Qué tal repasamos la lección?

PASO3　應用篇

A：¿Qué tal si vamos a la playa mañana?

B：¡Ya! El tiempo está fantástico.

A：如果我們明天去海邊怎麼樣？

B：耶！天氣真是太棒了。

¿Dónde...? 哪裡……？

¿Dónde（疑問副詞）+ 動詞現在式 + 名詞或代名詞，表示「哪裡……？」。

PASO1　Top 必學句

01	**¿Dónde** vas?	你去哪裡？
02	**¿Dónde** es la boda?	婚禮在哪舉辦？
03	**¿Dónde** aparcaste el coche?	你在哪裡停車？
04	**¿Dónde** vives?	你住在哪裡？
05	**¿Dónde** dejaste las llaves?	你把鑰匙放在哪裡？
06	**¿Dónde** está la biblioteca?	圖書館在哪裡？
07	**¿Dónde** quieres ir?	你要去哪裡？
08	**¿Dónde** está el baño?	盥洗室在哪裡？
09	**¿Dónde** vas de vacaciones?	你要去哪裡度假？
10	**¿Dónde** está la salida?	出口在哪裡？

補充

★06： biblioteca 名 圖書館
★08： baño 名 盥洗室
★10： salida 名 出口

PASO2　句子重組練習

06	**¿Dónde** Japón? queda	日本在哪裡？
07	**¿Dónde** tu compras ropa?	你在哪裡買你的衣服？
08	**¿Dónde** pingüinos? hay	哪裡有企鵝？
09	**¿Donde** hijos? mis están	我的孩子們在哪裡？
10	**¿Dónde** Elena? trabaja	愛琳娜在哪裡工作？

解答

★01： ¿Dónde queda Japón?
★02： ¿Dónde compras tu ropa?
★03： ¿Dónde hay pingüinos?
★04： ¿Dónde están mis hijos?
★05： ¿Dónde trabaja Elena?

PASO3　應用篇

A：¿Dónde te vas a quedar en París?

B：En casa de mi hija.

A：你去巴黎要住在哪裡？

B：我女兒的家。

¿Qué te parece si...?
如果……你覺得如何？

¿Qué te parece si + 動詞現在式，表示「 如果……你覺得如何？」。

PASO1　Top 必學句

01	**¿Qué te parece si** aprendemos inglés juntos?	如果我們一起學英語，你覺得如何？
02	**¿Qué te parece si** olvidamos el pasado?	如果讓我們盡釋前嫌，你覺得如何？
03	**¿Qué te parece si** alquilamos un apartamento en el centro?	如果我們在市中心租屋，你覺得如何？
04	**¿Qué te parece si** nos vamos de picnic?	如果我們去野餐，你覺得如何？
05	**¿Qué te parece si** hablamos con la profesora?	如果我們去找老師談，你覺得如何？
06	**¿Qué te parece si** vamos a México?	如果我們去墨西哥，你覺得如何？
07	**¿Qué te parece si** hacemos las paces?	如果我們和平相處，你覺得如何？
08	**¿Qué te parece si** te vas ahora?	如果你現在就出去，你覺得如何？

補充
★02：pasado　名 過去
★03：apartamento　名 公寓
★07：hacer las paces　短 和好；講和

PASO2　句子重組練習

01	**¿Qué te parece si** en casa? quedas te	如果你留在家裡，你覺得如何？
02	**¿Qué te parece si** a Daniel? invitamos	如果我們邀請丹尼爾，你說呢？
03	**¿Qué te parece si** algo? comemos	如果我們吃點東西，你覺得如何？
04	**¿Qué te parece si** pides a mano la Cristina? le	如果你向克莉絲蒂娜求婚，你說呢？
05	**¿Qué te parece si** descanso? un tomas te	如果你休息一會兒，你覺得如何？

解答
★01：¿Qué te parece si te quedas en casa?
★02：¿Qué te parece si invitamos a Daniel?
★03：¿Qué te parece si comemos algo?
★04：¿Qué te parece si le pides la mano a Cristina?
★05：¿Qué te parece si te tomas un descanso?

PASO3　應用篇

A：Están robando en la casa del vecino.

B：¿Qué te parece si llamamos a la policía?

A：他們正在鄰居家偷東西。

B：如果我們叫警察來，你覺得如何？

¿Qué tan…?
有多（這 / 那）麼……如此……？

¿Qué tan ＋形容詞，表示「有多（這 / 那）麼……如此……？」。

PASO1　Top 必學句

01 | **¿Qué tan** rápido puedes correr?　　　你能跑的有多快？

02 | **¿Qué tan** lejos vives?　　　　　　　你住的有多麼遠 ？

03 | **¿Qué tan** bien manejas?　　　　　　你駕駛技術有多麼好？

04 | **¿Qué tan** importante es dormir?　　　睡眠有多麼重要？

05 | **¿Qué tan** guapo es Roberto?　　　　羅伯托有多麼帥？

06 | **¿Qué tan** bueno es el té verde?　　　綠茶有那麼好嗎？

07 | **¿Qué tan** simpática es Amelia?　　　阿米莉亞是如此可親嗎？

08 | **¿Qué tan** salvaje es el tigre?　　　　老虎是如此那麼兇殘嗎？

09 | **¿Qué tan** inteligente es tu perro?　　你的狗有如此聰明嗎？

10 | **¿Qué tan** bien te fue en la prueba de geometría?　你的幾何考試考得有多好？

PASO2　句子重組練習

01 | **¿Qué tan** cocinas? bien　　　　　　你做飯做得有多麼好？

02 | **¿Qué tan** cantante? es popular el　　這歌手是那麼受歡迎嗎？

03 | **¿Qué tan** supermercado? es barato ese　那間超市有這麼便宜嗎？

04 | **¿Qué tan** nuevo el fácil teléfono? usar es?　新電話有這麼簡單使用嗎？

05 | **¿Qué tan** tu sucia está casa?　　　你家有這麼骯髒嗎？

PASO3　應用篇

A：¿Qué tan lejos puedes ver?

B：No muy lejos. Creo que tengo problemas de visión.

A：你能看到多麼遠？

B：不太遠。我想我的視力有問題。

¿No sería mejor si...?

如果……豈不是更好？

表達禮貌或客氣的給予一個善意建議時用條件句。虛擬式在西語中使用的非常頻繁，表達說話人主觀的情緒與感覺；期盼或願望以及表命令與要求或勸誡……等等。sería 條件式簡單時態 + si + 虛擬式過去未完成時。¿No sería mejor si，表示「如果……豈不是更好？」。

PASO1　Top 必學句

01	**¿No sería mejor si** viajáramos en tren?	如果我們搭火車旅行，豈不是更好？
02	**¿No sería mejor si** compraras los pasajes ahora?	如果你現在就買票，不是比較好嗎？
03	**¿No sería mejor si** te fueras a tu casa?	如果你回家的話，那豈不是更好？
04	**¿No sería mejor si** te callaras?	如果你閉嘴的話，那豈不是更好？
05	**¿No sería mejor si** te alejaras de María?	如果你離瑪麗遠點，不是比較好嗎？
06	**¿No sería mejor si** bebieras menos alcohol?	如果你少喝點酒，不是比較好嗎？
07	**¿No sería mejor si** le dijeras la verdad a tu madre?	如果你告訴你母親真相，不是比較好嗎？
08	**¿No sería mejor si** fueras más honesto?	如果你更誠實，不是比較好嗎？

補充

★01：tren　　　名 火車
★04：callarse　動 不作聲；住口
★05：alejarse　動 疏遠；脫離

PASO2　句子重組練習

01	**¿No sería mejor si** más caminaras rápido?	如果你走快點，豈不是更好？
02	**¿No sería mejor si** esta viéramos película?	如果我們看這部電影，豈不是更好？
03	**¿No sería mejor si** ventana? abriéramos la	如果我們打開窗戶，豈不是更好？
04	**¿No sería mejor si** fuésemos avión? en	如果我們搭飛機，豈不是更好？

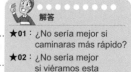

解答

★01：¿No sería mejor si caminaras más rápido?
★02：¿No sería mejor si viéramos esta película?
★03：¿No sería mejor si abriéramos la ventana?
★04：¿No sería mejor si fuésemos en avión?

PASO3　應用篇

A：Es posible que Ricardo sea el presidente de curso.

A：里卡爾多極有可能當選班長。

B：¿No sería mejor si fuese Miguel?

B：如果是米開爾，豈不是更好？

¿Cuál…prefieres?

你比較喜歡哪個……？

¿Cuál + 名詞 + 形容詞，¿Cuál prefieres？表示「你比較喜歡哪個……？」。

PASO1　Top 必學句

01	**¿Cuál** celular **prefieres**?	你比較喜歡什麼手機？
02	**¿Cuál** animal **prefiere**?	你比較喜歡哪一種動物？
03	**¿Cuál** ciudad **prefieres**?	你比較喜歡哪個城市？
04	**¿Cuál** comida **prefieres**?	你比較喜歡哪種食物？
05	**¿Cuál** camisa **prefieres**?	你比較喜歡哪件襯衫？
06	**¿Cuál** canción **prefieres**?	你比較喜歡哪首歌曲？
07	**¿Cuál** moto **prefieres**?	你比較喜歡哪款摩托車？
08	**¿Cuál** marca de maquillaje **prefieres**?	你比較喜歡哪種品牌子的化妝品？

補充
★02：animal　名 動物
★07：moto　名 摩托車
★08：maquillaje　名 化妝品

PASO2　句子重組練習

01	**¿Cuál** las bailarinas dos de **prefieres**?	這兩個舞者，你比較喜歡哪個？
02	**¿Cuál** ciudad de lugar la **prefieres**?	城裡的哪個地方，你比較喜歡？
03	**¿Cuál** clases de estas **prefieres**?	這些課程，你比較喜歡哪個？
04	**¿Cuál** los pantalones de **prefieres**?	你比較喜歡哪條褲子？
05	**¿Cuál** de deportes estos **prefieres**?	你比較喜歡哪項運動？

解答
★01：¿Cuál de las dos bailarinas prefieres?
★02：¿Cúal lugar de la ciudad prefieres?
★03：¿Cuál de estas clases prefieres?
★04：¿Cuál de los pantalones prefieres?
★05：¿Cuál de estos deportes prefieres?

PASO3　應用篇

A：Quiero aprender italiano, pero inglés es más útil.

B：Pero, ¿cuál idioma prefieres?

A：Me gustan los dos.

A：我想學義大利文，不過英語比較有用。

B：然而，你比較喜歡學那種語言？

A：我兩種都喜歡。

¿Cuál es el / la mejor…?
哪個是最好的……？

¿Cuál es el / la mejor + 名詞，表示「哪個是最好的……？」。

PASO1　Top 必學句

01 | **¿Cuál es el mejor** celular?　哪款手機是最好的？

02 | **¿Cuál es la mejor** universidad?　哪所大學是最好的？

03 | **¿Cuál es el mejor** café del mundo?　哪種咖啡是世界上最好的呢？

04 | **¿Cuál es la** última noticia?　最新的消息是什麼？

05 | **¿Cuál es la** ciudad más segura?　哪個城市是最安全的？

06 | **¿Cuál es el mejor** vino?　哪種酒是最好的？

07 | **¿Cuál es la mejor** profesión?　哪種職業是最好的？

08 | **¿Cuál es el mejor** grupo musical?　哪個樂團是最好的？

09 | **¿Cuál es la mejor** librería del pueblo?　哪個圖書館是村裡最好的？

10 | **¿Cuál es el mejor** alumno de la clase?　哪位學生是班上最好的？

> **補充**
>
> ★05：seguro　形 安全
> ★07：profesión　名 行業；職業
> ★10：alumno　名 學生

PASO2　句子重組練習

01 | **¿Cuál es la mejor** juguetes? de tienda　哪家玩具店是最好的？

02 | **¿Cuál es la mejor** mundo? del escritora　哪位女作家是世界上最好的？

03 | **¿Cuál es el mejor** esta profesor de escuela?　哪位老師是這所學校最好的？

04 | **¿Cuál es el mejor** baloncesto? de jugador　哪位籃球運動員是最好的？

> **解答**
>
> ★01：¿Cuál es la mejor tienda de juguetes?
> ★02：¿Cuál es la mejor escritora del mundo?
> ★03：¿Cuál es el mejor profesor de esta escuela?
> ★04：¿Cuál es el mejor jugador de baloncesto?

PASO3　應用篇

A：Quiero vivir en el extranjero.　　A：我想住在國外。

B：Sí, es una idea estupenda.　　B：是啊，這是一個好主意。

A：¿Cuál es el mejor país para vivir?　　A：哪個國家是最適合居住的？

¿Cuándo vas a...?

你打算什麼時候……？

Cuándo 副詞疑問句的意思是：什麼時候；何時。 ¿Cuándo vas a...? + 動詞原形，表示「你打算什麼時候……？」。

PASO1　Top 必學句

01	¿**Cuándo vas a** cortarte el cabello?	你打算什麼時候去剪頭髮？
02	¿**Cuándo vas a** presentarme a tu novio?	你打算什麼時候把我介紹給你男朋友？
03	¿**Cuándo vas a** traducir el libro?	你什麼時候要翻譯這本書？
04	¿**Cuándo vas a** traerme agua?	你打算什麼時候把水帶給我？
05	¿**Cuándo vas a** casarte?	你打算什麼時候結婚？
06	¿**Cuándo vas a** viajar a Argentina?	你打算什麼時候要到阿根廷旅行？
07	¿**Cuándo vas a** bañarte?	你打算什麼時候要洗澡？
08	¿**Cuándo vas a** apagar la luz?	你打算什麼時候關燈？
09	¿**Cuándo vas a** firmar el reporte?	你什麼時候要簽署報告？
10	¿**Cuándo vas a** hacer una torta?	你什麼時候要做一個蛋糕？

補充

★**01**：cabello　名 頭髮
★**03**：traducir　動 翻譯
★**06**：Argentina　名 阿根廷

PASO2　句子重組練習

01	¿**Cuándo vas a** remedio? el tomarte	你打算什麼時候要吃藥？
02	¿**Cuándo vas a** el examen? estudiar para	你打算什麼時候準備考試？
03	¿**Cuándo vas a** piano? practicar	你打算什麼時候練鋼琴？
04	¿**Cuándo vas a** de salir vacaciones?	你打算什麼時候去度假？

解答

★**01**：¿Cuándo vas a tomarte el remedio?
★**02**：¿Cuándo vas a estudiar para el examen?
★**03**：¿Cuándo vas a practicar piano?
★**04**：¿Cuándo vas a salir de vacaciones?

PASO3　應用篇

A：Sigo muy enojada con Carlos.

B：¡Pobre! ¿Cuándo vas a perdonarlo?

A：我還是在跟卡洛斯生氣。

B：可憐啊！你打算什麼時候原諒他？

¿Cuántos / Cuántas…? 多少……？

西班牙語的名詞有分「陰陽」兩性以及「單複」數。陰性名詞以 -a 結尾，陽性名詞以 -o 結尾，而名詞複數一般在名詞的詞尾加 +（e）s（只有少數是例外的）。形容詞為名詞的修飾，與其所修飾的名詞要隨著「陰陽」性以及「單複」數的名詞變化 即 Cuánto Cuánta Cuántos Cuántas。Cuánto 形容詞疑問句，意思是：多少（麼）；多大（長）。¿Cuántos / Cuántas + 名詞，表示「多少……？」。

PASO1　Top 必學句

01	¿**Cuántos** libros hay en el estante?	書架上有多少本書？
02	¿**Cuántas** naranjas hay en la mesa?	桌上有多少個橘子？
03	¿**Cuántos** estudiantes hay en la clase?	課堂上有多少位學生？
04	¿**Cuántos** pasajeros hay en el barco?	船上有多少位乘客？
05	¿**Cuántos** minutos faltan para año nuevo?	還差多少分鐘新的一年即將到來？
06	¿**Cuántos** años tienes?	你多大了？
07	¿**Cuántos** hermanos tienes?	你有多少個兄弟姐妹？
08	¿**Cuántas** lámparas hay en la sala?	客廳裡有多少盞燈？

補充
- ★01：estante 名 架子
- ★02：naranjas 名 橘子
- ★07：hermanos 名 弟兄

PASO2　句子重組練習

01	¿**Cuántos** navidad? recibiste regalos para	你聖誕節收到多少份禮物？
02	¿**Cuántos** Sudamérica? hay países en	南美洲有多少個國家？
03	¿**Cuántos** este hay médicos en hospital?	這家醫院共有多少位醫生？
04	¿**Cuántas** cancha? hay pelotas la en	有多少個球在球場？

解答
- ★01：¿Cuántos regalos recibiste para navidad?
- ★02：¿Cuántos países hay en Sudamérica?
- ★03：¿Cuántos médicos hay en este hospital?
- ★04：¿Cuántas pelotas hay en la cancha?

PASO3　應用篇

A：Tengo una familia grande.
B：¿En serio? ¿Cuántas personas hay en tu familia?
A：Como veinte.

A：我有一個大家庭。
B：真的嗎？你家有多少人？
A：大約20個人。

¿Cuánto tiempo hace que…?

有多久……？

¿Cuánto tiempo hace que + 現在直陳式 / 過去式，表示「有多久……？」。

PASO1 Top 必學句

01 | **¿Cuánto tiempo hace que** vives en esta ciudad? 你住在這個城市有多久了？

02 | **¿Cuánto tiempo hace que** compras en esta tienda? 你在這家商店購物有多久了？

03 | **¿Cuánto tiempo hace que** sales con Francisco? 你和法蘭西斯科交往有多久了？

04 | **¿Cuánto tiempo hace que** estás casado? 你結婚有多久了？

05 | **¿Cuánto tiempo hace que** vienes a esta iglesia? 你來這個教堂有多久了？

06 | **¿Cuánto tiempo hace que** te operaron? 你多久之前開刀的？

07 | **¿Cuánto tiempo hace que** murió tu padre? 你父親去世有多久了？

08 | **¿Cuánto tiempo hace que** aprendiste a conducir? 你多久之前學會開車？

補充

★**03**：salir 動 出去；離開
★**05**：iglesia 名 教堂
★**06**：operarse 動 開刀；動手術

PASO2 句子重組練習

01 | **¿Cuánto tiempo hace que** trabajo? del saliste 你多久之前離開工作的？

02 | **¿Cuánto tiempo hace que** Buenos Aires? a fuiste 你多久之前去過布宜諾斯艾利斯？

03 | **¿Cuánto tiempo hace que** español? al conoces de profesor 你認識西班牙語老師有多久了？

04 | **¿Cuánto tiempo hace que** trago? no un tomamos nos 已經有多久我們沒一塊喝一杯了？

05 | **¿Cuánto tiempo hace que** Luis? con terminaste 你跟路易士分手有多久了？

解答

★**01**：¿Cuánto tiempo hace que saliste del trabajo?
★**02**：¿Cuánto tiempo hace que fuiste a Buenos Aires?
★**03**：¿Cuánto tiempo hace que conoces al profesor de español?
★**04**：¿Cuánto tiempo hace que no nos tomamos un trago?
★**05**：¿Cuánto tiempo hace que terminaste con Luis?

PASO3 應用篇

A：Todavía no hablo bien inglés.

B：¿Y cuánto tiempo hace que lo estudias?

A：我還是說不好英語。

B：你英文學了多長的時間？

¿Por dónde...? 在（往）哪裡？

¿Por dónde + 現在直陳式 / 過去式，表示「在（往）哪裡？」。

PASO1　Top 必學句

01	**¿Por dónde** vives?	你住在什麼地方？
02	**¿Por dónde** queda la farmacia?	藥店在什麼地方？
03	**¿Por dónde** está el correo?	郵局在哪裡？
04	**¿Por dónde** te vas a tu casa?	你回家從哪裡走？
05	**¿Por dónde** pasa el tren?	火車經過哪裡？
06	**¿Por dónde** se llega a la clínica?	從哪裡走可以到診所？
07	**¿Por dónde** subes al cerro?	你從哪裡可以爬到山上？
08	**¿Por dónde** entras a la sala de conferencias?	從哪裡可以進到會議室？
09	**¿Por dónde** hay una biblioteca?	在哪裡有一間圖書館？
10	**¿Por dónde** andas ahora?	你現在在哪裡？

補充

★02：farmacia　图 藥店
★06：clínica　图 診所
★07：cerro　图 小山

PASO2　句子重組練習

01	**¿Por dónde** apartamento queda de Juan? el	璜的公寓在什麼地方？
02	**¿Por dónde** terraza? a sales la	從哪裡可以去陽台？
03	**¿Por dónde** dar puedo paseo? un	我可以在什麼地方散步？
04	**¿Por dónde** Santiago? encuentra se	聖地亞哥在什麼地方？

解答

★01：¿Por dónde queda el apartamento de Juan?
★02：¿Por dónde sales a la terraza?
★03：¿Por dónde puedo dar un paseo?
★04：¿Por dónde se encuentra Santiago?

PASO3　應用篇

A：Quiero comprarme un auto.

B：Sí, pero no tienes suficiente dinero.

A：¿No sabes por dónde puedo comprarme uno de segunda mano?

A：我想買一輛車。

B：是啊，然而你沒有足夠的錢。

A：你知不知道，我在哪裡可以買二手車？

¿Te das cuenta…?
你是否意識（注意）到……？

¿Te das cuenta + 連接詞短語（locución conjuntiva）de que？，表示「你是否意識（注意）到……？」。

PASO1　Top 必學句

01	**¿Te das cuenta** de que Alicia está embarazada?	你是否意識到，艾麗西亞懷孕了？
02	**¿Te das cuenta** de que el niño está enfermo?	你是否覺查到，孩子生病了？
03	**¿Te das cuenta** de que el precio de los comestibles subió?	你是否注意到，食品漲價了？
04	**¿Te das cuenta** de que ya no te quiero?	你是否意識到，我已經不愛你了？
05	**¿Te das cuenta** de que el bebé es hermoso?	你有沒有發現，嬰兒好漂亮？
06	**¿Te das cuenta** de que tienes mucho talento?	你有沒有發現，你很有才華？
07	**¿Te das cuenta** de que los brasileños son muy alegres?	你有沒有發現，巴西人很開朗？

補充

★01：embarazada　形 懷孕的
★03：comestibles　名 食品；食物
★06：talento　名 天賦；才能

PASO2　句子重組練習

01	**¿Te das cuenta de que** Tailandia en voy dos me a días?	你是否意識到，我兩天後就要去泰國了？
02	**¿Te das cuenta de que** compró se Jaime deportivo? un	你有沒有發現，海梅買了一輛跑車？
03	**¿Te das cuenta de que** nevera? no huevos hay en la	你是否覺查到，冰箱裡沒有雞蛋了？
04	**¿Te das cuenta de que** Laura la tener a un va bebé?	你是否覺查到，蘿拉要生孩子了？
05	**¿Te das cuenta de que** elecciones? ganó las Miranda	你是否注意到，米蘭達贏得選舉了？

解答

★01：¿Te das cuenta de que me voy a Tailandia en dos días?

★02：¿Te das cuenta de que Jaime se compró un deportivo?

★03：¿Te das cuenta de que no hay huevos en la nevera?

★04：¿Te das cuenta de que Laura va a tener un bebé?

★05：¿Te das cuenta de que ganó Miranda las elecciones?

PASO3　應用篇

A：Hoy la maestra me dio un cero en el examen.

B：¿Te das cuenta de que no se puede hacer trampa?

A：今天，老師給我考試打了個零分。

B：你是否意識到，不能作弊。

¿De quién es...? 這是誰的……？

¿De quién es（動詞原形 ser）+ 名詞，表示「這是誰的……？」。

PASO1　Top 必學句

01	**¿De quién es** este lápiz?	這是誰的鉛筆？
02	**¿De quién es** esta botella de agua?	這是誰的水瓶？
03	**¿De quién es** aquel maletín marrón?	那個咖啡色公事包是誰的？
04	**¿De quién es** la billetera?	這個錢包是誰的？
05	**¿De quién es** el dinero?	誰的錢？
06	**¿De quién es** el cachorro?	這隻小狗是誰的？
07	**¿De quién es** la mochila?	這個背包是誰的？
08	**¿De quién es** este número de teléfono?	這是誰的電話號碼？
09	**¿De quién es** esta canción?	這首歌是誰的？
10	**¿De quién es** el cuaderno ?	這是誰的筆記本？

補充

★03：maletín 名 公事包
★04：billetera 名 錢包
★06：cachorro 名 小狗

PASO2　句子重組練習

01	**¿De quién es** anillo? el	這枚戒指是誰的？
02	**¿De quién es** cinturón? el	這條皮帶是誰的？
03	**¿De quién es** corbata? la	這條領帶是誰的？
04	**¿De quién es** fotografía? la	這張照片是誰的？
05	**¿De quién es** gorra? la	這頂帽子是誰的？

解答

★01：¿De quién es el anillo?
★02：¿De quién es el cinturón?
★03：¿De quién es la corbata?
★04：¿De quién es la fotografía?
★05：¿De quién es la gorra?

PASO3　應用篇

A：¿Sabes de quién es la pintura?

B：Me parece que es de Picasso.

A：¡Es una obra maestra!

A：你知道這幅畫是誰的嗎？

B：我認為是畢卡索。

A：是他的畫，真是一幅傑作啊！

¿De qué color es / son…?
這……是什麼顏色？

¿De qué color es/son（動詞原形 ser）+ 名詞，表示「這……是什麼顏色？」。

PASO1　Top 必學句

01	**¿De qué color es** tu casa?	你的房子是什麼顏色？
02	**¿De qué color son** tus pantalones?	你的褲子是什麼顏色？
03	**¿De qué color son** tus ojos?	你的眼睛是什麼顏色？
04	**¿De qué color es** tu cabello?	你的頭髮是什麼顏色？
05	**¿De qué color son** tus calcetines?	你的襪子是什麼顏色？
06	**¿De qué color es** tu falda?	你的裙子是什麼顏色？
07	**¿De qué color son** las flores?	鮮花是什麼顏色？
08	**¿De qué color es** la alfombra?	地毯是什麼顏色？
09	**¿De qué color es** la pared?	牆壁是什麼顏色？
10	**¿De qué color es** la cortina?	窗簾是什麼顏色？

補充
★03：ojos　　　 名 眼睛
★05：calcetines 名 襪子
★08：alfombra 　名 地毯

PASO2　句子重組練習

01	**¿De qué color es** coche? tu nuevo	你的新車是什麼顏色？
02	**¿De qué color es** Diana? de gato el	戴安娜的貓是什麼顏色？
03	**¿De qué color es** suéter? tu	你的毛衣是什麼顏色？
04	**¿De qué color es** maleta? la	行李箱是什麼顏色？
05	**¿De qué color son** zapatos? tus	你的鞋子是什麼顏色？

解答
★01：¿De qué color es tu nuevo coche?
★02：¿De qué color es el gato de Diana?
★03：¿De qué color es tu suéter?
★04：¿De qué color es la maleta?
★05：¿De qué color son tus zapatos?

PASO3　應用篇

A：¿De qué color es la manzana, verde o roja?

B：Es roja.

A：蘋果是什麼顏色？綠色或紅色？

B：它是紅色的。

¿De dónde eres / es / son…?
……從哪裡來？……是哪裡人？

Ser 現在時動詞變化：yo soy / tú eres / él es / nosotros somos / vosotros sois / ellos son 。
ser de 來自（表示出生地、出產地等）。¿De dónde eres / es / son…+ 名詞 + ?，表示「……
從哪裡來？……是哪裡人？」。

PASO1　Top 必學句

01	**¿De dónde eres**?	你是哪裡人？
02	**¿De dónde es** Francisco?	法蘭西斯是哪裡人？
03	**¿De dónde son** José y Blanca?	荷塞和布蘭卡是哪裡人？
04	**¿De dónde es** usted?	您來自哪裡？
05	**¿De dónde es** el mejor vino?	最好的酒產在哪裡？
06	**¿De dónde es** la uva?	葡萄來自哪裡？
07	**¿De dónde son** los osos panda?	熊貓來自哪裡？
08	**¿De dónde es** el chico?	男孩是哪裡人？
09	**¿De dónde es** el pintor?	畫家是哪裡人？
10	**¿De dónde es** el cantante?	歌手是哪裡人？

補充
★05：vino　名 葡萄酒
★07：oso panda　名 熊貓
★09：pintor　名 畫家

PASO2　句子重組練習

01	**¿De dónde es** profesora inglés? de	英語老師是哪裡人？
02	**¿De dónde son** turistas? los	這些遊客是從哪裡來的？
03	**¿De dónde es** estudiante? nueva la	新來的學生是哪裡人？
04	**¿De dónde es** de Carmen? padre el	卡門的父親是哪裡人？

解答
★01：¿De dónde es la profesora de inglés?
★02：¿De dónde son los turistas?
★03：¿De dónde es la nueva estudiante?
★04：¿De dónde es el padre de Carmen?

PASO3　應用篇

A：¿De dónde es aquel chico rubio?

B：Es suizo.

A：那個金髮的男孩是哪裡人？

B：他是瑞士人。

¿Tienes ganas de…?
你想（做什麼）……嗎？

¿Tienes ganas + 介系詞 de，表示「你想（做什麼）……嗎？」。

PASO1　Top 必學句

01 | **¿Tienes ganas de** ver a Tomás?　你想看到托馬斯嗎？

02 | **¿Tienes ganas de** comer sandía?　你想吃西瓜嗎？

03 | **¿Tienes ganas de** vomitar?　你想要嘔吐嗎？

04 | **¿Tienes ganas de** ir de compras ?　你想要去購物嗎？

05 | **¿Tienes ganas de** hacer gimnasia?　你想去健身房做運動嗎？

06 | **¿Tienes ganas de** darte un baño de espuma?　你想洗個泡泡浴嗎？

07 | **¿Tienes ganas de** gritar?　你想尖叫嗎？

08 | **¿Tienes ganas de** salir a bailar?　你想去跳舞嗎？

09 | **¿Tienes ganas de** tener un bebé?　你想要有一個孩子嗎？

10 | **¿Tienes ganas de** ayudarnos como voluntario?　你想以志願者形式來幫我們嗎？

補充
★02：sandía 名 西瓜
★05：hacer gimnasia 短 健身
★06：baño de espuma 短 泡泡浴

PASO2　句子重組練習

01 | **¿Tienes ganas de** nueva? gente conocer　你想認識新人嗎？

02 | **¿Tienes ganas de** juego? en participar el　你想參加比賽嗎？

03 | **¿Tienes ganas de** atrapar al ladrón?　你想逮到小偷嗎？

解答
★01：¿Tienes ganas de conocer gente nueva?
★02：¿Tienes ganas de participar en el juego?
★03：¿Tienes ganas de atrapar al ladrón?

PASO3　應用篇

A：¿Tienes ganas de pedirle matrimonio a Sofía?

B：Sí. ¡Me muero por casarme con ella!

A：Entonces adelante.

A：你想要求索菲亞嫁給你，是嗎？

B：是啊，我渴望和她結婚！

A：那麼，你就去做。

¿Por qué no...? 為什麼不……呢？

¿Por qué no + 動詞現在式，表示「 為什麼不……呢？」。

PASO1 Top 必學句

01	**¿Por qué no** te callas?	你為什麼不閉嘴？
02	**¿Por qué no** dejas de moverte?	你為什麼不停止動來動去？
03	**¿Por qué no** te vas?	你為什麼不走？
04	**¿Por qué no** te arreglas mejor?	你為什麼不把自己裝扮的更好？
05	**¿Por qué no** sales con Antonio?	你為什麼不跟安東尼奧出去呢？
06	**¿Por qué no** comes ?	你為什麼不吃？
07	**¿Por qué no** lees el diario ?	你為什麼不看報紙？
08	**¿Por qué no** te acuestas temprano?	你為什麼不早點睡覺？
09	**¿Por qué no** te gustan los lunes?	你為什麼不喜歡星期一？
10	**¿Por qué no** llamas a tu amiga ?	你為什麼不打電話給你的朋友？

補充

★04：arreglarse 動 裝扮（自己）
★07：diario 名 報紙
★09：lunes 名 星期一
★10：amiga 名 朋友

PASO2 句子重組練習

01	**¿Por qué no** nada? dices	你為什麼什麼都不願意説？
02	**¿Por qué no** música? escuchas	你為什麼不聽音樂呢？
03	**¿Por qué no** el aceptas consejo?	你為什麼不接受建議呢？
04	**¿Por qué no** otra vez? intentas lo	你為什麼不再試一次呢？
05	**¿Por qué no** Luisa? a invitas	你為什麼不邀請路易莎呢？

解答

★01：¿Por qué no dices nada?
★02：¿Por qué no escuchas música?
★03：¿Por qué no aceptas el consejo?
★04：¿Por qué no lo intentas otra vez?
★05：¿Por qué no invitas a Luisa?

PASO3 應用篇

A：Patricio, tienes el cabello larguísimo.

B：¿Tú crees?

A：Sí...¿por qué no te lo cortas?

A：巴提修，你的頭髮可真夠長。

B：你覺得嗎？

A：是啊……你為什麼都不剪呢？

¿Por qué...? 為什麼……？

¿Por qué + 動詞，表示「為什麼……？」。

PASO1　Top 必學句

01	**¿Por qué** has hecho eso?	你為什麼要這樣做呢？
02	**¿Por qué** te duele tanto la espalda?	你為什麼背痛得這麼厲害？
03	**¿Por qué** necesitas tanto dincro?	你為什麼需要這麼多錢？
04	**¿Por qué** han venido?	他們為什麼要來？
05	**¿Por qué** trajiste ese perro?	你為什麼把那隻狗帶來？
06	**¿Por qué** dejaste de estudiar?	你為什麼要休學？
07	**¿Por qué** te enojaste conmigo?	你為什麼要生我的氣？
08	**¿Por qué** hay tanto desempleo en España?	西班牙為什麼會有這麼多的失業呢？
09	**¿Por qué** estás tan contento hoy?	你今天怎麼這麼高興呢？
10	**¿Por qué** peleaste con tu novia?	你為什麼跟女朋友吵架呢？

補充

★**02**： espalda　名 背
★**08**： desempleo　名 失業
★**10**： pelearse　動 吵架

PASO2　句子重組練習

01	**¿Por qué** anoche? tarde tan llegaste	昨晚你為什麼這麼晚才來呢？
02	**¿Por qué** profesor? castigó el te	老師為什麼要懲罰你呢？
03	**¿Por qué** has marchado? te	你為什麼離開呢？
04	**¿Por qué** calle? gente tanta hay	為什麼有這麼多的人在街上呢？
05	**¿Por qué** tanto? hablas	為什麼你這麼愛講話呢？

解答

★**01**： ¿Por qué llegaste tan tarde anoche?
★**02**： ¿Por qué te castigó el profesor?
★**03**： ¿Por qué te has marchado?
★**04**： ¿Por qué hay tanta gente en la calle?
★**05**： ¿Por qué hablas tanto?

PASO3　應用篇

A：¿Por qué hay tanto robo en esta ciudad?

B：Porque la fuerza policial no es suficiente.

A：在這個城市，為什麼會發生這麼多的竊盜事件呢？

B：因為，員警的力量遠遠不足。

¿Por qué estás tan…?
你為什麼這麼……？

Estar 是聯繫動詞，用以聯繫主詞，只説明主語處於某種暫時的狀態或性質。Estar 現在式動詞變化：yo estoy / tú estás / él está / nosotros estamos / vosotros estáis / ellos están（西班牙語有兩個聯繫動詞：ser 和 estar）。¿Por qué estás tan? + 形容詞，表示「你為什麼這麼……？」。

PASO1　Top 必學句

01	**¿Por qué estás tan** nervioso?	你為什麼這麼緊張？
02	**¿Por qué estás tan** asustado?	你為什麼這麼害怕？
03	**¿Por qué estás tan** pálido?	你為什麼如此蒼白？
04	**¿Por qué estás tan** triste?	你為什麼如此傷心？
05	**¿Por qué estás tan** preocupado?	你為什麼這麼擔心呢？
06	**¿Por qué estás tan** deprimido?	你為什麼這麼鬱悶？
07	**¿Por qué estás tan** distante?	你為什麼如此冷漠？
08	**¿Por qué estás tan** distraído?	你為什麼這麼心不在焉？

補充

★03： pálido 〔形〕蒼白
★05： preocupado 〔形〕擔心的
★07： distante 〔形〕冷漠的

PASO2　句子重組練習

01	**¿Por qué estás tan** hoy? enfadado	今天你為什麼如此生氣？
02	**¿Por qué estás tan** conmigo? generoso	你為什麼對我這麼大方？
03	**¿Por qué estás tan** hijo? exigente tu con	你為什麼對你兒子這麼挑剔？
04	**¿Por qué estás tan** a impaciente Marta? esperando	你為什麼等瑪塔等的這麼不耐煩？

解答

★01： ¿Por qué estás tan enfadado hoy?
★02： ¿Por qué estás tan generoso conmigo?
★03： ¿Por qué estás tan exigente con tu hijo?
★04： ¿Por qué estás tan impaciente esperando a Marta?

PASO3　應用篇

A：¡Estoy felíz! ¡Por fín nos vamos de viaje!

A：我很高興！終於，我們要去旅行了！

B：¿Por qué estás tan entusiasmado?

B：你為什麼這麼激動呢？

A：Porque estoy muy cansado de trabajar.

A：因為我厭倦一直在工作的日子。

¿Por qué tienes…?
你為什麼……？

Tener（有）是西班牙語四個輔助動詞之一，其他三個分別為：ser（是）、estar（是）、haber（有）；它們都是不規則動詞。Tener（有），是很常用的動詞，表達主語處於某種狀態、情緒或感覺或擁（持）有某物。（tú）tienes 是現在直陳式第二人稱單數。¿Por qué tienes ?，表示「你為什麼……？」。

PASO1　Top 必學句

01	**¿Por qué tienes** pena?	你為什麼難過？
02	**¿Por qué tienes** rabia?	你為什麼生氣？
03	**¿Por qué tienes** pereza?	你為什麼懶惰？
04	**¿Por qué tienes** esa cara larga?	你為什麼拉長著臉？
05	**¿Por qué tienes** hambre?	你為什麼餓了？
06	**¿Por qué tienes** sed?	你為什麼會口渴？
07	**¿Por qué tienes** esa idea?	你為什麼會有這種想法？
08	**¿Por qué tienes** sueño?	你為什麼覺得睏？
09	**¿Por qué tienes** asco?	你為什麼感到噁心？
10	**¿Por qué tienes** tanta confianza?	你為什麼那麼有信心？

補充
★04：cara larga　短 拉長著臉
★06：sed　名 口渴
★10：confianza　名 信心

PASO2　句子重組練習

01	**¿Por qué tienes** el hinchado? dedo	為什麼你手指腫脹？
02	**¿Por qué tienes** camisa la rota?	為什麼你襯衫破裂？
03	**¿Por qué tienes** con Patricio? paciencia tanta	你為什麼對巴提修這麼有耐心？

解答
★01：¿Por qué tienes el dedo hinchado?
★02：¿Por qué tienes la camisa rota?
★03：¿Por qué tienes tanta paciencia con Patricio?

PASO3　應用篇

A：¿Por qué tienes los ojos rojos, Daniel?

B：Porque no dormí bien anoche.

A：丹尼爾，為什麼你眼睛發紅？

B：因為，我昨晚沒有睡好。

¿Estás seguro / a...?
你（妳）確定⋯⋯嗎？

estar 是聯繫動詞，用以聯繫主詞，不行使動作，只說明主語處於某種暫時的狀態或性質。estás 是第二人稱單數 tú estás。¿Estás seguro / a de +（que），表示「你（妳）確定⋯⋯嗎？」。

PASO1　Top 必學句

01	¿**Estás seguro** de eso?	你確定嗎？
02	¿**Estás segura** que quieres ir?	你確定你想要去嗎？
03	¿**Estás seguro** de tu decisión?	你確定你的決定嗎？
04	¿**Estás segura** de tus sentimientos?	你確定你的感情嗎？
05	¿**Estás seguro** de que es ella?	你確定是她嗎？
06	¿**Estás seguro** de que son tus anteojos?	你確定是你的眼鏡嗎？
07	¿**Estás segura** de que esta es tu silla?	你確定這是你的椅子嗎？
08	¿**Estás seguro** de querer volver?	你確定你想回來嗎？

補充
★03：decisión　名 決定
★04：sentimientos　名 感情
★06：anteojos　名 眼鏡

PASO2　句子重組練習

01	¿**Estás seguro** habla que ruso? Alicia	你肯定艾麗西亞會講俄語嗎？
02	¿**Estás segura** querer de Holanda? a ir	你確定你想要去荷蘭嗎？
03	¿**Estás seguro** volver a mañana? que vas de	你確定你明天會回來嗎？
04	¿**Estás segura** banco que el aprobará de préstamo? tu	你確定銀行將核准你的貸款嗎？

解答
★01：¿Estás seguro que Alicia habla ruso?
★02：¿Estás segura de querer ir a Holanda?
★03：¿Estás seguro de que vas a volver mañana?
★04：¿Estás segura de que el banco aprobará tu préstamo?
★05：¿Estás seguro de que estás sano?

PASO3　應用篇

A：¿Estás seguro de que aún quedan habitaciones disponibles?

B：Sí, el hotel está casi vacío en esta época del año.

A：你確定還有空的房間嗎？

B：是的，每年的這個時候酒店幾乎是空的。

¿A qué hora...? 幾點……？

¿A qué hora + 動詞，表示「幾點……？」。

PASO1　Top 必學句

01	**¿A qué hora** es la reunión?	會議在幾點開始？
02	**¿A qué hora** empieza la película?	電影幾點開始？
03	**¿A qué hora** termina el ensayo?	排演在幾點結束？
04	**¿A qué hora** te levantas?	你幾點起床？
05	**¿A qué hora** sale el sol?	太陽什麼時候升起？
06	**¿A qué hora** nos podemos ir?	我們幾點的時候可以離開？
07	**¿A qué hora** es la clase de ciencias?	自然科學課是幾點開始？
08	**¿A qué hora** tienes que trabajar esta tarde?	你今天下午必須在幾點的時候工作？
09	**¿A qué hora** puedes llamarme el domingo?	星期日幾點的時候你可以打電話給我？
10	**¿A qué hora** vas a comprar pan?	你幾點的時候去買麵包？

補充

★03：ensayo 　名 排演；排練
★05：salir el sol 短 日出；日昇
★09：domingo 　名 星期日

PASO2　句子重組練習

01	**¿A qué hora** vuelo? el sale	飛機在幾點起飛？
02	**¿A qué hora** los llegan alumnos?	學生在幾點的時候會抵達？
03	**¿A qué hora** premio? el entregan	獎（品）在幾點的時候開始頒發？
04	**¿A qué hora** aquí estar puedes mañana?	明天幾點你可以來這裡？
05	**¿A qué hora** peluquería? ir la quieres a	你在幾點的時候去理髮店？

解答

★01：¿A qué hora sale el vuelo?
★02：¿A qué hora llegan los alumnos?
★03：¿A qué hora entregan el premio?
★04：¿A qué hora puedes estar aquí mañana?
★05：¿A qué hora quieres ir a la peluquería?

PASO3　應用篇

A：¿A qué hora sale el tren a Sevilla?

B：A las ocho de la mañana.

A：到塞維利亞的火車幾點出發？

B：早上八點鐘。

¿Cuánto queda...? 還剩下多少……？

西班牙語的名詞有分「陰陽」兩性以及「單複」數。陰性名詞以 -a 結尾，陽性名詞以 -o 結尾，而名詞複數一般在名詞的詞尾加 +（e）s（只有少數是例外的）。形容詞為名詞的修飾，與其所修飾的名詞要隨著「陰陽」性以及「單複」數的名詞變化 即 Cuánto Cuánta Cuántos Cuántas。¿Cuánto queda + 介系詞 para / en / por，表示「還剩下多少……？」。

PASO1　Top 必學句

01	**¿Cuántas** horas **quedan** para el año nuevo?	還剩下多少小時就是新年了？
02	**¿Cuánto** trabajo **queda** por hacer?	你還剩下多少工作要做？
03	**¿Cuántos** niños **quedan** aún en la guardería?	還剩下多少孩子在幼兒園？
04	**¿Cuánta** agua **queda** en el vaso?	杯子裡剩下多少水？
05	**¿Cuánta** comida **queda** en la mesa?	桌上還剩下多少食物？
06	**¿Cuánto** jugo **queda** en el jarro?	水罐中還剩下多少果汁？
07	**¿Cuántas** semanas **quedan** para tu boda?	還剩下幾周就是你結婚的日子？
08	**¿Cuántos** días **quedan** para el viaje?	離去旅行的日期還剩多少天？

> **補充**
> ★03：guarderia　名 托兒所
> ★04：agua　　　名 水
> ★06：jarro　　　名 水罐

PASO2　句子重組練習

01	**¿Cuánta** olla? en sopa la queda	鍋子裡剩下多少湯？
02	**¿Cuántos** quedan el frasco? en dulces	罐子裡的糖果剩下多少？
03	**¿Cuánta** plato el queda? ensalada en	盤子裡剩下多少沙拉？
04	**¿Cuántas** abiertas? quedan tiendas	有多少商店是開的？

> **解答**
> ★01：¿Cuánta sopa queda en la olla?
> ★02：¿Cuántos dulces quedan en el frasco?
> ★03：¿Cuánta ensalada queda en el plato?
> ★04：¿Cuántas tiendas quedan abiertas?

PASO3　應用篇

A：Mami, ¿cuánto tiempo queda para llegar a Buenos Aires?

B：No lo sé cariño, pregúntale a la azafata.

A：媽媽，還剩下多少時間就要到達布宜諾斯艾利斯？

B：親愛的，我不知道，你去問空姐。

¿A quién…? 誰……？

¿A quién（疑問代詞）+ 動詞（現在 / 過去 / 未來），表示「誰……？」。

PASO1　Top 必學句

01	**¿A quién** quieres visitar hoy?	你今天要去拜訪誰？
02	**¿A quién** crees que va a ganar?	你認為誰會贏？
03	**¿A quién** vas a bloquear de facebook?	你要封鎖誰加入你的臉書？
04	**¿A quién** le vas a vender la moto?	你要將摩托車賣給誰？
05	**¿A quién** le quieres tomar el pelo?	你要捉弄誰？
06	**¿A quién** amas?	你愛誰？
07	**¿A quién** le contarás tu secreto?	你會把你的祕密告訴誰？
08	**¿A quién** le hiciste el pedido de lana?	你向誰採購羊毛？
09	**¿A quién** le dijiste eso?	你和誰說那個？
10	**¿A quién** llamas?	你和誰打電話？

補充

★02：ganar　　動 贏
★03：bloquear　動 限制；封鎖
★05：tomar el pelo　短 捉弄

PASO2　句子重組練習

01	**¿A quién** después ver trabajo? vas del a	下班後你打算去看誰？
02	**¿A quién** pegar? quieres le	你想打誰？
03	**¿A quién** regalaste le gafas? las	你要送誰這副眼鏡？
04	**¿A quién** en supermercado? viste el	你在超市看到誰？
05	**¿A quién** le licores? compras los	你跟誰買的酒？

解答

★01：¿A quién vas a ver después del trabajo?
★02：¿A quién le quieres pegar?
★03：¿A quién le regalaste las gafas?
★04：¿A quién viste en el supermercado?
★05：¿A quién le compras los licores?

PASO3　應用篇

A：Voy a ir al extranjero por unos días.

B：Y, ¿a quién le vas a pedir cuidar a tu mascota?

A：A mi vecino.

A：我將要出國幾天。

B：那，你會請誰來照顧你的寵物？

A：我的鄰居。

¿Con quién...? 和誰……？

¿Con quién（疑問代詞）+ 動詞，表示「和誰……？」。

PASO1　Top 必學句

01	**¿Con quién** fuiste a Miami?	你和誰一起去邁阿密的？
02	**¿Con quién** te vas a casar?	你要和誰結婚？
03	**¿Con quién** vives?	你和誰在一起？
04	**¿Con quién** sueles comer?	你時常和誰一塊用餐？
05	**¿Con quién** vas al concierto el viernes?	你週五會和誰去聽音樂會？
06	**¿Con quién** hablas?	你和誰說話？
07	**¿Con quién** se va a Suiza tu hijo?	你的兒子將跟誰去瑞士？
08	**¿Con quién** anda Laura?	蘿拉跟誰約會？
09	**¿Con quién** deseas pasar el resto de tu vida?	你想和誰共度餘生？
10	**¿Con quién** chateas por las noches?	每天晚上你跟誰在網路閒聊？

補充

★04：soler　動 慣於；經常
★07：Suiza　名 瑞士
★09：resto de tu vida　短 共度餘生

PASO2　句子重組練習

01	**¿Con quién** bebé? al dejaste	你把你家寶寶託給誰照顧？
02	**¿Con quién** gusta te bailar?	你喜歡和誰跳舞？
03	**¿Con quién** todos los días? sales	你每天跟誰出去？
04	**¿Con quién** avión? iba el en	你和誰在飛機上？
05	**¿Con quién** vas te quedar? a	你會跟誰住？

解答

★01：¿Con quién dejaste al bebé?
★02：¿Con quién te gusta bailar?
★03：¿Con quién sales todos los días?
★04：¿Con quién iba en el avión?
★05：¿Con quién te vas a quedar?

PASO3　應用篇

A：¿Con quién vas a pasar el fin de semana?

B：Me encantaría pasarlo con ustedes.

A：你要和誰共度週末？

B：我想和你們在一起。

¿Con qué...? 用什麼……？

¿Con qué + 動詞 / 名詞，表示「用什麼……？」。

PASO 1　Top 必學句

01	**¿Con qué** te secas el pelo?	用什麼擦乾你的頭髮？
02	**¿Con qué** haces el pan?	你用什麼做麵包？
03	**¿Con qué** quito la mancha de aceite?	我用什麼去除油污？
04	**¿Con qué** color combino el verde?	用什麼顏色配綠色？
05	**¿Con qué** soñaste anoche?	你昨晚夢見什麼？
06	**¿Con qué** puedo limpiar el cuero?	我可以用什麼來清潔皮件？
07	**¿Con qué** ingrediente se hace la gelatina?	果凍是用什麼原料製成？
08	**¿Con qué** vestido voy a la fiesta?	我穿什麼衣服去參加舞會？
09	**¿Con qué** decoraste las galletas?	你用什麼來裝飾餅乾？
10	**¿Con qué** bajo el colesterol?	我用什麼來降低膽固醇？

補充

★02：pan　　　　名 麵包
★05：soñar　　　 動 做夢
★07：ingrediente 名（烹調的）原料

PASO 2　句子重組練習

01	**¿Con qué** ojeras? las quitan se	用什麼可去除黑眼圈？
02	**¿Con qué** ropa? tu lavas	你用什麼洗衣服？
03	**¿Con qué** clase tienes hoy? profesor	你今天有什麼老師的課？
04	**¿Con qué** juega equipo Messi?	梅西跟哪支球隊打球？
05	**¿Con qué** regañas? me derecho	你有什麼權利罵我？

解答

★01：¿Con qué se quitan las ojeras?
★02：¿Con qué lavas tu ropa?
★03：¿Con qué profesor tienes clase hoy?
★04：¿Con qué equipo juega Messi?
★05：¿Con qué derecho me regañas?

PASO 3　應用篇

A：Hoy voy a hacer un pollo para la cena.

B：¡Qué rico! ¿Y, con qué lo vas a acompañar?

A：Con puré.

A：今天，我將做個雞肉當晚餐。

B：多麼美味！那，你要搭配什麼副食？

A：馬鈴薯泥。

¿Para qué...? 為什麼……？

¿Para qué + 動詞現在式，表示「為什麼……？」。

PASO1　Top 必學句

01	**¿Para qué** vas a repetir el curso?	為什麼你要重修課程？
02	**¿Para qué** quieres tener tanto dinero?	為什麼你想擁有這麼多錢呢？
03	**¿Para qué** te vas a comprar un apartamento?	為什麼你打算買一間公寓？
04	**¿Para qué** sirve el ajo?	大蒜有什麼作用？
05	**¿Para qué** me haces llorar?	為什麼你惹我哭呢？
06	**¿Para qué** gritas tan fuerte?	為什麼你這麼大聲尖叫呢？
07	**¿Para qué** te quejas tanto?	為什麼你這麼愛抱怨呢？
08	**¿Para qué** le haces daño a Carlos?	為什麼你要傷害卡洛斯呢？
09	**¿Para qué** te ries de mi?	為什麼你要笑我呢？
10	**¿Para qué** se usa el aceite de coco?	為什麼要使用椰子油？

補充

★04：ajo　　　　　名 大蒜
★08：hacer daño　短 傷害
★10：aceite de coco 短 椰子油

PASO2　句子重組練習

01	**¿Para qué** ese compraste tan coche te caro?	為什麼你買那麼貴的車呢？
02	**¿Para qué** tanto? criticas lo	為什麼你那麼愛批評他呢？
03	**¿Para qué** carta Pedro? de rompes la	為什麼你撕毀彼得的信呢？
04	**¿Para qué** largo? dejas te cabello el tan	為什麼你頭髮要留那麼長呢？

解答

★01：¿Para qué te compraste ese coche tan caro?
★02：¿Para qué lo criticas tanto?
★03：¿Para qué rompes la carta de Pedro?
★04：¿Para qué te dejas el cabello tan largo?

PASO3　應用篇

A：Papá, me tengo que ir ahora.

B：Pero, ¿para qué te vas tan temprano?

A：Tengo que llegar a las 7 al aeropuerto.

A：爸爸，我現在得走了。

B：可是，為什麼你要這麼早走呢？

A：我得在早上7點前到達機場。

¿Cuánto hay…(a - o / os - as) ?

有多少……？

西班牙語的名詞有分「陰陽」兩性以及「單複」數。陰性名詞以 -a 結尾，陽性名詞以 -o 結尾，而名詞複數一般在名詞的詞尾加 +（e）s（只有少數是例外的）。形容詞為名詞的修飾，與其所修飾的名詞要隨著「陰陽」性以及「單複」數的名詞變化 即 Cuánto Cuánta Cuántos Cuántas。¿Cuánto hay + 介系詞 en / de + 名詞，表示「有多少 ……？」。

PASO1　Top 必學句

01	**¿Cuánta** gente **hay** en esta ciudad?	有多少人在這個城市？
02	**¿Cuánta** bebida **hay** en la botella?	瓶子裡還有多少飲料？
03	**¿Cuántos** socios **hay** en la empresa?	公司裡有多少合作夥伴？
04	**¿Cuántos** ancianos **hay** en el asilo?	有多少長者在療養院？
05	**¿Cuántos** tipos de sangre **hay**?	血型有多少類型？
06	**¿Cuánta** leche **hay** en el refrigerador?	冰箱裡有多少牛奶？
07	**¿Cuántas** jirafas **hay** en el zoológico?	動物園裡有多少隻長頸鹿？
08	**¿Cuánto** dinero **hay** en la caja fuerte?	保險櫃裡有多少錢？

補充
★**02**：bebida　名 飲料
★**04**：asilo　名 療養院
★**08**：caja fuerte　短 保險櫃

PASO2　句子重組練習

01	**¿Cuánto** horno? el pan en **hay**	有多少麵包在烤箱裡？
02	**¿Cuántos** este médicos en hospital? **hay**	這家醫院有多少位醫生？
03	**¿Cuánta** congelador? el en carne **hay**	冷凍櫃裡有多少肉？
04	**¿Cuántas** día? un en horas **hay**	一天有多少個小時？

解答
★**01**：¿Cuánto pan hay en el horno?
★**02**：¿Cuántos médicos hay en este hospital?
★**03**：¿Cuánta carne hay en el congelador?
★**04**：¿Cuántas horas hay en un día?

PASO3　應用篇

A：¿Quién me puede decir cuántos minutos hay en una hora?

B：Sesenta minutos.

A：誰可以告訴我一個小時有多少分鐘？

B：六十分鐘。

¿Desde cuándo…?

從什麼時候……？

Desde cuándo（副詞短語）西班牙語的副詞是不變詞，不像名詞、形容詞有分「陰陽」兩性以及「單複」數。¿Desde cuándo…？ + 動詞現在式，表示「從什麼時候開始……？」。

PASO1　Top 必學句

01	**¿Desde cuándo** vas a esa universidad?	你什麼時候去那個大學？
02	**¿Desde cuándo** hablas chino mandarin?	從什麼時候開始，你會説華語（普通話）？
03	**¿Desde cuándo** conoces a Miguel?	你是什麼時候就認識米格爾？
04	**¿Desde cuándo** tomas estas pastillas?	從什麼時候開始，你服用這些藥丸？
05	**¿Desde cuándo** tienes tos?	從什麼時候，你開始咳嗽？
06	**¿Desde cuándo** no te afeitas?	你什麼時候開始就不刮鬍子？
07	**¿Desde cuándo** existe facebook?	從什麼時候開始有了臉書？
08	**¿Desde cuándo** estás enfermo?	從什麼時候開始，你生病了？
09	**¿Desde cuándo** no llamas a tu tía?	從什麼時候，你沒打電話給你阿姨了？
10	**¿Desde cuándo** estudias filosofía?	你從什麼時候學哲學的？

補充
★04：pastillas 名 藥丸
★05：tener tos 短 咳嗽
★10：filosofía 名 哲學

PASO2　句子重組練習

01	**¿Desde cuándo** trabajo? este haces	你從什麼時候就做這個工作？
02	**¿Desde cuándo** ves a Ricardo? no	從什麼時候開始，你沒跟里卡多爾碰面了？
03	**¿Desde cuándo** no fumas? ya	從什麼時候開始，你就不抽煙了？

解答
★01：¿Desde cuándo haces este trabajo?
★02：¿Desde cuándo no ves a Ricardo?
★03：¿Desde cuándo ya no fumas?

PASO3　應用篇

A：Julio y yo vamos a cumplir 25 años de matrimonio.

B：Y ¿desde cuándo se conocen?

A：胡里奧和我，我們結婚即將25年了。

B：你們從什麼時候就認識對方呢？

¿Hasta cuándo…?
直到什麼時候……？

¿Hasta cuándo + 動詞現在式 / 未來式，表示「直到什麼時候……？」

PASO1　Top 必學句

01	**¿Hasta cuándo** crecen los hombres?	男人會成長直到什麼時候？
02	**¿Hasta cuándo** vas a seguir llorando?	你打算不停的哭到什麼時候？
03	**¿Hasta cuándo** te quedas en España?	你要留在西班牙到什麼時候？
04	**¿Hasta cuándo** está abierta la tienda?	商店開門會開到什麼時候？
05	**¿Hasta cuándo** te pondrás el mismo abrigo?	直到幾時，你要穿同樣的外套？
06	**¿Hasta cuándo** me vas a molestar?	你打算煩我直到幾時？
07	**¿Hasta cuándo** serás tan inmaduro?	直到幾時，你還會這麼幼稚？
08	**¿Hasta cuándo** no hay clases?	學校沒課直到幾時？
09	**¿Hasta cuándo** vas a estar enojado conmigo?	你要跟我生氣到什麼時候？
10	**¿Hasta cuándo** van a cobrar tantos intereses los bancos?	直到何時，銀行要收這麼多利息？

> **補充**
> ★01：hombre 名 男人
> ★05：abrigo 名 外套
> ★10：cobrar 動 收集；收

PASO2　句子重組練習

01	**¿Hasta cuándo** usar corbata? a vas esa	你打算用那條領帶到什麼時候？
02	**¿Hasta cuándo** que tengo te esperar?	我得等你到什麼時候？
03	**¿Hasta cuándo** ver? nos podremos	直到幾時，我們不能看到彼此？

> **解答**
> ★01：¿Hasta cuándo vas a usar esa corbata?
> ★02：¿Hasta cuándo te tengo que esperar?
> ★03：¿Hasta cuándo nos podremos ver?

PASO3　應用篇

A：Quiero ir a ver a Sara a los Estados Unidos.

B：Me parece muy buena idea. ¿Y hasta cuándo piensas estar?

A：我想去美國看望莎拉。

B：聽起來是很不錯的主意。那你打算住多久？

¿Cómo puedo…?
我如何（可以）才能……？

¿Cómo puedo + 動詞原形，表示「我如何（可以）才能……？」。

PASO1　Top 必學句

01	¿**Cómo puedo** aprender a esquiar?	我怎樣才能學會滑雪？
02	¿**Cómo puedo** bajar de peso?	我怎樣才能減肥？
03	¿**Cómo puedo** encontrar mi sala de clases?	我如何才能找到我的教室？
04	¿**Cómo puedo** saber la verdad?	我如何才能曉得是真話？
05	¿**Cómo puedo** preparar el brocoli?	我該怎樣準備花椰菜？
06	¿**Cómo puedo** prevenir un accidente automovilístico?	我如何能預防交通事故？
07	¿**Cómo puedo** mejorar mi ortografía?	我該怎樣才能提升我的拼寫能力？
08	¿**Cómo puedo** salir de este lío?	我怎樣才能擺脫這個爛攤子？

補充
★02 :	bajar de peso	短 減肥
★06 :	prevenir	動 預防
★07 :	ortografía	名 拼寫（字）

PASO2　句子重組練習

01	¿**Cómo puedo** relación novio? mi mejorar con	我該怎樣來改善我跟男朋友的關係？
02	¿**Cómo puedo** mal controlar mi carácter?	我怎樣才能控制自己的壞脾氣？
03	¿**Cómo puedo** ti creer otra en vez?	我怎麼能再次相信你？
04	¿**Cómo puedo** baño? de cuarto decorar mi	我該如何裝飾我的浴室？

 解答
- ★01 : ¿Cómo puedo mejorar mi relación con mi novio?
- ★02 : ¿Cómo puedo controlar mi mal carácter?
- ★03 : ¿Cómo puedo creer en ti otra vez?
- ★04 : ¿Cómo puedo decorar mi cuarto de baño?

PASO3　應用篇

A：Deberías hacer algún deporte.

B：Sí, es verdad. ¿Cómo puedo aprender a jugar tenis de mesa?

A：Yo te puedo enseñar.

A：你應該做一些運動。

B：是啊，的確。我怎麼才能學會打桌球？

A：我可以教你。

¿Cómo te / se llama…?
你（您）叫什麼名字？

Llamar（把某人或某物）叫作、稱之為。¿Cómo te / se llama…？ + 名詞，表示「你（您）叫什麼名字……？」。

PASO1　Top 必學句

01	**¿Cómo te llamas**?	你叫什麼名字？
02	**¿Cómo se llama** usted?	您的名字是什麼？
03	**¿Cómo se llama** tu madre?	你母親的名字是什麼？
04	**¿Cómo se llama** tu padre?	你父親的名字是什麼？
05	**¿Cómo se llama** tu hermano?	你兄弟的名字是什麼？
06	**¿Cómo se llama** tu marido?	你丈夫的名字是什麼？
07	**¿Cómo se llama** tu esposa ?	你妻子的名字是什麼？
08	**¿Cómo se llama** tu primo?	你表哥（弟）的名字是什麼？
09	**¿Cómo se llama** tu cuñado?	你姐夫的名字是什麼？
10	**¿Cómo se llama** tu sobrino?	你侄兒的名字是什麼？

補充
- ★06：marido 名 丈夫
- ★08：primo 名 表兄弟
- ★09：cuñado 名 小舅子
- ★10：sobrino 名 侄子

PASO2　句子重組練習

01	**¿Cómo se llama** abuelo? tu	你爺爺叫什麼名字？
02	**¿Cómo se llama** perro? tu	你的狗叫什麼名字？
03	**¿Cómo se llama** hermana la de amiga? tu	你妹妹的朋友叫什麼名字？
04	**¿Cómo se llama** nuera? tu	你兒媳叫什麼名字？

解答
- ★01：¿Cómo se llama tu abuelo?
- ★02：¿Cómo se llama tu perro?
- ★03：¿Cómo se llama la hermana de tu amiga?
- ★04：¿Cómo se llama tu nuera?

PASO3　應用篇

A：¿Cómo se llama el director del colegio?

B：Se llama David Liu.

A：學校校長他的名字是什麼？

B：劉大衛。

¿Cómo te fue…? 你怎麼樣……？

¿Cómo te fue en？+ 介系詞 en，表示「你如何（怎麼 / 怎樣）了……？」。

PASO1　Top 必學句

01	**¿Cómo te fue** en Egipto?	你在埃及旅行怎麼樣？
02	**¿Cómo te fue** en el trabajo?	你的工作做得怎麼樣？
03	**¿Cómo te fue** en el médico?	你看醫生的狀況怎麼樣？
04	**¿Cómo te fue** en el banco?	你去銀行怎麼樣？
05	**¿Cómo te fue** en tu viaje?	你的旅遊玩得怎麼樣？
06	**¿Cómo te fue** en la escuela?	你在學校上得怎麼樣？
07	**¿Cómo te fue** en tus vacaciones?	你的假期過得怎麼樣？
08	**¿Cómo te fue** en la entrevista?	你的面試怎麼樣？
09	**¿Cómo te fue** en el campeonato de natación ?	你在游泳冠軍賽表現如何？
10	**¿Cómo te fue** en la cita con Samuel?	你和薩穆埃爾的約會怎麼樣？

補充
★01：Egipto　名 埃及
★07：vacaciones　名 假期
★09：natación　名 游泳

PASO2　句子重組練習

01	**¿Cómo te fue** Carolina? de casa en	你在卡羅琳娜家玩得怎麼樣？
02	**¿Cómo te fue** clase la historia? en de	你的歷史課上得怎麼樣？
03	**¿Cómo te fue** de semana? el fin	你的週末過得怎麼樣？
04	**¿Cómo te fue** conducir? tu de examen en	你的駕駛考試考得怎麼樣？

解答
★01：¿Cómo te fue en casa de Carolina?
★02：¿Cómo te fue en la clase de historia?
★03：¿Cómo te fue el fin de semana?
★04：¿Cómo te fue en tu examen de conducir?

PASO3　應用篇

A：Ayer jugamos mahjong con unos amigos.

B：¿Y cómo te fue?

A：No muy bien. Perdí algo de dinero.

A：昨天我們幾個朋友在打麻將。

B：嗯，你怎麼樣呢？

A：不是很好。我輸了一些錢。

¿Sería posible que...?
有沒有可能……？

表達禮貌或客氣的給予一個善意的建議時用條件句。虛擬式在西班牙文語中使用的非常頻繁，表達說話人主觀的情緒與感覺；期盼或願望以及表命令與要求或勸誡……等等。Sería 條件式簡單時態 + 虛擬式過去未完成時。¿Sería posible + 動詞（虛擬式 過去未完成時），表示「有沒有可能……？」。

PASO1 Top 必學句

01	¿**Sería posible que** comiéramos pasta hoy?	有沒有可能，我們今天吃義大利麵？
02	¿**Sería posible que** me dieras tu número de teléfono?	能給我，你的電話號碼嗎？
03	¿**Sería posible que** cerráramos la tienda mañana?	有沒有可能，我們在明天關店？
04	¿**Sería posible que** fuéramos a caminar?	有沒有可能，我們用走的？
05	¿**Sería posible que** abrieras un poco la ventana?	有沒有可能，打開一點窗戶？
06	¿**Sería posible que** cortaras el césped?	有沒有可能，你去修剪草坪？
07	¿**Sería posible que** te tomaras el jarabe?	請你去喝糖漿，好嗎？
08	¿**Sería posible que** leyeras en voz alta?	請你大聲朗讀，好嗎？

補充

★04：caminar 動 走
★06：césped 名 草坪
★08：voz alta 短 大聲

PASO2 句子重組練習

01	¿**Sería posible que** lasaña? prepararas	請問你可以做個烤義大利千層麵嗎？
02	¿**Sería posible que** dieras me dirección? tu	請問你能給我你的地址嗎？
03	¿**Sería posible que** supermercado? al fuéramos	有沒有可能我們去超市？

 解答

★01：¿Sería posible que prepararas lasaña?
★02：¿Sería posible que me dieras tu dirección?
★03：¿Sería posible que fuéramos al supermercado?

PASO3 應用篇

A：Mi coche no arranca.

B：¿Sería posible que usáramos el tuyo hoy?

A：Sí, no hay problema.

A：我的車無法發動。

B：請問今天是否可以用你的車？

A：當然，沒問題。

¿Cuántas veces...? 多少次……？

¿Cuántas veces + 動詞（現在式 / 過去完成時），表示「多少次……？」。

PASO1 Top 必學句

01 | **¿Cuántas veces** come tu perro al día? 你的狗每天吃多少次？

02 | **¿Cuántas veces** puedo donar sangre? 我可以捐多少次血？

03 | **¿Cuántas veces** se casó tu tía? 你阿姨結過多少次婚？

04 | **¿Cuántas veces** te has enamorado? 你談過多少次戀愛？

05 | **¿Cuántas veces** has chocado el auto? 你撞過多少次車？

06 | **¿Cuántas veces** has ganado el juego? 你贏了多少次遊戲？

07 | **¿Cuántas veces** te cepillas los dientes? 你每天刷幾次牙？

08 | **¿Cuántas veces** te duchas al día? 你每天洗幾次澡？

09 | **¿Cuántas veces** quieres que te lo repita? 你要我重複多少次？

10 | **¿Cuántas veces** a la semana vas al gimnasio ? 你一個星期去多少次健身房？

補充	
★02 : donar sangre	短 捐血
★05 : chocar	動 碰；撞
★08 : ducharse	動 淋浴

PASO2 句子重組練習

01 | **¿Cuántas veces** vacunado la contra hepatitis B? has te 你接種過多少次B型肝疫苗？

02 | **¿Cuántas veces** Patricio? te con has peleado 你跟巴提修吵過多少次架？

03 | **¿Cuántas veces** comido has ensalada hoy? 你今天吃過多少次沙拉？

04 | **¿Cuántas veces** a la semana noche? de trabajas 一星期有幾個晚上你上夜班？

05 | **¿Cuántas veces** dinero? contado tu has 你已經算過多少次你的錢？

解答
★01 : ¿Cuántas veces te has vacunado contra la hepatitis B?
★02 : ¿Cuántas veces te has peleado con Patricio?
★03 : ¿Cuántas veces has comido ensalada hoy?
★04 : ¿Cuántas veces a la semana trabajas de noche?
★05 : ¿Cuántas veces has contado tu dinero?

PASO3 應用篇

A：¿Cuántas veces comes al día?

B：Tres veces.

A：你一天吃幾次？

B：吃三次。

¿Tienes tiempo para…?
你有時間……？

¿Tienes tiempo + 介系詞 para+ 動詞或名詞，表示「 你有時間……？」。

PASO1　Top 必學句

01	**¿Tienes tiempo para** una copa?	你有時間喝一杯嗎？
02	**¿Tienes tiempo para** ir de excursión?	你有時間去郊遊嗎？
03	**¿Tienes tiempo para** mi?	你有時間給我嗎？
04	**¿Tienes tiempo para** salir a correr?	你有時間去跑步嗎？
05	**¿Tienes tiempo para** ir a la iglesia?	你有時間到教堂嗎？
06	**¿Tienes tiempo para** trapear el piso?	你有時間去拖地嗎？
07	**¿Tienes tiempo para** tocar la trompeta?	你有時間吹小喇叭嗎？
08	**¿Tienes tiempo para** coserme los pantalones?	你有時間幫我縫褲子嗎？

> **補充**
> ★06：trapear 動 拖地
> ★07：trompeta 名 小喇叭
> ★08：coser 動 縫；縫補

PASO2　句子重組練習

01	**¿Tienes tiempo para** ejercicio? hacer	你有時間去健身嗎？
02	**¿Tienes tiempo para** química? Enseñarme	你有時間教我化學嗎？
03	**¿Tienes tiempo para** tallarines? Preparar	你有時間準備麵條嗎？
04	**¿Tienes tiempo para** buscar a Juan a aeropuerto? ir al	你有時間到機場接璜嗎？

> **解答**
> ★01：¿Tienes tiempo para hacer ejercicio?
> ★02：¿Tienes tiempo para enseñarme química?
> ★03：¿Tienes tiempo para preparar tallarines?
> ★04：¿Tienes tiempo para ir a buscar a Juan al aeropuerto?

PASO3　應用篇

A：¿Tienes tiempo para cenar conmigo esta noche?

B：Lo siento, pero no puedo hoy.

A：Está bien, otra vez será.

A：今晚你有時間和我共進晚餐嗎？

B：很抱歉，但我今天不行。

A：沒問題，就下一次吧。

MEMO

否定陳述句
的句型

PART

4

No puedo... 我不能……；我無法……

No puedo + 動詞，表示「我不能……；我無法……」。

PASO1　Top 必學句

01	**No puedo** encontrar mis lentes.	我找不到我的眼鏡。
02	**No puedo** salir hoy.	我今天不能出去。
03	**No puedo** hacer lo que me pides.	我不能答應你的要求。
04	**No puedo** quedarme fuera de casa.	我不能外宿。
05	**No puedo** cumplir con mi promesa.	我不能實現我的諾言。
06	**No puedo** dejar de pensar en ti.	我無法停止想你。
07	**No puedo** callarme.	我無法保持沉默。
08	**No puedo** respirar.	我無法呼吸。
09	**No puedo** beber mucho alcohol.	我不能喝太多酒。
10	**No puedo** arreglar mi computadora.	我不能修復我的電腦。

補充

★01：lentes 名 眼鏡
★08：respirar 動 呼吸
★10：arreglar 動 修復；修理

PASO2　句子重組練習

01	**No puedo** ansiedad. mi calmar	我無法平靜下來我的焦慮。
02	**No puedo** lo dices. que creer me	我不能相信你說的。
03	**No puedo** tranquilo. estudiar	我不能安靜讀書。
04	**No puedo** calor. el soportar	我無法忍受炎熱。
05	**No puedo** verte. a ir	我無法去看你。

解答

★01：No puedo calmar mi ansiedad.
★02：No puedo creer lo que me dices.
★03：No puedo estudiar tranquilo.
★04：No puedo soportar el calor.
★05：No puedo ir a verte.

PASO3　應用篇

A：Hoy no puedo ir a clases.

B：¿Por qué?

A：Porque casi no dormí anoche.

A：今天我不能去上學。

B：為什麼呢？

A：因為我昨晚幾乎沒睡。

No quiero... 我不想……；我不希望……

No quiero + que + 動詞，表示「我不想……；我不希望……」。

PASO1　Top 必學句

01	**No quiero** que llores.		我不想要你哭。
02	**No quiero** verte triste.		我不希望看到你傷心。
03	**No quiero** que te vayas.		我不想讓你走。
04	**No quiero** perder tu amistad.		我不想失去你的友誼。
05	**No quiero** pagar con tarjeta de crédito.		我不想付信用卡。
06	**No quiero** hacer nada.		我不想做任何事情。
07	**No quiero** que te enojes conmigo.		我不希望你跟我生氣。
08	**No quiero** hablar contigo.		我不想跟你說話。
09	**No quiero** recibir tus mensajes.		我不想收到你的信息。
10	**No quiero** que me llames.		我不希望你打電話給我。

補充
★05：tarjeta de crédito 短 信用卡
★07：enojarse 動 生氣
★09：mensajes 名 信息

PASO2　句子重組練習

01	**No quiero** contigo. disculparme		我不想向你道歉。
02	**No quiero** casa. llegar a		我不想回家。
03	**No quiero** ese comer restaurante. en	我不想在那家餐廳用餐。
04	**No quiero** molestes. me que		我不希望你打擾我。
05	**No quiero** café. tomar		我不想喝咖啡。

解答
★01：No quiero disculparme contigo.
★02：No quiero llegar a casa.
★03：No quiero comer en ese restaurante.
★04：No quiero que me molestes.
★05：No quiero tomar café.

PASO3　應用篇

A：Nos vamos a las cinco de la mañana.

B：¡Oh, no! ¡No quiero levantarme tan temprano!

A：我們早上五點鐘出發。

B：哦，不！我不想這麼早起床！

No entiendo… 我不明白……

No entiendo cómo（疑問的口氣），表示「我不明白……」。

PASO1　Top 必學句

01	**No entiendo** cómo has hecho eso.	我不明白你怎麼會這樣做。
02	**No entiendo** cómo te caíste.	我不明白你怎麼會跌倒。
03	**No entiendo** cómo perdiste el dinero.	我不明白你怎麼會丟了錢。
04	**No entiendo** cómo te robaron el bolso.	我不明白他們如何偷了你的皮包。
05	**No entiendo** cómo pudiste portarte tan mal.	我不明白你怎麼能表現得如此糟糕。
06	**No entiendo** cómo te perdiste en Los Angeles.	我不明白你是如何在洛杉磯迷路的。
07	**No entiendo** cómo estuviste tanto tiempo en India.	我不明白你怎麼會在印度停留這麼久。
08	**No entiendo** cómo saliste ileso del accidente.	我不明白你怎麼能在事故中安全脫險。
09	**No entiendo** cómo saltaste tan alto.	我不明白你怎麼能跳的那麼高。
10	**No entiendo** cómo aprendiste a hablar ruso tan rápido.	我不明白你怎麼學俄語學得那麼快。

補充

★05:	portarse mal	短	行為不端
★07:	India	名	印度
★08:	salir ileso	短	安全脫險

PASO2　句子重組練習

01	**No entiendo** el funciona celular. cómo	我不知道怎麼使用手機。
02	**No entiendo** usar cómo horno. el	我不知道如何使用烤箱。
03	**No entiendo** la conferencia. de cómo sales medio en	我不明白你怎麼會在會議中途離席。
04	**No entiendo** tanto. cómo comes	我不明白你怎麼吃那麼多。

解答

★01: No entiendo cómo funciona el celular.
★02: No entiendo cómo usar el horno.
★03: No entiendo cómo sales en medio de la conferencia.
★04: No entiendo cómo comes tanto.

PASO3　應用篇

A：Patricio, no entiendo cómo te sacaste tan mala nota en el examen.

B：Es que no estudié. Estaba muy cansado.

A：巴提修，我不明白你怎麼會考如此糟糕的成績。

B：我當時非常疲累，根本沒讀書。

No pienso... 我不認為……

No pienso + 動詞 a，表示「我不認為……」。

PASO1　Top 必學句

01 | **No pienso** ponerme ese vestido.　我不認為我會穿那洋裝。

02 | **No pienso** ir a trabajar.　我不認為我會去上班。

03 | **No pienso** jugar a las escondidas.　我不認為我會去玩捉迷藏。

04 | **No pienso** escucharte.　我不認為我會聽你的。

05 | **No pienso** hacerte caso.　我不認為我會理睬你。

06 | **No pienso** comprar esos zapatos.　我不認為我會買那些鞋。

07 | **No pienso** tomarme ese remedio.　我不認為我會服用那個藥。

08 | **No pienso** esperarte.　我不認為我會等你。

09 | **No pienso** votar por ese candidato.　我不認為我會投票給那個候選人。

10 | **No pienso** dejar de fumar.　我不認為我會戒菸。

補充

★**03**：jugar a las escondidas　短 玩捉迷藏（遊戲）

★**05**：hacer caso　短 理睬；在意

★**07**：tomar　動 取；服用

PASO2　句子重組練習

01 | **No pienso** más. creerte　我不認為我會再相信你了。

02 | **No pienso** televisor. ese comprarme　我不認為我會買這款電視。

03 | **No pienso** perdón. pedirte　我不認為我會跟你道歉。

04 | **No pienso** de despedirme Teresa.　我不認為我會跟泰瑞莎說再見。

05 | **No pienso** ahora. cama a irme la　我不認為我現在會去睡覺。

解答

★**01**：No pienso creerte más.

★**02**：No pienso comprarme ese televisor.

★**03**：No pienso pedirte perdón.

★**04**：No pienso despedirme de Teresa.

★**05**：No pienso irme a la cama ahora.

PASO3　應用篇

A：No pienso salir contigo mañana.

B：Está bien, no importa.

A：我不認為明天我會跟你出去。

B：好吧，沒關係。

No conozco a... 我不認識……

No conozco a + 介系詞 a + 名詞或代名詞，表示「我不認識……」。

PASO1　Top 必學句

01	**No conozco a** nadie aquí.	我不認識這裡的人。
02	**No conozco a** Javier.	我不認識哈維爾。
03	**No conozco a** tu madrina.	我不認識你乾媽。
04	**No conozco a** tus amigos.	我不認識你的朋友們。
05	**No conozco a** su sirvienta.	我不認識您（你 / 他 / 她）的女僕。
06	**No conozco a** los padres de Ana.	我不認識安娜的父母。
07	**No conozco a** ningún chico.	我不認識任何男孩。
08	**No conozco a** tus parientes.	我不認識你的親戚。
09	**No conozco a** la hermana de Roberto.	我不認識羅伯特的妹妹。
10	**No conozco a** tu prima.	我不認識你表（堂）姐妹。

補充
- ★01：nadie 　代 無人
- ★03：madrina 　名 乾媽
- ★08：parientes 　名 親戚

PASO2　句子重組練習

01	**No conozco** mi jefe. a futuro	我不認識我未來的老闆。
02	**No conozco** este dueño al de restaurante.	我不認識這家餐廳的老闆。
03	**No conozco** libro. este el contenido de	我不知道這本書的內容。
04	**No conozco** aquí. persona ninguna a	我不認識這裡的任何人。
05	**No conozco** canción. esta	我不知道這首歌。

解答
- ★01：No conozco a mi futuro jefe.
- ★02：No conozco al dueño de este restaurante.
- ★03：No conozco el contenido de este libro.
- ★04：No conozco a ninguna persona aquí.
- ★05：No conozco esta canción.

PASO3　應用篇

A：¿Quiénes están en la fiesta de José?

B：No conozco a esa gente. Nunca la he visto.

A：有哪些人去了荷塞的聚會？

B：我不認識這些人。我從未見過他們。

No creo que... 我不認為……

No creo + 連接詞 que 後面從句動詞用虛擬式。（假設語氣（虛擬式）在西班牙文語中使用的非常頻繁。表達説話人主觀的情緒與感覺；期盼或願望以及表命令與要求或勸誡……等等）。
No creo que.... ，表示「我不認為……」。

PASO1　Top 必學句

01	**No creo que** esa película sea apropiada para ti.	我不認為那部電影適合你。
02	**No creo que** existan los extraterrestres.	我不認為有外星人存在。
03	**No creo que** sea necesario despedir a Francisco.	我不認為有必要解僱弗朗西斯科。
04	**No creo que** seas buen entrenador de tenis.	我不認為你是很好的網球教練。
05	**No creo que** esta dieta sea buena para adelgazar.	我不認為這樣的飲食有利於減肥。
06	**No creo que** el libro esté bien escrito.	我不認為這本書寫得很好。
07	**No creo que** tengas tantos enemigos.	我不認為你有許多敵人。
08	**No creo que** Julio tenga mucho talento.	我不認為胡里歐很有才華。
09	**No creo que** pueda ir.	我不認為我可以走。
10	**No creo que** vayamos a salir pronto.	我不認為我們會很快出去。

補充

★01：apropiada 　形 適當的；合適的
★02：extraterrestres 　名 外星人
★07：enemigo 　名 敵人

PASO2　句子重組練習

01	**No creo que** tu ir casa. pueda a	我不認為我可以去你家。
02	**No creo que** mucho. me extrañes	我不認為你很想念我。
03	**No creo que** Elisa preparada esté para trabajo. este	我不認為愛莉莎適任這份工作。
04	**No creo que** justo que sea mi. para	我不認為這對我是公平的。
05	**No creo que** estudiar. dejar de debas	我不認為你應該休學。

解答

★01：No creo que pueda ir a tu casa.
★02：No creo que me extrañes mucho.
★03：No creo que Elisa esté preparada para este trabajo.
★04：No creo que sea justo para mi.
★05：No creo que debas dejar de estudiar.

PASO3　應用篇

A：¿Puedes venir a buscarme a las ocho mañana?

B：No creo que pueda llegar a esa hora.

A：你明天早上八點能來接我嗎？

B：我不認為那個時間我可以到達。

No estoy... 我不……

假設語氣（虛擬式）在西班牙文語中使用的非常頻繁。表達說話人主觀的情緒與感覺；期盼或願望以及表命令與要求或勸戒……等等）。estar 表示主語（人或事物）只是處於暫時的一種狀態或性質與結果。No estoy ... + 動詞虛擬式 / 名詞（動或名詞：開心、嫉妒、難過……均是一種暫時狀態），表示「我不……」。

PASO1　Top 必學句

01	**No estoy** seguro de que sea verdad.	我不確定這是真的。
02	**No estoy** contento de que no vengas.	你不來我不開心。
03	**No estoy** satisfecho con mi trabajo.	我不滿意我的工作。
04	**No estoy** ansioso por verte.	我不急於見你。
05	**No estoy** celosa de Enrique.	我不嫉妒安立奎。
06	**No estoy** deprimido.	我不鬱悶。
07	**No estoy** ocupado.	我並不忙。
08	**No estoy** entusiasmado por terminar ese trabajo.	我不是很興奮地完成這項工作。
09	**No estoy** triste.	我不難過。
10	**No estoy** molesto.	我不討厭。

補充

★01：verdad　名 真；真實
★03：satisfecho　形 滿意的
★10：molesto　形 討厭的；煩人的

PASO2　句子重組練習

01	**No estoy** la nervioso con entrevista.	我不緊張去參加面試。
02	**No estoy** aquí. tranquilo	在這裡我感到不安。
03	**No estoy** contigo. enfadado	我不生你的氣。
04	**No estoy** salir apurado por casa. de	我不急著出門。

解答

★01：No estoy nervioso con la entrevista.
★02：No estoy tranquilo aquí.
★03：No estoy enfadado contigo.
★04：No estoy apurado por salir de casa.

PASO3　應用篇

A：José, deberías prepararte mejor para el examen de física.

B：No estoy muy preocupado por ese examen.

A：荷塞，你應該好好準備物理考試。

B：我不是很擔心那個考試。

No tengo… 我沒有……

No tengo + 名詞，表示「我沒有……」。

PASO1　Top 必學句

01	**No tengo** tiempo.	我沒有時間。
02	**No tengo** hermanos.	我沒有兄弟。
03	**No tengo** coche.	我沒有車。
04	**No tengo** ninguna mascota.	我沒有任何寵物。
05	**No tengo** reloj.	我沒有手錶。
06	**No tengo** computador en casa.	我家裡沒有電腦。
07	**No tengo** el periódico de hoy.	我沒有今天的報紙。
08	**No tengo** tu fotografía.	我沒有你的照片。
09	**No tengo** frío.	我不冷。
10	**No tengo** sueño.	我不想睡覺。

補充

★05：reloj　名 手錶
★07：periódico　名 報紙
★10：tener sueño　短 睡意

PASO2　句子重組練習

06	**No tengo** dinero. mucho	我沒有太多的錢。
07	**No tengo** hacer harina torta. la para	我沒有麵粉來做蛋糕。
08	**No tengo** bar. vino el en	我酒吧裡沒有酒。
09	**No tengo** casa. la de llave mi	我沒有家裡的鑰匙。
10	**No tengo** nada. la culpa de	我沒有任何錯。

解答

★01：No tengo mucho dinero.
★02：No tengo harina para hacer la torta.
★03：No tengo vino en el bar.
★04：No tengo la llave de mi casa.
★05：No tengo la culpa de nada.

PASO3　應用篇

A：¿Quieres un pedazo de pan con mantequilla?

B：No, gracias. No tengo hambre.

A：你要一塊奶油麵包嗎？

B：不，謝謝。我不餓。

No necesito... 我不需要……

No necesito + 動詞 + 名詞，表示「我不需要……」。

PASO1　Top 必學句

01	**No necesito** hacer cola para comprar los pasajes.	我無需排隊買票。
02	**No necesito** usar los zapatos rojos.	我不需要穿紅色的鞋。
03	**No necesito** saber donde estás.	我不需要知道你在那裡。
04	**No necesito** tu ayuda.	我不需要你的幫助。
05	**No necesito** hablar contigo.	我沒有必要和你交談。
06	**No necesito** usar lentes.	我不需要戴眼鏡。
07	**No necesito** adelgazar.	我沒有必要減肥。
08	**No necesito** dormir mucho.	我不需要睡太多。
09	**No necesito** participar en la carrera.	我不需要參加跑步。
10	**No necesito** ir al hospital.	我沒有必要去醫院。

補充

★01：pasaje 名 票
★02：rojo 形 紅色的
★09：carrera 名 跑步

PASO2　句子重組練習

01	**No necesito** tanto. esperarte	我沒有必要等你那麼久。
02	**No necesito** remedio. este tomarme	我沒有必要服用這個藥。
03	**No necesito** esta bajarme en parada.	我不需要在此站下車。
04	**No necesito** equipaje. el llevarte	我不需要幫你拿行李。
05	**No necesito** discurso. escuchar ese	我沒有必要聽那演説。

解答

★01：No necesito esperarte tanto.
★02：No necesito tomarme este remedio.
★03：No necesito bajarme en esta parada.
★04：No necesito llevarte el equipaje.
★05：No necesito escuchar ese discurso.

PASO3　應用篇

A：¿Necesitas que te enseñe a hablar chino?

B：No, gracias. No necesito aprender chino.

A：你需要我教你説華語嗎？

B：不，謝謝。我沒有必要學華語。

No me parece que...

我不認為……

No me parece que + 現在虛擬式（presente subj），表示「我不認為……」。

PASO1　Top 必學句

01	**No me parece que** sea una buena idea.	我不認為是一個好主意。
02	**No me parece que** Juan tenga mucho dinero.	我不認為璜很有錢。
03	**No me parece que** estés enfermo.	我不認為你會生病。
04	**No me parece que** seas tan pobre.	我不認為你會如此窮。
05	**No me parece que** debas hacer eso.	我不認為你應該這樣做。
06	**No me parece que** haga tanto frío hoy.	我不認為今天很冷。
07	**No me parece que** Ana cocine muy bien.	我不認為安娜很會做飯。
08	**No me parece que** conduzcas bien.	我不認為你很會開車。
09	**No me parece que** seas muy inteligente.	我不認為你很聰明。
10	**No me parece que** los chicos bailen bien.	我不認為男孩們很會跳舞。

補充

★03	estar enfermo	短	生病
★04	pobre	形	貧窮的；可憐的
★06	hacer frío	短	天氣冷

PASO2　句子重組練習

01	**No me parece que** niños. buen sea ejemplo un los para	對兒童而言，我不認為會是一個很好的榜樣。
02	**No me parece que** precio del haya gasolina el aumentado.	我不認為石油價格會上漲。
03	**No me parece que** un Márquez presidente. sea buen	我不這麼認為馬爾克斯是個好總統。
04	**No me parece que** llover a vaya hoy.	我不這麼認為今天會下雨。

解答

★01：No me parece que sea un buen ejemplo para los niños.

★02：No me parece que el precio del petróleo haya aumentado.

★03：No me parece que Márquez sea un buen presidente.

★04：No me parece que vaya a llover hoy.

PASO3　應用篇

A：María, ¿quieres ir esta noche al restaurante de Emilia?

B：No. No me parece que la comida sea muy buena.

A：瑪麗，妳打算今晚去艾米利亞餐廳用餐嗎？

B：不，我不認為那裡的食物很好吃。

No me importa que... 我不在乎……

連接詞 que 後面從句動詞用虛擬式。（假設語氣（虛擬式）在西班牙文語中使用的非常頻繁。表達說話人主觀的情緒與感覺；期盼或願望以及表命令與要求或勸誡……等等）。No me importa que + 虛擬式現在時，表示「我不在乎……」。

PASO1　Top 必學句

01	**No me importa que** me digan tonto.	我不在乎他們說我是傻子。
02	**No me importa que** me llamen loco.	我不介意他們叫我瘋子。
03	**No me importa que** seas mayor que yo.	我不介意你比我大。
04	**No me importa que** te rias de mi.	我不在乎你笑我。
05	**No me importa que** pienses así.	我不在乎你這麼認為。
06	**No me importa que** llegues un poco tarde.	我不在乎點晚一點點到。
07	**No me importa que** cierres la puerta.	我不在乎你關門。
08	**No me importa que** creas eso.	我不在乎你相信那個。
09	**No me importa que** te vayas.	我不在乎你走。
10	**No me importa que** salgas con Carlos.	我不介意你跟卡洛斯出去。

補充

★02：loco 〔形〕神經錯亂的；瘋癲的
★04：reirse 〔動〕嘲笑；笑
★07：cerrar 〔動〕關閉；關

PASO2　句子重組練習

01	**No me importa que** dejes trabajar. de	我不在乎你停止工作。
02	**No me importa que** sucia. esté la calle	我不在乎街道骯髒。
03	**No me importa que** ese hables de tema.	我不介意你談這個話題。
04	**No me importa que** tanto. comas	我不介意你吃那麼多。
05	**No me importa que** Los Beatles. fanático seas de	我不在乎你是披頭四迷。

解答

★01：No me importa que dejes de trabajar.
★02：No me importa que la calle esté sucia.
★03：No me importa que hables de ese tema.
★04：No me importa que comas tanto.
★05：No me importa que seas fanático de Los Beatles.

PASO3　應用篇

A：Tengo un poco de frío. ¿Te importa si cierro la ventana?

B：No, no me importa que la cierres.

A：我有一點冷。你介意我關窗戶嗎？

B：不，我不介意，請關窗。

No me gusta que... 我不喜歡……

No me gusta + 連接詞 que 後面從句動詞用虛擬式。（假設語氣（虛擬式）在西班牙文語中使用的非常頻繁。表達說話人主觀的情緒與感覺；期盼或願望以及表命令與要求或勸誡……等等）。No me gusta que…，表示「我不喜歡……」。

PASO1　Top 必學句

01	**No me gusta que** me imites.	我不喜歡你模仿我。
02	**No me gusta que** me contestes mal.	我不喜歡你回答我的口氣。
03	**No me gusta que** seas atrevido conmigo.	我不喜歡你對我傲慢無禮。
04	**No me gusta que** juegues a las cartas.	我不喜歡你打牌。
05	**No me gusta que** trabajes tanto.	我不喜歡你工作太多。
06	**No me gusta que** estés desempleado.	我不喜歡你失業。
07	**No me gusta que** toques flauta.	我不喜歡你吹長笛。
08	**No me gusta que** me mientas.	我不喜歡你對我說謊。
09	**No me gusta que** te levantes tarde.	我不喜歡你晚起床。
10	**No me gusta que** tomes fotos.	我不喜歡你拍照。

補充
- ★01：imitar　動 模仿
- ★03：ser atrevido　短 傲慢無禮；大膽
- ★06：desempleado　形 失業的

PASO2　句子重組練習

01	**No me gusta que** tacaño. seas	我不喜歡你吝嗇。
02	**No me gusta que** con Simón. cine vayas al	我不喜歡你跟西蒙去看電影。
03	**No me gusta que** dinero. tanto gastes	我不喜歡你花太多的錢。
04	**No me gusta que** vestido. tipo uses ese de	我不喜歡你穿這類型的洋裝。

解答
- ★01：No me gusta que seas tacaño.
- ★02：No me gusta que vayas al cine con Simón.
- ★03：No me gusta que gastes tanto dinero.
- ★04：No me gusta que uses ese tipo de vestido.

PASO3　應用篇

A：José, te noto demasiado cansado hoy.

B：Sí, un poco.

A：No me gusta que trabajes tanto.

A：荷塞，我注意到你今天好像很累。

B：是的，一點點。

A：我不喜歡你工作這麼多。

No me imagino... 我無法想像……

No me imagino + 名詞，表示「我無法想像……」。

PASO1　Top 必學句

01	**No me imagino** mi vida sin ti.	我不能想像我的生活沒有你。
02	**No me imagino** tu pelea con Javier.	我無法想像你和哈維爾吵架。
03	**No me imagino** tu furia en ese momento.	我無法想像你當時的憤怒。
04	**No me imagino** tu felicidad con tu nuevo bebé.	我無法想像你有新生兒時的幸福樣子。
05	**No me imagino** las ganas de comer frambuesas que tienes.	我無法想像你是多麼渴望吃覆盆子。
06	**No me imagino** el calor del verano en Madrid.	我無法想像馬德里的酷夏。
07	**No me imagino** un mundo perfecto.	我無法想像會有一個完美的世界。
08	**No me imagino** tu cara cuando viste el video.	我無法想像你看視頻時的臉部表情。
09	**No me imagino** tu sorpresa al ver el anillo.	我不能想像你看到戒指時的驚喜。
10	**No me imagino** a Luis con ese disfraz.	我無法想像路易士和他那套變裝服飾。

補充

★05：ganas de comer 短 想吃
★06：verano 名 夏天
★10：disfraz 名 偽裝；變裝

PASO2　句子重組練習

01	**No me imagino** peso tu maleta. el de	我無法想像你行李箱的重量。
02	**No me imagino** tu país. de progreso el	我無法想像貴國的進步。
03	**No me imagino** hace la en Antártida. la frío el que	我無法想像南極洲有多冷。
04	**No me imagino** gobierno. con el futuro este	我無法想像這個政府的未來。

解答

★01：No me imagino el peso de tu maleta.
★02：No me imagino el progreso de tu país.
★03：No me imagino el frío que hace en la Antártida.
★04：No me imagino el futuro con este gobierno.

PASO3　應用篇

A：Cariño, voy a estar en Italia por seis meses.

B：No me imagino tanto tiempo sin ti.

A：親愛的，我會在義大利停留六個月。

B：我無法想像這麼久的日子沒有你。

No me atrevo a... 我不敢……

No me atrevo a + 動詞原形，表示「我不敢……」。

PASO1　Top 必學句

01	**No me atrevo a** contradecirte.	我不敢頂撞你
02	**No me atrevo a** besarte.	我不敢親你。
03	**No me atrevo a** hablarte.	我不敢跟你說話。
04	**No me atrevo a** mirarte a los ojos.	我不敢直視你的眼睛。
05	**No me atrevo a** pedirte nada.	我什麼都不敢多問你。
06	**No me atrevo a** pensar en las consecuencias.	我不敢去想像後果。
07	**No me atrevo a** ir muy lejos.	我不敢走遠。
08	**No me atrevo a** salir de noche solo.	我不敢晚上獨自出門。
09	**No me atrevo a** hablar delante de tanta gente.	我不敢在這麼多人面前說話。
10	**No me atrevo a** pronosticar el tiempo.	我不敢預測天氣。

補充

★01：contradecir 動 反駁；頂撞
★04：mirar a los ojos 短 直視
★10：pronosticar 動 預測；預言

PASO2　句子重組練習

01	**No me atrevo a** verdad. la decirte	我不敢跟你說實話。
02	**No me atrevo a** japonés. hablar	我不敢說日語。
03	**No me atrevo a** ti de nuevo. en confiar	我不敢再相信你。
04	**No me atrevo a** esa decisión. tomar	我不敢做這樣的決定。
05	**No me atrevo a** nada. prometerte	我不敢跟你承諾什麼。

解答

★01：No me atrevo a decirte la verdad.
★02：No me atrevo a hablar japonés.
★03：No me atrevo a confiar en ti de nuevo.
★04：No me atrevo a tomar esa decisión.
★05：No me atrevo a prometerte nada.

PASO3　應用篇

A：¿Y por qué no vas con Sara a la fiesta?

B：No me atrevo a invitarla.

A：你為什麼不和莎拉去參加聚會？

B：我不敢邀請她。

No me explico cómo...
我不明白……怎麼……

No me explico + 副詞質疑句 cómo + 動詞（現在 / 過去）。No me explico cómo，表示「我不明白……怎麼……」。

PASO1　Top 必學句

01	**No me explico cómo** puedes cantar con esa voz.	我不明白你怎麼能用那種聲音唱歌。
02	**No me explico cómo** pudo suceder algo así.	我不明白事情是怎麼發生的。
03	**No me explico cómo** pudiste hacerme eso.	我不明白你怎麼能這樣對我。
04	**No me explico cómo** supiste el secreto.	我不明白你是怎麼知道祕密的。
05	**No me explico cómo** Felipe tiene tanto dinero.	我不知道費利佩怎麼有那麼多錢。
06	**No me explico cómo** chocaste el auto.	我不明白你怎麼撞車的。
07	**No me explico cómo** mataron a tanta gente.	我不明白他們怎麼殺了這麼多人。
08	**No me explico cómo** permitiste a tu hijo salir hasta tan tarde.	我不明白你怎麼讓你兒子出去到這麼晚。

補充

★01：voz 　名 聲音
★07：matar 　動 殺
★08：permitir 　動 允許；讓

PASO2　句子重組練習

01	**No me explico cómo** frío. nadas este con	我不明白你怎麼能在這種寒冷天游泳。
02	**No me explico cómo** vuelo. el perdiste	我不明白你怎麼會錯過了班機。
03	**No me explico cómo** escapó prisionero. se el	我不明白囚犯是怎麼逃脫的。
04	**No me explico cómo** accidente. el ocurrió	我不明白事故是怎麼發生的。

解答

★01：No me explico cómo nadas con este frío.
★02：No me explico cómo perdiste el vuelo.
★03：No me explico cómo se escapó el prisionero.
★04：No me explico cómo ocurrió el accidente.

PASO3　應用篇

A：El terremoto en Chile fue grado 9.

B：No me explico cómo murió tan poca gente.

A：在智利發生的地震為九級。

B：我覺得訝異死亡人數怎麼會這麼少。

No me digas que... 你不要告訴我⋯⋯

No me digas que + 動詞，表示「你不要告訴我⋯⋯」。

PASO1 Top 必學句

補充
★02：calmarse 動 安靜
★06：saber 動 知道
★09：nombre 名 名字

01 | **No me digas que** no vienes esta noche. 你別告訴我，你今晚不來。

02 | **No me digas que** me calme. 你不要告訴我要冷靜下來。

03 | **No me digas que** tienes hambre otra vez. 你不要告訴我，你又餓了。

04 | **No me digas que** no conoces a Jaime. 你別告訴我，你不認識海梅。

05 | **No me digas que** nunca has estudiado inglés. 你不要告訴我，你從未學過英語。

06 | **No me digas que** no lo sabías. 你別告訴我，你不知道。

07 | **No me digas que** no estuviste allí. 你別告訴我，你不在那裡。

08 | **No me digas que** me quieres. 你不要告訴我，你愛我。

09 | **No me digas que** no sabes mi nombre. 你別告訴我，你不知道我的名字。

10 | **No me digas que** no te acuerdas de mi. 你別告訴我，你不記得我。

PASO2 句子重組練習

解答
★01：No me digas que te despidieron del trabajo.
★02：No me digas que no vas a poder venir.
★03：No me digas que esas flores son para mi.
★04：No me digas que vas a ver esa película otra vez.
★05：No me digas que te tomaste toda la botella de vino.

01 | **No me digas que** trabajo. del despidieron te 你別告訴我，你被解僱了。

02 | **No me digas que** poder no a vas venir. 你別告訴我，你將無法前來。

03 | **No me digas que** flores mi. son para esas 你別告訴我，這些花都是送我的。

04 | **No me digas que** otra vez. película a esa ver vas 你別告訴我，你還要再去看那部電影。

05 | **No me digas que** tomaste de botella toda la te vino. 你不要告訴我，你把整瓶酒都喝完了。

PASO3 應用篇

A：Le voy a contar a Isabel lo que me dijiste.

B：No me digas que no puedes guardar un secreto.

A：我會告訴伊莎貝爾，你告訴我的事。

B：你別告訴我，你無法保守祕密。

No me deben... 他們不應當……

No me deben + 動詞原形，表示「他們不應當……」。

PASO1　Top 必學句

01	**No me deben** molestar tanto.	他們不應當打擾我這麼多。
02	**No me deben** hacer trabajar tantas horas.	他們不應該讓我做很多小時的工作。
03	**No me deben** quitar la libertad.	他們不應該剝奪我的自由。
04	**No me deben** alabar tanto.	他們不應當那麼讚美我。
05	**No me deben** dejar solo.	他們不應該留下我一個人。
06	**No me deben** dar el turno de noche.	他們不應該讓我上夜班。
07	**No me deben** insultar.	他們不應該侮辱我。
08	**No me deben** hacer limpiar toda la casa.	他們不應該讓我打掃整棟房子。
09	**No me deben** culpar.	他們不應該怪罪我。
10	**No me deben** perdonar.	他們不應該原諒我。

補充

★03：quitar　動 拿掉；剝奪
★03：libertad　名 自由
★06：turno　名 （輪到的）班；次

PASO2　句子重組練習

06	**No me deben** tanto. ayudar	他們不應當幫我這麼多。
07	**No me deben** consejos. malos dar	他們不應當給我不好的建議。
08	**No me deben** fotos. esas mostrar	他們不應當給我看那些照片。
09	**No me deben** lo mismo. repetir	他們不應當對我重複同樣的。
10	**No me deben** podridos. vender plátanos	他們不應該賣給我爛香蕉。

解答

★01：No me deben ayudar tanto.
★02：No me deben dar malos consejos.
★03：No me deben mostrar esas fotos.
★04：No me deben repetir lo mismo.
★05：No me deben vender plátanos podridos.

PASO3　應用篇

A：Vamos a apagar la luz pronto.

B：No me deben dejar a oscuras porque me da miedo.

A：我們很快就要被關燈了。

B：他們不應該讓我處在黑暗中，因為我會害怕。

No voy a... 我不會……

No voy a + 動詞原形，表示「我不會……」。

PASO1 Top 必學句

01	**No voy a** decirte lo que pienso.	我不會告訴你我的想法。
02	**No voy a** ponerme esos calcetines.	我不會穿那些襪子。
03	**No voy a** cambiar mi manera de pensar.	我不會改變我的思維方式。
04	**No voy a** hacer lo que me pides.	我不會做你的要求。
05	**No voy a** levantarme temprano.	我不會早起。
06	**No voy a** tocar guitarra.	我不會彈吉他。
07	**No voy a** beber ese jugo.	我不會喝這果汁。
08	**No voy a** sacarme la muela.	我不會拔掉臼齒。
09	**No voy a** ir al centro hoy.	今天我不會去市區。
10	**No voy a** tomar el autobús.	我不會乘坐公共汽車。

補充

★03：manera de pensar 短 思維方式
★08：sacar la muela 短 拔牙
★09：centro (de la ciudad) 名 市區；市中心

PASO2 句子重組練習

01	**No voy a** coche. mi cambiar	我不會換車。
02	**No voy a** mi pintar casa.	我不打算粉刷我的房子。
03	**No voy a** cuadro la poner ese en pared.	我不打算把那張照片掛在牆上。
04	**No voy a** contigo. desayunar poder	我不能和你共進早餐。
05	**No voy a** supermercado. al ir	我不打算去超市。

解答

★01：No voy a cambiar mi coche.
★02：No voy a pintar mi casa.
★03：No voy a poner ese cuadro en la pared.
★04：No voy a poder desayunar contigo.
★05：No voy a ir al supermercado.

PASO3 應用篇

A：Pedro, ¿tienes mucho trabajo hoy?

B：Sí, así que no voy a poder ir a tu graduación.

A：佩德羅，你今天有很多工作要做嗎？

B：是啊，所以我不能去參加你的畢業典禮。

189

No sé cómo... 我不知道如何……

No sé cómo + 動詞原形 / 現在式 / 過去式，表示「我不知道如何……」。

PASO1　Top 必學句

01 | **No sé cómo** hacerlo.	我不知道怎麼辦。
02 | **No sé cómo** decirtelo.	我不知道該怎麼告訴你。
03 | **No sé cómo** se llama tu padre.	我不知道怎麼稱呼你父親。
04 | **No sé cómo** usar el ordenador.	我不知道如何使用電腦。
05 | **No sé cómo** puedes dormir tanto.	我不知道你怎麼能睡那麼久。
06 | **No sé cómo** te conseguiste ese empleo.	我不知道你是如何得到這份工作。
07 | **No sé cómo** vestir mejor.	我不知道該怎麼裝扮的更好。
08 | **No sé cómo** volver al hotel.	我不知道如何回到酒店。
09 | **No sé cómo** tocar el violín.	我不知道怎麼拉小提琴。
10 | **No sé cómo** ayudarte.	我不知道該如何去幫助你。

補充

★04：ordenador 名 電腦
★06：empleo 名 職業；工作
★08：hotel 名 酒店；旅館

PASO2　句子重組練習

01 | **No sé cómo** deuda. la pagarte	我不知道該如何償還你的債務。
02 | **No sé cómo** fútbol. jugar	我不知道該怎麼踢足球。
03 | **No sé cómo** mejor. explicarte	我不知道該如何跟你解釋的更好。
04 | **No sé cómo** canción. esta cantar	我不知道該怎麼唱這首歌。
05 | **No sé cómo** mis calcular impuestos.	我不知道如何計算我的稅。

解答

★01：No sé cómo pagarte la deuda.
★02：No sé cómo jugar fútbol.
★03：No sé cómo explicarte mejor.
★04：No sé cómo cantar esta canción.
★05：No sé cómo calcular mis impuestos.

PASO3　應用篇

A：No te preocupes, Amelia. Yo te cuido a los niños.

B：No sé cómo pagarte el favor.

A：別擔心，阿梅利亞。我會好好幫妳照顧孩子。

B：我不知道該如何來報答你的恩惠。

No sé si... 我不知道是否⋯⋯

No sé si（連接詞）+ 現在時（可能的情況下），表示「我不知道是否⋯⋯」。

PASO1　Top 必學句

01	**No sé si** puedo ir a correr.	我不知道我是否可以跑步。
02	**No sé si** debo llamar a David.	我不知道我是否應該打電話給大衛。
03	**No sé si** voy a ir a la playa.	我不知道我是否去海邊。
04	**No sé si** puedo creerte.	我不知道我是否能相信你。
05	**No sé si** lo que dices es cierto.	我不知道你說的是否是真的。
06	**No sé si** José va a venir.	我不知道荷塞是否會來。
07	**No sé si** puedo llegar a tiempo.	我不知道我是否能準時到達。
08	**No sé si** quieres ir al teatro.	我不知道你是否想要去劇院。
09	**No sé si** tienes tiempo.	我不知道你是否有時間。
10	**No sé si** me extrañas.	我不知道你是否想念我。

補充

★01：correr　動 跑步
★05：ser cierto　短 是真的；真實的
★10：extrañar　動 思念；想念

PASO2　句子重組練習

06	**No sé si** regalo. mi gusta te	我不知道你是否喜歡我送的禮物。
07	**No sé si** Londres (yo) voy o Nueva York. a	我不知道是否去倫敦或紐約。
08	**No sé si** llegar puedes temprano.	我不知道你是否可以提前到達。
09	**No sé si** baño. el jabón hay en	我不知道浴室是否還有肥皂。
10	**No sé si** al acompañarme museo. quieres	我不知道你是否願意陪我去博物館。

解答

★01：No sé si te guste mi regalo.
★02：No sé si (yo) voy a Londres o Nueva York.
★03：No sé si puedes llegar temprano.
★04：No sé si hay jabón en el baño.
★05：No sé si quieres acompañarme al museo.

PASO3　應用篇

A：Hoy voy a ver al Doctor Chen.

B：No sé si ese es un buen médico.

A：今天我要見陳醫生。

B：我不知道他是否是一位好醫生。

No es tan fácil... 不是那麼容易……

No es tan fácil ＋動詞原形，表示「不是那麼容易……」。

PASO1　Top 必學句

01	**No es tan fácil** hablar alemán.	不是那麼容易說德語。
02	**No es tan fácil** preparar comida árabe.	不是那麼容易準備阿拉伯食物。
03	**No es tan fácil** ganar la lotería.	沒那麼容易贏得樂透彩。
04	**No es tan fácil** caminar con muletas.	不是那麼容易用拐杖走路。
05	**No es tan fácil** saltar tan alto.	不是那麼容易跳那麼高。
06	**No es tan fácil** terminar con Anita.	不是那麼容易和安妮塔分手。
07	**No es tan fácil** aprender a patinar.	不是那麼容易學會溜冰。
08	**No es tan fácil** subir diez pisos a pie.	不是那麼容易徒步上十層樓。
09	**No es tan fácil** terminar el trabajo en una hora.	不是那麼容易在一小時內完成工作。
10	**No es tan fácil** vivir en Alaska.	沒那麼容易生活在阿拉斯加。

補充

★**03**：ganar la lotería　短 中樂透
★**04**：muletas　名 拐杖
★**08**：a pie　短 用走的

PASO2　句子重組練習

01	**No es tan fácil** cabello yo mismo el cortarme.	不是那麼容易自己剪頭髮。
02	**No es tan fácil** este construir edificio.	沒那麼容易建造這座大樓。
03	**No es tan fácil** dirección tu encontrar la casa. de	不是那麼容易找到你的地址。
04	**No es tan fácil** libro. escribir un	寫一本書不是那麼容易。
05	**No es tan fácil** tango. bailar	跳探戈舞可不是那麼容易。

解答

★**01**：No es tan fácil cortarme el cabello yo mismo.
★**02**：No es tan fácil construir este edificio.
★**03**：No es tan fácil encontrar la dirección de tu casa.
★**04**：No es tan fácil escribir un libro.
★**05**：No es tan fácil bailar tango.

PASO3　應用篇

A：Me duelen mucho las muelas. ¿Me podrías dar el dato de algún buen dentista?

B：No es tan fácil recomendarte un buen dentista en este pueblo.

A：我牙好痛。你可以給我幾位好牙醫的資料嗎？

B：在這個鎮上很難介紹給你一個好牙醫。

No te preocupes por…

你不用為……擔心……

No te preocupes + 介系詞 por（指：目的或行為或心情）為，為了，表示「你不用為……擔心……」

PASO1　Top 必學句

01 | **No te preocupes por** nada.　你不要擔心任何事情。

02 | **No te preocupes por** tus hijos.　不要為你的孩子擔心。

03 | **No te preocupes por** Alicia.　你不要為艾麗西亞擔心。

04 | **No te preocupes por** el cambio de clima.　你不要擔心氣候變化。

05 | **No te preocupes por** saber la verdad.　你不要擔心知道真相。

06 | **No te preocupes por** mi.　你不要為我操心。

07 | **No te preocupes por** nosotros.　你不要為我們操心。

08 | **No te preocupes por** reservar hotel.　你不要擔心預訂酒店。

09 | **No te preocupes por** tu caída de cabello.　你不要為掉髮擔心。

10 | **No te preocupes por** ese dolor de cabeza.　你不要擔心頭疼。

補充

★04：cambio de clima　[短] 氣候變化

★07：nosotros　[代] 我們 人稱代名詞

★09：caída de cabello　[短] 掉（落）髮

PASO2　句子重組練習

01 | **No te preocupes por** hablar bien español. no　你不要擔心說不好西班牙語。

02 | **No te preocupes por** ventas. las malas　你別擔心銷售不好。

03 | **No te preocupes por** bien. no cantar　你別擔心唱得不好。

解答

★01：No te preocupes por no hablar bien español.
★02：No te preocupes por las malas ventas.
★03：No te preocupes por no cantar bien.

PASO3　應用篇

A：Está temblando mucho últimamente, ¿no te parece?

B：Si, pero no te preocupes tanto por eso.

A：最近震動頗頻繁，你不覺得嗎？

B：是啊，但你不要擔心太多。

No te enojes con... 你不要生氣……

連接詞 que 後面從句動詞用虛擬式。（假設語氣（虛擬式）在西班牙文語中使用的非常頻繁。
表達說話人主觀的情緒與感覺；期盼或願望以及表命令與要求或勸誡……等等）。
介系詞 con 的意思是：和 / 同 / 跟（con 與人稱代詞 mí / ti / si 連用時變成 conmigo, contigo,
consigo）。No te enojes 動詞虛擬式 + 介系詞 con，表示「你不要和……生氣……」。

PASO1　Top 必學句

01	**No te enojes** conmigo.	你不要生我的氣。
02	**No te enojes con** tu marido.	妳不要跟妳的丈夫生氣。
03	**No te enojes con** tu esposa.	你不要跟你的妻子生氣。
04	**No te enojes con** los alumnos.	你別跟學生生氣。
05	**No te enojes con** ellos.	你別和他們生氣。
06	**No te enojes con** nosotros.	你不要生我們的氣。
07	**No te enojes con** la Señora López.	你不要生洛佩茲女士的氣。
08	**No te enojes con** el Señor González.	你別生岡薩雷斯先生的氣。
09	**No te enojes con** el entrenador.	你別跟教練生氣。
10	**No te enojes con** tus empleados.	你別和你的員工們生氣。

補充
- ★07：señora　名 女士
- ★08：señor　名 先生
- ★09：entrenador　名 教練

PASO2　句子重組練習

01	**No te enojes con** chicas. las	你別跟女孩們生氣。
02	**No te enojes con** maestros. tus	你不要和你的老師們生氣。
03	**No te enojes con** niños. los	你別生孩子們的氣。
04	**No te enojes con** director. el	你別生經理的氣。

解答
- ★01：No te enojes con las chicas.
- ★02：No te enojes con tus maestros.
- ★03：No te enojes con los niños.
- ★04：No te enojes con el director.

PASO3　應用篇

A：Estoy muy enfadado con Luis.

B：Por favor, no te enojes con él.

A：我很生路易士的氣。

B：請不要跟他生氣。

No te atrevas a... 你最好不要⋯⋯

No te atrevas a（prep）+ 動詞原形，表示「你最好不要⋯⋯」。

PASO1　Top 必學句

01	**No te atrevas a** usar la moto.	你最好不要騎摩托車。
02	**No te atrevas a** creer lo que te dice Josefa.	你最好不要相信荷瑟法跟你説的。
03	**No te atrevas a** insultar a mi madre.	你最好不要侮辱我的母親。
04	**No te atrevas a** bañarte en el río.	你最好不要在河裡游泳。
05	**No te atrevas a** tomar el agua directo del grifo.	你最好不要直接喝自來水。
06	**No te atrevas a** pegarle a la niña.	你最好不要打女孩。
07	**No te atrevas a** contestarme así.	你最好不要如此回答我。
08	**No te atrevas a** acusarme a papá.	你最好不要向我父親指責我。
09	**No te atrevas a** ver a Lucía.	你最好不要去看露西亞。
10	**No te atrevas a** usar mis zapatos.	你最好不要穿我的鞋。

補充

- ★03：insultar 動 侮辱
- ★04：rio 名 河
- ★08：acusar 動 指責；指控

PASO2　句子重組練習

01	**No te atrevas a** dinero el banco. sacar todo del	你最好不要將所有的錢從銀行領出。
02	**No te atrevas a** ese invitarme a restaurante.	你最好不要請我在那家餐館吃飯。
03	**No te atrevas a** calle. la protestar en	你最好不要在街上抗議。
04	**No te atrevas a** tu discutir jefe. con	你最好不要和老闆爭論。
05	**No te atrevas a** la salir noche. en tarde	你最好不要在晚上外出。

解答

- ★01：No te atrevas a sacar todo el dinero del banco.
- ★02：No te atrevas a invitarme a ese restaurante.
- ★03：No te atrevas a protestar en la calle.
- ★04：No te atrevas a discutir con tu jefe.
- ★05：No te atrevas a salir tarde en la noche.

PASO3　應用篇

A：Pensamos darle una fiesta sorpresa a Daniel para su cumpleaños.

A：我們打算給丹尼爾一個生日驚喜派對。

B：¿En serio?

B：真的嗎？

A：Sí, y no te atrevas a decirle nada.

A：是的，你最好不要告訴他。

No te vayas a... 你最好不要……

No te vayas a + 動詞原形，表示「 你最好不要……」。

PASO1　Top 必學句

01	**No te vayas a** resfriar.	你盡量不要著涼了。
02	**No te vayas a** enfermar.	你盡量不要生病。
03	**No te vayas a** enfadar.	你盡量不要生氣。
04	**No te vayas a** sacar los zapatos.	你盡量不要脫鞋。
05	**No te vayas a** desvestir.	你盡量不要脫衣服。
06	**No te vayas a** tomar todo el té.	你盡量不要喝光所有的茶。
07	**No te vayas a** dormir.	你盡量不要去睡覺。
08	**No te vayas a** ensuciar.	你盡量不要弄髒。
09	**No te vayas a** equivocar.	你盡量不要搞錯。
10	**No te vayas a** comer toda la fruta.	你盡量不要吃掉所有的水果。

補充

★01：resfriar 　動 使著涼；使感冒
★05：desvestir 　動 脫（衣服）；裸露
★09：equivocar 　動 弄錯；搞錯

PASO2　句子重組練習

01	**No te vayas a**　anillo. el sacar	你盡量不要拿掉戒指。
02	**No te vayas a**　ese comprar traje.	你盡量不要去買那套西裝。
03	**No te vayas a**　mi. de reir	你盡量不要嘲笑我。
04	**No te vayas a**　corbata. poner esa	你盡量不要戴那條領帶。
05	**No te vayas a**　dedo. el cortar	你盡量不要切到手指。

解答

★01：No te vayas a sacar el anillo.
★02：No te vayas a comprar ese traje.
★03：No te vayas a reir de mi.
★04：No te vayas a poner esa corbata.
★05：No te vayas a cortar el dedo.

PASO3　應用篇

A：Juan, no conduzcas tan rápido.

B：Es que no vamos a llegar a tiempo.

A：Sí, pero no te vayas a pasar la luz roja.

A：璜，不要開得這麼快。

B：但是，我們不會準時到達。

A：那麼請你盡量不要闖紅燈。

No se puede... 不能（不要）……

No se puede + 動詞原形，表示「不能（不要）……」。

PASO1　Top 必學句

01	**No se puede** ser deshonesto.	不能不誠實。
02	**No se puede** ser infiel.	不能不忠實。
03	**No se puede** vivir así.	不能這樣生活。
04	**No se puede** confiar en Emilio.	不能信任埃米利奧。
05	**No se puede** dormir con el ruido.	無法在噪音中入睡。
06	**No se puede** arreglar el computador.	無法修復電腦。
07	**No se puede** caminar por aquí.	不能從這裡走。
08	**No se puede** comer la fruta verde.	不能吃未成熟的果實。
09	**No se puede** tomar este jugo.	不能喝這種果汁。
10	**No se puede** volver atrás.	不能回頭。

補充

★01：deshonesto 短 不誠實
★04：confiar 動 信任；相信
★08：fruta verde 短 未成熟的果實

PASO2　句子重組練習

01	**No se puede** coche aquí. el aparcar	不能在這裡停車。
02	**No se puede** nada. hacer	不能做任何事情。
03	**No se puede** mucho. hablar	不能多說話。
04	**No se puede** precio de verduras. las mantener el	不能維持蔬菜的價格。
05	**No se puede** tu aceptar sugerencia.	不能接受你的建議。

解答

★01：No se puede aparcar el coche aquí.
★02：No se puede hacer nada.
★03：No se puede hablar mucho.
★04：No se puede mantener el precio de las verduras.
★05：No se puede aceptar tu sugerencia.

PASO3　應用篇

A：No le quiero dar el asiento a la anciana en el metro.

B：No se puede hacer eso.

A：在地鐵裡我不想讓座位給老太太。

B：你不能這樣做。

No logro... 我無法……

No logro + 動詞原形，表示「我無法……」。

PASO1　Top 必學句

01	**No logro** entenderte.	我無法理解你。
02	**No logro** afilar el cuchillo.	我無法磨刀。
03	**No logro** destapar la botella.	我無法打開瓶蓋。
04	**No logro** olvidar a Daniel.	我無法忘記丹尼爾。
05	**No logro** adelgazar.	我無法減肥。
06	**No logro** concentrarme en clases.	我無法在上課時集中注意力。
07	**No logro** conciliar el sueño.	我無法入睡。
08	**No logro** conectarme a internet.	我無法連接到網路。
09	**No logro** subir de peso.	我無法增加體重。
10	**No logro** ser feliz.	我高興不起來。

補充

★02： afilar el cuchillo 〔短〕磨刀
★03： destapar la botella 〔短〕開瓶蓋
★07： conciliar el sueño 〔短〕入睡

PASO2　句子重組練習

01	**No logro**　peso.　perder	我無法減肥。
02	**No logro**　error.　tu　perdonar	我無法原諒你的錯誤。
03	**No logro**　facebook.　entrar　a	我無法進入臉書。
04	**No logro**　temprano.　levantarme	我無法早起。
05	**No logro**　nada.　vender	我什麼都沒有賣出。

解答

★01： No logro perder peso.
★02： No logro perdonar tu error.
★03： No logro entrar a facebook.
★04： No logro levantarme temprano.
★05： No logro vender nada.

PASO3　應用篇

A：Inés, estás engordando mucho.

B：Sí, ya sé. No logro hacer dieta.

A：茵尼絲，妳胖了好多。

B：是的，我知道。我無法節食。

No hay que... 不要（能）……

No hay que ＋動詞原形，表示「不要（能）……」。

PASO1　Top 必學句

01	**No hay que** pelear tanto con tu pareja.	不該與你的伴侶動輒爭吵。
02	**No hay que** dormir mucho.	不要睡太多。
03	**No hay que** complicarse la vida.	不要將生活複雜化。
04	**No hay que** tener miedo.	不要害怕。
05	**No hay que** ponerse triste.	不要讓自己難過。
06	**No hay que** ser tan ambicioso.	別這麼貪心。
07	**No hay que** mostrar debilidad.	不要示弱。
08	**No hay que** juzgar a nadie.	不要批判任何人。
09	**No hay que** traicionar a tus amigos.	不要背叛你的朋友。
10	**No hay que** tomar tantos antibióticos.	不要服用太多抗生素。

補充
- ★04：tener miedo 短 害怕
- ★07：debilidad 名 弱；懦弱
- ★10：antibióticos 名 抗生素

PASO2　句子重組練習

01	**No hay que** la hacer cama.	不要鋪床。
02	**No hay que** tanto. quejarse	不要動輒抱怨。
03	**No hay que** mal otros. hablar de	不要說別人的壞話。
04	**No hay que** para mucho comer adelgazar.	不該吃很多之後又忙著減肥。
05	**No hay que** nada Miguel. a decirle	什麼都不要告訴米格爾。

解答
- ★01：No hay que hacer la cama.
- ★02：No hay que quejarse tanto.
- ★03：No hay que hablar mal de otros.
- ★04：No hay que comer mucho para adelgazar.
- ★05：No hay que decirle nada a Miguel.

PASO3　應用篇

A：María quiere casarse con Pablo.

B：¿Qué? Ella sólo tiene 18 años.

A：Sí, no hay que casarse tan joven.

A：瑪麗想嫁給巴布羅。

B：什麼？她才18歲。

A：是啊，不該這麼年輕就嫁人。

No sabía que... 我不知道……

過去未完成式：描述發生在過去的一段時間（或不久前的近期）事件，其精神或身體或情緒等動作與狀態，可以是連續的、重複的動作，並沒有表示已完成。No sabía que + 過去未完成時 / 條件式簡單時態，表示「我不知道……」。

PASO1　Top 必學句

01	**No sabía que** ibas a venir.	我不知道你會來。
02	**No sabía que** empezarías la escuela el jueves.	我不知道你週四已經開學了。
03	**No sabía que** te harías rico tan joven.	我不知道你這麼年輕會變得富有。
04	**No sabía que** pondrías tus zapatos en mi armario.	我沒察覺到你將鞋子放在我的衣櫃裡。
05	**No sabía que** cerrarías la puerta con llave.	我不知道你會把門鎖上。
06	**No sabía que** te ibas a quedar por tanto rato.	我不知道你要留這麼久。
07	**No sabía que** prepararías salmón al horno.	我不知道你會準備烤鮭魚。
08	**No sabía que** iba a llover hoy.	我不知道今天要下雨。
09	**No sabía que** Amelia iba a tener gemelos.	我不知道阿梅利亞當時懷的是雙胞胎。
10	**No sabía que** haría tanto calor aquí.	我不知道這裡這麼熱。

補充

★03：hacerse rico 短 致富
★05：cerrar con llave 短 鎖上
★09：gemelos 名 雙胞胎

PASO2　句子重組練習

01	**No sabía que** casarías te en febrero.	我不知道你二月會結婚。
02	**No sabía que** casa. venderías tu	我不知道你會賣掉你的房子。
03	**No sabía que** tan bien. cocinabas	我不知道你烹飪這麼棒。
04	**No sabía que** pierna. la dolía te	我沒察覺到你的小腿痛。

解答

★01：No sabía que te casarías en febrero.
★02：No sabía que venderías tu casa.
★03：No sabía que cocinabas tan bien.
★04：No sabía que te dolía la pierna.

PASO3　應用篇

A：Andrea va a tener a su bebé en agosto.

B：¡Ah!... No sabia que estaba embarazada.

A：安德列雅將在八月生孩子。

B：啊……我不知道她已經懷孕了。

No es bueno que... ……不怎麼好

連接詞 que 後面從句動詞用虛擬式。（假設語氣（虛擬式）在西班牙文語中使用的非常頻繁。表達說話人主觀的情緒與感覺；期盼或願望以及表命令與要求或勸誡……等等）。No es bueno que + 動詞虛擬式，表示「……不怎麼好」。

PASO1　Top 必學句

01 | **No es bueno que** gastes tanto.　你花這麼多錢很不好。

02 | **No es bueno que** salgas solo.　你獨自離開是不適宜的。

03 | **No es bueno que** llores por eso.　你為那事哭是不對的。

04 | **No es bueno que** estés triste.　你難過是不好的。

05 | **No es bueno que** te hagas la permanente.　燙頭髮是不好的。

06 | **No es bueno que** bebas tanto.　喝太多酒是不好的。

07 | **No es bueno que** tu hijo vea tanta televisión.　你兒子看太多電視是不適宜的。

08 | **No es bueno que** comas tan tarde en la noche.　晚餐太晚吃不太好。

09 | **No es bueno que** tomes tanto líquido antes de dormir.　就寢前喝太多液體是不好的。

10 | **No es bueno que** tu perro duerma en tu cama.　你的狗睡在你的床上是不好的。

> **補充**
>
> ★05：hacerse la permanente　[短] 燙頭髮
> ★07：ver televisión　[短] 看電視
> ★09：líquido　[名] 液體

PASO2　句子重組練習

01 | **No es bueno que** rápido. tan comas　你吃太快不太好。

02 | **No es bueno que** cara. en tengas manchas la　你臉部有斑點不太好。

03 | **No es bueno que** nariz. salga te sangre la de　你流鼻血是不好的。

04 | **No es bueno que** tan arrogante. seas　你的傲慢是不對的。

> **解答**
>
> ★01：No es bueno que comas tan rápido.
> ★02：No es bueno que tengas manchas en la cara.
> ★03：No es bueno que te salga sangre de la nariz.
> ★04：No es bueno que seas tan arrogante.

PASO3　應用篇

A：¿Me puedes dar un café, por favor?

B：Sí, pero no es bueno que tomes café antes de dormir.

A：請你給我一杯咖啡，好嗎？

B：可以啊，但是睡覺前喝咖啡不太好。

No es posible... 這是不可能……

連接詞 que 後面從句動詞用虛擬式。（假設語氣（虛擬式）在西班牙文語中使用的非常頻繁。表達說話人主觀的情緒與感覺；期盼或願望以及表命令與要求或勸誡……等等）。No es posible que + 動詞虛擬式，表示「這是不對的……」。

PASO1　Top 必學句

01	**No es posible** que todos los asientos estén ocupados.	座無虛席，這是不可能的。
02	**No es posible** que Luisa haya ganado.	路易莎贏了，這是不可能的。
03	**No es posible** que tengas la presión alta.	這是不可能的，你的血壓高。
04	**No es posible** que estés enfermo.	你生病了，這是不可能的。
05	**No es posible** que te vayas mañana.	你明天離開，這是不可能的。
06	**No es posible** que juegues a las cartas toda la noche.	你不可能每天通宵打牌。
07	**No es posible** que bailes tan mal.	你不可能跳舞跳得那麼糟糕。
08	**No es posible** que siempre pierdas dinero.	你不可能總是掉錢。
09	**No es posible** que no hables inglés.	你不可能不會說英語。
10	**No es posible** que me olvides.	這是不可能的，你竟然把我給遺忘了。

補充

★03：presión alta　[短] 血壓高
★06：toda la noche　[短] 通宵
★10：olvidar　[動] 忘記

PASO2　句子重組練習

01	**No es posible que** en diviertas no fiesta. te la	你不可能在派對裡玩得不開心。
02	**No es posible que** carne. el baje la precio de	降低肉價是不可能的。
03	**No es posible que** el recuperar dinero.	追回錢，這是不可能的。
04	**No es posible que** tan seas necio.	你不可能如此的愚蠢。

解答

★01：No es posible que no te diviertas en la fiesta.
★02：No es posible que baje el precio de la carne.
★03：No es posible recuperar el dinero.
★04：No es posible que seas tan necio.

PASO3　應用篇

A：Terminó la guerra en Irak.

B：No, no es posible que haya terminado.

A：伊拉克戰爭結束了。

B：不，它是不可能結束的。

No es recomendable... 不建議……

No es recomendable + 動詞原形，表示「不建議……」。

PASO1　Top 必學句

01	**No es recomendable** tomar agua en la noche.	不建議在晚上喝水。
02	**No es recomendable** engordar mucho.	不建議過胖（重）。
03	**No es recomendable** levantar pesas.	最好不要舉重。
04	**No es recomendable** usar audífonos por mucho tiempo.	不建議長時間使用耳機。
05	**No es recomendable** tomar bebidas azucaradas.	不建議飲用含糖飲料。
06	**No es recomendable** estudiar con música.	不建議邊聽音樂邊讀書。
07	**No es recomendable** fumar.	最好不要吸煙。
08	**No es recomendable** correr en ayunas.	不建議空腹跑步。
09	**No es recomendable** pasar muchas horas sin comer.	最好不要長時間不吃東西。
10	**No es recomendable** ir al gimnasio con gripe.	不建議感冒期間去健身房。

補充

★03： levantar pesas　[短] 舉重
★05： azucarado　[形] 甜的
★10： gripe　[名] 感冒

PASO2　句子重組練習

01	**No es recomendable** fria. beber agua	最好不要喝冷水。
02	**No es recomendable** ejercicio. hacer no	不建議不做運動。
03	**No es recomendable** de cambiar a menudo. trabajo	不建議經常換工作。
04	**No es recomendable** esa tomar aerolínea.	最好不要搭那家航空公司。

解答

★01： No es recomendable beber agua fria.
★02： No es recomendable no hacer ejercicio.
★03： No es recomendable cambiar de trabajo a menudo.
★04： No es recomendable tomar esa aerolínea.

PASO3　應用篇

A：Estoy un poco resfríado pero igual quiero ir a nadar.

B：No es muy recomendable nadar en ese estado.

A：我有點感冒，但還是想去游泳。

B：不建議在該狀態下去游泳。

No me queda más que...
我沒有選擇的餘地，只能……

No me queda más que + 動詞原形，表示「我沒有選擇的餘地，只能……」。

PASO1　Top 必學句

01 | **No me queda más que** viajar solo a la India. | 我沒有選擇的餘地，只能獨自到印度旅行。

02 | **No me queda más que** salir del problema yo mismo. | 我沒有選擇的餘地，只能靠自己解決問題。

03 | **No me queda más que** trabajar para vivir. | 我沒有選擇的餘地，只能自力謀生。

04 | **No me queda más que** estudiar para ser profesional. | 別無選擇，我只能靠努力學習成為專業人士。

05 | **No me queda más que** escuchar a mi madre. | 我沒有選擇的餘地，只能聽母親的話。

06 | **No me queda más que** vivir en un apartamento pequeño. | 別無選擇，我只能住在一間小公寓。

07 | **No me queda más que** ir a tu fiesta. | 別無選擇，我只好參加你的派對。

08 | **No me queda más que** aprender a hablar portugués. | 我別無選擇，必須學會講葡萄牙語。

補充
★02：yo mismo 短 我自己
★04：profesional 名 專業人士
★08：portugués 名 葡萄牙語

PASO2　句子重組練習

01 | **No me queda más que** a Pedro. ver de dejar | 別無選擇，我只好不再看到佩德羅。

02 | **No me queda más que** la continuar con terapia. | 別無選擇，我必須持續接受治療。

03 | **No me queda más que** mis volver casa de a padres. | 別無選擇，我只能回到父母家。

04 | **No me queda más que** proposición. tu aceptar | 別無選擇，我只好接受你的建議。

05 | **No me queda más que** medicamento. el tomarme | 我沒有選擇的餘地，只好服藥。

解答
★01：No me queda más que dejar de ver a Pedro.
★02：No me queda más que continuar con la terapia.
★03：No me queda más que volver a casa de mis padres.
★04：No me queda más que aceptar tu proposición.
★05：No me queda más que tomarme el medicamento.

PASO3　應用篇

A：La empresa está pasando por un mal momento económico.

B：Si, no me queda más que despedir a diez empleados.

A：公司正處於一個很糟糕的經營狀況。

B：是的，我別無選擇，只好裁掉十名員工。

No es correcto que...

這是不對的……

連接詞 que 後面從句動詞用虛擬式。（假設語氣（虛擬式）在西班牙文語中使用的非常頻繁。表達說話人主觀的情緒與感覺；期盼或願望以及表命令與要求或勸誡……等等）。No es correcto que + 動詞虛擬式，表示「這是不對的……」。

PASO1　Top 必學句

01	**No es correcto que** discutas con tu profesor.	你和老師爭論，這是不對的。
02	**No es correcto que** critiques a tus padres.	你批評自己的父母，是不得體的行為。
03	**No es correcto que** le pegues a tu hermano.	你打你的兄弟，這是不應該的。
04	**No es correcto que** no devuelvas el libro a la biblioteca.	你沒把書還回圖書館，這是不對的。
05	**No es correcto que** salgas con la novia de Enrique.	你和安立奎的女朋友出去，這是不對的。
06	**No es correcto que** el niño vea ese programa para mayores.	孩子觀看成人節目，這是不對的。
07	**No es correcto que** te saques los zapatos en el restaurante.	你在餐廳脫鞋，是很不禮貌的行徑。
08	**No es correcto que** se experimente con animales.	拿動物做實驗，這是不對的。

補充
★02：criticar　　　動 批評
★06：para mayores　短 成年人
★08：experimentar　動 實驗

PASO2　句子重組練習

01	**No es correcto que** abuelos. a no visites tus	你不去探視祖父母，這是不對的。
02	**No es correcto que** al hagas ruido comer.	你吃東西時發出聲音，是沒教養的行為。
03	**No es correcto que** comida. la desperdicies	你浪費食物，這是不對的。
04	**No es correcto que** comes. eructes mientras	你吃飯時打嗝，這是不禮貌的行為。

解答
★01：No es correcto que no visites a tus abuelos.
★02：No es correcto que hagas ruido al comer.
★03：No es correcto que desperdicies la comida.
★04：No es correcto que eructes mientras comes.

PASO3　應用篇

A：Nicolás duerme todo el día.

B：No es correcto que se pase el día así.

A：尼古拉斯睡了一整天。

B：成天睡覺是不對的。

No te pongas... 你沒有必要……

No te pongas + 形容詞，表示「你沒有必要……」。

PASO1　Top 必學句

01	**No te pongas** nervioso.	你沒有必要緊張。
02	**No te pongas** de mal humor.	你沒有必要心情不好。
03	**No te pongas** desagradable.	你何必擺出一副不愉快的表情。
04	**No te pongas** pesado.	你用不著擺出一副厭煩的樣子。
05	**No te pongas** triste.	你沒有必要難過。
06	**No te pongas** celoso.	你沒有必要嫉妒。
07	**No te pongas** histérico.	你用不著歇斯底里。
08	**No te pongas** tan serio.	你沒有必要這麼嚴肅。
09	**No te pongas** sentimental.	你何必多愁善感。
10	**No te pongas** petulante.	你沒有必要傲慢自大。

補充

★03：ser desagradable [短] 不愉快的
★04：pesado [形] 討厭的；煩人的
★10：petulante [形] 自大的

PASO2　句子重組練習

01	**No te pongas** José. pongas con exigente	你沒有必要對荷塞吹毛求疵。
02	**No te pongas** fastidioso tan conmigo.	你沒有必要對我那麼不耐煩。
03	**No te pongas** con tan meloso Isabel.	你用不著對伊莎貝如此甜蜜。
04	**No te pongas** nosotros. con arrogante	你用不著對我們傲慢。
05	**No te pongas** meláncolico. tan	你沒有必要如此憂鬱。

解答

★01：No te pongas exigente con José.
★02：No te pongas tan fastidioso conmigo.
★03：No te pongas tan meloso con Isabel.
★04：No te pongas arrogante con nosotros.
★05：No te pongas tan meláncolico.

PASO3　應用篇

A：Carmen está muy gorda.

B：Sí, espero que no te pongas tan gorda como ella.

A：卡門現在好胖。

B：是啊，我希望你不要像她一樣胖。

No puedo dejar de pensar en…
我不能停止的想著……

No puedo dejar de pensar + 介系詞 en，表示「我不能停止的想著……」。

PASO1　Top 必學句

01	**No puedo dejar de pensar en** ti.	我不能停止想著你。
02	**No puedo dejar de pensar en** todo lo que me hiciste.	我不能停止思考你對我做的。
03	**No puedo dejar de pensar en** ella.	我不能停止去想著她。
04	**No puedo dejar de pensar en** el problema.	我不能停止的思索這個問題。
05	**No puedo dejar de pensar en** mi amigo.	我不能停止去想著我的朋友。
06	**No puedo dejar de pensar en** esa persona.	我不能停止的想著那個人。
07	**No puedo dejar de pensar en** lo tonta que fui.	我不能停止去想我是多麼愚蠢。
08	**No puedo dejar de pensar en** la responsabilidad que tengo.	我不能停止去思索我的責任。

補充
★02：hacer　動 做；製作
★07：tonto　形 愚蠢
★08：responsabilidad　名 責任

PASO2　句子重組練習

01	**No puedo dejar de pensar en** errores. tus	我不能停止想著你的錯誤。
02	**No puedo dejar de pensar en** hijo. mi	我不能停止想著我的兒子。
03	**No puedo dejar de pensar en** nuevo el plan.	我不能停止思考新計劃。
04	**No puedo dejar de pensar en** misma. mi	我不能停止思索著自己。

解答
★01：No puedo dejar de pensar en tus errores.
★02：No puedo dejar de pensar en mi hijo.
★03：No puedo dejar de pensar en el nuevo plan.
★04：No puedo dejar de pensar en mi misma.

PASO3　應用篇

A：¿Te vas a hospitalizar hoy, Ana?

B：Si, y no puedo dejar de pensar en el dolor que voy a sentir después de la operación.

A：安娜，今天妳必須住院治療？

B：是啊，我不能停止去想手術後的疼痛。

No puedo permitir que…
我不允許……

連接詞 que 後面從句動詞用虛擬式。（假設語氣（虛擬式）在西班牙文語中使用的非常頻繁。表達說話人主觀的情緒與感覺；期盼或願望以及表命令與要求或勸誡……等等）。No puedo permitir + 連接詞 que + 動詞虛擬式，表示「「我不允許……」。

PASO1　Top 必學句

01	**No puedo permitir que** hagas esto.	我不能讓你這樣做。
02	**No puedo permitir que** me engañes.	我不能任由你欺騙我。
03	**No puedo permitir que** no te bañes.	我不允許你不洗澡。
04	**No puedo permitir que** pelees con tu madre.	我不允許你和你的母親爭吵。
05	**No puedo permitir que** te vayas tan lejos.	我不能讓你走那麼遠。
06	**No puedo permitir que** pilotees ese avión.	我不能讓你駕駛那架飛機。
07	**No puedo permitir que** te hagan daño.	我不能讓他們傷害你。
08	**No puedo permitir que** se escapen los reclusos.	我不能讓囚犯們逃脫。

補充

★06：pilotear　動 飛；駕駛
★07：hacer daño　短 破壞；傷害
★08：recluso　名 囚犯

PASO2　句子重組練習

01	**No puedo permitir que** de escondan se mi.	我不能允許他們躲避我。
02	**No puedo permitir que** juego. me el ganes en	我不能讓你在遊戲中贏我。
03	**No puedo permitir que** carreras de auto. en compitas	我不允許你參加賽車比賽。
04	**No puedo permitir que** estudiar. de dejes	我不允許你停止學習。

解答

★01：No puedo permitir que se escondan de mi.
★02：No puedo permitir que me ganes en el juego.
★03：No puedo permitir que compitas en carreras de auto.
★04：No puedo permitir que dejes de estudiar.

PASO3　應用篇

A：Tu hijo Rafael se va a casar con Elena a escondidas.

B：No puedo permitir que se casen.

A：你的兒子拉斐爾想偷偷和埃琳娜結婚。

B：我不能允許他們結婚。

No dejes de... 記得要繼續……

No dejes de + 動詞原形，表示「記得要繼續……」。

PASO1　Top 必學句

01	**No dejes de** llamarme.	記得要打電話給我。
02	**No dejes de** sonreir.	記得要繼續微笑。
03	**No dejes de** hacer algo productivo.	記得要繼續做一些有用的事。
04	**No dejes de** pensar en los demás.	記得要繼續想到別人。
05	**No dejes de** quererte a ti mismo.	記得要繼續愛你自己。
06	**No dejes de** visitar a tus amigos.	記得要繼續拜訪你的朋友們。
07	**No dejes de** agradecer a tu familia.	記得要持續地感謝你的家人。
08	**No dejes de** luchar por tus ideales.	記得要為你的理想而奮戰不懈。
09	**No dejes de** valorar a tus padres.	記得要重視你的父母。
10	**No dejes de** confiar en la gente.	記得要去信任人。

補充

★03：algo productivo　短　有用的事

★04：demás　代人稱代詞　其餘的人，其他人

★09：valorar　動　重視；著重

PASO2　句子重組練習

01	**No dejes de** tus dar las gracias a profesores.	記得要繼續感謝老師。
02	**No dejes de** a Diana. ir a ver	記得要繼續去看戴安娜。
03	**No dejes de** en Dios. creer	記得要繼續相信上帝。
04	**No dejes de** agua. tomar	記得要繼續喝水。
05	**No dejes de** cama. tu hacer	記得要持續鋪你的床。

解答

★01：No dejes de dar las gracias a tus profesores.

★02：No dejes de ir a ver a Diana.

★03：No dejes de creer en Dios.

★04：No dejes de tomar agua.

★05：No dejes de hacer tu cama.

PASO3　應用篇

A：Estoy haciendo una dieta vegetariana.

B：¡Qué bien! No dejes de comer sano.

A：我正在做一個素食餐。

B：太好了！記得要繼續吃得健康。

No vale la pena... 不值得……

No vale la pena + 動詞原形，表示「不值得……」。

PASO1　Top 必學句

01	**No vale la pena** trabajar tanto.	不值得這麼辛苦的工作。
02	**No vale la pena** ser tan rico.	不值得那麼富有。
03	**No vale la pena** arriesgarse tanto.	不值得冒這麼多的險。
04	**No vale la pena** mirar hacia atrás.	回頭看沒有什麼意義。
05	**No vale la pena** hacer tanto esfuerzo.	不值得這麼努力。
06	**No vale la pena** hablar de aquello.	不值得談那些。
07	**No vale la pena** culparte más.	不值得再責備你自己了。
08	**No vale la pena** esperar más a Manuel.	不值得再等待曼努埃爾。
09	**No vale la pena** leer ese libro.	那本書不值得閱讀。
10	**No vale la pena** estar tan enfadado.	不值得這麼生氣。

補充

★03：arriesgarse 動 冒險
★05：hacer esfuerzo 動 努力
★07：culparse 動 責備

PASO2　句子重組練習

01	**No vale la pena** película. esa ver	那部電影不值得看。
02	**No vale la pena** nuestra mantener amistad.	不值得維持我們的友誼。
03	**No vale la pena** pasado. el recordar	不值得回頭看。
04	**No vale la pena** la hacer maestría.	不值得去拿碩士學位。
05	**No vale la pena** en la playa. construir casa una	不值得在海邊蓋房子。

 解答

★01：No vale la pena ver esa película.
★02：No vale la pena mantener nuestra amistad.
★03：No vale la pena recordar el pasado.
★04：No vale la pena hacer la maestría.
★05：No vale la pena construir una casa en la playa.

PASO3　應用篇

A：La mesa es carísima.

B：Sí, no vale la pena pagar ese precio.

A：這張桌子的價格太貴。

B：是啊，不值得付那種價格。

No me di cuenta de que…

我沒有注意到……

過去未完成式：描述發生在過去的一段時間（或不久前的近期）事件，其精神或身體或情緒等動作與狀態，可以是連續的、重複的動作，並沒有表示已完成。No me di cuenta de que + 過去未完成時，表示「我沒有注意到……」。

PASO1　Top 必學句

01	**No me di cuenta de que** Francisco era español.	我沒有注意到，法蘭西斯科是西班牙人。
02	**No me di cuenta de que** era difícil aprender este idioma.	我沒有意識到，這語言是很難學的。
03	**No me di cuenta de que** estabas ocupado.	我沒有注意到，你當時很忙。
04	**No me di cuenta de que** mi hija fumaba.	我沒有注意到，我的女兒會抽菸。
05	**No me di cuenta de que** estaba equivocado.	我沒有注意到，我弄錯了。
06	**No me di cuenta de que** estabas enfermo.	我沒有注意到，你生病了。
07	**No me di cuenta de que** te habías caído.	我沒有注意到，你跌倒了。
08	**No me di cuenta de que** la situación es complicada.	我沒有意識到，情況是複雜的。

補充

★02：aprender　動 學習
★06：estar enfermo　短 生病了
★08：situación　名 情況

PASO2　句子重組練習

01	**No me di cuenta de que** ganado. habías	我沒有意識到，你贏了。
02	**No me di cuenta de que** español. no hablabas	我沒有注意到，你不會説西班牙語。
03	**No me di cuenta de que** crecido tanto. había Felipe	我沒有意識到，菲利佩已經長大了這麼多。
04	**No me di cuenta de que** compañeros. éramos	我沒有意識到，我們是同學。

解答

★01：No me di cuenta de que habías ganado.
★02：No me di cuenta de que no hablabas español.
★03：No me di cuenta de que Felipe había crecido tanto.
★04：No me di cuenta de que éramos compañeros.

PASO3　應用篇

A：Mamá, ¡ya llegué!

B：Hola hijo, no me di cuenta de que ya habías llegado.

A：媽媽，我回來了！

B：你好嗎？兒子，我沒有注意到你已經回來了。

No soy capaz de... 我辦不到⋯⋯

No soy capaz + 介詞 de（這裡的 de 表示涉及的（人）事物）+ 動詞原形，表示「我辦不到⋯⋯」。

PASO1 Top 必學句

01	**No soy capaz de** estudiar tanto.	那麼用功，我辦不到。
02	**No soy capaz de** dejar a mi novio.	離開我的男朋友，我辦不到。
03	**No soy capaz de** cambiar.	我不能夠改變。
04	**No soy capaz de** salir de casa.	我不能離開家。
05	**No soy capaz de** perdonarte.	原諒你，我辦不到。
06	**No soy capaz de** verte ahora.	現在就去見你，我辦不到。
07	**No soy capaz de** escuchar tus súplicas.	我不能聽你的訴求。
08	**No soy capaz de** olvidar a Daniel.	我無法忘記丹尼爾。
09	**No soy capaz de** mantenerme delgada.	我無法保持苗條身材。
10	**No soy capaz de** madrugar.	早起，我辦不到。

補充

★02：novio 名 男朋友
★04：casa 名 家
★07：súplica 名 請求；懇求

PASO2 句子重組練習

01	**No soy capaz de** dinero. ahorrar	我無法省錢。
02	**No soy capaz de** nada. hacer	我無法做任何事情。
03	**No soy capaz de** nuevo. de correr	我不能再跑步了。
04	**No soy capaz de** el calor. de soportar	我不能夠承受熱。
05	**No soy capaz de** sentimientos. mis expresar	我無法表達我的感受。

解答

★01：No soy capaz de ahorrar dinero.
★02：No soy capaz de hacer nada.
★03：No soy capaz de correr de nuevo.
★04：No soy capaz de soportar el calor.
★05：No soy capaz de expresar mis sentimientos.

PASO3 應用篇

A：Deberías leer el libro de García Márquez.

B：No soy capaz de concentrarme en la lectura.

A：你應該閱讀這本由賈西亞‧馬奎斯所寫的書。

B：我無法專心閱讀。

No sigas... 你不要繼續……

No sigas（命令式）+ 動詞 / 現在分詞（現在分詞和 seguir 連用表示動作持續與重複）。No sigas...，表示「你不要繼續……」。

PASO1　Top 必學句

01	**No sigas** llorando.	不要不停的哭泣。
02	**No sigas** comiendo.	不要一直吃。
03	**No sigas** insistiendo.	不要繼續堅持。
04	**No sigas** jugando.	不要繼續玩。
05	**No sigas** adivinando.	不要繼續猜。
06	**No sigas** buscando la pelota.	不要繼續找球。
07	**No sigas** haciendo muecas .	不要一直做鬼臉。
08	**No sigas** siendo orgulloso.	不要繼續驕傲。
09	**No sigas** repitiéndome lo mismo.	不要不停地重複同樣的事情。
10	**No sigas** preguntando tonterías.	不要不斷地問廢話。

補充
★05：adivinar　動 猜；猜測
★06：pelota　名 球
★07：hacer muecas 短 做鬼臉

PASO2　句子重組練習

01	**No sigas** tanto café. tomando	不要繼續喝太多的咖啡。
02	**No sigas** tan siendo aburrido.	不要一直這麼無聊。
03	**No sigas** tu amigo. a amenazando	不要繼續威脅你的朋友。
04	**No sigas** conmigo. disculpándote	不要一直向我道歉。
05	**No sigas** Paloma. a llamando	不要一直打電話給帕洛瑪。

解答
★01：No sigas tomando tanto café.
★02：No sigas siendo tan aburrido.
★03：No sigas amenazando a tu amigo.
★04：No sigas disculpándote conmigo.
★05：No sigas llamando a Paloma.

PASO3　應用篇

A：Blanca, ¿por qué no te casas con Alfonso?

B：¡Ay¡ No sigas tratando de casarme.

A：布蘭卡，妳為什麼不嫁給阿方索？

B：哎呀！不要繼續試著把我嫁出去。

No puede ser que... 不可能……

連接詞 que 後面從句動詞用虛擬式。（假設語氣（虛擬式）在西班牙文語中使用的非常頻繁。表達說話人主觀的情緒與感覺；期盼或願望以及表命令與要求或勸誡……等等）。No puede ser que ＋動詞虛擬式，表示「不可能……」。

PASO1　Top 必學句

01	**No puede ser que** hayas inventado ese juego.	你怎麼可能發明那個遊戲。
02	**No puede ser que** ya no te quede un centavo.	你怎麼可能連一分錢也沒有。
03	**No puede ser que** quieras vender tu bicicleta.	你怎麼可能想賣掉你的自行車。
04	**No puede ser que** me trates así.	你怎麼可能這樣對待我。
05	**No puede ser que** te sientas tan mal.	無法想像你這樣不舒服。
06	**No puede ser que** no puedas ver bien.	你怎麼可能會看不清楚。
07	**No puede ser que** estés embarazada.	你怎麼可能懷孕了。
08	**No puede ser que** seas tan tímido.	你怎麼可能那麼害羞。

補充

★02：un centavo　名 一分錢
★07：estar embarazada　短 懷孕了
★08：tímido　形 害羞

PASO2　句子重組練習

01	**No puede ser que** así. separemos nos	我們不可能就這樣分手。
02	**No puede ser que** más. me no ver quieras	你怎麼可能不想再看到我。
03	**No puede ser que** te mi acuerdes no de cumpleaños.	你怎麼可能會不記得我的生日。
04	**No puede ser que** llegues a tiempo. nunca	難以置信，你從未準時到達過。
05	**No puede ser que** perro desaparecido. tu haya	你的狗怎麼可能不見了。

解答

★01：No puede ser que nos separemos así.
★02：No puede ser que no me quieras ver más.
★03：No puede ser que no te acuerdes de mi cumpleaños.
★04：No puede ser que nunca llegues a tiempo.
★05：No puede ser que tu perro haya desaparecido.

PASO3　應用篇

A：Me sacaron una multa de tránsito hoy.

B：No puede ser que te hayas pasado un semáforo en rojo.

A：他們今天給了我一張交通違規罰單。

B：你怎麼可能會闖紅燈。

Ni se te ocurra... 你連想都不要想⋯⋯

Ni se te ocurra（強烈的建議）+ 動詞原形，表示「你連想都不要想⋯⋯」。

PASO1 Top 必學句

01	**Ni se te ocurra** bailar con Adela.	跟阿德拉跳舞，你連想都別想。
02	**Ni se te ocurra** acercarte a mi.	靠近我，你連想都不要想。
03	**Ni se te ocurra** traicionarme.	你最好不要背叛我。
04	**Ni se te ocurra** contarle la verdad a Andrés.	你最好不要將實情告訴安德列斯。
05	**Ni se te ocurra** aparecerte por aquí.	你最好不要在這裡出現。
06	**Ni se te ocurra** ir a Siria en estos momentos.	你最好不要在此時去敘利亞。
07	**Ni se te ocurra** poner en riesgo a tu familia.	你絕對要顧全家人的安危。
08	**Ni se te ocurra** dar a nadie esta información.	你最好不要給任何人這個資訊。
09	**Ni se te ocurra** pedir dinero prestado.	你最好不要向他人借錢。
10	**Ni se te ocurra** cerrarme la puerta.	你最好不要給我關門。

補充

★02：acercarse 動 靠近；走進
★04：contar la verdad 短 講實話（情）
★06：Siria 名 敘利亞

PASO2 句子重組練習

01	**Ni se te ocurra** esta noche. Llamarme	今晚，你最好不要打電話給我。
02	**Ni se te ocurra** esa cantar con voz.	你最好不要用那種聲音唱歌。
03	**Ni se te ocurra** de José. enamorarte	你最好不要愛上荷塞。

解答

★01：Ni se te ocurra llamarme esta noche.
★02：Ni se te ocurra cantar con esa voz.
★03：Ni se te ocurra enamorarte de José.

PASO3 應用篇

A：Anita, te noto muy resfriada hoy.

B：Sí, papá. Me duele todo el cuerpo.

A：Entonces, ni se te ocurra salir con este frío.

A：艾妮卡，我發現妳今天感冒很厲害。

B：是的，爸爸。我全身酸痛。

A：所以，妳最好不要在這種冷天出去。

No está bien que... 不太好⋯⋯

連接詞 que 後面從句動詞用虛擬式。（假設語氣（虛擬式）在西班牙文語中使用的非常頻繁。表達說話人主觀的情緒與感覺；期盼或願望以及表命令與要求或勸誡⋯⋯等等）。No está bien que + 動詞虛擬式，表示「不太好⋯⋯」。

PASO1　Top 必學句

01	**No está bien que** veas tanta televisión.	你看太多電視，不太好。
02	**No está bien que** seas tan flojo.	你這麼懶，不太好。
03	**No está bien que** sigas trabajando tanto.	你最好不要這麼辛苦工作。
04	**No está bien que** nunca descanses.	你從不休息也不太好。
05	**No está bien que** uses mis zapatos.	你最好不要穿我的鞋子。
06	**No está bien que** llegues tan tarde.	你這麼晚才到，不太好。
07	**No está bien que** le quites el juguete al niño.	你拿走孩子的玩具，不太好。
08	**No está bien que** me contestes así.	你這樣回答我，不太好。
09	**No está bien que** no te abrigues en invierno.	冬天你不穿暖點不太好。
10	**No está bien que** salgas solo de noche.	你晚上獨自出去不太好。

補充

★04：descansar 動 休息
★07：quitar 動 拿走；取走
★09：invierno 名 冬天

PASO2　句子重組練習

01	**No está bien que** cara. esa pongas	你擺出這樣的臉色，不太好。
02	**No está bien que** la abras extraños. le puerta a	你幫陌生人開門，非常不妥。
03	**No está bien que** este apoyes a candidato.	你支持這個候選人，不太好。
04	**No está bien que** tanta comas carne.	你這麼愛吃肉，不太好。

解答

★01：No está bien que pongas esa cara.
★02：No está bien que le abras la puerta a extraños.
★03：No está bien que apoyes a este candidato.
★04：No está bien que comas tanta carne.

PASO3　應用篇

A：Quiero vender mi apartamento.

B：Sí, pero no está bien que lo vendas a ese precio.

A：我想賣掉我的公寓。

B：好啊，但你賣這個價格好像不是很好。

No has sido... 你沒有……

No has sido + 形容詞，表示「你沒有……」。

PASO1　Top 必學句

01 | **No has sido** educado con la visita. 　你對待訪客沒有禮貌。

02 | **No has sido** paciente con tu hija. 　你對待女兒缺乏耐性。

03 | **No has sido** responsable con tu trabajo. 你對工作不負責。

04 | **No has sido** simpático con tu padre. 　你對待你的父親不友善。

05 | **No has sido** cariñoso con tu madre. 　你對待你的母親不溫柔。

06 | **No has sido** generoso con Elisa. 　你對艾莉莎不夠大方。

07 | **No has sido** amable con el anciano. 　你對待老人不和藹可親。

08 | **No has sido** atento con tu hermano. 　你對待兄弟缺乏細心周到。

09 | **No has sido** cuidadoso con la comida. 　你沒有注重飲食。

10 | **No has sido** sensible con el enfermo. 　你對待病患缺乏同理心。

PASO2　句子重組練習

01 | **No has sido** hijo. un buen 　你不是一個好兒子。

02 | **No has sido** padres. tus honesto con 你沒有誠實面對父母。

03 | **No has sido** conmigo. sincero 　你對我不夠誠懇。

04 | **No has sido** eficiente manejar para dinero. tu 　你沒能有效的支配你的錢。

05 | **No has sido** bien trabajo. de capaz tu hacer 　你沒能夠把你的工作做好。

PASO3　應用篇

A：Volví a pasarme del límite de velocidad.

B：No has sido prudente al conducir.

A：Sí, me dieron otra multa.

A：我開車超過限速。

B：你沒能謹慎駕駛。

A：是的，我又拿了另一張罰單。

217

Es mejor que no... 最好不要……

Es mejor 連接詞 que 後面從句動詞用虛擬式。（假設語氣（虛擬式）在西班牙文語中使用的非常頻繁。表達說話人主觀的情緒與感覺；期盼或願望以及表命令與要求或勸誡……等等）。
Es mejor que no...，表示「最好不要……」。

PASO1　Top 必學句

01	**Es mejor que no** prometas nada.	你最好不要隨意承諾什麼。
02	**Es mejor que no** lastimes a Daniel.	你最好不要同情丹尼爾。
03	**Es mejor que no** creas lo que te dicen.	你最好不要相信他們說的。
04	**Es mejor que no** participes del viaje.	你最好不要參加旅行。
05	**Es mejor que no** veas este espectáculo.	你最好不要看這個演出。
06	**Es mejor que no** te burles de Anita.	你最好不要嘲笑安妮塔。
07	**Es mejor que no** sigas hablando.	你最好不要繼續講話。
08	**Es mejor que no** te marches ahora.	你最好不要現在離開。
09	**Es mejor que no** vuelvas más.	你最好不要再回來。
10	**Es mejor que no** salgas de casa.	你最好不要出門。

補充
★01：prometer　動 承諾
★04：participar　動 參加
★06：burlarse　動 嘲笑

PASO2　句子重組練習

01	**Es mejor que no** padres. a conozcas mis	你最好不要認識我的父母。
02	**Es mejor que no** dinero. gastes tu todo	你最好不要花光所有的錢。
03	**Es mejor que no** nadie. de mal hables	你最好不要說別人壞話。
04	**Es mejor que no** ese uses perfume.	你最好不要使用那種香水。

解答
★01：Es mejor que no conozcas a mis padres.
★02：Es mejor que no gastes todo tu dinero.
★03：Es mejor que no hables mal de nadie.
★04：Es mejor que no uses ese perfume.

PASO3　應用篇

A：A Lucía le pica mucho la cara.

B：Sí, pero es mejor que no se ponga esta crema.

A：露西亞的臉很癢。

B：是啊，那她最好不要擦這個面霜。

Nunca he... 我從來沒有……

助動詞 haber 和過去分詞連用構成複合時態，表示完成的動作。Nunca he + 過去分詞，表示「我從來沒有……」。

PASO1　Top 必學句

01	**Nunca he** tenido novia.	我從來沒有過一個女朋友。
02	**Nunca he** visto a Luis.	我從來沒有見過路士。
03	**Nunca he** sido tan feliz.	我從來沒有這麼高興。
04	**Nunca he** pagado tanto impuesto.	我從來沒繳納這麼多稅。
05	**Nunca he** hecho deporte.	我從來沒做過運動。
06	**Nunca he** ido al psicólogo.	我從來沒去看過心理醫生。
07	**Nunca he** estado solo.	我從來沒有獨處過。
08	**Nunca he** roncado.	我從來沒有打過鼾。
09	**Nunca he** jugado videojuegos.	我從來沒有玩過電動遊戲。
10	**Nunca he** conducido moto.	我從來沒有騎過摩托車。

補充
★03：ser feliz 短 高興；快樂
★06：psicólogo 名 心理學者
★08：roncar 動 打鼾

PASO2　句子重組練習

01	**Nunca he** sushi. comido	我從來沒有吃過壽司。
02	**Nunca he** chino mandarín. hablado	我從來沒有說過華語（普通話）。
03	**Nunca he** Nicole. con bailado	我從來沒有跟妮可跳過舞。
04	**Nunca he** a subido un avión. a	我從來沒有搭過飛機。
05	**Nunca he** como tú. trabajado	我從來沒有像你這樣的工作過。

解答
★01：Nunca he comido sushi.
★02：Nunca he hablado chino mandarín.
★03：Nunca he bailado con Nicole.
★04：Nunca he subido a un avión.
★05：Nunca he trabajado como tú.

PASO3　應用篇

A：¿Quieres ir conmigo a Japón?
B：No sé... Nunca he querido viajar al extranjero.
A：想和我一起去日本嗎？
B：我不知道……我從來也沒想過要出國旅行。

MEMO

表達意見和建議
的句型

PART
5

Te sugiero que... 我建議你……

Te sugiero + 連接詞 que 後面從句動詞用虛擬式。虛擬式：表達説話人主觀的情緒與感覺（希望、意願、懷疑、可能、高興、害怕、驚訝、遺憾……）。以及表達命令和祈使的動詞（請求、建議、允許、禁止、勸誡……等）。Te sugiero que...，表示「我建議你……」。

PASO1　Top 必學句

01	**Te sugiero que** vayas al supermercado.	我建議你去超市。
02	**Te sugiero que** te bañes.	我建議你洗澡。
03	**Te sugiero que** inventes algo nuevo.	我建議你發明新的東西。
04	**Te sugiero que** compres este té.	我建議你買這種茶。
05	**Te sugiero que** dejes de reclamar.	我建議你停止抗議。
06	**Te sugiero que** empieces a trabajar.	我建議你開始工作。
07	**Te sugiero que** esperes a Elisa.	我建議你等艾莉莎。
08	**Te sugiero que** hagas los quehaceres.	我建議你做家務。
09	**Te sugiero que** hagas pasta esta noche.	我建議你今晚做義大利麵。
10	**Te sugiero que** seas más comprensivo conmigo.	我建議你能多瞭解我。

補充
* ★02：bañarse　動 洗澡（反身）
* ★04：té　名 茶
* ★08：quehaceres　名 家務

PASO2　句子重組練習

01	**Te sugiero que** videojuegos. menos juegues	我建議你少玩電動遊戲。
02	**Te sugiero que** premio le a Teresa. des el	我建議你頒獎給泰瑞莎。
03	**Te sugiero que** pongas el abrigo. te	我建議你穿外套。
04	**Te sugiero que** de olvides te mi.	我建議你忘了我。

解答
* ★01：Te sugiero que juegues menos videojuegos.
* ★02：Te sugiero que le des el premio a Teresa.
* ★03：Te sugiero que te pongas el abrigo.
* ★04：Te sugiero que te olvides de mi.

PASO3　應用篇

A：He notado que Fernando está triste estos días.

B：Sí, te sugiero que le digas que lo quieres.

A：我注意到，這些天費爾南好像很傷心。

B：是嗎，我建議你去告訴他，説你愛他。

Es mejor que... 最好（比較好）……

Es mejor + 連接詞 que 後面從句動詞用虛擬式。虛擬式：表達說話人主觀的情緒與感覺（希望、意願、懷疑、可能、高興、害怕、驚訝、遺憾……）。以及表達命令和祈使的動詞（請求、建議、允許、禁止、勸誡……等）。Es mejor que...，表示「最好（比較好）……」。

PASO1　Top 必學句

01	**Es mejor que** sigamos estudiando.	最好我們繼續學習。
02	**Es mejor que** tengas paciencia.	你最好有點耐心。
03	**Es mejor que** me olvides.	你最好忘記我。
04	**Es mejor que** escuches a tu madre.	你最好聽媽媽的話。
05	**Es mejor que** termines tu comida.	你最好吃完你的飯。
06	**Es mejor que** te vayas.	你最好離開。
07	**Es mejor que** te quedes.	你最好留下來。
08	**Es mejor que** camines rápido.	你最好走快點。
09	**Es mejor que** nos separemos.	我們最好分手。
10	**Es mejor que** se callen.	他們最好保持安靜。

補充

★02：tener paciencia 短 有耐性
★07：quedarse 動 留下（反身）
★10：callarse 動 不做聲（反身）

PASO2　句子重組練習

01	**Es mejor que** trabajo. busques te otro	你最好另謀高就。
02	**Es mejor que** todos. juntemos nos	我們都聚在一起會更好。
03	**Es mejor que** la apagues luz.	你最好關燈。
04	**Es mejor que** ocho duermas horas.	你最好能睡足8小時。

解答

★01：Es mejor que te busques otro trabajo.
★02：Es mejor que nos juntemos todos.
★03：Es mejor que apagues la luz.
★04：Es mejor que duermas ocho horas.

PASO3　應用篇

A：Ya no necesitamos discutir tanto.

B：Sí, no quiero pelear más contigo.

A：Es mejor que quedemos como amigos.

A：我們不要再如此爭論。

B：是啊，我也不想再跟你吵了。

A：最好我們能維持像朋友一樣的關係。

Pienso que... 我認為……

Pienso que + 動詞現在式，表示「我認為……」。

PASO1 Top 必學句

01	**Pienso que** corro muy lento.	我覺得我跑得非常慢。
02	**Pienso que** no voy a ganar la carrera.	我不認為我會贏得這場比賽。
03	**Pienso que** estás equivocado.	我認為你弄錯了。
04	**Pienso que** eres muy antipático.	我覺得你非常不友善。
05	**Pienso que** estoy enfermo.	我覺得我病了。
06	**Pienso que** están lejos de aquí.	我認為他們離這裡還遙遠。
07	**Pienso que** vas a disfrutar del viaje.	我認為你應該會享受這趟旅遊。
08	**Pienso que** Juan no va a llegar a tiempo.	我認為璜不會準時到達。
09	**Pienso que** te caigo mal.	我認為你不喜歡我。
10	**Pienso que** cocinas muy bien.	我覺得你很會做飯。

補充

★04：antipático 形 不友善

★07：disfrutar 動 享受

★09：caer bien (mal) 短 合適（不合適）

PASO2 句子重組練習

01	**Pienso que** cena está la exquisita.	我覺得晚餐精緻美味。
02	**Pienso que** quedan jeans los muy bien. te	我認為你的牛仔褲很適合你。
03	**Pienso que** grave. problema el es	我認為這個問題很嚴重。
04	**Pienso que** casa es nuestra muy pequeña.	我認為我們的房子非常小。
05	**Pienso que** libro va este a gustar. Te	我覺得你會喜歡這本書。

解答

★01：Pienso que la cena está exquisita.

★02：Pienso que los jeans te quedan muy bien.

★03：Pienso que el problema es grave.

★04：Pienso que nuestra casa es muy pequeña.

★05：Pienso que este libro te va a gustar.

PASO3 應用篇

A：Deberíamos empezar a ahorrar desde ahora.

B：Sí, pienso que tienes razón.

A：我們應該現在開始賺錢。

B：好啊，我想你說的對。

Necesitas... 你需要……

Necesitas + 動詞原形，表示「你需要……」。

PASO1　Top 必學句

01	**Necesitas** comer menos.	你需要吃少點。
02	**Necesitas** beber más agua.	你需要多喝水。
03	**Necesitas** adelgazar.	你需要減肥。
04	**Necesitas** ayudarme.	你需要幫助我。
05	**Necesitas** vender tu casa.	你需要賣掉你的屋子。
06	**Necesitas** salir de vacaciones.	你需要去度假。
07	**Necesitas** ganar dinero extra.	你需要賺外快。
08	**Necesitas** aprender otro idioma.	你需要學習另一種語言。
09	**Necesitas** cumplir tu palabra.	你需要遵守諾言。
10	**Necesitas** descansar más.	你需要多點休息。

補充
★02：agua　名 水
★07：dinero extra　短 外快
★09：cumplir la palabra　短 遵守諾言

PASO2　句子重組練習

01	**Necesitas** extranjero. al viajar	你需要出國旅行。
02	**Necesitas** perro. comida tu darle a	你需要餵你的狗。
03	**Necesitas** con Julio. hablar	你需要跟胡里歐講話。
04	**Necesitas** malas de alejarte tus amistades.	你需要遠離你的壞朋友。
05	**Necesitas** conmigo. disculparte	你需要向我道歉。

解答
★01：Necesitas viajar al extranjero.
★02：Necesitas darle comida a tu perro.
★03：Necesitas hablar con Julio.
★04：Necesitas alejarte de tus malas amistades.
★05：Necesitas disculparte conmigo.

PASO3　應用篇

A：El trabajo me tiene muy cansado.

B：Sí, creo que necesitas tomarte un tiempo de descanso.

A：這工作讓我好累。

B：是的，我認為你需要休息一段時間。

Para ser sincero... 坦白講⋯⋯

Para ser sincero + 動詞（可用在不同時態，大部份是表示否定的），表示「坦白講⋯⋯」。

PASO1　Top 必學句

01	**Para ser sincero**, ya no quiero a Ana.	坦白講，我並不愛安娜。
02	**Para ser sincero**, no entiendo lo que dices.	坦白講，我不明白你說什麼。
03	**Para ser sincero**, me ha sorprendido tu opinión.	說實話，我很驚訝你的見解。
04	**Para ser sincero**, no deseo verte más.	說實話，我不想再看到你。
05	**Para ser sincero**, no estoy de acuerdo contigo.	說實話，我不同意你的看法。
06	**Para ser sincero**, no me complace tu visita.	說實話，我不是很歡迎你來。
07	**Para ser sincero**, no quiero salir contigo.	坦白講，我不想和你約會。
08	**Para ser sincero**, no me gusta tu traje.	說實話，我不喜歡你的西裝。
09	**Para ser sincero**, tu comida no está muy buena.	說實話，你的食物不是很好吃。
10	**Para ser sincero**, me has decepcionado.	坦白講，你讓我失望。

補充

★03： sorprender　動 驚訝
★05： estar de acuerdo　短 同意
★06： complacer　動 使高興；使滿意

PASO2　句子重組練習

01	**Para ser sincero,** gustas. no me ya	說實話，我已不喜歡你了。
02	**Para ser sincero,** te quiero vayas. que	說實話，我要你走開。
03	**Para ser sincero,** ayuda. tu no necesito	說實話，我並不需要你的幫助。
04	**Para ser sincero,** un irresponsable. eres	說實話，你是個不負責任的人。

解答

★01： Para ser sincero, ya no me gustas.
★02： Para ser sincero, quiero que te vayas.
★03： Para ser sincero, no necesito tu ayuda.
★04： Para ser sincero, eres un irresponsable.

PASO3　應用篇

A：María, ¿quieres ser mi novia?

B：Para ser sincera, no estoy lista para empezar una relación.

A：瑪麗，你願意做我的女朋友嗎？

B：說實話，我還沒有準備好重新開始另一段感情。

Seguramente... 無疑；極可能……

Seguramente + 動詞（現在 / 未來 / 虛擬），表示「無疑；極可能地……」。

PASO1　Top 必學句

01 | **Seguramente** me quede en casa mañana.　明天我肯定會留在家裡。

02 | **Seguramente** voy a comer pescado esta noche.　我今晚極可能吃魚。

03 | **Seguramente** Emilia está enojada conmigo.　艾米利亞肯定在生我的氣。

04 | **Seguramente** estarás en España el mes que viene.　下個月你想必會在西班牙。

05 | **Seguramente** la abuela de Lisa va a morir.　麗莎的祖母極可能會死。

06 | **Seguramente** te van a subir el alquiler.　他們肯定會提高租金。

07 | **Seguramente** Carlos venga el miércoles.　卡洛斯極可能週三會來。

08 | **Seguramente** este coche es más caro.　這款車肯定更貴。

09 | **Seguramente** no conozcas a mi suegro.　你肯定不認識我的岳父。

10 | **Seguramente** este supermercado va a cerrar.　這家商店極可能會關閉。

補充

★04：España　名 西班牙

★06：subir el alquiler　短 漲房租

★07：miércoles　名 星期三

PASO2　句子重組練習

01 | **Seguramente** camisa te quedará mejor. esta　這件襯衫肯定會更適合你。

02 | **Seguramente** gasolina subir. el precio de va la　汽油的價格肯定會上漲。

03 | **Seguramente** a ver. volveremos nos　我們肯定會再看到彼此。

04 | **Seguramente** dormido me quedaré mañana.　我早晨肯定睡不醒。

05 | **Seguramente** noticia. una es buena　這當然是個好消息。

 解答

★01：Seguramente esta camisa te quedará mejor.

★02：Seguramente el precio de la gasolina va a subir.

★03：Seguramente nos volveremos a ver.

★04：Seguramente me quedaré dormido mañana.

★05：Seguramente es una buena noticia.

PASO3　應用篇

A：Daniel no ha ido a trabajar desde hace días.

B：Seguramente lo van a despedir.

A：丹尼爾已經好幾天沒去上班了。

B：他們極可能會解雇他。

Es aconsejable que... 最好是……

虛擬式：表達說話人主觀的情緒與感覺（希望、意願、懷疑、可能、高興、害怕、驚訝、遺憾……）。以及表達命令和祈使的動詞（請求、建議、允許、禁止、勸誡……等）。Es aconsejable + 連接詞 que + 虛擬式現在時，表示「最好是……」。

PASO1　Top 必學句

01 | **Es aconsejable que** empieces la terapia.　最好是開始接受治療。

02 | **Es aconsejable que** pidas un aumento de salario.　最好是你要求加薪。

03 | **Es aconsejable que** vayas a los Estados Unidos.　最好是你去美國。

04 | **Es aconsejable que** (ustedes) visiten a los huérfanos.　最好是你們去參觀孤兒們。

05 | **Es aconsejable que** respetes las señalizaciones de tránsito.　最好是你遵守交通標誌。

06 | **Es aconsejable que** lleguemos a un acuerdo.　最好是我們達成一個協議。

07 | **Es aconsejable que** estudiemos juntos.　最好是我們一起學習。

08 | **Es aconsejable que** pruebes mi postre.　最好是嚐嚐我的甜點。

09 | **Es aconsejable que** cuides tu trabajo.　最好是守好你的工作。

10 | **Es aconsejable que** conduzcas con cuidado.　最好是你能小心駕駛。

補充
★04：huérfanos　名 孤兒們
★05：señalización　名 交通標誌
★06：llegar a un acuerdo　動 達成一個協議

PASO2　句子重組練習

01 | **Es aconsejable que** la verdad. digas　最好是說實話。

02 | **Es aconsejable que** media naranja. tu encuentres　最好是你找到你的靈魂伴侶。

03 | **Es aconsejable que** paz. la mantengamos　最好是我們維持和平。

解答
★01：Es aconsejable que digas la verdad.
★02：Es aconsejable que encuentres tu media naranja.
★03：Es aconsejable que mantengamos la paz.

PASO3　應用篇

A：Mañana salgo de viaje a Inglaterra.

B：Entonces es aconsejable que arregles tu maleta ya.

A：明天我要去英國旅行。

B：所以，建議你最好開始準備行李。

Deberíamos... 我們應該……

條件式：指事情有可能在某種條件下實現。表達禮貌或客套時用條件句。語氣婉轉的提出要求或建議或說話人其主觀的意願與推測……等等。Deberíamos（條件式簡單時態）+ 動詞原形，表示「我們應該……」。

PASO1　Top 必學句

01	**Deberíamos** pasar la navidad juntos.	我們應該一起過聖誕節。
02	**Deberíamos** reunirnos ahora.	我們應該現在集合。
03	**Deberíamos** jugar golf el domingo.	我們應該在週日打高爾夫球。
04	**Deberíamos** ir a Perú.	我們應該去祕魯。
05	**Deberíamos** ahorrar agua.	我們應該節約用水。
06	**Deberíamos** casarnos.	我們應該結婚。
07	**Deberíamos** darnos una ducha.	我們應該淋浴。
08	**Deberíamos** hablar inglés.	我們應該說英語。
09	**Deberíamos** sonreir más.	我們應該常微笑。
10	**Deberíamos** vivir más cerca.	我們應該住得近一些。

補充
★01：navidad　名 聖誕節
★04：Perú　名 祕魯
★07：darse una ducha　短 淋浴

PASO2　句子重組練習

01	**Deberíamos** alfombra. la aspirar	我們應該吸地毯。
02	**Deberíamos** la casa. limpiar	我們應該清潔房子。
03	**Deberíamos** más sano. comer	我們應該吃得更健康。
04	**Deberíamos** nuestros corregir errores.	我們應該糾正我們的錯誤。
05	**Deberíamos** otro comprar piano.	我們應該購買另一台鋼琴。

 解答
★01：Deberíamos aspirar la alfombra.
★02：Deberíamos limpiar la casa.
★03：Deberíamos comer más sano.
★04：Deberíamos corregir nuestros errores.
★05：Deberíamos comprar otro piano.

PASO3　應用篇

A：Ya es tarde para irnos ahora.

B：Sí, **deberíamos** quedarnos aquí esta noche.

A：如果我們現在走，為時已晚了。

B：說的也是，我們應該在這兒過夜。

Me gustaría... 我想要……

條件式：指事情有可能在某種條件下實現。表達禮貌或客套時用條件句。語氣婉轉的提出要求或建議或說話人其主觀的意願與推測……等等。Me gustaría（條件式簡單時態）+ 動詞原形，表示「我想要……」。

PASO1　Top 必學句

01	**Me gustaría** conocerte mejor.	我想要更認識你。
02	**Me gustaría** saludar a tu padre.	我想問候你父親。
03	**Me gustaría** vivir contigo.	我想要和你一起生活。
04	**Me gustaría** felicitarte en tu cumpleaños.	我想要祝賀你的生日。
05	**Me gustaría** saber más de ti.	我想要多瞭解你。
06	**Me gustaría** aprender a cantar.	我想要學唱歌。
07	**Me gustaría** salir con José.	我想跟荷塞出去（約會）。
08	**Me gustaría** cambiar mi computador.	我想要換電腦。
09	**Me gustaría** ganar la lotería.	我想中樂透（彩票）。
10	**Me gustaría** enseñarte chino mandarín.	我想教你華語（普通話）。

補充
- ★02：saludar 動 問候；致意
- ★04：felicitar 動 祝賀
- ★10：enseñar 動 教授；教

PASO2　句子重組練習

01	**Me gustaría** helado tomar de vainilla.	我想吃香草霜淇淋。
02	**Me gustaría** a aprender cocinar.	我想學烹飪。
03	**Me gustaría** rosas el jardín. en plantar	我想在花園種玫瑰花。

解答
- ★01：Me gustaría tomar helado de vainilla.
- ★02：Me gustaría aprender a cocinar.
- ★03：Me gustaría plantar rosas en el jardín.

PASO3　應用篇

A：Amanda, usas WhatsApp?

B：Sí, me gustaría añadirte como contacto.

A：¡Claro! ¡No hay problema!

A：阿曼達，你有WhatsApp嗎？。

B：是的，我想加你為好友。

A：當然！沒問題！

Yo que tú... 如果我是你的話……

條件式：指事情有可能在某種條件下實現。表達禮貌或客套時用條件句。語氣婉轉的提出要求或建議或説話人其主觀的意願與推測……等等。Yo que tú + 簡單時條件式，表示「如果我是你的話……」。

PASO1　Top 必學句

01	**Yo que tú** llegaría antes a la cita.	如果我是你的話，我會在約會前到達。
02	**Yo que tú** no escucharía a Javier.	如果我是你的話，我不會聽哈維爾。
03	**Yo que tú** haría más méritos.	如果我是你的話，我會表現更傑出。
04	**Yo que tú** iría a ver a Julio al hospital.	如果我是你的話，我會去醫院探視胡里歐。
05	**Yo que tú** les diría que se fueran.	如果我是你的話，我會請他們離開。
06	**Yo que tú** dejaría todo igual.	如果我是你的話，我會維持現狀。
07	**Yo que tú** regaría las plantas.	如果我是你的話，我會為植物澆水。
08	**Yo que tú** pintaría mi casa.	如果我是你的話，我會粉刷我的房子。
09	**Yo que tú** me lavaría las manos.	如果我是你的話，我會去洗手。
10	**Yo que tú** no vería esa película.	如果我是你的話，我不會去看那部電影。

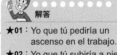

補充

★03	hacer méritos	短 力爭獲得（賞識）
★07	regar	動 灌溉；澆水
★08	pintar	動 粉刷

PASO2　句子重組練習

01	**Yo que tú** ascenso en trabajo. un el pediría	如果我是你的話，我會要求升遷。
02	**Yo que tú** a pie cerro. subiría el	如果我是你的話，我會徒步走上山。
03	**Yo que tú** a María. regalaría le flores	如果我是你的話，我會送花給瑪麗。

解答

★01：Yo que tú pediría un ascenso en el trabajo.
★02：Yo que tú subiría a pie el cerro.
★03：Yo que tú le regalaría flores a María.

PASO3　應用篇

A：Me ha ido muy bien en el colegio los último años.

B：Yo que tú estudiaría medicina.

A：我在學校的最後幾年，成績表現優異。

B：如果我是你的話，我會選擇去讀醫學院。

Sería buena idea...
這會是個好主意……

條件式：指事情有可能在某種條件下實現。表達禮貌或客套時用條件句。語氣婉轉的提出要求或建議或說話人其主觀的意願與推測……等等。Sería（條件式簡單時）。Sería buena idea + 動詞原形，表示「這會是個好主意……」。

PASO1　Top 必學句

01 | **Sería buena idea** arreglar la casa. | 這會是個好主意，修理房子。

02 | **Sería buena idea** continuar los estudios. | 這會是個好主意，繼續讀書。

03 | **Sería buena idea** posponer la fiesta. | 這會是個好主意，聚會延期。

04 | **Sería buena idea** dejar de hacer ruido. | 這會是個好主意，停止製造噪音。

05 | **Sería buena idea** prepararnos para la competencia. | 這會是個好主意，準備比賽。

06 | **Sería buena idea** dar un regalo a Miguel. | 這會是個好主意，送禮物給米格爾。

07 | **Sería buena idea** jubilarnos ahora. | 這會是個好主意，現在就退休。

08 | **Sería buena idea** revisar el documento. | 這會是個好主意，審查文件。

補充

★03：posponer 動 延期；改期
★07：jubilarse 動 退休；退職
★08：revisar 動 修改；校正

PASO2　句子重組練習

01 | **Sería buena idea** un tomarnos café. | 這會是個好主意，我們喝一杯咖啡。

02 | **Sería buena idea** lejos juntos. irnos | 這會是個好主意，我們遠走高飛。

03 | **Sería buena idea** un poco. Descansar | 這將是不錯的主意，休息一會兒。

04 | **Sería buena idea** nueva abrir una oficina. | 這會是個好主意，開一間新公司。

解答

★01：Sería buena idea tomarnos un café.
★02：Sería buena idea irnos lejos juntos.
★03：Sería buena idea descansar un poco.
★04：Sería buena idea abrir una nueva oficina.

PASO3　應用篇

A：Mamá ha preparado muchos platos exquisitos.

B：Sí, sería buena idea ayudarla a limpiar la cocina.

A：媽媽準備了很多好吃的菜。

B：是啊，這會是個好主意，我們來幫她打掃廚房。

Sería estupendo si...
如果⋯⋯就太棒了⋯⋯

條件式：指事情有可能在某種條件下實現。表達禮貌或客套時用條件句。語氣婉轉的提出要求或建議或說話人其主觀的意願與推測⋯⋯等等。Sería（條件式簡單時態）+ 連接詞 si 這樣的句子，用以表現條件或是假設。

PASO1　Top 必學句

01	**Sería estupendo si** te dieran el ascenso.	如果他們幫你升遷，就太棒了。
02	**Sería estupendo si** pudiéramos ir a Francia.	如果我們能去法國，簡直是太棒了。
03	**Sería estupendo si** Anita y Felipe se casaran.	如果艾妮卡和菲力浦結婚，就太棒了。
04	**Sería estupendo si** nos ganásemos el premio.	如果我們能獲獎，就太棒了。
05	**Sería estupendo si** te disculparas conmigo.	如果你向我致歉，這就太好了。
06	**Sería estupendo si** encontráramos a nuestro perro.	如果我們找回遺失的狗，就太好了。
07	**Sería estupendo si** participaras en la celebración.	如果你參加慶祝會，就太棒了。
08	**Sería estupendo si** formaras parte del plan.	如果你能成為計畫的一部份，就太完美了。

補充

★01：ascenso 名 晉級；升遷
★04：ganar el premio 短 獲獎
★08：formar parte 短 在⋯⋯一部份

PASO2　句子重組練習

01	**Sería estupendo si** bocadillo. me un hicieras	如果你幫做我個三明治，就太棒了。
02	**Sería estupendo si** propuesta. aceptaras mi	如果你接受我的建議，就太好了。
03	**Sería estupendo si** tanto. no demoraras te	如果你不耽誤太多，就太好了。

解答

★01：Sería estupendo si me hicieras un bocadillo.
★02：Sería estupendo si aceptaras mi propuesta.
★03：Sería estupendo si no te demoraras tanto.

PASO3　應用篇

A：Todos hemos trabajado mucho este año.

B：Sí, sería estupendo si la empresa nos diera un bono de incentivo.

A：今年我們都很努力。

B：是啊，如果公司發給我們激勵獎金，就太完美了。

Propongo que... 我建議……

虛擬式：表達說話人主觀的情緒與感覺（希望、意願、懷疑、可能、高興、害怕、驚訝、遺憾……）。以及表達命令和祈使的動詞（請求、建議、允許、禁止、勸誠……等）。Propongo que + 虛擬式現在時，表示「我建議……」。

PASO1　Top 必學句

01	**Propongo que** hagamos un brindis.	我建議我們乾杯。
02	**Propongo que** nos abriguemos para ir a esquiar.	我建議我們穿保暖點一起去滑雪。
03	**Propongo que** empecemos la reunión.	我建議我們開始開會。
04	**Propongo que** no hagamos planes.	我建議我們不作計畫。
05	**Propongo que** hagamos un pacto.	我建議我們達成協議。
06	**Propongo que** vayamos al parque.	我建議我們去公園。
07	**Propongo que** llevemos a los niños a Disneylandia.	我建議我們帶孩子到迪士尼樂園。
08	**Propongo que** busquemos un apartamento más grande.	我建議我們找更大的公寓。
09	**Propongo que** nos tomemos libre el jueves.	我建議我們把星期四空下來。
10	**Propongo que** vuelvas mañana.	我建議你明天再來。

PASO2　句子重組練習

01	**Propongo que** a conducir. aprendamos	我建議我們學開車。
02	**Propongo que** zapatos. te los quites	我建議你脫鞋。
03	**Propongo que** la compartamos casa.	我建議分享房子。
04	**Propongo que** de todo. olvidemos nos	我建議我們忘記了一切。

PASO3　應用篇

A：Este restaurante es carísimo.

B：Ya sé... Propongo que paguemos la cuenta a medias.

A：這家餐廳真是昂貴。

B：我知道……我提議我們各付一半的帳單。

No te olvides de... 你不要忘了……

No te olvides + 介系詞 de（表示內容）+ 名詞或動詞，表示「你不要忘了……」。

PASO1　Top 必學句

01	**No te olvides del** cepillo de dientes	不要忘了你的牙刷。
02	**No te olvides de** nuestra cita.	別忘了我們的約會。
03	**No te olvides de** la receta de cocina.	你不要忘了食譜。
04	**No te olvides de** la letra de la canción.	你不要忘了這首歌的歌詞。
05	**No te olvides de** llamar a Laura.	你不要忘了叫勞拉。
06	**No te olvides de** ser felíz.	你不要忘了要快樂。
07	**No te olvides de** tu familia.	你不要忘記你的家人。
08	**No te olvides de** tus amigos.	你不要忘記你的朋友。
09	**No te olvides de** ponerte protector solar.	你不要忘了塗防曬油。
10	**No te olvides de** traer galletas.	你不要忘記帶餅乾。

補充

★01：cepillo de dientes　短 牙刷
★03：la receta de cocina　短 食譜
★09：solar　形 太陽的
★10：galletas　名 餅乾

PASO2　句子重組練習

01	**No te olvides de**　billetes.　contar　los	你不要忘了算鈔票。
02	**No te olvides de**　las　dar　gracias.	你不要忘了說謝謝。
03	**No te olvides de**　números　los　de　teléfono.	你不要忘了電話號碼。
04	**No te olvides de**　robos.　los　cuidarte　de	你不要忘了要預防竊盜。
05	**No te olvides de**　mochila.　tu	你不要忘了你的背包。

解答

★01：No te olvides de contar los billetes.
★02：No te olvides de dar las gracias.
★03：No te olvides de los números de teléfono.
★04：No te olvides de cuidarte de los robos.
★05：No te olvides de tu mochila.

PASO3　應用篇

A：Quiero nadar un poco. Vamos a la piscina.

B：Ya. No te olvides de las toallas.

A：我想去游泳，那我們就去游泳池。

B：好啊，別忘了帶毛巾。

Permíteme... 讓（允許）我⋯⋯

虛擬式：表達説話人主觀的情緒與感覺（希望、意願、懷疑、可能、高興、害怕、驚訝、遺憾⋯⋯）。以及表達命令和祈使的動詞（請求、建議、允許、禁止、勸誡⋯⋯等）。Permíteme que + 虛擬式現在時，表示「讓（允許）我⋯⋯」。

PASO1　Top 必學句

01	**Permíteme** que te ayude.	讓我來幫你。
02	**Permíteme** que te acompañe.	讓我陪伴你。
03	**Permíteme** que vaya contigo.	讓我和你一起去。
04	**Permíteme** que ponga la mesa.	讓我擺桌子。
05	**Permíteme** que me presente.	讓我自我介紹一下。
06	**Permíteme** que te tutee.	讓我以「你」稱呼你。
07	**Permíteme** que me saque el sombrero.	請允許我脱掉我的帽子。
08	**Permíteme** que me ponga el camisón de dormir.	請允許我穿睡衣（女性）。
09	**Permíteme** que use tu teléfono.	讓我用你的電話。
10	**Permíteme** que le escriba a Tomás.	讓我寫給托馬斯。

補充

★05：presentarse 動 自我介紹
★06：tutear 動 以「你」稱呼
★08：camisón de dormir 短 （女用）睡衣

PASO2　句子重組練習

01	**Permíteme que** asado. yo haga el	請允許我來烤肉。
02	**Permíteme que** lo diga siento. que te	讓我來告訴你我的感受。
03	**Permíteme que** una canción. te cante	讓我為你唱一首歌。
04	**Permíteme que** bolso. lleve el te	讓我來幫你扛背包。
05	**Permíteme que** comer. te invite a	讓我請你吃飯。

解答

★01：Permíteme que yo haga el asado.
★02：Permíteme que te diga lo que siento.
★03：Permíteme que te cante una canción.
★04：Permíteme que te lleve el bolso.
★05：Permíteme que te invite a comer.

PASO3　應用篇

A：Está haciendo mucho calor aquí.

B：Sí. Permíteme que prenda el aire acondicionado.

A：Por supuesto.

A：這裡非常熱。

B：是的，讓我打開空調（冷氣機）。

A：當然。

Quizás... 也許……

Quizás... + 虛擬式現在時，表示「也許……」。

PASO1　Top 必學句

01 | **Quizás** sea interesante viajar en barco.　也許乘船旅行很有趣。

02 | **Quizás** tenga que trabajar hasta tarde.　也許我會工作到很晚。

03 | **Quizás** Daniel venga hoy.　也許丹尼爾今天到。

04 | **Quizás** la profesora sepa la respuesta.　也許老師知道答案。

05 | **Quizás** tu madre no te crea.　也許你母親不相信你。

06 | **Quizás** el color rosado te quede bien.　也許粉紅色適合你。

07 | **Quizás** yo no pueda ir al baile mañana.　也許我明天不能去參加舞會。

08 | **Quizás** el examen sea fácil.　也許考試很容易。

09 | **Quizás** haga frio esta noche.　也許今晚變冷。

10 | **Quizás** no pueda ir a casa de Sara.　也許我不能去莎拉的家。

> **補充**
> ★01：barco　名 船
> ★04：respuesta　名 答案
> ★06：rosado　名 粉紅色

PASO2　句子重組練習

01 | **Quizás** vuelo mal salga el por tiempo. no el　也許飛機是因天氣惡劣而停飛。

02 | **Quizás** una llegue tormenta mañana.　也許明天會下暴風雨。

03 | **Quizás** quede noche. me despierto esta　也許我今晚別睡覺。

04 | **Quizás** caliente. debas un darte baño　也許你應該洗個熱水澡。

05 | **Quizás** con este resfríes te frío.　也許你是因天寒而著涼的。

> **解答**
> ★01：Quizás no salga el vuelo por el mal tiempo.
> ★02：Quizás llegue una tormenta mañana.
> ★03：Quizás me quede despierto esta noche.
> ★04：Quizás debas darte un baño caliente.
> ★05：Quizás te resfríes con este frio.

PASO3　應用篇

A：Me duelen mucho los pies.

B：Quizás no debas usar tacones altos.

A：我的腳好痛。

B：也許你不應該穿高跟鞋。

Me sentiría mejor si...

如果……我就會好過些……

「Sentiría（條件式簡單時態）+ 連接詞 si」這樣的句子，用以表現條件或是假設。Me sentiría mejor si...，意思是「如果……我就會好過些……」。

PASO1　Top 必學句

補充

★02:	dar una explicación	短	給一個解釋
★06:	reconocer	動	承認
★07:	en privado	短	私下裡

01 | **Me sentiría mejor si** Ricardo estuviera aquí.
如果里卡多在這裡，我就會好過些。

02 | **Me sentiría mejor si** me dieras una explicación.
如果你給我一個解釋，我就會好過些。

03 | **Me sentiría mejor si** aceptaras mis disculpas.
如果你接受我的道歉，我就會好過些。

04 | **Me sentiría mejor si** me dieras tu dirección.
如果你給我你的地址，我會感覺比較好。

05 | **Me sentiría mejor si** fueses mi amigo.
如果你是我的朋友，我會更高興。

06 | **Me sentiría mejor si** reconocieras tu error.
如果你承認你的錯誤，我就會好過些。

07 | **Me sentiría mejor si** conversáramos en privado.
如果我們私下談，我會覺得比較好。

08 | **Me sentiría mejor si** me miraras cuando hablas.
當你說話時如果能看著我，我會舒服些。

PASO2　句子重組練習

解答

★01: Me sentiría mejor si viviéramos en Madrid.

★02: Me sentiría mejor si no fueses tan tacaño.

★03: Me sentiría mejor si me escucharas.

01 | **Me sentiría mejor si** Madrid. en viviéramos
如果我們住在馬德里，我會舒服些。

02 | **Me sentiría mejor si** no tacaño. fueses tan
如果你不是這麼小氣，我會感覺更好。

03 | **Me sentiría mejor si** escucharas. me
如果你聽我的，我會覺得比較好。

PASO3　應用篇

A：Andrés, aquí tienes un café con leche.

B：Gracias, pero me sentiría mejor si me dieras un vaso de agua.

A：安德魯，這一杯拿鐵是給你的。

B：謝謝，如果你能順便給我一杯水，我會更高興。

Podríamos... 我們能不能……

Podríamos + 動詞原形，表示「應該會比較好……」。

PASO1　Top 必學句

01	**Podríamos** cortar el pasto.	我們可以割草。
02	**Podríamos** encontrarnos en el centro.	我們可以在（城鎮）中心見面。
03	**Podríamos** ahorrar energía.	我們可以節省能源。
04	**Podríamos** evitar la contaminación.	我們可以避免污染。
05	**Podríamos** estar juntos ahora.	我們可以現在就在一起。
06	**Podríamos** aprender de Luisa.	我們可以跟路易莎學習。
07	**Podríamos** leer los poemas de Neruda.	我們可以閱讀聶魯達的詩。
08	**Podríamos** callarnos.	我們可以閉嘴了。
09	**Podríamos** juntarnos en mi casa.	我們可以在我家聚會。
10	**Podríamos** ir a veranear al Caribe.	我們可以在加勒比海度暑假。

補充
★**04**：contaminación 名 污染
★**07**：poemas 名 詩
★**10**：ir a veranear 短 度暑假

PASO2　句子重組練習

01	**Podríamos** geografía. estudiar	我們可以學習地理。
02	**Podríamos** cultura entender la china.	我們可以瞭解中國文化。
03	**Podríamos** al albergar hombre. pobre	我們可以容納這個可憐的人。
04	**Podríamos** viaje. planear un	我們可以計劃一次旅行。
05	**Podríamos** especial hoy. algo comer	我們今天可以吃一些特別的東西。

解答
★**01**：Podríamos estudiar geografía.
★**02**：Podríamos entender la cultura china.
★**03**：Podríamos albergar al pobre hombre.
★**04**：Podríamos planear un viaje.
★**05**：Podríamos comer algo especial hoy.

PASO3　應用篇

A：Hoy es nuestro aniversario de bodas.

B：¡Sí! Podríamos cenar en tu restaurante favorito esta noche.

A：今天是我們的結婚紀念日。

B：是啊！我們可以在今晚去你最喜歡的餐廳用餐。

Convendría que... 或許會比較好……

條件式：指事情有可能在某種條件下實現。表達禮貌或客套時用條件句。語氣婉轉的提出要求或建議或說話人主觀的意願與推測……等等。虛擬式：表達說話人主觀的情緒與感覺（希望、意願、懷疑、可能、高興、害怕、驚訝、遺憾……），以及表達命令和祈使的動詞（請求、建議、允許、禁止、勸誡……等）Convendría que + 虛擬式過去未完成時，表示「或許會比較好……」。

PASO1　Top 必學句

01	**Convendría que** te hicieras el examen de sangre.	你去做驗血，應該有所助益。
02	**Convendría que** no preguntaras más.	你不要再問，不失為上策。
03	**Convendría que** tomaras el tren de las dos de la tarde.	你下午兩點搭火車，或許會比較好。
04	**Convendría que** no gritaras tanto.	你不要這麼愛喊叫，或許會比較好。
05	**Convendría que** te arreglaras mejor para la cita.	你最好把自己打扮妥當，會比較好。
06	**Convendría que** imprimieras los documentos.	你將文件印出來，不失為上策。
07	**Convendría que** te limpiaras los zapatos al entrar.	你最好先清潔鞋再進入，會比較好。
08	**Convendría que** aprendieras mejores modales.	學習更好規矩，也許對你會有所助益。

補充

★01：examen de sangre　短 驗血
★06：imprimir　動 印製；印刷
★08：modales　名 禮貌；規矩

PASO2　句子重組練習

01	**Convendría que** investigara policía el crímen. La	警方調查罪案，也許有所助益。
02	**Convendría que** seguro de vida. compráramos un	我們購買人壽保險，不失為上策。
03	**Convendría que** más tomaras leche.	你多喝點牛奶，會比較好。

解答

★01：Convendría que la policía investigara el crimen.
★02：Convendría que compráramos un seguro de vida.
★03：Convendría que tomaras más leche.

PASO3　應用篇

A：Mira Sofía, estás dejando tus huellas sucias por todas partes.

A：妳看……索菲亞，瞧瞧到處都是妳留下的髒腳印。

B：Perdón papá…

B：對不起，爸爸……

A：Sí, convendría que te limpiaras los zapatos al entrar.

A：是的，妳最好先清潔鞋子再進入，會比較好。

240

Sólo quería... 我只是想……

Quería 過去未完成式：描述發生在過去的一段時間（或不久前的近期）事件，其精神或身體或情緒等動作與狀態，可以是連續的、重複的動作，並沒有表示已完成。 Sólo quería + 動詞原形，表示「我只是想……」。

PASO1　Top 必學句

01	**Sólo quería** volver a verte.	我只是想看看你。
02	**Sólo quería** pedirte permiso.	我只是想要求你的許可。
03	**Sólo quería** ayudarte a llevar la bolsa.	我只是想幫你攜帶隨身包。
04	**Sólo quería** pedirle un favor a mi hermano.	我只是想請我的兄（弟）幫個忙。
05	**Sólo quería** saludarte.	我只是想跟你打個招呼。
06	**Sólo quería** salir de mi casa.	我只是想離開我的房子。
07	**Sólo quería** ganar tu confianza.	我只是想贏得你的信賴。
08	**Sólo quería** probar la gelatina.	我只是想品嚐果凍。
09	**Sólo quería** darte las gracias.	我只是想謝謝你。
10	**Sólo quería** comentarte algo.	我只是想告訴你一些事情。

補充

★05： saludar　動 招呼；問候
★07： confianza　名 信賴
★09： dar las gracias　短 道（答）謝

PASO2　句子重組練習

01	**Sólo quería** contigo. salir	我只是想和你一起出去。
02	**Sólo quería** un café. tomarme	我只是想喝杯咖啡。
03	**Sólo quería** de viaje. irme	我只是想去旅行。

解答

★01：Sólo quería salir contigo.
★02：Sólo quería tomarme un café.
★03：Sólo quería irme de viaje.

PASO3　應用篇

A： Ana, no te gustaría ir a las termas conmigo?

B：No, no puedo salir hoy.

A：Bueno, sólo quería relajarme un poco.

A：安娜，妳不喜歡和我去泡溫泉嗎？

B：不，我今天走不開。

A：好吧，我只是想放鬆一下。

Por favor... 請；勞駕；拜託……

Por favor + 動詞命令式，表示「請；勞駕；拜託……」。

PASO1　Top 必學句

01	**Por favor** evita hablar mal de otros.	請避免講別人的壞話。
02	**Por favor** hazle caso a tus padres.	請聽你父母的話。
03	**Por favor** cuidate de los ladrones.	請提防小偷。
04	**Por favor** vuelve pronto.	請盡快回來。
05	**Por favor** véndeme tus muebles.	請賣給我你的傢俱。
06	**Por favor** levántate ahora.	請你現在站起來。
07	**Por favor** escucha mi consejo.	請聽我的忠告。
08	**Por favor** dime qué te pasa.	請告訴我你發生什麼事。
09	**Por favor** deja la puerta cerrada.	拜託關上門。
10	**Por favor** conduce más despacio.	請開慢點。

補充

★03：ladrón　名 小偷；賊
★05：muebles　名 傢俱
★10：despacio　副 緩慢地

PASO2　句子重組練習

01	**Por favor** conmigo. quédate	請你留在我身邊。
02	**Por favor** tu apaga celular.	請關閉你的手機。
03	**Por favor** con atención. escucha	請專心聽
04	**Por favor** asiento. toma	請坐。
05	**Por favor** mis disculpas. acepta	請接受我的道歉。

解答

★01：Por favor quédate conmigo.
★02：Por favor apaga tu celular.
★03：Por favor escucha con atención
★04：Por favor toma asiento.
★05：Por favor acepta mis disculpas.

PASO3　應用篇

A：No entiendo lo qué te pasa, cariño.

B：Por favor trata de comprenderme un poco más.

A：親愛的，我不明白你是怎麼回事。

B：拜託，請試著多瞭解我一點。

Va a ser mejor que... 最好……

Va a ser mejor + 連接詞 que + 虛擬式現在時，表示「 最好……」。

PASO1　Top 必學句

01 | **Va a ser mejor que** te olvides de mi. | 最好你把我給忘了。

02 | **Va a ser mejor que** dejes de comer. | 最好停止進食。

03 | **Va a ser mejor que** encierres al perro. | 最好是把狗關起來。

04 | **Va a ser mejor que** vayas a Hong Kong. | 你不如去香港。

05 | **Va a ser mejor que** te levantes de una vez. | 你最好是一次就爬起來。

06 | **Va a ser mejor que** compres peras en el mercado. | 我不如到市場買梨。

07 | **Va a ser mejor que** no nos veamos más. | 最好我們不再看到彼此。

08 | **Va a ser mejor que** me calme. | 最好是我平靜下來。

09 | **Va a ser mejor que** te tomes un recreo. | 最好是你休息一陣子。

10 | **Va a ser mejor que** uses tus zapatos negros. | 你最好是穿你的黑皮鞋。

> **補充**
> ★03：encerrar　動 關閉
> ★04：Hong Kong　名 香港
> ★06：peras　名 梨子

PASO2　句子重組練習

01 | **Va a ser mejor que** la entrenes competencia. te para | 如果你為競賽做訓練會更好。

02 | **Va a ser mejor que** temprano. volvamos | 我們最好是提前回來。

03 | **Va a ser mejor que** los dientes. cepilles te | 如果你能刷牙會更好。

04 | **Va a ser mejor que** toda la comas te ensalada. | 如果你吃完所有的沙拉會更好。

05 | **Va a ser mejor que** hagas lo tú. | 最好你自己做。

>
> **解答**
> ★01：Va a ser mejor que te entrenes para la competencia.
> ★02：Va a ser mejor que volvamos temprano.
> ★03：Va a ser mejor que te cepilles los dientes.
> ★04：Va a ser mejor que te comas toda la ensalada.
> ★05：Va a ser mejor que lo hagas tú.

PASO3　應用篇

A：Mi jefe es muy exigente y mi salario es muy bajo.

B：Va a ser mejor que te cambies de trabajo.

A：我的老闆很苛刻且我的工資又非常低。

B：你最好是能換個工作。

Estoy convencido de que...
我確信……

Estoy convencido de que + 未來式。表示「我確信……」。

PASO1　Top 必學句

01 | **Estoy convencido de que** voy a ganar el primer lugar.
我相信，我會贏得第一名。

02 | **Estoy convencido de que** vas a perder.
我相信你將會輸。

03 | **Estoy convencido de que** vas a seguir en esta empresa.
我相信，你會繼續留在這間公司。

04 | **Estoy convencido de que** ganarás el concurso.
我相信，你會贏得比賽。

05 | **Estoy convencido de que** aceptarás mi proposición.
我相信，你會接受我的建議。

06 | **Estoy convencido de que** irás a mi matrimonio.
我相信，你會參加我的婚姻。

07 | **Estoy convencido de que** la situación en Bolivia va a mejorar.
我相信，玻利維亞的情況會好轉。

08 | **Estoy convencido de que** debemos unirnos.
我深信，我們必須團結起來。

補充

★01：primer lugar 短 第一名
★04：concurso 名 比賽；競賽
★08：unirse 動 團結

PASO2　句子重組練習

01 | **Estoy convencido de que** tu encontrar a vas hijo. a
我相信，你會找到你的兒子。

02 | **Estoy convencido de que** casará se Alicia Pedro. Con
我相信，艾麗西亞將會嫁給佩德羅。

03 | **Estoy convencido de que** problema. el solucionaremos
我相信，我們會解決這個問題。

04 | **Estoy convencido de que** café va subir. el del precio a
我深信，咖啡價格會上漲。

解答

★01：Estoy convencido de que vas a encontrar a tu hijo.
★02：Estoy convencido de que Alicia se casará con Pedro.
★03：Estoy convencido de que solucionaremos el problema.
★04：Estoy convencido de que el precio del café va a subir.

PASO3　應用篇

A：Mi hijo vive en Europa y la situación allí esta muy mala.

B：Estoy convencido de que la economía en Europa va a mejorar.

A：我的兒子住在歐洲，那裡的情況很糟糕。

B：我相信，歐洲經濟將有所改善。

Deberías apreciar... 你應該感激……

條件式：指事情有可能在某種條件下實現。表達禮貌或客套時用條件句。語氣婉轉的提出要求或建議或說話人其主觀的意願與推測……等等。Deberías apreciar + 動詞原形，表示「你應該感激……」。

PASO1　Top 必學句

01	**Deberías apreciar** mi esfuerzo.	你應該感謝我的努力。
02	**Deberías apreciar** nuestra amistad.	你應該珍視我們的友誼。
03	**Deberías apreciar** a tu familia.	你應該珍惜你的家人。
04	**Deberías apreciar** la oportunidad.	你應該珍惜機會。
05	**Deberías apreciar** la generosidad de Antonio.	你應該感激安東尼的慷慨。
06	**Deberías apreciar** todo lo que hago por ti.	你應該體會我所做的都是為了你。
07	**Deberías apreciar** este momento.	你應該感謝這一刻。
08	**Deberías apreciar** tu trabajo.	你應該珍惜你的工作。

PASO2　句子重組練習

01	**Deberías apreciar** tu de bondad esposa. la	你應該疼惜你善良的妻子。
02	**Deberías apreciar** tu mamá. enseñanza de la	你應該感謝母親的教導。
03	**Deberías apreciar** tu de amabilidad la vecino.	你應該感謝鄰居的好意。
04	**Deberías apreciar** buenas la vida. cosas las de	你應該感激生活中的美好事物。
05	**Deberías apreciar** buenos a amigos. tus	你應該珍惜你的好朋友們。

解答

★**01**：Deberías apreciar la bondad de tu esposa.
★**02**：Deberías apreciar la enseñanza de tu mamá.
★**03**：Deberías apreciar la amabilidad de tu vecino.
★**04**：Deberías apreciar las cosas buenas de la vida.
★**05**：Deberías apreciar a tus buenos amigos.

PASO3　應用篇

A：Miguel me invitó a cenar hoy pero no quiero ir.

B：Deberías apreciar su invitación.

A：米格爾邀請我今天共進晚餐，但，我不想去。

B：你應該感謝他的邀請。

Prefiero... 我寧願……

Prefiero + 動詞原形，表示「我寧願……」。

PASO1　Top 必學句

01	**Prefiero** comer en casa.	我比較喜歡在家吃飯。
02	**Prefiero** estar solo.	我比較喜歡獨處。
03	**Prefiero** quedarme en cama.	我比較喜歡躺在床上。
04	**Prefiero** aprovechar mi tiempo libre.	我寧可充分利用我的空閒時間。
05	**Prefiero** estudiar biología.	我比較喜歡學習生物學。
06	**Prefiero** tomar té y no café.	我寧願喝茶而非咖啡。
07	**Prefiero** pagar al contado.	我比較喜歡付現金。
08	**Prefiero** solicitar un crédito al banco.	我寧可向銀行申請貸款。
09	**Prefiero** guardar silencio.	我寧願保持沉默。
10	**Prefiero** saber la verdad.	我寧可知道真相。

補充

★05：biología　名 生物學
★07：pagar al contado　短 付現金
★09：guardar silencio　短 保持沉默

PASO2　句子重組練習

01	**Prefiero** este leer libro.	我比較喜歡讀這本書。
02	**Prefiero** en Asia. vivir	我比較喜歡生活在亞洲。
03	**Prefiero** a olvidar Tomás.	我寧願忘記托馬斯。
04	**Prefiero** de otro hablar tema.	我寧可談別的話題。
05	**Prefiero** uva. comer	我更喜歡吃葡萄。

解答

★01：Prefiero leer este libro.
★02：Prefiero vivir en Asia.
★03：Prefiero olvidar a Tomás.
★04：Prefiero hablar de otro tema.
★05：Prefiero comer uva.

PASO3　應用篇

A：¿Por qué no te casaste con Felipe?

B：La verdad es que prefiero estar soltera.

A：你為什麼不嫁給菲力浦？

B：坦白講，我是寧願單身。

Deseo que... 我希望……

Deseo que ＋ 虛擬式現在時，表示「我希望……」。

PASO1　Top 必學句

01	**Deseo que** te mejores pronto.	我希望你很快就會好起來。
02	**Deseo que** te sientas bien.	我希望你感覺很好。
03	**Deseo que** te vaya bien en Tailandia.	我祝願你在泰國萬事順利。
04	**Deseo que** pasemos juntos el año nuevo.	我希望我們一度過新年。
05	**Deseo que** tengas un lindo día.	祝你有一個愉快的一天。
06	**Deseo que** seas mi amiga.	我希望你成為我的朋友。
07	**Deseo que** sigas así de simpático.	我希望你繼續這樣親切和善。
08	**Deseo que** me regalen un gato.	我渴望他們送我一隻貓。
09	**Deseo que** se cumpla mi deseo.	我希望我的願望成真。
10	**Deseo que** el próximo año sea mejor.	我希望明年會更好。

補充

★03：Tailandia　名 泰國
★04：año nuevo　短 新年
★09：cumplir　動 實現

PASO2　句子重組練習

01	**Deseo que** suerte. tengas	我祝你好運。
02	**Deseo que** tu felíz pases cumpleaños.	我祝你生日快樂。
03	**Deseo que** llames. me	我希望你打電話給我。
04	**Deseo que** las gracias. des me	我希望你感謝我。
05	**Deseo que** naranjas. traigas me	我希望你帶給我橘子。

解答

★01：Deseo que tengas suerte.
★02：Deseo que pases felíz tu cumpleaños.
★03：Deseo que me llames.
★04：Deseo que me des las gracias.
★05：Deseo que me traigas naranjas.

PASO3　應用篇

A：Hija, deseo que te vaya muy bien en tu examen final.

B：¡Gracias papi!

A：女兒，我希望妳的期末考試考得很好。

B：謝謝爸比！

Dime si... 告訴我，是否……

Dime + 連接詞 si + 動詞現在時，表示「告訴我，是否……」。

PASO1　Top 必學句

01	**Dime si** eres feliz.	告訴我，你是否幸福。
02	**Dime si** tienes hambre.	告訴我，你是否餓了。
03	**Dime si** vas a volver.	告訴我，你是否要回來。
04	**Dime si** te gusta el pan.	告訴我，你是否喜歡麵包。
05	**Dime si** quieres compartir la casa.	告訴我，你是否想共用房子。
06	**Dime si** este juego es interesante.	告訴我，這個遊戲是否很有趣。
07	**Dime si** hace frío o calor.	告訴我，天氣是冷或熱。
08	**Dime si** la leche está fresca.	告訴我，牛奶是否新鮮的。
09	**Dime si** el café está caliente.	告訴我，是否咖啡是熱的。
10	**Dime si** sabes llegar a casa de Daniel.	告訴我，你是否知道怎麼去丹尼爾的家。

補充

★02：tener hambre　短 飢餓
★04：pan　名 麵包
★06：ser interesante　短 有趣
★09：caliente　形 熱

PASO2　句子重組練習

01	**Dime si** a Brasil en verano. vas	告訴我，夏天你是否去巴西。
02	**Dime si** tocar sabes la flauta.	告訴我，你是否知道怎麼吹奏長笛。
03	**Dime si** a Carlos. conoces	告訴我，你是否認識卡洛斯。
04	**Dime si** empleo. el conseguiste	告訴我，你是得到這份工作。

解答

★01：Dime si vas a Brasil en verano.
★02：Dime si sabes tocar la flauta.
★03：Dime si conoces a Carlos.
★04：Dime si conseguiste el empleo.

PASO3　應用篇

A：Emilio, tenemos que levantarnos muy temprano mañana.

B：Dime si pongo el despertador.

A：Sí, yo creo que es mejor.

A：埃米利奧，明天我們必須很早起床。

B：告訴我，我是否需要放鬧鐘。

A：要的，我認為這麼做最好。

Me encantaría... 我非常想……

條件式：指事情有可能在某種條件下實現。表達禮貌或客套時用條件句。語氣婉轉的提出要求或建議或說話人其主觀的意願與推測……等等。Me encantaría + 動詞原形，表示「我非常喜歡……」。

PASO1　Top 必學句

01	**Me encantaría** saber tu nombre.	我很想知道你的名字。
02	**Me encantaría** invitarte a mi graduación.	我非常想邀請你參加我的畢業典禮。
03	**Me encantaría** tener una amiga como Alicia.	我很想擁有像艾莉西亞這樣的朋友。
04	**Me encantaría** caminar en el bosque.	我酷愛在樹林裡散步。
05	**Me encantaría** ser escritor.	我渴望成為一位作家。
06	**Me encantaría** poder volar.	我渴望能展翅飛翔。
07	**Me encantaría** ir a Sudamérica.	我很想去南美洲。
08	**Me encantaría** visitar el museo de Picasso.	我很想參觀畢卡索博物館。

補充
★04：bosque　名 樹林；森林
★06：volar　動 飛翔；飛
★07：Sudamérica　名 南美洲

PASO2　句子重組練習

01	**Me encantaría** el ganar trofeo.	我非常想贏得獎杯。
02	**Me encantaría** desamparados. a ayudar los	我很想幫助無家可歸的人。
03	**Me encantaría** cultura entender la indígena.	我非常想瞭解印加文化。
04	**Me encantaría** coro. el cantar en	我很想在合唱團裡唱歌。

 解答
★01：Me encantaría ganar el trofeo.
★02：Me encantaría ayudar a los desamparados.
★03：Me encantaría entender la cultura indígena.
★04：Me encantaría cantar en el coro.

PASO3　應用篇

A：Quiero preparar lechón al horno.

B：Me encantaría aprender a cocinarlo.

A：Yo te puedo enseñar.

A：我要準備烤乳豬。

B：我非常想學做飯。

A：我可以教你。

Hazme saber si...

讓我知道……是否……

Hazme saber si... + 動詞，表示「讓我知道……是否……」。

PASO1　Top 必學句

01	**Hazme saber si** vas a venir.	你是否會來，通知我一聲。
02	**Hazme saber si** te gustó el obsequio.	你是否喜歡這禮物，告訴我一聲。
03	**Hazme saber si** te puedo ayudar en algo.	我是否能幫你什麼，告訴我一聲。
04	**Hazme saber si** me puedes enseñar a pintar.	你是否可以教我畫畫，請通知我。
05	**Hazme saber si** vamos al concierto.	我們是否要去聽音樂會，通知我。
06	**Hazme saber si** te vas a operar.	你是否會開刀，告訴我一聲。
07	**Hazme saber si** vas a estar libre el miércoles.	如果你週三有空，通知我一聲。
08	**Hazme saber si** escuchaste bien el anuncio.	如果你聽得清楚通告，告訴我一聲。

補充

★02：obsequio 〔名〕贈品；禮物
★07：miércoles 〔名〕星期三
★08：anuncio 〔名〕通告

PASO2　句子重組練習

01	**Hazme saber si** la vives calle. misma en	如果你住在同一條街上，讓我知道。
02	**Hazme saber si** celebrar a bodas de plata. tus vas	如果你慶祝你的銀婚紀念日，通知我一聲。。
03	**Hazme saber si** tuvo Elisa mellizos.	如果艾莉莎生的是雙胞胎，告訴我一聲。
04	**Hazme saber si** venir a mediodía. vas al	如果你中午來，通知我一聲。

解答

★01：Hazme saber si vives en la misma calle.
★02：Hazme saber si vas a celebrar tus bodas de plata.
★03：Hazme saber si Elisa tuvo mellizos.
★04：Hazme saber si vas a venir al mediodía.

PASO3　應用篇

A：Hubo un tremendo accidente en la esquina.

B：¡Qué horror! Por favor hazme saber si hay muchos heridos.

A：街角發生了一個可怕的事故。

B：好恐怖！是否有很多人受傷，請告訴我一聲。

Asegúrate de (que)... 你務必要……

Asegúrate de (que) + 動詞原形，表示「你務必要……」。

PASO1　Top 必學句

01 | **Asegúrate de** pedir el aumento de sueldo.　你務必要要求加薪。

02 | **Asegúrate de** que no te molesten.　你確保他們不會打擾你。

03 | **Asegúrate de** cerrar la puerta.　你務必要關門。

04 | **Asegúrate de** que el jardinero limpie el jardín.　你務必要園丁清理花園。

05 | **Asegúrate de** que los niños estén en la clase.　你要確定孩子們都在教室裡。

06 | **Asegúrate de** dar el biberón al bebé.　你務必要給寶寶一瓶奶。

07 | **Asegúrate de** apagar la luz.　你務必要關燈。

08 | **Asegúrate de** que no hayan ratones en la casa.　你要確定沒有老鼠在屋裡。

09 | **Asegúrate de** darle agua y comida al perro.　你務必要給狗食物和水。

10 | **Asegúrate de** hacer bien tu cama.　你務必要鋪好你的床。

補充

★01：aumento de sueldo　短 加薪
★04：jardinero　名 園丁
★06：biberón　名 奶瓶

PASO2　句子重組練習

01 | **Asegúrate de** zapatos. los limpiar　你要確保清潔鞋子。

02 | **Asegúrate de** vacunar la a niña.　你務必要替女孩接種疫苗。

03 | **Asegúrate de** la arreglar lavadora.　你要確保修好洗衣機。

04 | **Asegúrate de que** Juan al vaya colegio.　你要確保璜去上學。

解答

★01：Asegúrate de limpiar los zapatos.
★02：Asegúrate de vacunar a la niña.
★03：Asegúrate de arreglar la lavadora.
★04：Asegúrate de que Juan vaya al colegio.

PASO3　應用篇

A：Lucas, ya vamos a cenar.

B：Sí, mamá... tengo mucha hambre.

A：Asegúrate de lavarte las manos.

A：盧卡斯，我們要吃晚餐了。

B：好的，媽媽……我快餓死了。

A：你務必要洗手。

MEMO

條件句（可能性）
的句型

PART
6

Si quieres... 如果你想要……

Si quieres... + 現在時 / 條件式 / 命令式，表示「如果你想要……」。

PASO1 Top 必學句

01	**Si quieres** podemos ir al cine.	如果你想要，我們可以去看電影。
02	**Si quieres** puedes ser mi amigo.	如果你願意，你可以是我的朋友。
03	**Si quieres** demos la vuelta al mundo.	如果你願意，我們就去環繞世界一周。
04	**Si quieres** te enseño alemán.	如果你願意，我就教你德語。
05	**Si quieres** puedes estudiar arquitectura.	如果你想要，你可以學建築。
06	**Si quieres** te vas ahora.	如果你要，你現在就可以離開。
07	**Si quieres** (yo) cambio el itinerario del viaje.	如果你要，我可以改變行程。
08	**Si quieres** puedes venir a mi casa.	如果你願意，你可以來我家。
09	**Si quieres** yo conduzco.	如果你願意，就由我來開車。
10	**Si quieres** nos quedamos contigo esta noche.	如果你要，我們今晚就和你在一起。

補充

★03：vuelta al mundo 短 環繞世界一圈
★05：arquitectura 名 建築
★07：itinerario 名 行程

PASO2 句子重組練習

01	**Si quieres** a México. nos vamos	如果你願意，我們就去墨西哥。
02	**Si quieres** tomar puedes Coca-Cola. una te	如果你要，你可以喝可口可樂。
03	**Si quieres** puedo un ofrecer te trabajo.	如果你要，我可以提供給你一份工作。
04	**Si quieres** la trompeta. toco	如果你願意，我就吹小號。
05	**Si quieres** al mismo tiempo. gimnasia hacemos	如果你願意，我們可以在同一時間做健身。

解答

★01：Si quieres nos vamos a México.
★02：Si quieres te puedes tomar una Coca-Cola.
★03：Si quieres te puedo ofrecer un trabajo.
★04：Si quieres toco la trompeta.
★05：Si quieres hacemos gimnasia al mismo tiempo.

PASO3 應用篇

A：No voy a poder terminar el trabajo hoy.

B：Si quieres te doy más tiempo.

A：我將無法在今天做完工作。

B：如果你要，我就給你更充裕的時間。

Si (yo) estuviera en tu lugar…
假如我處在你的情況下……

條件式是用來表達事情有可能成真或在某種條件下會實現，但須先符合設置的條件。虛擬式過去未完成時 + 簡單條件式：這類句型表示「事情與狀況」無論在現在或未來，其被實現或改變的可能性幾乎不可能性或可能性極小。estuviera 虛擬式過去未完成時。

PASO1　Top 必學句

01 | **Si estuviera en tu lugar**, trabajaría más. — 假如我處在你的情形下，我更加工作。

02 | **Si estuviera en tu lugar**, dormiría ocho horas. — 如果我處在你的位置，我會睡足八小時。

03 | **Si estuviera en tu lugar**, comería más sano. — 假如我處在你的情形下，我會吃得更健康。

04 | **Si estuviera en tu lugar**, ayudaría a Pedro . — 如果我是你，我會幫助佩德羅。

05 | **Si estuviera en tu lugar**, me olvidaría de Ana. — 如果我是你，我就會徹底忘掉安娜。

06 | **Si estuviera en tu lugar**, pensaría lo mismo. — 如果我處在你的位置，我的想法是一樣。

07 | **Si estuviera en tu lugar**, rechazaría el trabajo. — 如果我是你，我會拒絕這工作。

08 | **Si estuviera en tu lugar**, no saldría de noche. — 假如我是你，我就不會晚上出去。

PASO2　句子重組練習

01 | **Si estuviera en tu lugar,** ahora mismo. iría me — 如果我是你，我馬上就會走。

02 | **Si estuviera en tu lugar,** menos. lloraría — 如果我是你，我會少哭點。

03 | **Si estuviera en tu lugar,** tanto. no hablaría — 如果我是你，我就不會那麼多話。

PASO3　應用篇

A：Marta se pasa todo el día insultándome.

B：Si estuviera en tu lugar, no la vería más.

A：瑪塔整天都在辱罵我。

B：如果我是你，我就不會再見她了。

Si (yo) pudiera... 假如我可以……

條件式是用來表達事情有可能成真或在某種條件下會實現，但須先符合設置的條件。虛擬式過去未完成時 + 簡單條件式：這類句型表示「事情與狀況」無論在現在或未來，其被實現或改變的可能性幾乎不可能性或可能性極小。 pudiera 虛擬式過去未完成時。Sipudiera...，表示「假如我可以……」。

PASO1　Top 必學句

01	**Si pudiera**, alquilaría otra casa.	假如我可以，我會租其他的房子。
02	**Si pudiera**, me iría de viaje.	如果我可以，我就會去旅行。
03	**Si pudiera**, me compraría otro par de zapatos.	如果我可以，我會再買另一雙鞋。
04	**Si pudiera**, te invitaría a cenar.	如果我可以，我會邀請你去吃晚餐。
05	**Si pudiera**, aprendería repostería.	如果我可以，我就會去學做糕點。
06	**Si pudiera**, le haría el favor a Alicia.	如果我可以，我會幫艾麗絲。
07	**Si pudiera**, te llevaría jugo de mango.	如果我可以，我會帶給你芒果汁。
08	**Si pudiera**, te daría la respuesta.	如果我可以，我會給你答案。
09	**Si pudiera**, resolvería este problema.	如果我能，我會解決這個問題。
10	**Si pudiera**, leería todo el día.	如果我可以，我整天都會看書。

補充

★03 :	par de zapatos	短	一雙鞋
★05 :	repostería	名	糕點
★09 :	resolver	動	解決

PASO2　句子重組練習

01	**Si pudiera,** más caminaría deprisa.	如果我可以，我會走快點。
02	**Si pudiera,** las mañanas. correría todas	如果我可以，我會每天早上跑步。
03	**Si pudiera,** deuda. te la pagaría	如果我可以，我會償還債務。
04	**Si pudiera,** a llevaría la te ópera.	如果我可以，我會帶你去歌劇院。

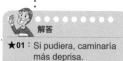

解答

★01 : Si pudiera, caminaría más deprisa.
★02 : Si pudiera, correría todas las mañanas.
★03 : Si pudiera, te pagaría la deuda.
★04 : Si pudiera, te llevaría a la ópera.

PASO3　應用篇

A：Josefina, tu nombre es muy largo…

B：Si pudiera, me lo cambiaría.

A：約瑟菲娜，你的名字好長喔……

B：如果我能，我就會改名字。

Si no... （如果不…）

Si no（連接詞 / 副詞）+ 現在時 / 未來式，表示「如果你不…… 」。

PASO1　Top 必學句

01	**Si no** trabajas, no tendrás dinero.	如果你不工作，你就會沒有錢。
02	**Si no** comes menos, no vas a adelgazar.	如果你吃少點，你就不用減肥。
03	**Si no** te tomas el remedio, no te mejorarás.	如果你不吃藥，你就不會好轉。
04	**Si no** practicas para la carrera, vas a perder.	如果你不練習賽跑，你就會輸掉比賽。
05	**Si no** tengo clase, iré a tu casa.	如果我沒有課，我就去你家。
06	**Si no** te levantas, perderás el autobús.	如果你不起床，你會錯過公共汽車。
07	**Si no** me dices la verdad, no te podré ayudar.	如果你不跟我說實話，我就幫不了你。
08	**Si no** tienes talento, no te contratarán.	如果你沒有才能，他們不會僱用你。
09	**Si no** juntas dinero, no te podrás comprar la casa.	如果不存錢，你就沒辦法買房子。
10	**Si no** me esperas, no iré contigo.	如果你不等我，我就不能跟你一起去。

補充

★01：tener 動 有；擁有；享有
★08：talento 名 才能；才智
★09：juntar dinero 短 存錢

PASO2　句子重組練習

01	**Si no** tu habitación, ordenas saldrás. no	如果你不整理你的房間，你就不准出去。
02	**Si no** crema, pones te arrugas. muchas tendrás	如果你不擦臉霜，你會有很多皺紋。
03	**Si no** duermes, te despertarás no temprano.	如果你不睡覺，你就不能早起。
04	**Si no** vuelves, qué no sé haré.	如果你不回來，我也不知道該怎麼辦。

解答

★01：Si no ordenas tu habitación, no saldrás.
★02：Si no te pones crema, tendrás muchas arrugas.
★03：Si no te duermes, no despertarás temprano.
★04：Si no vuelves, no sé qué haré.

PASO3　應用篇

A：Papá me pidió estudiar, pero estoy cansado.

B：Si no haces caso, no podrás salir este fin de semana.

A：爸爸要求我讀書，但我累了。

B：如果你不聽話，那你這個週末就不能出去。

Si (yo) tuviera... 如果我有……

條件式是用來表達事情有可能成真或在某種條件下會實現，但須先符合設置的條件。虛擬式過去未完成時 + 簡單條件式：這類句型表示「事情與狀況」無論在現在或未來，其被實現或改變的可能性幾乎不可能性或可能性極小。 tuviera 虛擬式過去未完成時。Si（yo）tuviera + 簡單條件式，表示「如果我有……」。

PASO1　Top 必學句

01	**Si tuviera** dinero, compraría una mansión.	如果我有錢，我就買豪宅。
02	**Si tuviera** tiempo, te ayudaría.	如果我有時間，我就幫你。
03	**Si tuviera** alguna duda, te avisaría.	如果我有疑問，我就通知你。
04	**Si tuviera** una casa grande, te invitaría.	如果我有一棟大房子，我就邀請你。
05	**Si tuviera** un bebé, lo cuidaría mucho.	如果我有一個嬰兒，我會很照顧他。
06	**Si tuviera** dos autos, te prestaría uno.	如果我有兩輛車，我就借你一輛。
07	**Si tuviera** la oportunidad, aprendería italiano.	如果我有機會，我就會學義大利語。
08	**Si tuviera** una máquina de coser, te haría el traje.	如果我有一台縫紉機，我就會替你做西服。

補充

★01：mansión 名 府邸；豪宅
★05：cuidar 動 照顧
★08：máquina de coser 短 縫紉機

PASO2　句子重組練習

01	**Si tuviera** comería un pastel. hambre, me	如果我餓了，我就吃蛋糕。
02	**Si tuviera** vaso de agua. un tomaría sed, me	如果我渴了，我會喝一杯水。
03	**Si tuviera** haría harina, pan.	如果我有麵粉，我就做麵包。
04	**Si tuviera** un analgésico. dolor de cabeza, tomaría me	如果我頭痛，我吃一片止痛藥。

解答

★01：Si tuviera hambre, me comería un pastel.
★02：Si tuviera sed, me tomaría un vaso de agua.
★03：Si tuviera harina, haría pan.
★04：Si tuviera dolor de cabeza, me tomaría un analgésico.

PASO3　應用篇

A：¿Por qué no seguimos hacia el norte?

B：Si tuviera más gasolina, llegaríamos a Moscú.

A：我們為什麼不繼續往北走呢？

B：如果我有足夠的汽油，我們就開到莫斯科。

Si llegaras a... 如果你碰巧……

Si llegaras a… + 現在時 / 命令式 / 條件式 / 未來式，表示「 如果你碰巧……」

PASO1　Top 必學句

01 | **Si llegaras a** ir, avísame.
如果你碰巧要走，通知我一聲。

02 | **Si llegaras a** comprar la casa, házmelo saber.
萬一你要買房子，讓我知道。

03 | **Si llegaras a** saber lo que te voy a regalar, estarías feliz.
如果你知道我要送你什麼禮物，你會很高興。

04 | **Si llegaras a** ver a Elisa, dile que la espero a las seis.
如果你碰巧看到艾莉莎，請轉告，我六點在等她。

05 | **Si llegaras a** comer camarones, te va a dar alergia.
如果碰巧你吃了蝦，你會過敏。

06 | **Si llegaras a** necesitar ayuda, dímelo.
萬一你需要幫助，通知我一聲。

07 | **Si llegaras a** encontrar tu cartera robada, avisa a la policía.
萬一你找到被偷的錢包，通知警方一聲。

08 | **Si llegaras a** decidir ir a la reunión, llámame.
萬一你決定要去會議，打電話給我。

09 | **Si llegaras a** perdonar a José, escríbele una carta.
萬一你要原諒荷塞，就寫信給他。

10 | **Si llegaras a** viajar, no tomes esta aerolínea.
萬一你要去旅行，你不要搭這家航空公司。

補充
★01：avisar　動 通知
★05：dar alergia　短 過敏
★07：cartera　名 錢包

PASO2　句子重組練習

01 | **Si llegaras a** Melissa, casarte con invítame.
萬一你跟梅麗莎結婚，邀請我。

02 | **Si llegaras a** Josefa, visitar a saludos. dále
如果碰巧你去探望約瑟法，請代我問候她一聲。

03 | **Si llegaras a** por Barcelona, pasar visita la Sagrada Familia.
萬一你經過巴塞羅那，要參觀聖家堂。

解答
★01：Si llegaras a casarte con Melissa, invítame.
★02：Si llegaras a visitar a Josefa, dále saludos.
★03：Si llegaras a pasar por Barcelona, visita la Sagrada Familia.

PASO3　應用篇

A：No sé a qué hora podré llegar hoy.

B：Bueno, si llegaras a volver tarde, avísanos.

A：我不知道今天什麼時候可以到。

B：好吧，萬一你回來晚了，通知我們一聲。

Si tengo tiempo... 如果我有時間……

Tener（有）是西班牙語輔助動詞之一，其他三個分別是：ser（是）、estar（是）與 haber（有），它們都是不規則動詞。陳述式現在時 tener 動詞變化：yo tengo / tú tienes / él tiene / nosotros tenemos / vosotros tenéis / ellos tienen。Si tengo tiempo + 未來式現在時，表示「如果我有時間……」

PASO1　Top 必學句

01	**Si tengo tiempo**, iré a la conferencia.	如果我有時間，我會去參加會議。
02	**Si tengo tiempo**, voy a ir al supermercado.	如果我有時間，我去超市。
03	**Si tengo tiempo**, saldré a trotar hoy.	如果我有時間，今天我會去慢跑。
04	**Si tengo tiempo**, participaré en el campeonato.	如果我有時間，我會參加冠軍賽。
05	**Si tengo tiempo**, llamaré por teléfono a Inés.	如果我有時間，我會打電話給茵內絲。
06	**Si tengo tiempo**, me haré los exámenes médicos.	如果我有時間，我會去做體檢。
07	**Si tengo tiempo**, me prepararé para correr la maratón.	如果我有時間，我會去準備馬拉松賽跑。
08	**Si tengo tiempo**, te ayudaré a decorar tu cocina.	如果我有時間，我會幫你裝飾廚房。

補充

★**03**：trotar　[動] 小跑；慢跑
★**07**：maratón　[名] 馬拉松賽跑
★**08**：cocina　[名] 廚房

PASO2　句子重組練習

01	**Si tengo tiempo,** al médico. mi amiga a acompañaré	如果我有時間，我會陪朋友去看病。
02	**Si tengo tiempo,** botas de lluvia. compraré las me	如果我有時間，我會去買雨靴。
03	**Si tengo tiempo,** coche. mi lavaré	如果我有時間，我會去洗車。

解答

★**01**：Si tengo tiempo, acompañaré a mi amiga al médico.
★**02**：Si tengo tiempo, me compraré las botas de lluvia.
★**03**：Si tengo tiempo, lavaré mi coche.

PASO3　應用篇

A：Tengo ganas de comer algo especial hoy.

A：今天，我好想吃些特別的東西。

B：Si tengo tiempo, te prepararé tu plato favorito.

B：是嗎，如果我有時間，我會做一盤你最喜歡的菜。

A：¡Gracias, cariño!

A：謝謝你，親愛的！

Si llueve... 如果下雨……

Si llueve + 未來式現在時，表示「如果下雨……」

PASO1　Top 必學句

01	**Si llueve**, me pondré el impermeable.	如果下雨，我會穿雨衣。
02	**Si llueve**, abriré el paraguas.	如果下雨，我會打開傘。
03	**Si llueve**, usaré mis nuevas botas.	如果下雨，我會穿我的新雨靴。
04	**Si llueve**, caminaré bajo la lluvia.	如果下雨，我會走在雨中。
05	**Si llueve**, no podré ir a la playa.	如果下雨，我就不去海邊。
06	**Si llueve**, no haremos la fiesta en el jardín.	如果下雨，我們就不在花園辦聚會。
07	**Si llueve**, igual celebraremos tu aniversario de boda.	如果下雨，我們照樣慶祝你的結婚紀念日。
08	**Si llueve**, los niños no podrán ir al parque.	如果下雨，孩子們就不能去公園。
09	**Si llueve**, me quedaré en casa.	如果下雨，我會待在家裡。
10	**Si llueve**, no podré correr en la calle.	如果下雨，我不能在街上跑步。

補充

★01：impermeable 名 雨衣
★02：paraguas 名 雨傘
★07：aniversario de boda 知 結婚紀念日

PASO2　句子重組練習

01	**Si llueve,** nadar. podrás no	如果下雨，你就不能游泳。
02	**Si llueve,** vamos a no diversiones. al parque de	如果下雨，我們就不去遊樂園。
03	**Si llueve,** ir voy a moto. en no	如果下雨，我就不騎摩托車。

 解答

★01：Si llueve, no podrás nadar.
★02：Si llueve, no vamos al parque de diversiones.
★03：Si llueve, no voy a ir en moto.

PASO3　應用篇

A：Si llueve, me voy a mojar porque no traje paraguas.

B：Yo te presto uno. Tengo dos.

A：¡Gracias!

A：如果下雨，衣服會弄濕，因為我沒帶傘。

B：我有兩把傘，我會借給你一把。

A：謝謝！

Si (yo) hubiese... 如果……我就……

Si 從句動詞用虛擬式過去未完成時 + 簡單條件式，這類句型表示條件難以實現。Si hubiese（虛擬式過去未完成時）+ 過去分詞 + 條件式，表示「如果……我就……」。

PASO1　Top 必學句

01	**Si hubiese** sabido esto, no lo habría hecho.	如果我早知道是這樣，我就不會做。
02	**Si hubiese** aprendido inglés antes, ya lo hablaría.	如果我以前學過英語，我就會說。
03	**Si hubiese** cerrado la puerta, no me habrían robado.	如果我關上了門，我就不會被他們搶了。
04	**Si hubiese** pedido ayuda, no tendría este problema ahora.	如果我要求幫助，我不會有這個問題了。
05	**Si hubiese** llegado antes, habría visto a Julio.	如果我更早到，我就會見到胡里歐了。
06	**Si hubiese** dicho la verdad, tú creerías en mi.	如果我當時說真話，你就會相信我了。
07	**Si hubiese** ayudado a mi hermano, él estaría mejor.	如果我之前幫我哥哥，他就會更好。
08	**Si hubiese** comido menos, no estaría tan hinchado.	如果我吃少點，我就不會那麼臃腫。

補充
★05： ver　動 見；看見
★06： creer　動 相信
★08： estar hinchado　短 臃腫

PASO2　句子重組練習

01	**Si hubiese** habría bebido menos, no tenido accidente. Este	如果我少喝點，我就不會發生這樣的事故。
02	**Si hubiese** ido mejor. aceptado tu opinión, habría me	如果我當初接受你的建議，我會變得更好。
03	**Si hubiese** mi abrigo, estaría resfriado. llevado no	如果我有帶外套，我就不會冷了。

解答
★01： Si hubiese bebido menos, no habría tenido este accidente.
★02： Si hubiese aceptado tu opinión, me habría ido mejor.
★03： Si hubiese llevado mi abrigo, no estaría resfriado.

PASO3　應用篇

A：¿Podrías manejar para ir al mercado ahora?

B：No, no tengo tiempo ahora.

A：Si hubiese aprendido a conducir, no dependería de ti.

A：現在，你可以開車去市場嗎？

B：不，我現在沒有時間。

A：如果我當初學會了開車，就不用依賴你了。

Te…siempre que… 只要你……

某些特定短語（含條件式的）一定用虛擬式現在時，像 siempre que（只要）。Te + 未來時 + siempre que... + 虛擬式現在時。Te siempre que...，表示「只要……你……」

PASO1　Top 必學句

01 | **Te** prestaré mi coche **siempre que** me lo devuelvas.
我會借給你我的車，只要你還給我。

02 | **Te** invitaré a la fiesta **siempre que** traigas algo.
我會邀請你參加聚會，如果你帶東西來。

03 | **Te** cocinaré **siempre que** te comas todo.
我會為你做飯，只要你通通吃光。

04 | **Te** contaré el secreto **siempre que** lo guardes.
我會告訴你祕密，只要你會保密。

05 | **Te** venderé la pintura **siempre que** me pagues lo que pido.
我會賣掉這幅畫，只要你付給我所說的價碼。

06 | **Te** iré a visitar **siempre que** me invites.
我會去拜訪你，只要你邀請我。

07 | **Te** pagaré la deuda **siempre que** tenga dinero.
我會償還債務，只要我有錢。

08 | **Te** enseñaré español **siempre que** tenga tiempo.
我會教你西班牙語，只要我有時間。

PASO2　句子重組練習

01 | **Te** a buscar iré **siempre que** llames me.
我會去接你，只要你給我打電話。

02 | **Te** acompañaré **siempre que** lo pidas me.
我會陪伴你，只要你問我。

03 | **Te** daré de comer **siempre que** hambre tengas.
我會給你食物，只要你餓了。

04 | **Te** el sofá compraré **siempre que** barato sea.
我會買沙發給你，只要價格便宜。

PASO3　應用篇

A：¡No me molestes más, por favor!

B：Te dejaré tranquilo siempre que me escuches.

A：拜託，不要再打擾我！

A：我讓你安靜，只要你聽我的。

Voy a…siempre y cuando…
只要……我就會……

◎動詞（短語）r a 後＋動詞原形。◎某些特定短語（含條件式的）要用虛擬式，像 Siempre y cuando（短語）只要。◎虛擬式：所指的事尚未成事實，只是說話人其主觀的情緒與感覺（希望、意願、懷疑、可能、高興、害怕、驚訝、遺憾……）以及表達命令和祈使的動詞（請求、建議、允許、禁止、勸誡……等）。Voy a ＋ 動詞原形 ＋ siempre y cuando ＋ 虛擬式現在時。Voy a…siempre y cuando...，表示「只要……我就會……」。

PASO1　Top 必學句

01	**Voy a** llamarte **siempre y cuando** me lo pidas.	只要你要求我，我就會打電話給你。
02	**Voy a** salir **siempre y cuando** no haga frío.	只要天氣不冷，我就會出去。
03	**Voy a** comer **siempre y cuando** tenga hambre.	只要餓了，我就會去吃東西。
04	**Voy a** hacer gimnasia **siempre y cuando** no esté cansado.	只要不累，我就去健身。
05	**Voy a** ir al pueblo **siempre y cuando** alcance el tren.	只要趕得上火車，我就去城裡。
06	**Voy a** salir a correr **siempre y cuando** no llueva.	只要不下雨，我就去跑步。
07	**Voy a** dormir siesta **siempre y cuando** tenga sueño.	只要我睏了，我就去午睡一會兒。
08	**Voy a** levantarme temprano **siempre y cuando** tenga clases.	只要我有課，我就會早起。

補充

★04：estar cansado　短 疲倦的；疲憊的
★05：pueblo　名 村子；村鎮
★07：tener sueño　短 睡意

PASO2　句子重組練習

01	**Voy a siempre y cuando** todos los bolos jugar a jueguen. todos	只要大家都去打保齡球，我就會去。
02	**Voy a siempre y cuando** pescar vayas tú ir a conmigo.	只要你陪我去釣魚，我就會去。
03	**Voy a siempre y cuando** el hotel no esté reservar lleno.	只要酒店還有空房，我就會去預訂。

解答

★01：Voy a jugar a los bolos siempre y cuando todos jueguen.
★02：Voy a ir a pescar siempre y cuando tú vayas conmigo.
★03：Voy a reservar el hotel siempre y cuando no esté lleno.

PASO3　應用篇

A：José, tienes que comprarle el anillo de compromiso a Elena.

A：荷塞，你應該買訂婚戒送給愛琳娜。

B：Sí, se lo voy a comprar siempre y cuando tenga dinero.

B：是的，只要我有錢，我就會去買。

Si me dices que... 如果你告訴我……

假設的情況，現在有可能發生或不會發生。Si me dices que... + 現在時，表示「如果你告訴我……」

PASO1　Top 必學句

01	**Si me dices que** vienes, yo te espero.	如果你告訴我你要來，我就等你。
02	**Si me dices que** tienes hambre, te preparo algo de comer.	如果你告訴我你餓了，我就去準備吃的東西。
03	**Si me dices que** quieres salir, voy contigo.	如果你告訴我你要出去，我就跟你一起去。
04	**Si me dices que** tienes sed, te doy una bebida.	如果你告訴我你渴了，我就給你飲料。
05	**Si me dices que** estás ocupado, no te molesto más.	如果你說你忙，我就不再打擾你了。
06	**Si me dices que** estás aburrido, te enseño a jugar golf.	如果你說你很無聊，我就教你打高爾夫球。
07	**Si me dices que** no te gusta la papaya, te doy sandía.	如果你說你不喜歡木瓜，我就給你西瓜。
08	**Si me dices que** eres mago, no te creo.	如果你說你是個魔法師，我不會相信。
09	**Si me dices que** te quieres ir, te acompaño.	如果你告訴我你想離開，我會陪你一起走。
10	**Si me dices que** hace frío afuera, me pongo la chaqueta.	如果你告訴我外面很冷，我就穿外套。

補充
★02：preparar　動 準備
★04：bebida　名 飲料
★07：sandía　名 西瓜

PASO2　句子重組練習

01	**Si me dices que** preparo tienes la cama. sueño, te	如果你告訴我你想睡，我就幫你準備床。
02	**Si me dices que** prendo calor, el tienes ventilador.	如果你告訴我你很熱，我就打開電風扇。
03	**Si me dices que** dinero, tienes no prestar. puedo te	如果你告訴我你沒錢，我可以借給你。

解答
★01：Si me dices que tienes sueño, te preparo la cama.
★02：Si me dices que tienes calor, prendo el ventilador.
★03：Si me dices que no tienes dinero, te puedo prestar.

PASO3　應用篇

A：Necesito hablar contigo, Ricardo.

B：Si me dices que necesitas mi consejo, te lo puedo dar.

A：里卡多，我需要和你談談。

B：如果你告訴我你需要我的建議，我可以給你。

Si tienes oportunidad...
如果你有機會……

有可能實現的條件式，用命令式的方式回答。Si tienes oportunidad... + 命令式，表示「如果你有機會……」

PASO1　Top 必學句

01 | **Si tienes oportunidad,** vete de viaje.　　如果你有機會，去旅遊。

02 | **Si tienes oportunidad,** ven a verme.　　如果你有機會，來見我。

03 | **Si tienes oportunidad,** aconseja a Pablo.　　如果你有機會，給保羅建議。

04 | **Si tienes oportunidad,** cómprate el cuadro.　　如果你有機會，買幅畫。

05 | **Si tienes oportunidad,** ayuda a tu hermana.　　如果你有機會，去幫助你的姐（妹）。

06 | **Si tienes oportunidad,** anda a las termas.　　如果你有機會，去泡溫泉。

07 | **Si tienes oportunidad,** estudia teatro.　　如果你有機會，去學戲劇。

08 | **Si tienes oportunidad,** dále saludos a Francisco.　　如果你有機會，代我問候法蘭西斯科。

補充

★03：aconsejar　[動] 向…請教；給…建議
★06：termas　[名] 溫泉
★08：dar saludos　[短] 問候

PASO2　句子重組練習

01 | **Si tienes oportunidad,** otra cómprate raqueta.　　如果你有機會，買另一隻球拍。

02 | **Si tienes oportunidad,** préstame cámara. tu　　如果你有機會，借我你的相機。

03 | **Si tienes oportunidad,** tarea a Joselito. ayuda la con　　如果你有機會，去幫小荷塞家庭作業。

04 | **Si tienes oportunidad,** abuelo visitar anda enfermo. tu a　　如果你有機會，去探視你生病的爺爺。

解答

★01：Si tienes oportunidad, cómprate otra raqueta.
★02：Si tienes oportunidad, préstame tu cámara.
★03：Si tienes oportunidad, ayuda con la tarea a Joselito.
★04：Si tienes oportunidad, anda a visitar a tu abuelo enfermo.

PASO3　應用篇

A：Hay muchas flores en el jardín.

B：Sí. Si tienes oportunidad, por favor corta las rosas.

A：花園裡有許多鮮花。

B：是的，如果你有機會，請幫忙修剪玫瑰花。

Me gustaría… si … 我想要……如果……

有禮貌又客氣的條件式用語，但不真實且尚未發生。Me gustaría（條件式簡單時）+ 動詞原形 + si + 虛擬式過去未完成時。Me gustaría...si...，表示「我想要……如果……」。

PASO1　Top 必學句

01 | **Me gustaría** levantarme más tarde **si** no tuviera clases. | 如果我沒課，我想晚點起床。

02 | **Me gustaría** prepararte carne asada **si** tuviera horno. | 如果我有烤箱，我想為你準備烤肉。

03 | **Me gustaría** regalarte una casa **si** tuviera dinero. | 如果我有錢，我想送你一棟房屋。

04 | **Me gustaría** ir de compras **si** tuviera tiempo. | 如果我有時間，我就去逛街。

05 | **Me gustaría** renunciar a este trabajo **si** tuviera otro. | 如果我有另一個工作，我想放棄這份工作。

06 | **Me gustaría** caminar bajo la lluvia **si** no hiciera frío. | 如果天氣不冷，我喜歡在雨中散步。

07 | **Me gustaría** conocer a Lola **si** me la presentaras. | 我想要認識蘿拉，如果你介紹她給我。

08 | **Me gustaría** andar en góndola **si** fuera a Venecia. | 如果我到威尼斯，我想搭平底小船遊河。

補充

★02：carne asada　短　烤肉

★07：presentar a alguien　短　引見；介紹

★08：góndola　名　平底小船

PASO2　句子重組練習

01 | **Me gustaría** enchiladas a México. comer fuese si | 如果我到墨西哥，我想吃辣醬玉米餅餡。

02 | **Me gustaría** un si bebé de acuerdo. tener estuviera Juan | 我想要有一個孩子，如果璜也願意。

03 | **Me gustaría** crucero fuera muy tomar un no largo. si | 我想要搭郵輪，如果時間不是很長的話。

解答

★01：Me gustaría comer enchiladas si fuese a México.

★02：Me gustaría tener un bebé si Juan estuviera de acuerdo.

★03：Me gustaría tomar un crucero si no fuera muy largo.

PASO3　應用篇

A：¿Qué te parece si salimos esta noche?

B：Sí, me gustaría ver una obra de teatro si consiguieras entradas.

A：如果我們今晚出去，你覺得如何？

B：好啊，如果你拿得到門票，我想去劇院看一齣戲。

Me encantaría… si …
我很想……如果……

條件式：指事情有可能成真或在某種條件下會實現。用禮貌、客氣的婉轉語調，提出要求或建議或說話人其主觀的意願與推測……等等。Me encantaría（條件式簡單時）+ 動詞原形 + si + 虛擬式過去未完成時，表示「我很想……如果……」。

PASO1　Top 必學句

01	**Me encantaría** comer albóndigas **si** supiera hacerlas.	我超喜歡吃肉丸，如果我知道怎麼做。
02	**Me encantaría** salir con Pedro **si** él quisiera.	我想跟佩德羅約會，如果他也願意。
03	**Me encantaría** ir al concierto **si** me invitaras.	我想去聽音樂會，如果你邀請我。
04	**Me encantaría** quedarme en casa **si** tú estuvieras conmigo.	我想想留在家裡，如果你跟我在一起。
05	**Me encantaría** hablar hebreo **si** fuera a Israel.	我想想講希伯來語，如果我去以色列的話。
06	**Me encantaría** probar tu comida **si** no me doliera el estómago.	我想想嚐嚐你的食物，如果我的胃不痛的話。
07	**Me encantaría** usar lentes de contacto **si** no me molestaran.	我喜歡戴隱形眼鏡，如果我沒有不適反映的話。
08	**Me encantaría** vivir en el campo **si** estuviera jubilado.	我喜歡住在鄉村，如果我退休的話。

補充

★01：albóndigas 名 肉丸
★06：Israel 名 以色列
★08：estar jubilado 短 退休

PASO2　句子重組練習

01	**Me encantaría** la subir nevara montaña no **si** mañana.	我想想去爬山，如果明天沒下雪的話。
02	**Me encantaría** a París **si** dinero. ir tuviera	我想想去巴黎，如果我有錢的話。
03	**Me encantaría** flores **si** novia. mi regalarte fueses	我想想送妳花，如果妳是我的女朋友的話。
04	**Me encantaría** un hacer **si** fueras viaje conmigo.	我很想做一趟旅行，如果你跟我一起去的話。

解答

★01：Me encantaría subir la montaña si no nevara mañana.
★02：Me encantaría ir a París si tuviera dinero.
★03：Me encantaría regalarte flores si fueses mi novia.
★04：Me encantaría hacer un viaje si fueras conmigo.

PASO3　應用篇

A：Necesito el dinero que me debes.

B：Me encantaría darte el dinero si el banco me otorgara el crédito.

A：我需要你償還你欠我的錢。

B：我很想還你錢，如果銀行給我貸款的話。

Sería interesante saber si...

這將是很有趣知道……

表達未知的事物。Sería 條件式簡單時。Sería interesante saber si... + 現在時 / 未來式 / 過去時，表示「這將是很有趣知道……」。

PASO1　Top 必學句

01	**Sería interesante saber si** vendrás.	大家都想知道，你是否會來。
02	**Sería interesante saber si** existen los ángeles.	瞭解是否有天使的存在，是很有意思的事。
03	**Sería interesante saber si** el preso saldrá en libertad.	大家都很關注，囚犯是否會被釋放。
04	**Sería interesante saber si** el presidente va a ser reelegido.	大家都很關注，總統是否會連任。
05	**Sería interesante saber si** va a temblar en California.	大家都很關注，加利福尼亞州是否有地震。
06	**Sería interesante saber si** la ley se va a aprobar.	法案是否會被批准，是被關注的。
07	**Sería interesante saber si** los periodistas están vivos.	大家都很關注，記者們是否還活著。
08	**Sería interesante saber si** Javier va a España.	我們都想知道，哈維爾是否會去西班牙。

補充

★02：ángel　　名 天使
★03：libertad　名 自由
★05：California 名 加利福尼亞州

PASO2　句子重組練習

01	**Sería interesante saber si** llegó. Carmen　ya	大家都想知道，卡門是否已到達。
02	**Sería interesante saber si** casó la ayer.　pareja　se	我們都很關心，這對夫妻是否昨天結婚了。
03	**Sería interesante saber si** el publicaste　libro.	大家都很關注，你是否出版了這本書。

解答

★01：Sería interesante saber si Carmen ya llegó.
★02：Sería interesante saber si la pareja se casó ayer.
★03：Sería interesante saber si publicaste el libro.

PASO3　應用篇

A：Sería interesante saber si ya se estrenó la nueva película.

B：Sí, me gustaría verla.

A：大家都想知道，新電影是否已經上演。

B：是的，我很想去觀賞。

Sería ideal si... 如果……就太理想了……

Sería 動詞 ser 的條件式簡單時態。條件式：指事情有可能成真或在某種條件下會實現。用禮貌、客氣的婉轉語調，提出要求或建議或說話人其主觀的意願與推測……等等。Sería ideal + si + 虛擬式 / 過去未完成時，表示「如果……就太理想了……」。

PASO1　Top 必學句

01 | **Sería ideal si** pudiera elegir el color de la falda.　如果我可以選擇裙子的顏色就太完美了。

02 | **Sería ideal si** fueras a Panamá con Sara.　要是你能和莎拉一塊去巴拿馬就太完美了。

03 | **Sería ideal si** te acostaras a las nueve hoy.　要是你能在今天九點鐘就寢就太好了。

04 | **Sería ideal si** las mujeres fueran tratadas igual a los hombres.　如果能做到男女平等就太棒了。

05 | **Sería ideal si** el bebé que espera Teresa fuese una niña.　如果泰瑞莎待產的是女嬰就太棒了。

06 | **Sería ideal si** caminaras todas las mañanas.　要是你能每天早上走路就太好了。

07 | **Sería ideal si** no hiciera tanto calor.　如果天氣不是這麼熱就太好了。

08 | **Sería ideal si** no fueras tan irrespetuoso.　如果你不是那麼沒禮貌就太完美了。

補充
★01：falda　名 裙子
★02：Panamá　名 巴拿馬
★08：irrespetuoso　形 無禮貌的

PASO2　句子重組練習

01 | **Sería ideal si** salario. ganaras un mejor　要是你能賺更多的薪水就太完美了。

02 | **Sería ideal si** menos hubiera desempleo.　如果能減少失業就太理想了。

03 | **Sería ideal si** los ayudara gobierno pobres. el a　如果政府能幫助窮人就太好了。

04 | **Sería ideal si** más tomaras agua.　如果你能喝更多的水就太好了。

解答
★01：Sería ideal si ganaras un mejor salario.
★02：Sería ideal si hubiera menos desempleo.
★03：Sería ideal si el gobierno ayudara a los pobres.
★04：Sería ideal si tomaras más agua.

PASO3　應用篇

A：El médico me dijo que me cuidara.

B：Sí, sería ideal si comieras menos sal.

A：醫生告訴我，我該小心照顧自己。

B：是啊，如果你能少吃鹽就太好了。

A lo mejor... 也許 / 可能……

A lo mejor（副詞短語），表示「也許 / 可能……」

PASO1　Top 必學句

01 | **A lo mejor** me gano la lotería. 　　也許我中獎了。

02 | **A lo mejor** voy a Africa. 　　也許我會去非洲。

03 | **A lo mejor** vendo mi reloj. 　　也許我賣我的手錶。

04 | **A lo mejor** duermo hasta tarde mañana. 　也許明天我會睡到很晚。

05 | **A lo mejor** soy demasiado optimista. 　也許我過於樂觀了。

06 | **A lo mejor** Margarita se pone más simpática. 　也許瑪格麗塔會變得客氣點。

07 | **A lo mejor** los niños pelean menos. 　也許孩子們比較少爭吵了。

08 | **A lo mejor** necesitas abrir una cuenta bancaria. 　也許你需要開立銀行帳戶。

09 | **A lo mejor** tienes una mejor idea . 　也許你有一個更好的主意。

10 | **A lo mejor** no te gusta esta canción. 　也許你不喜歡這首歌。

補充
★02：Africa 　名 非洲
★08：cuenta bancaria 　短 銀行帳戶
★09：mejor idea 　短 更好的主意

PASO2　句子重組練習

01 | **A lo mejor** a Elena. tú conoces 　也許你認識艾琳娜。

02 | **A lo mejor** frío. mañana hace 　也許明天天氣冷。

03 | **A lo mejor** mejor. niña se la comporta 　也許女孩會表現的比較好。

04 | **A lo mejor** final. el es este 　也許這就是結束。

05 | **A lo mejor** María hambre. tiene 　也許瑪麗餓了。

解答
★01：A lo mejor tú conoces a Elena.
★02：A lo mejor mañana hace frío.
★03：A lo mejor la niña se comporta mejor.
★04：A lo mejor este es el final.
★05：A lo mejor María tiene hambre.

PASO3　應用篇

A：¿A qué hora van a llegar?

B：A lo mejor llegamos después de la medianoche.

A：你們將在什麼時候到達？

B：也許我們在午夜後會到。

Te ayudaría si... 我樂意幫你⋯⋯如果⋯⋯

Ayudaría 條件式第一人稱單數。指事情有可能成真或在某種條件下會實現。Te ayudaría + si + 虛擬式過去未完成時，表示「我樂意幫你⋯⋯如果⋯⋯」。

PASO1　Top 必學句

01	**Te ayudaría si** (yo) pudiera.	我樂意幫你，如果我能。
02	**Te ayudaría si** fuera necesario.	我樂意幫你，如果需要的話。
03	**Te ayudaría si** (yo) estuviera cerca.	我樂意幫你，如果我就在附近。
04	**Te ayudaría si** (yo) tuviera tiempo.	我樂意幫你，如果我有時間。
05	**Te ayudaría si** (yo) saliera del trabajo temprano.	我樂意幫你，如果我提前下班。
06	**Te ayudaría si** mi coche no estuviera malo.	我樂意幫你，如果我的車沒拋錨。
07	**Te ayudaría si** me dijeras lo que necesitas.	我樂意幫你，如果你告訴我你需要什麼。
08	**Te ayudaría si** me llamaras.	我樂意幫你，如果你打電話給我。
09	**Te ayudaría si** (yo) viviera en Taipei.	我樂意幫你，如果我住在臺北。
10	**Te ayudaría si** (yo) supiera donde vives.	我樂意幫你，如果我知道你住在哪裡。

補充

★03：cerca 副 附近；鄰近
★09：vivir 動 生活
★10：saber 動 知道；暸解

PASO2　句子重組練習

01	**Te ayudaría si** estuviera no enfermo.	我願意幫你，如果我沒有生病。
02	**Te ayudaría si** sueño. no tuviera	我願意幫你，如果我不睏的話。
03	**Te ayudaría si** jefe permitiera antes. mi salir me	我願意幫你，如果我的老闆讓我提前離開。
04	**Te ayudaría si** dieras me tu dirección.	我願意幫你，如果你給我你的地址。

解答

★01：Te ayudaría si no estuviera enfermo.
★02：Te ayudaría si no tuviera sueño.
★03：Te ayudaría si mi jefe me permitiera salir antes.
★04：Te ayudaría si me dieras tu dirección.

PASO3　應用篇

A：Julio, ¿podrías ayudarme a reparar mi computador?

B：Te ayudaría si supiera de informática.

A：胡里歐，你能幫我修理電腦嗎？

B：我樂意幫你，如果我懂得電腦科學的話。

A no ser que... 如果不…；除非……

A no ser que... + 虛擬式現在時 + 未來式，表示「如果不……；除非……」。

PASO1　Top 必學句

01	**A no ser que** llueva, el domingo iremos al zoológico.	星期天如果不下雨，我們就去動物園。
02	**A no ser que** llegues a las siete, no podrás ir conmigo.	如果你不七點到，我就不能跟你一起去。
03	**A no ser que** me pagues cinco mil, no haré el trabajo.	如果你不付我五仟，我就不做工作。
04	**A no ser que** estudies, no te sacarás buenas notas.	除非你讀書，否則你不會有好成績。
05	**A no ser que** haga calor, no iré a la piscina.	除非天氣熱，否則我不會去游泳池。
06	**A no ser que** tú vayas conmigo, no compraré los pasajes.	除非你跟我一起去，否則我不會去買票。
07	**A no ser que** el espectáculo valga la pena, no iré.	除非表演值得欣賞，否則我不會去。
08	**A no ser que** haga mis tareas, mi madre no me dejará salir.	如果我不做功課，我媽媽是不會讓我出去的。
09	**A no ser que** alguien esté en peligro, la policía no vendrá.	除非有人有危險，否則員警不會來。
10	**A no ser que** sea necesario, no me tomaré el día libre.	除非必要，否則我不會休一天的假。

補充

★01	zoológico	名 動物園
★03	cinco	形 五
★09	estar en peligro	短 有危險

PASO2　句子重組練習

01	**A no ser que** rico, sea el te podré no el collar. comprar	除非我很有錢，否則我就不能買這項鍊送你。
02	**A no ser que** un genio, seas no esta podrás máquina. arreglar	除非你是天才，否則你不能修復這台機器。
03	**A no ser que** rápido, vengas verás Inés. a no	除非你快點過來，否則你不會看到茵內絲。
04	**A no ser que** empeore, a voy operar. no me	除非狀況變得更糟，否則我不會去開刀。

解答

★01：A no ser que sea rico, no te podré comprar el collar.

★02：A no ser que seas un genio, no podrás arreglar esta máquina.

★03：A no ser que vengas rápido, no verás a Inés.

★04：A no ser que empeore, no me voy a operar.

PASO3　應用篇

A：A no ser que el abogado te pregunte, no digas nada.

B：Ya sé.

A：除非律師問你，否則什麼都不要説。

B：我知道。

241

...pero si... 但如果……

...pero si + 虛擬式 / 陳述式 / 命令式...，表示「但如果……」。

PASO1　Top 必學句

01	Vete a jugar **pero si** llueve, regresa.	去玩，但如果下雨，回來。
02	Termina de limpiar **pero si** te cansas, descansa.	完成清理，但如果你累了，休息。
03	Dame la noticia **pero si** no es buena, cállate.	給我消息，但如果沒有好的，保持沉默。
04	Vuelve pronto **pero si** se hace tarde, quédate en casa de Alicia.	很快回來，但如果晚了，你就留在艾麗絲的家裡。
05	Camina deprisa **pero si** te duele la pierna, deténte.	走快點，但如果你腿痛，停止。
06	Pónte el suéter **pero si** hace calor, te lo sacas.	穿上毛衣，但如果天氣熱，你就脫掉它。
07	Abre la ventana **pero si** hace frio, ciérrala.	打開窗戶，但如果天氣冷，將它關上。
08	Prepara café **pero si** no hay leche, no me des.	準備咖啡，但如果沒有牛奶，你不要給我。
09	Regálale un perfume a Ana **pero si** no tienes dinero, dále flores.	送一瓶香水給安娜，但如果你沒錢，送她花。
10	Toca el violín **pero si** no sabes bien, toca la guitarra.	拉小提琴，但如果你不是很會，彈吉他。

PASO2　句子重組練習

01	Cierra la puerta **pero si** calor, hace ábrela.	關閉大門，但如果天氣熱，打開它。
02	Prepara arroz con leche **pero si** sabes, haz no un budín.	準備牛奶甜米粥，但如果你不會，做一個布丁。
03	Lava los pantalones **pero si** detergente, hay no comprar. a ve	洗褲子，但如果沒洗滌劑，就去買。
04	Arregla la silla **pero si** lo clavos, hay no hagas. No	修理椅子，但如果沒釘子，不用管。

PASO3　應用篇

A：Cuida a tu hermana.

B：Sí, pero si sigue con fiebre, la llevaré al médico.

A：照顧你的妹妹。

B：是的，但如果繼續發燒，我就帶她去看醫生。

De haber... 如果 / 假如……

De haber...（與動詞不定式連用，同 si ）表示「如果 / 假如」。De haber + 過去分詞（表達發生在過去的事）+ 條件式簡單時...，表示「如果 / 假如……」。

PASO1　Top 必學句

01	**De haber** sabido, no lo habría hecho.	如果我當時知道的話，我就不會做了。
02	**De haber** ido, no estaría arrepentido.	如果我當時去了的話，我就不會後悔了。
03	**De haber** tomado menos, no estaría con dolor de cabeza.	如果我當時少喝點的話，我就沒頭痛的問題。
04	**De haber** comido menos, no estaría tan gorda.	如果我過去少吃點的話，我也不會這麼胖了。
05	**De haber** estudiado más, no estaría en esta escuela.	如果我當時用功的話，我也不會在這所學校了。
06	**De haber** despertado antes, no llegaría atrasado.	如果我能早起的話，我現在就不會遲到了。
07	**De haber** sucedido algo, ya lo sabríamos.	如果發生什麼事的話，我們早都知道了。
08	**De haber** aprendido español antes, ya lo hablaría.	如果我以前學西班牙語的話，我現在就會講了。
09	**De haber** perdonado a Ana , aún seríamos amigas.	如果我當時能原諒安娜的話，我們仍然還是朋友。
10	**De haber** descansado más, no estaría tan cansado.	如果多休息的話，我就不會那麼累了。

補充
- ★**02**：estar arrepentido 〔短〕懊悔
- ★**06**：llegar atrasado 〔短〕遲到
- ★**09**：perdonar 〔動〕原諒

PASO2　句子重組練習

01	**De haber** trabajo el aceptado, dinero tendría.	如果我當時接受了這份工作，如今我就會有錢了。
02	**De haber** tiempo, a vuelto visto a habría José.	如果我當時能及時回來，我就會看到荷塞了。
03	**De haber** el remedio, tomado espalda. tendría no de dolor	如果我那時服用藥的話，現在就不會背痛了。

解答
- ★**01**：De haber aceptado el trabajo, tendría dinero.
- ★**02**：De haber vuelto a tiempo, habría visto a José.
- ★**03**：De haber tomado el remedio, no tendría dolor de espalda.

PASO3　應用篇

A：¡Papá, me fue mal en mi prueba!

B：De haber estudiado más, te habrías sacado una buena nota.

A：爸爸，我考壞了我的考試！

B：如果你當時用功的話，現在就會有好成績。

MEMO

祈使句和感歎句
的句型

PART

7

¡Haz…¡ 做……!

祈使句（命令式）：是直接向「對方」一人或多人下達命令、要求或勸告……等等，是說話人要求「對方」去做某事；有時也用在表示願望。西班牙語祈使句的否定句，用虛擬式現代時的動詞變化。 ¡Haz + 名詞...，表示「做……」。

PASO1　Top 必學句

01	**¡Haz** la cena!	做晚餐！
02	**¡Haz** lo que te digo!	照我說的去做！
03	**¡Haz** más esfuerzo!	更努力去做！
04	**¡Haz** tus tareas!	去寫你的功課！
05	**¡Haz** las cosas bien!	把事情做好！
06	**¡Haz** la cama!	鋪你的床！
07	**¡Haz** lo que quieras!	做你想要做的！
08	**¡Haz** lo que tengas que hacer.	做你必須要做的。
09	**¡Haz** tu trabajo!	做你的工作！
10	**¡Haz** feliz a Viviana!	讓葳葳安娜幸福！

補充

★01： hacer la cena　短 做晚餐
★03： esfuerzo　名 努力
★10： hacer feliz　短 幸福

PASO2　句子重組練習

01	**¡Haz** tu madre! a caso	聽你母親的！
02	**¡Haz** el una sopa almuerzo! para	午餐做湯！
03	**¡Haz** come menos! deporte y	做運動和少吃！
04	**¡Haz** este vinagre vino! con	用這葡萄酒做醋！
05	**¡Haz** pastel un zanahoria! de	做個胡蘿蔔蛋糕！

解答

★01： ¡Haz caso a tu madre!
★02： ¡Haz una sopa para el almuerzo!
★03： ¡Haz deporte y come menos!
★04： ¡Haz vinagre con este vino!
★05： ¡Haz un pastel de zanahoria!

PASO3　應用篇

A：Mañana Sofía y Enrique celebran su aniversario de bodas.

B：¡Házles una torta!

A：明天索非亞和安立奎要慶祝他們的結婚紀念日。

B：做一個蛋糕！

¡No me...! 不……我……

祈使句（命令式）的否定句，用虛擬式現代時的動詞變化。人稱代詞受語（me）放在 No 和動詞之間。¡No me + 命令式（用虛擬式現在時的動詞變化），表示「不……我……」。

PASO1　Top 必學句

01	**¡No me** hagas esto!	（你）不要這樣對我！
02	**¡No me** digas nada más!	（你）什麼都不必告訴我！
03	**¡No me** sigas imitando!	（你）不要繼續模仿我！
04	**¡No me** culpes a mi!	（你）不要怪我！
05	**¡No me** compres el brazalete de diamantes!	（你）不要買鑽石手鐲給我！
06	**¡No me** hagas sentir mal!	（你）不要讓我不舒服！
07	**¡No me** molestes!	（你）不要煩我！
08	**¡No me** contestes así!	不要用這種口氣回答我！
09	**¡No me** llames por teléfono!	（你）不要打電話給我！
10	**¡No me** busques más!	（你）不要再找我！

補充
- ★03：imitar　動 模仿
- ★05：brazalete　名 手鐲
- ★07：molestar　動 麻煩；打擾

PASO2　句子重組練習

01	**¡No me** más! insultes	（你）不要再侮辱我！
02	**¡No me** flores! más mandes	（你）不要再給我花！
03	**¡No me** mamá! a me acuses	（你）不要向媽告狀！
04	**¡No me** más! grites	（你）不要對我吼叫！
05	**¡No me** lástima! tengas	（你）不要可憐我！

解答
- ★01：¡No me insultes más!
- ★02：¡No me mandes más flores!
- ★03：¡No me acuses a mamá!
- ★04：¡No me grites más!
- ★05：¡No me tengas lástima!

PASO3　應用篇

A：¡Cállate y no hables más!

B：Por favor, ¡no me hagas callar!

A：閉嘴，不多說了！

B：請不要叫我閉嘴！

¡No hagas…! 不要做……！

西班牙語祈使句（命令式）的否定句，用虛擬式現代時的動詞變化。¡No hagas + 虛擬式現在時 / 名詞 / 不定代詞 / 副詞 / 形容詞...，表示「不要做……！」。

PASO1　Top 必學句

01	**¡No hagas** tonterías!	（你）不要做愚蠢的事！
02	**¡No hagas** lo mismo siempre!	（你）不要永遠做一樣！
03	**¡No hagas** caso a Juan!	（你）不要聽璜的！
04	**¡No hagas** más daño!	（你）不要做更多的損害！
05	**¡No hagas** algo de lo que te canses!	（你）不要做一些會讓你累的事！
06	**¡No hagas** nada malo!	（你）不要做壞事！
07	**¡No hagas** tantos errores!	（你）不要做這麼多錯誤！
08	**¡No hagas** demasiadas preguntas!	（你）不要問過多的問題！
09	**¡No hagas** tanto ruido!	（你）不要製造那麼多噪音！
10	**¡No hagas** tanto escándalo!	（你）不要這麼大驚小怪！

補充

★04：daño　　名 損害
★05：cansar　　動 疲倦、疲勞
★08：demasiado/a　形 過度的；過量的

PASO2　句子重組練習

01	**¡No hagas** a Anita! llorar	（你）不要惹艾妮卡哭！
02	**¡No hagas** difícil esto! más	（你）不要讓這更困難！
03	**¡No hagas** ilegal! nada	（你）不要做違法的事！
04	**¡No hagas** en trampa examen! el	（你）不要考試作弊！
05	**¡No hagas** de Luis! burla	（你）不要戲弄路易士！

解答

★01：¡No hagas llorar a Anita!
★02：¡No hagas más difícil esto!
★03：¡No hagas nada ilegal!
★04：¡No hagas trampa en el examen!
★05：¡No hagas burla de Luis!

PASO3　應用篇

A：No quiero casarme con Olga.

B：Entonces no hagas nada de lo que después te arrepientas.

A：我不想娶奧爾茄。

B：那麼，就不要去做你以後會後悔的事。

¡No te...! （你）不要……！

祈使句（命令式）的否定句，用虛擬式現代時的動詞變化。人稱代詞受語（te）放在 No 和動詞之間。¡No te + 虛擬式現代時...，表示「（你）不要……！」。

PASO1　Top 必學句

01	**¡No te** preocupes!	（你）不用擔心！
02	**¡No te** hagas de rogar!	（你）不要擺架子！
03	**¡No te** sientas sola!	（你）不要覺得孤單！
04	**¡No te** vayas!	（你）不要走！
05	**¡No te** creas tan importante!	（你）不要自以為了不起！
06	**¡No te** pongas pesado!	（你）不要那麼讓人討厭！
07	**¡No te** juntes con Mario!	（你）不要跟馬里奧在一起！
08	**¡No te** tomes todo el whisky!	（你）不要喝光威士忌酒！
09	**¡No te** enojes!	（你）不要生氣！
10	**¡No te** rías de mi!	（你）不要笑我！

補充

★02：hacerse de rogar 短 擺架子
★05：creerse importante 自以為不起
★09：enojarse 動 生氣（反身）

PASO2　句子重組練習

01	**¡No te** triste!　pongas	（你）不要難過！
02	**¡No te** listo!　el hagas	（你）不要耍小聰明！
03	**¡No te** celular!　aquel compres	（你）不要買這款手機！
04	**¡No te** conmigo!　metas	（你）不要捲入我的事！
05	**¡No te** cosas no te existen! imagines que	（你）不要想像不存在的東西！

解答

★01：¡No te pongas triste!
★02：¡No te hagas el listo!
★03：¡No te compres aquel celular!
★04：¡No te metas conmigo!
★05：¡No te imagines cosas que no existen!

PASO3　應用篇

A：Lisa es mucho más inteligente que yo.

B：¡No te compares con nadie!

A：麗莎比我聰明得多。

B：不要跟任何人做比較！

No me vengas a / con...
（你）不要……我……！

祈使句（命令式）的否定句，用虛擬式現代時的動詞變化。人稱代詞受語（me）放在 No 和動詞之間。¡No vengas a + 動詞原形 / 名詞...，表示「（你）不要……我……！」。

PASO1　Top 必學句

01	**No me vengas a** rogar más.	（你）不要再求我。
02	**No me vengas a** decir que no me quieres.	（你）不要跟我說你不愛我。
03	**No me vengas con** preguntas necias.	（你）不要問我愚蠢的問題。
04	**No me vengas con** más problemas.	（你）別給我製造更多問題。
05	**No me vengas con** mentiras.	（你）不要對我撒謊。
06	**No me vengas a** hacer llorar.	（你）不要讓我哭。
07	**No me vengas a** poner triste.	（你）不要讓我難過。
08	**No me vengas con** insultos.	（你）不要侮辱我。
09	**No me vengas con** cuentos.	（你）不要跟我說是非。
10	**No me vengas con** sermones.	（你）不要教訓我。

補充

★06：hacer llorar 短 哭；哭泣；流淚
★07：poner triste 短 悲傷；難過
★09：venir con cuentos 短 來說是非

PASO2　句子重組練習

01	**No me vengas a** que decir terminamos.	（你）不要說我們分手。
02	**No me vengas con** historias. tantas	（你）不要找我說長道短。
03	**No me vengas a** lecciones. dar	（你）不要對我說教。
04	**No me vengas a** más. humillar	（你）不要再來羞辱我。

解答

★01：No me vengas a decir que terminamos.
★02：No me vengas con tantas historias.
★03：No me vengas a dar lecciones.
★04：No me vengas a humillar más.

PASO3　應用篇

A：Victor, ¡despierta!

B：¡No me vengas a sacar de la cama tan temprano!

A：維克多，醒醒吧！

B：（你）不要這麼早拖我下床！

¡No te creas tan…!
（你）不要自以為是那麼……！

祈使句（命令式）的否定句，用虛擬式現代時的動詞變化。人稱代詞受語（te）放在 No 和動詞之間。¡No te creas tan + 形容詞...，表示「（你）不要自以為是那麼……！」。

PASO1　Top 必學句

01	**¡No te creas tan** inteligente!	（你）不要自以為很聰明！
02	**¡No te creas tan** simpático!	（你）不要自以為那麼親切！
03	**¡No te creas tan** superior a otros!	（你）不要自以為高人一等！
04	**¡No te creas tan** bonita!	（你）不要自以為那麼漂亮！
05	**¡No te creas tan** astuto!	（你）不要自以為是那麼詭計多端！
06	**¡No te creas tan** guapo!	（你）不要自以為那麼帥！
07	**¡No te creas tan** brillante!	（你）不要自以為那麼傑出！
08	**¡No te creas tan** estúpido!	（你）不要自以為這麼愚蠢！
09	**¡No te creas tan** gracioso!	（你）不要自以為是如此幽默！
10	**¡No te creas tan** listo!	（你）不要自以為是那麼機靈！

補充
★03：	creerse superior	短	自以為高人一等
★05：	astuto	形	狡黠的；詭計多端
★07：	brillante	形	傑出的；出色的
★09：	gracioso	形	詼諧的，幽默的

PASO2　句子重組練習

01	**¡No te creas tan** como Pablo! valiente	（你）不要自以為像巴布羅那麼勇敢！
02	**¡No te creas tan** de esto! seguro	（你）不要自以為對這個如此肯定！
03	**¡No te creas tan** al tenis! buena jugar para	（你）不要自以為網球打的有那麼好！

解答
★01： ¡No te creas tan valiente como Pablo!
★02： ¡No te creas tan seguro de esto!
★03： ¡No te creas tan buena para jugar al tenis!

PASO3　應用篇

A：No tengo ganas de asistir a tu boda.

B：¡No te creas tan importante!

A：我並不想參加你的婚禮。

B：（你）不要自以為有這麼重要！

¡No sigas...! （你）不要繼續……！

No sigas（命令式）+ 動詞現在分詞（現在分詞和 seguir 連用表示動作持續與重複）。No sigas...，表示「你不要繼續……」。

PASO1　Top 必學句

01	**¡No sigas** haciendo esto!	（你）不要繼續這樣做！
02	**¡No sigas** preguntándome lo mismo!	（你）不要不斷地問相同的！
03	**¡No sigas** llorando!	（你）不要繼續哭了！
04	**¡No sigas** insistiendo!	（你）不要繼續堅持！
05	**¡No sigas** suplicando!	（你）不要繼續哀求！
06	**¡No sigas** esperando!	（你）不要繼續等待！
07	**¡No sigas** siendo engreído!	（你）不要繼續自負！
08	**¡No sigas** limpiando!	（你）不要繼續清潔！
09	**¡No sigas** llamándome!	（你）不要繼續打電話找我！
10	**¡No sigas** hablando así!	（你）不要繼續那樣說話！

補充

★02：mismo　　形 相同的，同樣的
★04：insistir　　動 堅持；執意
★05：suplicar　　動 哀求；懇求
★07：engreído　　形 驕傲的；自負的

PASO2　句子重組練習

01	**¡No sigas** dinero! tu encontrar tratando de	（你）不要試著繼續找你的錢！
02	**¡No sigas** más! caminando	（你）不要再繼續走！
03	**¡No sigas** trabajo! buscando	（你）不要繼續找工作！
04	**¡No sigas** pan! comiendo	（你）不要繼續吃麵包！
05	**¡No sigas** café! tanto tomando	（你）不要繼續喝太多咖啡！

解答

★01：¡No sigas tratando de encontrar tu dinero!
★02：¡No sigas caminando más!
★03：¡No sigas buscando trabajo!
★04：¡No sigas comiendo pan!
★05：¡No sigas tomando tanto café!

PASO3　應用篇

A：Margarita es tonta y egoísta.

B：¡No sigas hablando mal de ella!

A：瑪格麗塔既愚蠢又自私。

A：（你）不要繼續說她的壞話！

Se prohíbe... 禁止⋯⋯！

Se prohíbe + 動詞原形...，表示「禁止⋯⋯！」。

PASO1　Top 必學句

01 | **Se prohíbe** fumar aquí. 　　　這裡禁止吸煙。

02 | **Se prohíbe** hablar en clase. 　　課堂上禁止講話。

03 | **Se prohíbe** comer en el laboratorio. 　實驗室禁止飲食。

04 | **Se prohíbe** dar comida a los animales. 　禁止餵食動物。

05 | **Se prohíbe** entrar sin permiso. 　　嚴禁擅自進入。

06 | **Se prohíbe** llevar armas en el avión. 　嚴禁攜帶武器上飛機。

07 | **Se prohíbe** copiar música de internet. 　禁止從網路複製音樂。

08 | **Se prohíbe** cazar ballenas. 　　嚴禁捕鯨。

09 | **Se prohíbe** vender medicamentos. 　禁止賣藥。

10 | **Se prohíbe** comer chicle en la calle. 　禁止在街上嚼口香糖。

補充

★03：laboratorio　名 實驗室
★05：permiso　名 允許；批准
★08：cazar ballenas　短 捕鯨

PASO2　句子重組練習

01 | **Se prohíbe** propina. aceptar 　　禁止給小費。

02 | **Se prohíbe** los empleados públicos. a regalos hacer 　嚴禁送禮給公務人員。

03 | **Se prohíbe** en el avión. celulares usar 　嚴禁飛機上使用手機。

04 | **Se prohíbe** en público. camisetas sacarse las 　嚴禁在公共場所打赤膊。

05 | **Se prohíbe** trampa. hacer 　　禁止作弊。

解答

★01：Se prohíbe aceptar propina.
★02：Se prohíbe hacer regalos a los empleados públicos.
★03：Se prohíbe usar celulares en el avión.
★04：Se prohíbe sacarse las camisetas en público.
★05：Se prohíbe hacer trampa.

PASO3　應用篇

A：El profe de contabilidad dijo que se prohíbe usar la calculadora en clase.

B：Me parece bien.

A：會計課老師説，課堂禁止使用計算機。

B：聽起來不錯。

¡Espera que...! 你等……！

¡Espera que + 虛擬式... ，表示「你等……！」

PASO1　Top 必學句

01	**¡Espera que** ella vuelva!	（你）等她回來！
02	**¡Espera que** Eva salga primero!	（你）等伊娃先走！
03	**¡Espera que** el chico se vaya!	（你）等那男孩走！
04	**¡Espera que** Juan te proponga matrimonio!	（你）等璜向妳求婚！
05	**¡Espera que** llegue el taxi!	（你）等計程車到來！
06	**¡Espera que** saque dinero del banco!	（你）等待我把錢從銀行提出！
07	**¡Espera que** (yo) tenga tiempo!	（你）等我有時間！
08	**¡Espera que** se termine la película!	（你）等電影結束！
09	**¡Espera que** te ofrezcan algo de beber!	（你）等他們給你喝的東西！
10	**¡Espera que** se duerma el bebé!	（你）等寶寶睡覺！

補充

★02	salir primero	短 先走
★05	taxi	名 出租車；計程車
★09	ofrecer algo	短 提供東西

PASO2　句子重組練習

01	**¡Espera que** den me permiso!	（你）等他們給我許可！
02	**¡Espera que** ropa! me cambie	（你）等我換衣服！
03	**¡Espera que** el aumento den me salarial!	（你）等他們給我加薪！
04	**¡Espera que** mi trabajo! termine	（你）等我完成工作！
05	**¡Espera que** lluvia! la pare	（你）等雨停！

解答

- ★01：¡Espera que me den permiso!
- ★02：¡Espera que me cambie ropa!
- ★03：¡Espera que me den el aumento salarial!
- ★04：¡Espera que termine mi trabajo!
- ★05：¡Espera que pare la lluvia!

PASO3　應用篇

A：Quiero comer, tengo hambre.

B：¡Espera que ponga la mesa primero!

A：我餓了，我想要吃飯。

B：（你）等我先擺放餐具！

¡Ven a...! 來……！

Ven a + 動詞原形...，表示「來……！」。

PASO1　Top 必學句

01	**¡Ven a** mi casa!	來我家！
02	**¡Ven a** saludar a mis padres!	過來和我的父母打招呼！
03	**¡Ven a** bailar conmigo!	過來與我共舞！
04	**¡Ven a** comer cerezas!	過來吃櫻桃！
05	**¡Ven a** ayudarme!	過來幫我！
06	**¡Ven a** salvarme!	來救我！
07	**¡Ven a** escuchar esta canción!	過來聽這首歌！
08	**¡Ven a** sacarme de aquí!	過來帶我離開這裡！
09	**¡Ven a** buscarme a casa de Diana!	到戴安娜的家接我！
10	**¡Ven a** tomar té conmigo!	過來跟我一起喝茶！

補充

★02：saludar 動 招呼；問候
★04：cerezas 名 暗紅（色）；櫻桃
★06：salvar 動 救；拯救；解救

PASO2　句子重組練習

01	**¡Ven al** de arte! museo	來美術館！
02	**¡Ven a** de Amelia! cena la	來跟阿梅利亞晚宴！
03	**¡Ven a** esta comprar tienda! a	來此店購買！
04	**¡Ven a** universidad! esta enseñar a	來這所大學教書！
05	**¡Ven a** comida! terminar tu	來吃完你的食物！

解答

★01：¡Ven al museo de arte!
★02：¡Ven a la cena de Amelia!
★03：¡Ven a comprar a esta tienda!
★04：¡Ven a enseñar a esta universidad!
★05：¡Ven a terminar tu comida!

PASO3　應用篇

A：Vamos a llegar tarde a tu fiesta de graduación.

B：Sí, ¡ven a vestirte ahora!

A：參加你的畢業慶祝活動，我們要遲到了。

B：是啊，現在就穿衣打扮！

¡Vamos a...! 我們去……！

感嘆句是用來抒發：喝采、歡喜、驚奇、讚美、反之悲傷或痛苦、惱怒、辱罵，也常用於表示禮貌。西班牙語感嘆句的詞句前後都要放 ¡！驚嘆號。¡Vamos a...!，表示「我們去……！」。

PASO1　Top 必學句

01	¡**Vamos** a la playa!	我們去海邊！
02	¡**Vamos** a cantar!	我們來唱歌！
03	¡**Vamos** a la librería!	我們到書店！
04	¡**Vamos** a bailar!	我們來跳舞吧！
05	¡**Vamos** a jugar al parque!	我們去公園玩！
06	¡**Vamos** al banco!	我們去銀行！
07	¡**Vamos** a la carnicería!	我們去肉店！
08	¡**Vamos** a comer!	我們去吃東西！
09	¡**Vamos** a Tokio!	我們到東京！
10	¡**Vamos** a repasar la lección!	讓我們複習一下課程！

補充
- ★03：librería　名 書店
- ★04：bailar　動 跳舞
- ★07：carnicería　名 肉鋪；肉店
- ★10：repasar　動 回顧；複習

PASO2　句子重組練習

01	¡**Vamos a** tu celebrar aniversario!	我們來慶祝結婚紀念日！
02	¡**Vamos al** de restaurante Julio!	我們去胡里歐的餐廳！
03	¡**Vamos a** panqueques! comer	我們來吃煎餅！
04	¡**Vamos a** río! al nadar	我們到河裡游泳！
05	¡**Vamos a** guitarra! practicar	我們來練習彈吉他！

解答
- ★01：¡Vamos a celebrar tu aniversario!
- ★02：¡Vamos al restaurante de Julio!
- ★03：¡Vamos a comer panqueques!
- ★04：¡Vamos a nadar al río!
- ★05：¡Vamos a practicar guitarra!

PASO3　應用篇

A：Date prisa, nos toca actuar ahora.

B：Sí, ¡vamos a ponernos los disfraces!

A：快點，現在要換我們上場表演了。

B：好的，我們馬上換服裝！

¡Dime...! 告訴我……！

¡Dime...+ 名詞 / 代詞 / 副詞 ...!，表示「告訴我……！」。

PASO1　Top 必學句

01	**¡Dime** todo lo que sabes!	告訴我所有你知道的！
02	**¡Dime** la verdad!	告訴我真相！
03	**¡Dime** lo que te pasa!	告訴我，你發生了什麼事！
04	**¡Dime** cuánto cuesta esto!	請告訴我，這個值多少錢！
05	**¡Dime** cuánta gente hay!	告訴我有多少人！
06	**¡Dime** quién viene!	告訴我誰會來！
07	**¡Dime** algo bonito!	跟我說些好聽的話！
08	**¡Dime** lo que sientes!	告訴我，你的感受！
09	**¡Dime** cuándo vas a volver!	告訴我，你何時回來！
10	**¡Dime** dónde estás!	告訴我，你在哪裡！

補充

★03：pasar　動 發生
★05：gente　名 人；人們
★07：bonito　形 好的

PASO2　句子重組練習

01	**¡Dime** andas! quién con	告訴我，你和誰在一起！
02	**¡Dime** vienen! niños cuántos	告訴我有多少孩子來！
03	**¡Dime** esa porqué cara! tienes	告訴我為什麼你那副表情！
04	**¡Dime** piensas! que lo	告訴我，你的想法！
05	**¡Dime** que quieras! lo	告訴我任何你想要說的！

解答

★01：¡Dime con quién andas!
★02：¡Dime cuántos niños vienen!
★03：¡Dime porqué tienes esa cara!
★04：¡Dime lo que piensas!
★05：¡Dime lo que quieras!

PASO3　應用篇

A：¡Dime qué le pasa a Luis!

B：No sé… Lo noto muy distraido estos días.

A：告訴我，路易士出了什麼事！

B：我不知道……，只覺得他這幾天非常心不在焉。

¡Qué...! 什麼……！

表達驚訝。¡Qué + 名詞/形容詞...，表示「什麼……！」。

PASO1　Top 必學句

01	**¡Qué** sorpresa!	好一個驚喜！
02	**¡Qué** increíble!	簡直不可思議！
03	**¡Qué** suerte!	真幸運！
04	**¡Qué** horror!	好恐怖！
05	**¡Qué** asco!	好噁心！
06	**¡Qué** barbaridad!	真不像話！
07	**¡Qué** lástima!	真可惜！
08	**¡Qué** sólo estoy!	好一個落單的我！
09	**¡Qué** antipático!	好一個不友善啊！
10	**¡Qué** rico el café!	好香濃的咖啡！

補充

★03：	suerte	名	幸運
★05：	asco	名	噁心
★06：	barbaridad	名	荒唐
★07：	lástima	名	遺憾；可惜

PASO2　句子重組練習

01	**¡Qué** de verte! ganas	等不及要見你！
02	**¡Qué** soy! tonto	我真是個傻瓜！
03	**¡Qué** lugar! lindo	多麼美麗的地方！
04	**¡Qué** hoy! ves bien te	今天你看起來太棒了！
05	**¡Qué** siento! me mal	我好難過！

解答

★01：	¡Qué ganas de verte!
★02：	¡Qué tonto soy!
★03：	¡Qué lindo lugar!
★04：	¡Qué bien te ves hoy!
★05：	¡Qué mal me siento!

PASO3　應用篇

A：Ayer falleció Eliana.

B：¡Qué mala suerte!

A：埃利安娜昨天去世了。

B：多麼不幸啊！

¡Cómo...! 多麼 / 何等 / 如何……！

¡Cómo + 動詞陳述式 / 完成式...，表示「多麼 / 何等 / 如何……！」。

PASO1　Top 必學句

01	**¡Cómo** nos reimos!	我們笑得多麼開心啊！
02	**¡Cómo** pasa el tiempo!	時間過得可真快！
03	**¡Cómo** cambia la vida!	生活改變有多麼快啊！
04	**¡Cómo** sube el precio de la gasolina!	汽油價格漲得可真快！
05	**¡Cómo** come Susana!	蘇珊娜多麼會吃！
06	**¡Cómo** tiembla en Japón!	日本地震可真頻繁！
07	**¡Cómo** ronca Francisco!	弗朗西斯科多麼會打鼾！
08	**¡Cómo** te mira ese chico!	瞧！那男孩是怎麼看你！
09	**¡Cómo** llora la niña!	女孩可真會哭啊！
10	**¡Cómo** pasan los años!	光陰似箭！

補充

★03：cambiar　動　改變；使發生變化
★04：gasolina　名　汽油
★06：temblar　動　晃動、震動；地震
★07：roncar　動　打鼾

PASO2　句子重組練習

01	**¡Cómo** Roberto! quiere te	羅伯托是多麼愛你！
02	**¡Cómo** Laura! grita	蘿拉可真會吼叫！
03	**¡Cómo** Paloma! gasta	帕洛瑪可真會花錢！
04	**¡Cómo** de bien Melissa! cocina	梅麗莎多麼會做飯啊！
05	**¡Cómo** este conduce hombre!	這個人可真會開車！

解答

★01：¡Cómo te quiere Roberto!
★02：¡Cómo grita Laura!
★03：¡Cómo gasta Paloma!
★04：¡Cómo de bien cocina Melissa!
★05：¡Cómo conduce este hombre!

PASO3　應用篇

A：¿Te gusta mi nuevo traje?

B：No...¡Cómo se te ocurre ponerte esa ropa!

A：你喜歡我的新西服嗎？

B：不喜歡！你怎麼會想到穿這種衣服啊！

¡Cuánto / Cuánta…! 多少 / 多麼……

¡Cuánto / Cuánta + 形容詞 / 感嘆代詞 + 名詞...，表示「多少 / 多麼……！」。

PASO1　Top 必學句

01	¡**Cuánto** tiempo sin verte!	好久不見！
02	¡**Cuánto** me alegro de estar aquí!	我是多麼高興到這裡！
03	¡**Cuánta** razón tienes!	哇，你可真有道理！
04	¡**Cuánto** dinero desperdiciado!	花了多少冤枉錢啊！
05	¡**Cuánta** basura hay en las calles!	街上的垃圾可真多！
06	¡**Cuánto** perro anda suelto!	流浪狗可真多！
07	¡**Cuánta** gente hay aquí!	這裡的人可真多！
08	¡**Cuánta** comida sobró!	剩下的食物可真多！
09	¡**Cuánta** alegría me da verte!	哇，我好高興看到你！
10	¡**Cuánto** vagabundo hay en esta ciudad!	這城市的流浪漢可真多！

補充

★03：tener razón　短 有道理
★05：basura　名 垃圾
★08：sobrar　動 剩餘
★09：alegría　名 高興、快樂

PASO2　句子重組練習

01	¡**Cuánto** siento, lo Emilio!	埃米利奧，我真是抱歉！
02	¡**Cuánta** en la paz hay iglesia!	教堂可真安靜啊！
03	¡**Cuánta** en cosa tienda! esta barata hay	這家店裡的東西可真便宜！
04	¡**Cuánto** los alboroto niños! hacen	孩子們可真會吵鬧！
05	¡**Cuánta** este pobreza en país! hay	這個國家可真貧窮！

解答

★01：¡Cuánto lo siento, Emilio!
★02：¡Cuánta paz hay en la iglesia!
★03：¡Cuánta cosa barata hay en esta tienda!
★04：¡Cuánto alboroto hacen los niños!
★05：¡Cuánta pobreza hay en este país!

PASO3　應用篇

A：Sara sigue triste.

B：Sí, ¡cuánta pena me da verla así!

A：莎拉還是好傷心。

B：是啊，看她如此悲哀，我可真難過！

¡Cómo me…!

我是多麼 / 何等 / 如何……！

¡Cómo me + indicativo + 動詞陳述式...，表示「我是多麼 / 何等 / 如何……！」。

PASO1　Top 必學句

01 | **¡Cómo me** gusta esta comida!　我超喜歡這種食物！

02 | **¡Cómo me** entusiasma la idea!　這想法多麼令我興奮！

03 | **¡Cómo me** duele la cabeza!　我的頭好痛！

04 | **¡Cómo me** molesta la gente hipócrita!　虛偽的人是多麼令我厭煩！

05 | **¡Cómo me** asustan las arañas!　蜘蛛真讓我害怕！

06 | **¡Cómo me** aprietan los zapatos!　這雙鞋勒得我的腳可真難受！

07 | **¡Cómo me** gusta verte reír!　我是多麼喜歡看你笑！

08 | **¡Cómo me** arde la garganta!　我的喉嚨是何等灼熱啊！

09 | **¡Cómo me** pica la mano!　我的手可真癢！

10 | **¡Cómo me** cuesta olvidarte!　忘掉你是何等難啊！

補充

★02：entusiasmar 動 興奮
★04：hipócrita 形 虛偽
★08：garganta 名 咽喉，喉嚨
★09：picar 動 刺；癢

PASO2　句子重組練習

01 | **¡Cómo** ser maleducado! puedes tan　你可真沒教養！

02 | **¡Cómo** tu actitud! molesta me　你的態度是多麼令我厭惡！

03 | **¡Cómo** a venir mi atreves te casa! a　你怎敢來我家！

04 | **¡Cómo** sin llegas avisarme!　你怎敢毫無預警就到！

05 | **¡Cómo** haces me esto!　你怎敢這樣對待我！

解答

★01：¡Cómo puedes ser tan maleducado!
★02：¡Cómo me molesta tu actitud!
★03：¡Cómo te atreves a venir a mi casa!
★04：¡Cómo llegas sin avisarme!
★05：¡Cómo me haces esto!

PASO3　應用篇

A：¡Tanto tiempo sin verte!

B：Sí, cómo pasan los años!

A：好久不見！

B：是啊，歲月如梭！

¡Cuán...! 多麼 / 何等……！

Cuán 是 cuánto 的詞尾省略形式，用於形容詞和副詞之前。¡Cuán + 形容詞…，表示「多麼 / 何等……！」。

PASO1　Top 必學句

01	¡**Cuán** difícil es esta clase!	這個班可真難教！
02	¡**Cuán** hermosa es tu mirada!	你的眼神是多麼的美麗！
03	¡**Cuán** profundo es este poema!	這首詩是多麼的有深度！
04	¡**Cuán** amena está la reunión!	會議是多麼的愉快有趣！
05	¡**Cuán** bello es este paisaje!	這風景是多麼的美麗！
06	¡**Cuán** simpático es tu hermano!	你的兄（弟）可真友善！
07	¡**Cuán** bravo es el perro!	這隻狗可真兇猛！
08	¡**Cuán** absurda es la obra de teatro!	這齣戲是多麼的荒謬！
09	¡**Cuán** barato es este restaurante!	這家餐廳可真便宜！
10	¡**Cuán** húmeda es esta ciudad!	這個城市有夠潮濕！

補充

★03：profundo　形　深刻的；深邃的
★04：ameno　形　愉快的
★08：absurda　形　不合理的；荒謬的

PASO2　句子重組練習

01	¡**Cuán** la casa está vacía ti! sin	沒有你的房子是何等空寂！
02	¡**Cuán** la fiesta! entretenida está	聚會是多麼的有趣！
03	¡**Cuán** tu amable es madre!	你母親是多麼的和藹可親！
04	¡**Cuán** este largo libro! es	這本書有夠長！
05	¡**Cuán** Ricardo! grande está	里卡多長大了真多！

解答

★01：¡Cuán vacía está la casa sin ti!
★02：¡Cuán entretenida está la fiesta!
★03：¡Cuán amable es tu madre!
★04：¡Cuán largo es este libro!
★05：¡Cuán grande está Ricardo!

PASO3　應用篇

A：¡Cuán ocupada estás últimamente!

B：Sí, tengo mucho trabajo sin terminar.

A：你最近很忙吧！

B：是啊，我有許多待處理的工作。

¡Es...! 是……！

¡Es + 形容詞...，表示「是……！」。

PASO1　Top 必學句

01	**¡Es** una gran tontería!	這是一個出奇的蠢事！
02	**¡Es** totalmente falso!	這完全是虛假的！
03	**¡Es** una alegría volver a verte!	真是太高興能再次見到你！
04	**¡Es** muy frío aquí!	這裡冷死了！
05	**¡Es** super divertido!	這真是超級好玩！
06	**¡Es** muy linda esta canción!	這首歌太好聽了！
07	**¡Es** ridículo tu comentario!	你的評論簡直荒謬！
08	**¡Es** fantástico este cuento!	這個故事太棒了！
09	**¡Es** emocionante de el final la película!	電影的結局太令人感動！
10	**¡Es** maravilloso el espectáculo!	這演出精彩極了！

補充

★01：tontería　名 愚蠢；蠢事
★02：falso　形 假的；不符合實際的
★05：divertido　形 有趣的；好玩的
★09：emocionante　形 感人的；激動人心的

PASO2　句子重組練習

01	**¡Es** tu genial novia!	你的女朋友實在太棒了！
02	**¡Es** este computador! ganga una	這台電腦還真便宜！
03	**¡Es** tu increíble suerte! buena	你運氣好得令人難以想像！
04	**¡Es** tu grosero un amigo!	你的朋友簡直是粗俗之極！
05	**¡Es** sillón! el carísimo	這張扶手椅超貴的！

解答

★01：¡Es genial tu novia!
★02：¡Es una ganga este computador!
★03：¡Es increíble tu buena suerte!
★04：¡Es un grosero tu amigo!
★05：¡Es carísimo el sillón!

PASO3　應用篇

A：¡Paloma es hermosa!

B：Sí, ¡es una verdadera belleza!

A：帕洛瑪，好漂亮啊！

B：是啊，她是一個真正的美女！

¡Eres...! 你是……！

¡Eres + 形容詞...，表示「你是……！」。

PASO1　Top 必學句

01	**¡Eres** magnífico!	你太優秀！
02	**¡Eres** un excelente ciclista!	你是一個傑出的自行車手！
03	**¡Eres** único!	你是獨一無二的！
04	**¡Eres** un ángel!	你是天使！
05	**¡Eres** tan dulce!	你好甜美！
06	**¡Eres** perfecta!	妳太完美了！
07	**¡Eres** lo máximo!	你最棒了！
08	**¡Eres** tan bella!	你真美！
09	**¡Eres** un pesado!	你好討厭！
10	**¡Eres** como pocos!	你是少見的異數！

補充

★01：magnífico 形 優秀的；傑出的；

★02：ciclista 名 騎自行車的人

★05：dulce 形 甜的；柔和的

★06：perfecta 形 完美的

PASO2　句子重組練習

16	**¡Eres**　especial!　muy	你真的與眾不同！
17	**¡Eres**　haragán!　un	你真是一個懶惰鬼！
18	**¡Eres**　petulante!　un	你真是一個傲慢無禮的傢伙！
19	**¡Eres**　atento　conmigo!　muy	你對我真是殷勤周全啊！
20	**¡Eres**　tonto!　tan	你太傻了！

解答

★11：¡Eres muy especial!
★12：¡Eres un haragán!
★13：¡Eres un petulante!
★14：¡Eres muy atento conmigo!
★15：¡Eres tan tonto!

PASO3　應用篇

A：Cariño, ¿no crees que esta camisa azúl me va muy bien?

B：¡Eres un engreído!

A：親愛的，你不覺得這件藍色襯衫很適合我嗎？

B：你真的很臭屁！

¡Cuidado con...! 謹防 / 當心……！

¡Cuidado con... + 名詞 / 動詞 ...!，表示「謹防 / 當心……！」。

PASO1　Top 必學句

01 | **¡Cuidado con** el perro!　　　　　謹防惡犬！

02 | **¡Cuidado con** los rateros!　　　　當心扒手！

03 | **¡Cuidado con** comer demasiado!　當心暴飲暴食！

04 | **¡Cuidado con** la culebra!　　　　當心蛇！

05 | **¡Cuidado con** tus palabras!　　　請你當心説話！

06 | **¡Cuidado con** salir muy tarde!　　晚出門要當心 ！

07 | **¡Cuidado con** la sal!　　　　　　當心鹽！

08 | **¡Cuidado con** las sanguijuelas!　當心水蛭！

09 | **¡Cuidado con** nadar en el mar!　謹防在海中游泳！

10 | **¡Cuidado con** hablar mucho!　　當心話太多！

補充		
★01：	perro	名 狗
★04：	culebra	名 蛇
★08：	sanguijuelas	名 水蛭

PASO2　句子重組練習

01 | **¡Cuidado con** agua! el　　　　　當心水！

02 | **¡Cuidado con** ratones! los　　　當心老鼠！

03 | **¡Cuidado con** olas! las　　　　謹防海浪！

04 | **¡Cuidado con** animales! los　　當心動物出沒！

05 | **¡Cuidado con** tanto! mentir　　小心謊話説太多！

解答
★01：¡Cuidado con el agua!
★02：¡Cuidado con los ratones!
★03：¡Cuidado con las olas!
★04：¡Cuidado con los animales!
★05：¡Cuidado con mentir tanto!

PASO3　應用篇

A：Hoy me siento muy enfermo.

B：¡Cuidado con tu salud!

A：今天我覺得不舒服。

B：注意你的健康！

¡Deja de...! 停止 / 不要……！

¡Deja de + 動詞...，表示「停止 / 不要……！」。

PASO1　Top 必學句

01	**¡Deja de** molestarme!	不要煩我！
02	**¡Deja de** roncar!	停止打鼾！
03	**¡Deja de** hablar así!	停止這樣說話！
04	**¡Deja de** culparme!	停止責備我了！
05	**¡Deja de** repetir lo mismo!	停止重複相同的！
06	**¡Deja de** llorar!	停止哭泣！
07	**¡Deja de** fumar aquí!	此地嚴禁吸菸！
08	**¡Deja de** hacer bulla!	停止喧鬧！
09	**¡Deja de** ser pesimista!	停止再悲觀！
10	**¡Deja de** engañarme!	停止欺騙我！

補充

★04：culpar 動 指責
★08：hacer bulla 短 喧鬧
★10：engañar 動 欺騙

PASO2　句子重組練習

01	**¡Deja de** fotos! sacarme	停止幫我拍照！
02	**¡Deja de** tele! ver	停止看電視！
03	**¡Deja de** pretextos! poner	停止找藉口！
04	**¡Deja de** el tocar pito!	停止吹哨子！
05	**¡Deja de** tanto! gritar	停止這麼愛叫！

解答

★01：¡Deja de sacarme fotos!
★02：¡Deja de ver tele!
★03：¡Deja de poner pretextos!
★04：¡Deja de tocar el pito!
★05：¡Deja de gritar tanto!

PASO3　應用篇

A：Vicente, deberías dejar de ver a Elena.

B：¡Deja de darme consejos!

A：文森，你應該停止看艾琳娜。

B：停止給我忠告！

¡Qué bien que...！好極了……！

¡Qué bien que...+ 動詞陳述式...，表示「好極了……！」

PASO1　Top 必學句

01	**¡Qué bien que** canta Luis!	路易士唱得好極了！
02	**¡Qué bien que** bailas!	你舞跳得棒極了！
03	**¡Qué bien que** te encuentro!	遇到你實在是太好了！
04	**¡Qué bien que** lo pasamos en la fiesta!	我們在聚會裡玩得好開心！
05	**¡Qué bien que** están los niños!	孩子們棒極了！
06	**¡Qué bien que** llegas ahora!	你現在就到，太好了！
07	**¡Qué bien que** suena la radio!	收音機的聲音好清晰！
08	**¡Qué bien que** cocinas!	你做飯棒極了！
09	**¡Qué bien que** escribes!	你寫得好極了！
10	**¡Qué bien que** se porta tu hija!	你女兒表現得好有教養！

補充
★03：encontrarse 動 相遇，相會
★07：sonar 動 發出聲響
★10：portarse 動 表現

PASO2　句子重組練習

01	**¡Qué bien que** Tomás! habla	托馬斯說的棒極了！
02	**¡Qué bien que** ves! te	你看起來棒極了！
03	**¡Qué bien que** siento! me	我的感覺好極了！
04	**¡Qué bien que** aquí! estás	你在這裡好極了！
05	**¡Qué bien que** banda! toca la	樂隊演奏得棒極了！

解答
★01：¡Qué bien que habla Tomás!
★02：¡Qué bien que te ves!
★03：¡Qué bien que me siento!
★04：¡Qué bien que estás aquí!
★05：¡Qué bien que toca la banda!

PASO3　應用篇

A：¡Qué bien que hablas español!

B：Sí, viví un año en España.

A：你西班牙文說得好極了！

B：謝謝誇獎，因為我在西班牙生活過一年。

¡Felicitaciones por...! 恭喜你……！

¡Felicitaciones por...+ 名詞 / 動詞...，表示「恭喜你……！」。

PASO1　Top 必學句

01	**¡Felicitaciones por** tu nuevo bebé!	恭喜你生了新寶寶！
02	**¡Felicitaciones por** tu matrimonio!	恭喜你結婚了！
03	**¡Felicitaciones por** tu ascenso!	恭喜你晉升！
04	**¡Felicitaciones por** tu nuevo trabajo!	恭喜你換了新工作！
05	**¡Felicitaciones por** ganar el concurso!	恭喜你贏得比賽！
06	**¡Felicitaciones por** ganar las elecciones !	恭喜你贏得選舉！
07	**¡Felicitaciones por** haber egresado!	恭喜你畢業！
08	**¡Felicitaciones por** aprobar el curso!	恭喜你通過了課程！
09	**¡Felicitaciones por** el premio!	恭喜獲獎！
10	**¡Felicitaciones por** tu compromiso!	恭喜你訂婚！

補充

★03：ascenso 名 晉升
★05：concurso 名 競爭；比賽
★07：egresar 動 畢業
★08：aprobar 動 通過

PASO2　句子重組練習

01	**¡Felicitaciones por** nuevo tu proyecto!	恭喜你的新計畫！
02	**¡Felicitaciones por** diseño! tu lindo	恭喜你美麗的設計！
03	**¡Felicitaciones por** el primero ser la de clase!	恭喜你考第一名！
04	**¡Felicitaciones por** tu pasar de examen grado!	恭喜你通過晉級考試！
05	**¡Felicitaciones por** cumpleaños! tu	祝賀你生日快樂！

解答

★01：¡Felicitaciones por tu nuevo proyecto!
★02：¡Felicitaciones por tu lindo diseño!
★03：¡Felicitaciones por ser el primero de la clase!
★04：¡Felicitaciones por pasar tu examen de grado!
★05：¡Felicitaciones por tu cumpleaños!

PASO3　應用篇

A：¡Me fue muy bien en todos los examenes finales!

B：¡Felicitaciones hijo por ser tan buen alumno!

A：我期末考試每個科目都考得非常好！

B：恭喜你兒子！你是一個好學生！

¡Por fin...! 終於……！

¡Por fin...+ 動詞陳述式...，表示「終於……！」。

PASO1　Top 必學句

01	**¡Por fin** salió el sol!	太陽終於出來了！
02	**¡Por fin** vendiste la casa!	你終於賣掉了房子！
03	**¡Por fin** te fuiste a Nueva Zelanda!	你終於去紐西蘭！
04	**¡Por fin** arreglaste tu moto!	你終於修理摩托車了！
05	**¡Por fin** te quitaste las gafas!	你終於摘下了眼鏡！
06	**¡Por fin** obedeciste a tu papà!	你終於聽你爸爸的話了！
07	**¡Por fin** te encontrè!	終於找到你了！
08	**¡Por fin** te dieron de alta del hospital!	你終於可以出院了！
09	**¡Por fin** quedamos solos!	我們終於可以獨處了！
10	**¡Por fin** es primavera!	春天終於來了！

補充

★01：salir el sol 短 太陽出來了
★03：Nueva Zelanda 名 紐西蘭
★08：dar de alta 短 給出院通知

PASO2　句子重組練習

01	**¡Por fin** a casa! volviste	你終於回家了！
02	**¡Por fin** equipo! tu ganò	你的球隊終於贏了！
03	**¡Por fin** acciones! bajaron las	股票終於降低了！
04	**¡Por fin** en paz! estamos	我們終於安靜了！
05	**¡Por fin** la terminò semana!	一週終於結束了！

解答

★01：¡Por fin volviste a casa!
★02：¡Por fin ganò tu equipo!
★03：¡Por fin bajaron las acciones!
★04：¡Por fin estamos en paz!
★05：¡Por fin terminò la semana!

PASO3　應用篇

A：Juan le va a pedir matrimonio a Rosa hoy...

B：¡Por fin decidiò casarse!

A：今天，璜會向羅莎求婚……

B：他終於決定要結婚了！

MEMO

比較級和最高級
的句型

PART

8

…más…que… 超過 / 比……更多……

【較高級形式比較級：más 最高級→最好、最貴、最高、最小……用於形容詞之前】。 Este / Esta / Estos / Estas + 名詞 + 動詞（ser）es / son + más + 形容詞 + 名詞。...más...que... 指示增大，表示「超過 / 比……更多……」。

PASO1　Top 必學句

01	Eres **más** alto **que** José.	你比荷塞高。
02	Mario es **más** bajo **que** Julio.	馬里奧比胡里歐矮。
03	El Señor Pérez es **más** gordo **que** Felipe.	佩雷斯先生比費利卑胖。
04	Tienes **más** monedas **que** yo.	你比我擁有更多的硬幣。
05	Soy **más** cuidadoso **que** mi hermano menor.	我比我弟弟更加謹慎。
06	Mi abuelo tiene **más** canas **que** mi abuela.	我祖父的白髮比祖母多。
07	Siento **más** calor **que** ayer.	我感覺今天比昨天熱。
08	Tengo **menos** suerte **que** tú.	你的運氣比我好。
09	Lorenzo es **más** simpático **que** Roberto.	羅倫佐比羅伯托更加友善。
10	El doctor Vera **es** mejor **que** el doctor Jara.	維拉醫師比哈拉醫生更好。

補充

★01：alto　　形 高的
★02：bajo　　形 矮的
★05：ser cuidadoso　短 小心；謹慎

PASO2　句子重組練習

01	Estos limones aquellos. **más** son **que** ácidos	這些檸檬比那些酸。
02	Este auto **más** ese. caro **que** es	這款車比那款更貴。
03	Tenemos dinero **que** vosotros. **más**	我們比你們更有錢。
04	Estas ciruelas **más que** son dulces aquellas.	這些李子比那些甜。

解答

★01：Estos limones son más ácidos que aquellos.
★02：Este auto es más caro que ese.
★03：Tenemos más dinero que vosotros.
★04：Estas ciruelas son más dulces que aquellas.
★05：Mi hijo es más aplicado que el tuyo.

PASO3　應用篇

A：Está haciendo mucho frío en Taipei.

B：Sí… esta semana ha hecho más frío que la semana pasada.

A：近期，臺北的天氣變得好冷。

B：是啊，這星期比上週還要冷。

...menos...que... 少於 / 不超過……

【較低級形式比較級：menos 較少……用於形容詞之前】指示代詞 éste 這（陰性 -a）/ éstos 這些（陰性 -as），用於指離講話人最近的人或物，也用於指剛剛說過的話或事情。éste（a）/ éstos（as）+ 動詞（ser）es / son + menos + 形容詞 + que + 名詞 。...Menos...que...，表示「少於 / 不超過……」。

PASO1　Top 必學句

01	En esta ciudad llueve **menos que** en Madrid.	這個城市雨下得比馬德里少。
02	Pablo es **menos** inteligente **que** Tomás.	保羅沒有托馬斯聰明。
03	Aquella calle es **menos** sucia **que** esta.	這條街比那條街髒亂。
04	María tiene **menos** amigos **que** Sofía.	瑪麗的朋友比索菲亞少。
05	Hoy tengo **menos** tareas **que** ayer.	我今天的功課比昨天少。
06	Javier se portó **menos** educado **que** Oscar.	哈維爾沒有奧斯卡有教養。
07	África está **menos** poblada **que** Asia.	非洲的人口比亞洲少。
08	Esta universidad tiene **menos** estudiantes **que** aquella.	這所大學的學生比那所少。
09	Tu sala de clases es **menos** iluminada **que** la mía.	你課堂的照明比我的少。
10	El jardín tiene **menos** árboles **que** el parque.	花園的樹木比公園少。

補充
- ★03：sucio　形 骯髒
- ★06：portarse　動 表現
- ★07：poblado　形 有人居住的
- ★09：iluminado　形 明亮的

PASO2　句子重組練習

01	Mi novio **que** cariñoso es tuyo. **menos** el	我的男朋友不如你的深情。
02	Este libro **menos** aquel. **que** interesante es	這本書沒有那本有趣。
03	Estoy **que** concentrado **menos** tú.	我不如你專心。

解答
- ★01：Mi novio es menos cariñoso que el tuyo.
- ★02：Este libro es menos interesante que aquel.
- ★03：Estoy menos concentrado que tú.

PASO3　應用篇

A：¿Qué vamos a comer hoy?

B：Es mejor comer pollo porque engorda menos que la carne.

A：我們今天要吃什麼？

B：最好是吃雞肉，因為比起其他的肉類它較不易發胖。

...tan...como... 像……一樣

【同等級形式比較 tan...como。tan 是 tanto 的詞尾省略形式，tan 用於形容詞之前；tanto 用在名詞前】。tan... como...，表示「像……一樣……」。

PASO1　Top 必學句

01	Mi país es **tan** hermoso **como** el tuyo.	我的國家像你的一樣美麗。
02	Juanito es **tan** imaginativo **como** Carlitos.	小璜像小卡羅一樣富有想像力。
03	Eres **tan** impetuoso **como** yo.	你和我一樣浮躁。
04	Mi perro es **tan** juguetón **como** tu gato.	我的狗跟你的貓一樣調皮。
05	Tu padre es **tan** malhumorado **como** el mío.	你父親像我爸爸一樣容易動怒。
06	Melita no es **tan** odiosa **como** Margarita.	梅利塔不像瑪格麗塔那麼令人討厭。
07	Mi madre es **tan** paciente **como** mi abuela.	我母親像我祖母一樣有耐心。
08	Patricio es **tan** modesto **como** su hermana.	巴提修跟他妹妹一樣的謙虛。
09	Esta película es **tan** aburrida **como** la otra.	這部電影像其他電影一樣無聊。
10	Eres **tan** afectuoso **como** tu padre.	你和你父親一樣親切。

補充

★02：imaginativo　形　富於想像力的
★04：juguetón　形　貪玩；調皮
★06：odioso　形　討厭的；可惡的
★10：afectuoso　形　深情的；親切的

PASO2　句子重組練習

01	El pastel **tan como** sabroso está siempre.	蛋糕像平日一樣很好吃。
02	José es Pedro. guapo **como tan**.	荷塞像佩德羅一樣瀟灑。
03	El libro película. bueno es **como tan** la	這本書像電影一樣精彩。

解答

★01：El pastel está tan sabroso como siempre.
★02：José es tan guapo como Pedro.
★03：El libro es tan bueno como la película.

PASO3　應用篇

A：Paula, ¿no te quieres cortar el cabello?

B：No, quiero dejármelo tan largo como el tuyo.

A：葆拉，妳不想去剪頭髮嗎？

B：不想，我希望留得像你的頭髮一樣長。

…tanto / tanta…como…

和……一樣多……

【同等級形式比較 tanto / tanta...como...。tanto 用在名詞前】。Tanto / tanta...como...，表示「像……一樣多……」。

PASO1　Top 必學句

01	Tienes **tanto** dinero **como** Felipe.	你像費利卑一樣有錢。
02	Samuel tiene **tantos** libros **como** yo.	薩穆埃爾像我一樣擁有很多書。
03	Mi madre tiene **tanta** paciencia **como** la tuya.	我媽媽像你母親一樣有耐心。
04	Las naranjas pesan **tanto como** las manzanas.	橘子跟蘋果一樣重。
05	Josefina cocinó **tanto como** María.	荷瑟芬娜像瑪麗一樣做很多食物。
06	Me gusta bailar **tanto como** a ti.	我像你一樣愛舞蹈。
07	Te gusta **tanto** el arte **como** los deportes.	你熱愛藝術一如運動。
08	Nos gusta **tanto** el cine **como** el teatro.	我們喜歡看電影一如戲劇。
09	Inés me quiere **tanto como** yo a ella.	茵內絲很愛我一如我愛她。
10	Tienes **tantos** problemas **como** Benito.	你和貝尼托有一樣多的問題。

補充

★03：paciencia 名 耐心；耐性
★07：arte 名 藝術
★08：cine 名 電影

PASO2　句子重組練習

01	Este hotel **tantas como** tiene aquel. habitaciones	這家酒店像那家有一樣多的房間。
02	Tengo **como** tú. **tantas** arrugas	我跟你一樣有許多的皺紋。
03	Juan hermanos **tantos como** tiene Jorge.	璜跟荷黑一樣有許多兄弟。

 解答

★01：Este hotel tiene tantas habitaciones como aquel.
★02：Tengo tantas arrugas como tú.
★03：Juan tiene tantos hermanos como Jorge.
★04：Yo no tengo tantos lápices como tú.
★05：Mi hermana estudia tanto como María.

PASO3　應用篇

A：Cecilia no tiene muchas amistades.

B：Sí, ella tiene tantos amigos como tú.

A：西琳娜並沒有很多朋友。

B：不，她跟你一樣有很多的朋友。

No hay mejor...que...

沒有⋯⋯比⋯⋯更好⋯⋯

【較高級形式比較級】No hay mejor + 名詞 + que，表示「沒有⋯⋯比⋯⋯更好⋯⋯」。

PASO1　Top 必學句

01	**No hay mejor** lugar **que** tu propia casa.	沒有比你家更好的地方。
02	**No hay mejor** comida **que** la española.	沒有比西班牙更好的食物。
03	**No hay mejor** profesor **que** tú.	沒有比你更好的老師。
04	**No hay mejor** amigo **que** uno mismo.	我是自己最好的朋友。
05	**No hay mejor** médico **que** el doctor López.	沒有比洛佩茲醫生更好的醫生。
06	**No hay mejor** consejo **que** el de una madre.	沒有任何建議會比母親給的更好。
07	**No hay mejor** regalo **que** un libro.	沒有任何禮物比送書更好。
08	**No hay mejor** salsa **que** la que prepara Ana.	沒有任何調味料會比安娜準備的更好。
09	**No hay mejor** negocio **que** el hago que.	沒有任何生意會比我做的更好。
10	**No hay mejor** bebida **que** el agua.	沒有任何飲料會比水更好。

補充

★**04**：uno mismo　短 自己
★**06**：consejo　名 建議
★**08**：salsa　名 調味汁；醬油

PASO2　句子重組練習

01	**No hay mejor** mío. trabajo el **que.**	沒有任何工作會比我的更好。
02	**No hay mejor** mi país **que** país.	沒有任何國家會比我的更好。
03	**No hay mejor** la familia mía. **que**	沒有任何家庭會比我的更好。
04	**No hay mejor** el kiwi. fruta **que**	沒有任何水果會比奇異果更好。

解答

★**01**：No hay mejor trabajo que el mío.
★**02**：No hay mejor país que mi país.
★**03**：No hay mejor familia que la mía.
★**04**：No hay mejor fruta que el kiwi.

PASO3　應用篇

A：¿Cuál crees tú que es el mejor maestro en la escuela?

B：No hay mejor maestro que el profesor Gómez.

A：你認為誰是學校裡最好的老師？

B：沒有比戈麥斯老師更好的老師。

Este / Esta / Estos / Estas es / son el / la / los / las mejor(es)…de

……較好（最好）……

【較高級形式比較級：mejor 最好】指示代詞 éste 這（陰性 -a）/ éstos 這些（陰性 -as），用於指離講話人最近的人或物，也用於指剛剛說過的話或事情。éste（a）/ éstos（as）+ 動詞（ser）es / son + el / la / los / las mejor（res）+ 名詞 + de。...mejor de ...（用作比較），表示「最好…」

PASO1　Top 必學句

01	**Éste** es el mejor libro **de** todos.	這本書是所有書籍中最好的。
02	**Éstos** son los mejores alumnos **de** esta universidad.	這些學生是這所大學裡最優秀的。
03	**Éstas** son las mejores actrices **del** teatro.	這些女演員是劇院裡最優秀的。
04	**Éste** es el mejor barrio **de** la ciudad.	這一帶是城市裡最好的區域。
05	**Ésta** es la mejor navidad **de** todas.	這聖誕節是歷年來最棒的。
06	**Éstos** son los mejores productos **de** la tienda.	這些產品都是店裡最好的。
07	**Éste** es el mejor celular **del** mercado.	這款手機是市場上最好的。
08	**Éste** es el mejor día **de** mi vida.	這是我生命中最美好的一天。

補充

★01： libro 图 書
★02： alumno 图 學生
★06： producto 图 產品
★07： celular 图 手機

PASO2　句子重組練習

01	**Éstos son** de México. colegios **mejores los.**	這些學校都是墨西哥最好的。
02	**Ésta es del** mundo. cerveza **mejor la.**	這啤酒是世界上最好的。
03	**Éste es** programa **mejor el** televisión. **de**	這是最好的電視節目。
04	**Ésta es** año. Película **mejor la del.**	這電影是今年最好的。

解答

★01：Éstos son los mejores colegios de México.
★02：Ésta es la mejor cerveza del mundo.
★03：Éste es el mejor programa de televisión.
★04：Ésta es la mejor película del año.

PASO3　應用篇

A：¡Me encanta tu raqueta de tenis!

A：我喜歡你的網球拍！

B：¡Sí, ésta es la mejor marca deportiva de todas.

B：沒錯，這是所有運動品牌中最好的。

Este / Esta es el / la peor…de…

較差……；最差……

【較低級形式比較級：peor 最差】指示代詞 éste 這（陰性 -a）/ éstos 這些（陰性 -as），用於指離講話人最近的人或事物，也用於指剛剛說過的話或事情。Este / Esta / Estos / Estas + 名詞 + 動詞（ser）es / son+ 定冠詞 el / la / los / las+ peor 形容詞比較級 + de。
Peor...de...，表示「較差……最差……」。

PASO1　Top 必學句

01	**Éste es el peor** plato **del** restaurante.	這盤菜餚是這餐廳裡最糟糕的。
02	**Éste es el peor** estudiante **de** la clase.	這位學生是班上最差的。
03	**Éstas son las peores** canciones.	這些歌曲是最難聽的。
04	**Éste es el peor** error **de** todos.	這是錯誤中最嚴重的。
05	**Ésta es la peor** peluquería **del** pueblo.	這家理髮廳是村子裡最差的。
06	**Ésta es la peor** parte **de** la historia.	這是故事裡面最糟糕的部分。
07	**Éste es el peor** gobierno **de** todos.	這個政府是歷屆來最無能的一個。
08	**Éstas son las peores** bailarinas **del** grupo.	這些女舞者是該舞團中最差的。

補充

★01： plato 　名 菜餚；菜
★06： historia 　名 歷史；（轉）故事
★07： gobierno 　名 政府，內閣

PASO2　句子重組練習

01	**Éste es del** cuadro **peor** museo. **el**	這幅畫是博物館裡最爛的。
02	**Éste es el** vecino aquí. **peor de**	這鄰居是此區最不友善的。
03	**Éste es el** panadería. pan **peor de** la	這款麵包是店裡最差的。
04	**Éstos son los** todos. amigos **peores de.**	這些朋友都是最糟糕的。

解答

★01： Éste es el peor cuadro del museo.
★02： Éste es el peor vecino de aquí.
★03： Éste es el peor pan de la panadería.
★04： Éstos son los peores amigos de todos.

PASO3　應用篇

A：En este supermercado no hay nada.

B：Sí, éste es el peor supermercado de este barrio.

A：這家超市什麼都沒有。

B：是的，這家超市是附近最爛的一間。

Este / Esta / Estos / Estas… es / son el / la / los / las más… de… 最……

【較高級形式比較級：más 最高級→最好、最貴、最高、最小 ... 用於形容詞之前】。 Este / Esta / Estos / Estas + 名詞 + 動詞（ser）es / son + más + 形容詞 + 名詞。…más + de，表示「最……（好 / 貴 / 高 / 小……）」。

PASO1　Top 必學句

01	**Este** automóvil **es el más** caro **de** todos.	這款車是所有車中最昂貴的。
02	**Este** traje **es el más** fino **de** la tienda.	這套西裝是店裡最精緻的。
03	**Esta** chica **es la más** bella **de** la fiesta.	這女孩是聚會裡最美麗的。
04	**Estos** helados **son los más** sabrosos **de** todos.	這些霜淇淋是所有裡面最美味的。
05	**Estas** sandías **son las más** dulces **de** todas.	這些西瓜是全部最甜的。
06	**Este** cerro **es el más** alto **de** este lugar.	這座山是此地最高的。
07	**Estos** caramelos **son los más** deliciosos **de** la tienda.	這些糖果是店裡最美味的。
08	**Estas** camareras **son las más** atentas **del** restaurante.	這些女服務員都是餐廳裡最貼心的。

補充

★02：fino　　形 精緻的；上好的
★07：caramelos　名 焦糖；糖果
★08：camareras　名 女服務員

PASO2　句子重組練習

01	**Este más** intolerante señor **el es** todos. **de**	這位先生是所有人中最不能容忍的。
02	**Esta la** señorita exigente aquí. **es más de**	這位小姐是這裡最苛刻的。
03	**Este el** cruel animal selva. **es de la más**	這隻動物是叢林裡面最殘酷的。

解答

★01：Este señor es el más intolerante de todos.
★02：Esta señorita es la más exigente de aquí.
★03：Este animal es el más cruel de la selva.

PASO3　應用篇

A：¡Me caso hoy!

B：Sí…¡Este es el día más importante de tu vida!

A：我今天要結婚了！

B：的確……這天會是你生命中最重要的一天！

Este / Esta / Estos / Estas…es / son el / la / los / las menos…de…

最不……

【較低級形式比較級：menos 最不 →最不友善、最不聰明……】。Este / Esta / Estos / Estas + 名詞 + 動詞（ser）es/son + 定冠詞 el / la / los / las+ 形容詞比較級。menos…de…，表示「最不……」。

PASO1　Top 必學句

01 | **Este** perfume **es el menos** famoso **de** todos. | 這款香水是最不名不經傳的。

02 | **Esta** enciclopedia **es la menos** gruesa **de** todas. | 這本百科全書是所有當中最薄的。

03 | **Este** clima **es el menos** caluroso **de** la temporada. | 這種氣候是季節中最不炎熱的。

04 | **Estas** niñas **son las menos** traviesas **del** grupo. | 這些女孩是這組裡面最不調皮的。

05 | **Esta** bolsa **es la menos** pesada **de** todas. | 這款包包是所有裡面最輕盈的。

06 | **Esta** plaza **es la menos** visitada **del** pueblo. | 這個廣場是村子裡最少人參觀的。

07 | **Estos** vendedores **son los menos** amables **del** mercado. | 這些售貨員是賣場裡最不友善的。

補充

★01：perfume 名 香水
★04：traviesas 形 調皮的
★07：vendedor 名 售貨員

PASO2　句子重組練習

01 | **Este el** servicial asistente **menos es** todos. **de** | 這位助理是所有當中最樂於服務的。

02 | **Esta** común **la de** enfermedad **es menos** todas. | 這種病是所有病例中最罕見的。

03 | **Este menos de** estudiante **el** tímido **es** clase. **la** | 這個學生是課堂裡最不害羞的。

解答

★01：Este asistente es el más servicial de todos.
★02：Esta enfermedad es la menos común de todas.
★03：Este estudiante es el menos tímido de la clase.

PASO3　應用篇

A：Anita,¿vamos a dar un paseo por el centro de la ciudad?

B：No. Esa área es la menos segura de la ciudad.

A：艾妮卡，我們去市中心散散步如何？

B：最好不要，那個區域是城市裡最不安全的。

Tengo más...que... 我比……更…

Tengo más...que... ，表示「 我比……更…… 」。

PASO1　Top 必學句

01	**Tengo más** hambre **que** tú.	我比你餓。
02	**Tengo más** sueño **que** Alicia.	我比艾麗西亞更睏。
03	**Tengo más** sed **que** José.	我比荷塞更口渴。
04	**Tengo más** ropa **que** tú.	我比你衣服多。
05	**Tengo más** vestidos **que** vosotras.	我的洋裝比你們多。
06	**Tengo más** tiempo libre **que** mi esposo.	我的自由時間比我丈夫多。
07	**Tengo más** zapatos **que** tú.	我的鞋比你多。
08	**Tengo más** energía **que** Tomás.	我比托馬斯更有活力。
09	**Tengo más** blusas **que** Luisa.	我的襯衫比路易莎多。
10	**Tengo más** cuadros **que** María.	我的畫比瑪麗多。

補充
- ★02：tener sueño 詞 睏；想睡覺
- ★06：tiempo libre 詞 自由（空閒）時間
- ★06：esposo 名 丈夫
- ★09：blusa 名 （女）緊身女衫

PASO2　句子重組練習

01	**Tengo más** tú. libros **que**.	我的書比你多。
02	**Tengo más que** hermano. amigos mi	我的朋友比我的兄（弟）多。
03	**Tengo más** Elena. **que** inteligencia.	我比艾琳娜更聰明。
04	**Tengo más** tú. flojera **que**.	我比你更懶散。
05	**Tengo más** Alonso. **que** rabia	我比阿隆索更憤怒。

解答
- ★01：Tengo más libros que tú.
- ★02：Tengo más amigos que mi hermano.
- ★03：Tengo más inteligencia que Elena.
- ★04：Tengo más flojera que tú.
- ★05：Tengo más rabia que Alonso.

PASO3　應用篇

A：Cariño, hoy llegaré temprano a casa.

B：Yo no puedo. Tengo más trabajo que tú.

A：親愛的，我今天會早點回家。

B：我不能，我的工作比你來得多。

...es mucho más...que...

比……更多……

主語 + 動詞（ser）變化的第三人稱單數 es + mucho + más + 形容詞 + que。...es mucho más...que，表示「……比……更多……」。

PASO1　Top 必學句

01	Antonio **es mucho más** amable **que** Jorge.	安東尼奧比荷黑更友善。
02	El inglés **es mucho más** fácil **que** el alemán.	英語比德語要容易得多。
03	Mi problema **es mucho más** grave **que** el tuyo.	我的問題是比你的要嚴重得多。
04	Este perro **es mucho más** bravo **que** aquél.	這隻狗比那隻更勇猛。
05	Tu hija **es mucho más** llorona **que** la de Isabel.	你女兒比伊莎貝爾的更愛哭。
06	Marta **es mucho más** enfermiza **que** Paloma.	瑪塔比帕洛瑪更體弱多病。
07	Brasil **es mucho más** grande **que** Colombia.	巴西比哥倫比亞大得多。
08	Manuel **es mucho más** pretencioso **que** Tobías.	曼努埃爾比托比亞斯更自命不凡。

補充
★05：llorón　形 愛哭的
★06：enfermizo　形 體弱多病的
★08：pretencioso　形 自負的，狂妄的

PASO2　句子重組練習

01	Esta **más mucho** avenida **es** sucia aquella. **que.**	這條街道比那條骯髒。
02	Esta **mucho** novela **que** otra. mejor **la es.**	這本小說比其它的好很多。
03	Esta **es** tela **mucho** suave **más la** tuya. **que**	這款面料比你的更柔軟。

解答
★01：Esta avenida es mucho más sucia que aquella.
★02：Esta novela es mucho mejor que la otra.
★03：Esta tela es mucho más suave que la tuya.

PASO3　應用篇

A：¿Por qué no fuimos al restaurante de Camilo?

B：Porque este restaurante es mucho mejor que ese.

A：我們為什麼沒去卡米洛餐廳？

B：因為，這家餐廳比那家更好。

Ser / Estar…ísimo… 絕對高級……

【絕對最高級：形容詞加尾端 + ísimo 構成，強調事物本身，不和其他事物比較。規則變化：末尾為 e 或 o 的形容詞先將二者去掉再加 -ísimo。grande → grandísimo / hermoso → hermosísimo】。Ser / Estar...ísimo...，表示「非常 / 極為 / 極其……」。

PASO1　Top 必學句

01	**Estoy contentísimo**.	我高興極了。
02	Francisco **está guapísimo**.	法蘭西斯科帥極了。
03	**Estoy segurísima** de que voy a conseguir el empleo.	我保證會得到這份工作。
04	Este parque **es grandísimo**.	這個公園好大啊。
05	La comida **está buenísima**.	這食物美味極了。
06	Jacinto **está pobrísimo**.	哈辛托太可憐了。
07	Lisa **está lindísima**.	麗莎非常漂亮。
08	Este museo **es antiquísimo**.	這個博物館太老了。
09	Esta tela **es finísima**.	這種布料非常好。
10	El examen **está facilísimo**.	考試極為容易。

補充

★02： guapo-guapísimo
形 最高級 英俊的-非常英俊的

★06： pobre-pobrísimo
形 最高級 可憐的-非常可憐的

★08： antiguo-antiquísimo
形 最高級 古老的-非常古老的

PASO2　句子重組練習

01	**Es amabilísima.** persona una	這是一位十分和藹可親的人。
02	Esta **larguísima.** es cuerda	這條繩子好長啊。
03	Mi **riquísimo.** amigo es	我的朋友極為富有。
04	La hijo **bajísima.** novia mi de es	我兒子的女朋友非常矮。
05	El radio **está** la **fuertísimo.** de volúmen	收音機的音量極強。

 解答

★01： Es una persona amabilísima.
★02： Esta cuerda es larguísima.
★03： Mi amigo es riquísimo.
★04： La novia de mi hijo es bajísima.
★05： El volúmen de la radio está fuertísimo.

PASO3　應用篇

A：Tu blusa está blanquísima. ¿Con qué la lavaste?

B：Con un detergente especial.

A：你的襯衫白透了。你是用什麼洗的？

B：用一種特別的洗衣粉。

...igual de...que... 和……一樣……

【同等級形式比較：igual 一致性，用在形容詞前】主語 + 動詞 Ser / Estar + igual de + 形容詞 / 副詞 + que。...igual de...que...，表示「和……一樣……」。

PASO1　Top 必學句

01	Mis hijos son **igual de** altos **que** los tuyos.	我的孩子們和你的一樣高。
02	El vino blanco es **igual de** caro **que** el tinto.	白葡萄酒和紅葡萄酒一樣貴。
03	Margarita es **igual de** pesada **que** su hija.	瑪格麗特和她的女兒一樣令人討厭。
04	Felipe es **igual de** inteligente **que** tú.	費利卑如你一樣聰明。
05	Este cuadro es **igual de** bonito **que** aquél.	這幅畫如那幅一樣好看。
06	El jarabe es **igual de** dulce **que** la pastilla.	糖漿和喉糖一樣甜。
07	La hormiga es **igual de** lenta **que** la tortuga.	螞蟻如烏龜一般慢。
08	Tu voz es **igual de** bonita **que** la de Teresa.	你的聲音和泰瑞莎的一樣好聽。
09	Silvia es **igual de** habladora **que** Lidia .	西薇雅和琳達一樣健談。
10	El niño es **igual de** travieso **que** la niña.	男孩跟女孩一樣調皮。

補充
★06：jarabe　图 糖漿
★07：hormiga　图 螞蟻
★07：tortuga　图 烏龜

PASO2　句子重組練習

01	Nadia **igual de que** simpática es Berta.	納迪亞和伯塔一樣親切。
02	Este **igual de** baño está sucio **que** ése.	這間浴室跟那間一樣骯髒。
03	Laura **igual de** canta bien Sara . **que**	蘿拉跟莎拉唱得一樣好。

解答
★01：Nadia es igual de simpática que Berta.
★02：Este baño está igual de sucio que ése.
★03：Laura canta igual de bien que Sara.

PASO3　應用篇

A：Estoy igual de gorda que tú.

B：Sí, deberíamos ponernos a dieta.

A：我跟你一樣胖。

B：是啊，我們應該去減肥。

Ser / Estar muy…
很 / 非常 / 十分……

主語 + 動詞 Ser / Estar…，表示「……很 / 非常 / 十分……」。

PASO1　Top 必學句

01	**Estoy muy** enojada con Javier.	我很生哈維爾的氣。
02	Tu bebé **está muy** grande.	你的寶寶非常大。
03	Tu novia **es muy** caprichosa.	你的女朋友很任性。
04	Juan **es muy** tranquilo.	璜很安靜。
05	La medalla **es muy** valiosa.	獎牌非常珍貴。
06	El terremoto fue **muy** fuerte.	這次地震非常強。
07	Hoy **estoy muy** ocupado.	我今天很忙。
08	Victoria **es muy** maleducada.	維多利亞非常沒禮貌。
09	La conversación **es muy** interesante.	交談很有意思。
10	Mi abuelo **es muy** gruñón.	我的祖父很囉嗦。

補充
★03：caprichoso　形 任性
★05：medalla　名 獎牌
★09：conversación　名 交談；談話
★10：gruñón　形 囉嗦

PASO2　句子重組練習

01	Este hombre **es** estúpido. **muy**	這男人非常愚蠢。
02	Andrea engreída. **muy es**	安德雅很臭屁（自負）。
03	La verdura **muy está** fresca.	蔬菜很新鮮。
04	Los alumnos atentos. **están muy**	學生們都非常專心。
05	La salsa **muy está** picante.	調味汁非常辣。

解答
★01：Este hombre es muy estúpido.
★02：Andrea es muy engreída.
★03：La verdura está muy fresca.
★04：Los alumnos están muy atentos.
★05：La salsa está muy picante.

PASO3　應用篇

A：Espero que Patricio gane la carrera.

B：Sí, va a ganar sin duda. Él es muy ágil.

A：我希望巴提修贏得田徑比賽。

B：當然，毫無疑問他肯定會獲勝，他非常敏捷。

MEMO

常用短語
的句型

PART
9

Tal vez... 也許 / 或許……

Tal vez（短句）+ 動詞，表示「也許 / 或許……」。

PASO1　Top 必學句

01	**Tal vez** Julio ya se olvidó de ti.	也許胡里歐忘了你。
02	**Tal vez** quieras una taza de té.	也許你想喝一杯茶。
03	**Tal vez** conozcas la solución a este problema.	也許你知道解決這個問題的方法。
04	**Tal vez** se ponga a llover.	也許將要下雨。
05	**Tal vez** mi madre me compra un regalo.	也許我媽媽會給我買禮物。
06	**Tal vez** es muy tarde para comer.	也許現在吃飯是太晚了。
07	**Tal vez** Ana te está esperando.	也許安娜正在等你。
08	**Tal vez** mi hijo se comió todo el pastel.	也許我兒子吃了整個蛋糕。
09	**Tal vez** puedas llegar antes.	也許你可以早點到。
10	**Tal vez** me vaya de vacaciones en febrero.	也許我會在二月份去度假。

補充

★02：taza de té 短 一杯茶
★04：ponerse a llover 短 下雨
★10：Febrero 名 二月份

PASO2　句子重組練習

01	**Tal vez** a casa vuelva mis padres. de	也許我會回父母家。
02	**Tal vez** Camila al invite cine. a	也許我會邀請卡蜜拉去看電影。
03	**Tal vez** Germán perdone. te	也許赫爾曼會原諒你。
04	**Tal vez** hija a mi vaya Paraguay.	也許我的女兒會去巴拉圭。
05	**Tal vez** que lo es cierto dice Pedro.	也許佩德羅說的是真的。

解答

★01：Tal vez vuelva a casa de mis padres.
★02：Tal vez invite a Camila al cine.
★03：Tal vez Germán te perdone.
★04：Tal vez mi hija vaya a Paraguay.
★05：Tal vez es cierto lo que dice Pedro.

PASO3　應用篇

A：Emilia, ¿qué planes tienes después del trabajo?

B：Tal vez vaya al gimnasio.

A：艾米利亞，下班後你計劃做什麼？

B：也許我會去健身房。

Casi siempre... 通常 / 總是……

Casi siempre（短句）+ 動詞，表示「通常 / 總是……」。

PASO1　Top 必學句

01	**Casi siempre** estoy pensando en ti.	我總是想著你。
02	**Casi siempre** tus ideas son malas.	通常你的主意是不好的。
03	**Casi siempre** tiembla aquí.	這裡總是發生地震。
04	**Casi siempre** llueve en esta época.	在這個季節，幾乎都下雨。
05	**Casi siempre** Yolanda está en casa.	通常約蘭達都在家裡。
06	**Casi siempre** comemos al aire libre.	我們通常在戶外吃飯。
07	**Casi siempre** esta enfermedad es incurable.	通常這種病是不治之症。
08	**Casi siempre** hay mucha gente aquí.	通常有很多人在這裡。
09	**Casi siempre** hablamos del mismo tema.	我們總是談論同樣的話題。
10	**Casi siempre** Daniel cumple su palabra.	丹尼爾通常會遵守諾言。

補充
- ★04：época 　名 季節
- ★06：aire libre 　短 戶外
- ★07：incurable 　形 無法醫治的

PASO2　句子重組練習

01	**Casi siempre** leche. tomo	我通常喝牛奶。
02	**Casi siempre** a las ocho. a casa llego	我通常八點回家。
03	**Casi siempre** a la voy iglesia domingos. los	我通常週日去教堂。
04	**Casi siempre** hombres más las mujeres. que ganan los	通常都是男性收入比女性多。
05	**Casi siempre** temprano. desayuno	我通常很早用早餐。

解答
- ★01：Casi siempre tomo leche.
- ★02：Casi siempre llego a casa a las ocho.
- ★03：Casi siempre voy a la iglesia los domingos.
- ★04：Casi siempre los hombres ganan más que las mujeres.
- ★05：Casi siempre desayuno temprano.

PASO3　應用篇

A：¿A qué edad empiezan el colegio los niños en tu país?

B：Casi siempre empiezan a los seis años.

A：在你的國家，孩子學齡年紀是幾歲？

B：通常都是六歲開始上學。

A partir de hoy... 從今天開始……

A partir（短句）+ de + hoy + 動詞，表示「從今天開始……」。

PASO1 Top 必學句

01	**A partir de hoy**, voy a empezar a buscar trabajo.	從今天開始，我將開始找工作。
02	**A partir de hoy**, todo va a cambiar.	從今天開始，一切都會改變。
03	**A partir de hoy**, puedes matricularte en el curso.	從今天開始，你可以註冊課程。
04	**A partir de hoy**, empieza el frío.	從今天開始，天氣將變冷。
05	**A partir de hoy**, tenemos un nuevo presidente.	從今天開始，我們有一個新總統。
06	**A partir de hoy**, vamos a estudiar inglés.	從今天開始，我們將學英語。
07	**A partir de hoy**, haremos régimen.	從今天開始，我們要做飲食減重。
08	**A partir de hoy**, no comeré más grasas.	從今天開始，我不再吃油脂食物。
09	**A partir de hoy**, viviré en mi nueva casa.	從今天開始，我將住在我的新房子裡。
10	**A partir de hoy**, Enrique asume como gobernador.	從今天開始，安立奎將接任州長。

補充

★03：matricularse 動 登記／註冊

★08：comer grasas 短 吃脂肪

★10：asumir 動 擔任／承擔

PASO2 句子重組練習

01	**A partir de hoy,** nuestro Pablo a grupo. pertenece	從今天開始，巴布羅屬於我這組。
02	**A partir de hoy,** la sube gasolina.	從今天起，汽油漲價。
03	**A partir de hoy,** pagar que hay impuestos. los	從今天開始，必須納稅。
04	**A partir de hoy,** mi cambio vida.	從今天開始，我的生活有了改變。

解答

★01：A partir de hoy, Pablo pertenece a nuestro grupo.

★02：A partir de hoy, sube la gasolina.

★03：A partir de hoy, hay que pagar los impuestos.

★04：A partir de hoy, cambio mi vida.

PASO3 應用篇

A：¿Por qué estás sacando tus cosas de la oficina?

B：Porque a partir de hoy, dejo de trabajar aquí.

A：你為什麼把你的東西從辦公室拿走？

B：因為，從今天開始，我不再在這裡工作了。

A propósito de...

關於 / 順便提一下……

A propósito（短句）+ de + 動詞，表示「關於 / 順便提一下……」。

PASO1　Top 必學句

01	**A propósito de** viajes, les recomiendo ir a Suecia.	說到旅行，我建議你們去瑞典。
02	**A propósito del** acuerdo, creo que ya lo firmamos.	談到該協議，我想我們已經簽署。
03	**A propósito del** enfermo, el médico les va a informar.	關於病人，醫生會通知他們。
04	**A propósito de** transporte, tenemos que comprarnos una moto.	至於交通，我們應該買一輛摩托車。
05	**A propósito de** la cena, la podemos hacer aquí.	說到晚餐，我們可以在這裡做。
06	**A propósito del** regalo para José, yo se lo compraré.	關於送荷塞的禮物，我會買。
07	**A propósito de** vinos, prefiero el Merlot.	說到葡萄酒，我比較喜歡梅洛。
08	**A propósito de** tu pregunta, ya te la voy a contestar.	至於你的提問，我會回答你。

補充

★01：Suecia　名 瑞典
★03：informar　動 告訴；通知
★07：vino Merlot　名 梅洛紅酒

PASO2　句子重組練習

01	**A propósito de** me llamó Miguel, ayer.	談到米格爾，他昨天有打電話給我。
02	**A propósito de** deberíamos idiomas, aprender chino-mandarín.	說到語言，我們應該學習中國普通話。
03	**A propósito de** me colores, gusta celeste. el	說到顏色，我喜歡天藍色。
04	**A propósito de** visitar turismo, la deberíamos isla de Pascua.	關於旅遊，我們應該去復活節島參觀（智利）。

解答

★01：A propósito de Miguel, me llamó ayer.
★02：A propósito de idiomas, deberíamos aprender chino-mandarín.
★03：A propósito de colores, me gusta el celeste.
★04：A propósito de turismo, deberíamos visitar la Isla de Pascua.

PASO3　應用篇

A：Quiero hablar otro idioma, Rosa.

B：Sí, a propósito de idiomas, ¿no crees que deberíamos aprender japonés?

A：我想講另外一種語言，蘿莎。

B：可以啊，談到語言，你不覺得我們應該學習日文嗎？

A veces... 有些時候……

A veces（短句）+ 動詞，表示「有些時候……」。

PASO1　Top 必學句

01 | **A veces** me tomo una cerveza con amigos.　有些時候，我跟朋友一塊喝啤酒。

02 | **A veces** voy a ese lugar.　有些時候，我去那個地方。

03 | **A veces** pueden ocurrir cosas inesperadas.　有些時候，意想不到的事情可能發生。

04 | **A veces** no sé qué hacer con Ana.　有些時候，我不知道該怎麼對待安娜。

05 | **A veces** recibo mensajes de mi ex novio.　有些時候，我收到前男友的訊息。

06 | **A veces** pienso que estás equivocado.　有些時候，我覺得你錯了。

07 | **A veces** me siento solo.　有些時候，我感到孤獨。

08 | **A veces** me gustaría ser invisible.　有些時候，我好想做個隱形人。

09 | **A veces** no quiero ir a trabajar.　有些時候，我不想工作。

10 | **A veces** no tengo ganas de levantarme.　有些時候，我不想起床。

補充

★03：ocurrir　動 發生

★07：sentirse solo　短 感到孤獨

★08：invisible　形 看不見的

PASO2　句子重組練習

01 | **A veces** irme quiero lejos.　有些時候，我想遠走高飛。

02 | **A veces** ser quisiera amigo. tu　有些時候，我想成為你的朋友。

03 | **A veces** te entiendo. no　有些時候，我並不瞭解你。

04 | **A veces** irme deseo aquí. de　有些時候，我渴望離開這裡。

05 | **A veces** miedo. tengo　有些時候，我感到害怕。

解答

★01：A veces quiero irme lejos.

★02：A veces quisiera ser tu amigo.

★03：A veces no te entiendo.

★04：A veces deseo irme de aquí.

★05：A veces tengo miedo.

PASO3　應用篇

A：Javier, estás hablando muchas tonterías.

B：Sí, a veces no sé lo que digo.

A：哈維爾，你說了很多廢話。

B：是嗎，有些時候，我也不知道自己在說什麼。

A menudo... 經常 / 時常……

A menudo（短句）+ 動詞，表示「經常 / 時常……」。

PASO1　Top 必學句

01	**A menudo** voy a la piscina.	我經常去游泳池。
02	**A menudo** me duele la cabeza.	我經常頭痛。
03	**A menudo** vamos a la playa.	我們經常去海邊。
04	**A menudo** tengo diarrea.	我經常拉肚子。
05	**A menudo** me da vértigo.	我經常眩暈。
06	**A menudo** me siento triste.	我時常感到難過。
07	Te recuerdo muy **a menudo**.	我經常想到你。
08	**A menudo** los hijos se nos parecen.	通常孩子跟我們很相似。
09	La gente me decepciona muy **a menudo**.	人們常常令我感到失望。
10	**A menudo** tengo sueño.	我常常感到睏。

補充

★04：tener diarrea 短 拉肚子
★05：vértigo 名 眩暈
★08：parecerse 動 相像；相似

PASO2　句子重組練習

01	**A menudo** a Mariana. veo	我常常看到馬里安娜。
02	**A menudo** béisbol. juego al	我經常打棒球。
03	**A menudo** para cocino familia. mi	我經常做飯給家人吃。
04	**A menudo** con por teléfono mi hablo mamá.	我經常打電話跟我媽媽聊天。
05	**A menudo** siento me cansado.	我常常感到疲倦。

解答

★01：A menudo veo a Mariana.
★02：A menudo jugaba al béisbol.
★03：A menudo cocino para la familia.
★04：A menudo hablo por teléfono con mi mamá.
★05：A menudo me siento cansado.

PASO3　應用篇

A：¿Qué te pasa, Alicia?

B：No sé... a menudo siento náuseas después de comer.

A：妳怎麼了，艾麗西亞？

B：我不知道……我經常在吃東西後會覺得噁心。

De inmediato... 馬上 / 立即……

De inmediato（短句）+ 動詞，表示「馬上 / 立即……」。

PASO1　Top 必學句

01	Tienes que venir **de inmediato**.	你一定要馬上過來。
02	Espero verte **de inmediato**.	我希望馬上見到你。
03	Tengo que volver a casa **de inmediato**.	我得馬上回家。
04	Debo escribir el informe **de inmediato**.	我必須立即寫報告。
05	Voy a viajar **de inmediato**.	我將馬上去旅行。
06	Tenemos que pagar los impuestos **de inmediato**.	我們必須立即支付稅款。
07	La policía llegó **de inmediato**.	警方隨即趕到。
08	Hay que salir de aquí **de inmediato**.	必須馬上離開這裡。
09	Tienes que ponerte la inyección **de inmediato**.	你必須馬上打針。
10	Debemos ayudar a Pablo **de inmediato**.	我們必須馬上幫助巴布羅。

補充
★**01**：venir 　動 過來；來到
★**04**：escribir 　動 寫；書寫
★**08**：salir de aquí 短 離開這裡

PASO2　句子重組練習

01	Debes　**de inmediato.** llegar	你必須馬上到達。
02	Hay que oxígeno a Martín. **de inmediato** darle	你必須立即給馬丁吸氧氣。
03	Necesito **de inmediato.** operarme	我需要馬上動手術。
04	Tienes que la cuenta **de inmediato.** pagar	你必須立刻付帳單。
05	Es mejor **de inmediato.** la casa vender	最好是立刻賣掉房子。

解答
★**01**：Debes llegar de inmediato.
★**02**：Hay que darle oxigeno de inmediato a Martín.
★**03**：Necesito operarme de inmediato.
★**04**：Tienes que pagar la cuenta de inmediato.
★**05**：Es mejor vender la casa de inmediato.

PASO3　應用篇

A：Hay un incendio aquí al lado.

B：Por favor llama a los bomberos de inmediato.

A：隔壁有火災。

B：請立即撥打消防隊。

De ninguna manera…
絕不 / 決不……

De ninguna manera（短句）+ 動詞，表示「絕不 / 決不……」。

PASO1　Top 必學句

01 | **De ninguna manera** volveré a México. 　我絕不會回墨西哥。

02 | **De ninguna manera** esta es una labor fácil. 　這決不是一件容易的事。

03 | **De ninguna manera** vas a llegar aquí en veinte minutos. 　你絕對不可能二十分鐘內到達這裡。

04 | **De ninguna manera** me vas a convencer. 　你決不可能説服我。

05 | **De ninguna manera** me voy a comprometer con Mateo. 　我決不可能答應馬修的求婚。

06 | **De ninguna manera** voy a cambiar mi coche. 　我絕對不會換車。

07 | **De ninguna manera** María va a admitir su error. 　瑪麗絕不可能承認自己的錯誤。

08 | **De ninguna manera** vas a aceptar mi idea. 　你決不會接受我的想法。

補充

★**02**：labor　名 勞動；工作
★**04**：convencer　動 説服
★**07**：admitir　動 承認

PASO2　句子重組練習

01 | **De ninguna manera** solo. dejaré te 　我決不會留下你一個人。

02 | **De ninguna manera** modificar plan. voy el a 　我決不會改變計劃。

03 | **De ninguna manera** daño a nadie. haré 　我決不會傷害任何人。

04 | **De ninguna manera** con Luis. volveré 　我決不會跟路易士復合。

解答

★**01**：De ninguna manera te dejaré solo.
★**02**：De ninguna manera voy a modificar el plan.
★**03**：De ninguna manera haré daño a nadie.
★**04**：De ninguna manera volveré con Luis.

PASO3　應用篇

A：Jorge, ¿por qué no escuchas a tu supervisor?

B：No, de ninguna manera voy a aceptar su planteamiento.

A：喬治，你為什麼不聽你上司的？

B：沒有辦法，我決不會接受他的提案。

De todas maneras...

無論如何 / 不管怎樣……

De todas maneras（短句）+ 動詞，表示「無論如何 / 不管怎樣……」。

PASO1　Top 必學句

01	**De todas maneras** voy al cementerio esta tarde.	無論如何，我今天下午都要去墓地。
02	**De todas maneras** podremos llegar a un acuerdo.	無論如何，我們都可以達成協議。
03	**De todas maneras** vamos a importar uva chilena.	無論如何，我們將進口智利葡萄。
04	**De todas maneras** te haré el favor.	不管怎樣，我都會幫你。
05	**De todas maneras** iremos a Machu Picchu.	無論如何，我們都會去馬丘比丘。
06	**De todas maneras** te diré la verdad.	無論如何，我都會告訴你真相。
07	**De todas maneras** me importa lo que piensas.	無論如何，我都會在乎你的想法。
08	**De todas maneras** seguiremos con el programa.	不管怎樣，我們將繼續這計劃。

補充

★01：cementerio 名 公墓；墓地
★03：uva chilena 短 智利葡萄
★05：Machu Picchu 名 馬丘比丘（祕魯）

PASO2　句子重組練習

01	**De todas maneras** a rechazar vamos propuesta. la	不管怎樣，我們將拒絕該提議。
02	**De todas maneras** cumplir mi a voy palabra.	不管怎樣，我會履行我說的話。
03	**De todas maneras** esto juntos. decidiremos	無論如何，我們將一起決定這個。
04	**De todas maneras** justicia. haremos	無論如何，我們將秉持公正

解答

★01：De todas maneras vamos a rechazar la propuesta.
★02：De todas maneras voy a cumplir mi palabra.
★03：De todas maneras decidiremos esto juntos.
★04：De todas maneras haremos justicia.

PASO3　應用篇

A：Pedro perdió su trabajo.

B：Sí, de todas maneras lo voy a ayudar a salir de esta difícil situación.

A：佩德羅失去了工作。

A：是嗎，不管怎樣，我會幫他走出這種困境。

De repente... 突然間……

De repente（短句）+ 動詞，表示「突然間……」。

PASO1　Top 必學句

01	**De repente** me mordió el perro.	突然間我被狗咬。
02	**De repente** Mario se desmayó.	馬里奧突然暈倒。
03	**De repente** Emilia me dejó de hablar.	艾米利亞突然停止跟我說話。
04	**De repente** se apagó mi ipad.	突然間，我的平板電腦關機了。
05	**De repente** todo cambió.	突然間一切都變了。
06	**De repente** me sangró la nariz.	突然間我流鼻血。
07	**De repente** me encontré con Amalia.	出乎預料，我竟碰到阿瑪莉亞。
08	**De repente** no pude respirar.	突然間我無法呼吸。
09	**De repente** me sentí débil.	突然間我感到無力。
10	**De repente** empecé a ver borroso.	突然間，我開始感到視力模糊。

補充

★01：morder　　　　動 咬
★02：desmayarse　　動 昏倒
★06：sangrar　　　　動 流血
★10：ver borroso　　短 看不清楚

PASO2　句子重組練習

01	**De repente** puedo internet. no conectarme a	突然間，我無法連接到網路。
02	**De repente** olvidan cosas. se me las	突然間我忘了東西。
03	**De repente** vomitar. ganas me dieron de	突然間我感覺想要吐。
04	**De repente** a llorar. puso se Anita	安妮塔突然間開始哭泣。
05	**De repente** bailar. a empezó	他（她）突然開始跳舞。

解答

★01：De repente no puedo conectarme a internet.
★02：De repente se me olvidan las cosas.
★03：De repente me dieron ganas de vomitar.
★04：De repente Anita se puso a llorar.
★05：De repente empezó a bailar.

PASO3　應用篇

A：¿Dónde está Patricia?

B：No sé... de repente se paró y se fue.

A：巴提霞在哪裡？

B：我不知道……突然間她站起來就走了。

De vez en cuando… 偶爾 / 有時

De vez en cuando（短句）+ 動詞，表示「偶爾 / 有時……」。

PASO1　Top 必學句

01	**De vez en cuando** me dan mareos.	偶爾，我會頭暈。
02	**De vez en cuando** cometemos errores.	有時，我們會犯錯。
03	**De vez en cuando** me acuerdo de ti.	有時，我會想到你。
04	**De vez en cuando** pierdo la paciencia.	偶爾，我會失去耐心。
05	**De vez en cuando** me gusta reposar después de comer.	有時，我會在飯後休息。
06	**De vez en cuando** voy a visitar a mis tíos.	偶爾，我會去探望我的舅舅和舅媽。
07	**De vez en cuando** me quedo en casa de mis abuelos.	有時，我會留在祖父母家。
08	**De vez en cuando** me dan ganas de llamar a Susana.	偶爾，我會想要打電話給蘇珊。
09	**De vez en cuando** encuentro cucarachas en la cocina.	偶爾，我會在廚房看到蟑螂。
10	**De vez en cuando** salgo con Carlos.	有時，我會和卡洛斯出去。

補充

★01：dar mareos 短 頭暈
★05：reposar 動 休息
★09：cucarachas 名 蟑螂

PASO2　句子重組練習

01	**De vez en cuando** noticias de Mónica. recibo	偶爾，我會收到莫妮卡的消息。
02	**De vez en cuando** escaparme. quiero	有時，我會想逃離一切。
03	**De vez en cuando** gusta una me tomarme vino. de copa	有時，我喜歡喝杯紅葡萄酒。
04	**De vez en cuando** a la vamos montaña.	偶爾，我們會去山上。

解答

★01：De vez en cuando recibo noticias de Mónica.
★02：De vez en cuando quiero escaparme.
★03：De vez en cuando me gusta tomarme una copa de vino.
★04：De vez en cuando vamos a la montaña.

PASO3　應用篇

A：Esta noche podríamos ir al cine.

B：Sí, de vez en cuando es bueno salir un poco de la rutina diaria.

A：今晚我們可以去看電影。

B：好啊，偶爾出去走走，可以擺脫平淡無味的日常生活。

...de la noche a la mañana...
在一夜之間……

...de la noche a la mañana（短句）在一夜之間……

PASO1　Top 必學句

01	María cambió de opinión **de la noche a la mañana**.	瑪麗突然之間改變了主意。
02	Este problema no se resolverá **de la noche a la mañana**.	這個問題無法在極短時間解決。
03	Cuba no va a cambiar **de la noche a la mañana**.	古巴不會突然之間改變。
04	No se puede construir el edificio **de la noche a la mañana**.	大樓無法在一夜之間建造完成。
05	No puedo cambiar mi punto de vista **de la noche a la mañana**.	我不能在突然之間改變我的觀點。
06	La ley no va a cambiar **de la noche a la mañana**.	法律不會在極短時間改變。
07	No van a eliminar la basura **de la noche a la mañana**.	他們無法在極短時間清理垃圾。
08	Es imposible aprender japonés **de la noche a la mañana**.	不可能在極短時間學會日語。

補充
- ★03：Cuba　名 古巴
- ★05：punto de vista　短 觀點
- ★07：eliminar　動 清理

PASO2　句子重組練習

01	Esta situación **de la noche a la mañana**. cambiar va no a	這種情況不會在一夜之間改變。
02	No puedo Pedro a **de la noche a la mañana**. volver creer en	我不能在短時間內再相信佩德羅了。
03	La pobreza **de la noche a la mañana**. a erradicar se no va	貧困是不會在一夜之間連根拔除。

解答
- ★01：Esta situación no va a cambiar de la noche a la mañana.
- ★02：No puedo volver a creer en Pedro de la noche a la mañana.
- ★03：La pobreza no se va a erradicar de la noche a la mañana.

PASO3　應用篇

A：Me duele mucho la cabezaya me tomé dos aspirinas.

B：Sí, pero no esperes que el dolor se te pase de la noche a la mañana.

A：我頭痛的很屬害，我已經吃了兩片阿斯匹靈。

B：是啊，但你不要指望疼痛會在短時間內消失。

De pronto... 頓時 / 突然……

De pronto（短句）+ 動詞，表示「頓時 / 突然……」。

PASO1　Top 必學句

01	**De pronto** Luis se volvió loco.	路易士頓時陷入瘋狂。
02	**De pronto** el chico comenzó a temblar.	突然，男孩開始顫抖。
03	**De pronto** Rosa empezó a correr.	羅莎突然開始跑步。
04	**De pronto** nos pusimos a bailar.	突然，我們開始跳舞。
05	**De pronto** empezó a escribir garabatos.	突然，他開始潦草地書寫。
06	**De pronto** sonó el teléfono.	突然電話響了。
07	**De pronto** el viento arrasó con todo.	突然風橫掃一切。
08	**De pronto** se desató un temporal.	突然暴發出一場風暴。
09	**De pronto** José cambió las cláusulas del contrato.	荷塞突然改變合約條款。
10	**De pronto** la gente empezó a gritar.	突然，人們開始尖叫。

補充

★01：volverse loco 　短 發瘋
★05：garabatos 　名 潦草的字跡
★07：arrasar 　動 摧毀；夷為平地

PASO2　句子重組練習

01	**De pronto** gato rasguñó. el me	突然貓抓傷了我。
02	**De pronto** autobús detuvo. el se	突然，公共汽車停了。
03	**De pronto** el empezó frio.	突然，天氣變冷了。
04	**De pronto** sentí me mal.	突然，我覺得不舒服。
05	**De pronto** de la tomamos nos mano.	突然間我們握著手。

解答

★01：De pronto el gato me rasguñó.
★02：De pronto el autobús se detuvo.
★03：De pronto empezó el frio.
★04：De pronto me sentí mal.
★05：De pronto nos tomamos de la mano.

PASO3　應用篇

A：Hola Sofía, ¿ya no ves a Julio?

B：No. De pronto se me pasó el amor por él.

A：索菲亞，妳都不跟胡里奧聯絡了嗎？

B：突然間，我已不再愛他了。

Cada vez... 每一次 / 愈來愈⋯⋯

Cada vez + más（短句），表示「每一次 / 愈來愈⋯⋯」。

PASO1　Top 必學句

01	**Cada vez** te extraño más.	我愈來愈想念你。
02	**Cada vez** hace más calor aquí.	這裡愈來愈暖和。
03	**Cada vez** me siento peor.	我感覺愈來愈糟。
04	**Cada vez** tenemos más problemas.	我們有愈來愈多的問題。
05	**Cada vez** hay más hambre en el mundo.	世界有愈來愈多的飢餓。
06	**Cada vez** la economía va empeorando.	經濟變得愈來愈惡化。
07	**Cada vez** el clima se pone más cálido.	天氣變得愈來愈暖和。
08	**Cada vez** aparece nueva tecnología.	有愈來愈多的新科技出現。
09	**Cada vez** aumentan más los delitos en este país.	這個國家的犯罪率愈來愈高。
10	**Cada vez** hay más jóvenes desempleados.	有愈來愈多的年輕人失業。

補充

★06 empeorar 動 惡化；變得更壞
★07 cálido 形 溫暖
★09 delitos 名 不法行為，罪行

PASO2　句子重組練習

01	**Cada vez** menos dinero. tengo	我愈來愈沒有錢。
02	**Cada vez** más vivir es contigo. difícil	跟你生活變得愈來愈困難。
03	**Cada vez** menos hay turismo aquí.	這裡的遊客愈來愈少。
04	**Cada vez** menos. como	我吃得愈來愈少。
05	**Cada vez** más hay la violencia ciudad. en	城市的暴力事件愈來愈多。

解答

★01：Cada vez tengo menos dinero.
★02：Cada vez es más difícil vivir contigo.
★03：Cada vez hay menos turismo aquí.
★04：Cada vez como menos.
★05：Cada vez hay más violencia en la ciudad.

PASO3　應用篇

A：Melissa es una chica muy simpática.

B：Sí, es verdad. Cada vez me gusta más.

A：梅麗莎是一個非常好的女孩。

B：這是真的，我愈來愈喜歡她。

Al parecer... 似乎 / 顯然……

Al parecer（短句），表示「似乎 / 顯然……」。

PASO1　Top 必學句

01	**Al parecer** estás mintiendo.	你似乎正在撒謊。
02	**Al parecer** tenías prisa por irte.	你似乎急著想要離開。
03	**Al parecer** nos hace bien pelear.	吵架顯然對我們也有益處。
04	**Al parecer** no me entiendes.	你顯然不瞭解我。
05	**Al parecer** nada te importa.	你似乎什麼都無所謂。
06	**Al parecer** estás embarazada.	妳顯然是懷孕了。
07	**Al parecer** nada te convence.	顯然，什麼都不能說服你。
08	**Al parecer** eres una indolente.	你顯然是一個冷漠的人。
09	**Al parecer** no puedes cambiar.	你顯然不能改變。
10	**Al parecer** crees que soy idiota.	你似乎以為我是個白癡。

補充

★02：tener prisa　短 匆忙
★06：embarazada　形 懷孕的
★08：indolente　形 冷漠的；不關痛癢的

PASO2　句子重組練習

01	**Al parecer** la idea mejor. es tu	顯然地，你的想法是最好的。
02	**Al parecer** que interesa lo piense. no te	你似乎無所謂我的看法。
03	**Al parecer** terminó. todo	顯然地，一切都完了。
04	**Al parecer** jugando estás conmigo.	你顯然是在玩弄我。
05	**Al parecer** la atreves verdad. no te decirme a	你顯然不敢對我說真話。

解答

★01：Al parecer tu idea es la mejor.
★02：Al parecer no te interesa lo que piense.
★03：Al parecer todo terminó.
★04：Al parecer estás jugando conmigo.
★05：Al parecer no te atreves a decirme la verdad.

PASO3　應用篇

A：¿Adonde va Enrique este fin de semana?

B：Al parecer va a un campamento al sur.

A：安立奎本週末要去哪裡？

B：他好像要去南部露營。

Por lo general...
通常 / 平常 / 向來 / 一般……

Por lo general（短句），表示「通常 / 平常 / 向來 / 一般……」。

PASO1　Top 必學句

01	**Por lo general** no como mariscos.	我通常不吃海鮮。
02	**Por lo general** camino todas las mañanas.	我通常每天早上走路。
03	**Por lo general** estudio los sábados.	我通常星期六讀書。
04	**Por lo general** tomo dos litros de agua diarios.	我平常每天喝兩公升的水。
05	**Por lo general** hago deporte.	我平常做運動。
06	**Por lo general** me cuido la dieta.	我向來注意飲食。
07	**Por lo general** no confío en nadie.	我通常不相信任何人。
08	**Por lo general** me gustan los niños.	我向來喜歡孩子。
09	**Por lo general** salgo los viernes por la noche.	我通常週五晚上會出去。
10	**Por lo general** me levanto temprano.	我向來早起。

補充

★03：sábado　名 星期六
★04：diario　形 每日的；天天的
★06：confiar　動 相信；信賴

PASO2　句子重組練習

01	**Por lo general** acuesto a las me once.	我通常十一點去睡覺。
02	**Por lo general** hablo no mucho.	我一般話不多。
03	**Por lo general** todos los días. periódico el leo	我通常每天都看報紙。
04	**Por lo general** clima prefiero el frio.	我通常喜歡寒冷的天氣。

解答

★01：Por lo general me acuesto a las once.
★02：Por lo general no hablo mucho.
★03：Por lo general leo el periódico todos los días.
★04：Por lo general prefiero el clima frio.

PASO3　應用篇

A：¿Qué tal si jugamos tenis mañana?

B：Por lo general juego tenis sólo los domingos.

A：你覺得呢，如果我們明天去打網球？

B：我平時只在週日打網球。

...sin embargo...

然而 / 可是 / 不過……

...sin embargo（短句），表示「然而 / 可是 / 不過……」。

PASO1　Top 必學句

01	Eres una persona muy seria, **sin embargo** me has hecho reir.	你是個很嚴肅的人，然而你卻能讓我發笑。
02	Cancelaron la reunión, **sin embargo** igual la haremos mañana.	他們取消了會議，不過我們明天照樣進行。
03	La leche no me gusta, **sin embargo** como queso.	我不喜歡牛奶，然而我卻吃乳酪。
04	Me duele la rodilla, **sin embargo** igual correré.	我的膝蓋疼，不過我照樣跑。
05	Ramón se levantó temprano, **sin embargo** llegó tarde.	拉蒙一大早起床，然而卻很晚回家。
06	Estudié mucho para el examen, **sin embargo** me fue mal.	我努力準備考試，可是我卻考壞了。
07	Estamos en verano, **sin embargo** hace frio.	現在是夏天，然而天氣還是冷。
08	José es muy buen trabajador, **sin embargo** lo despidieron.	荷塞是一個勤奮的人，然而他卻被解雇了。

補充

★**01**：reir　　動 笑；發笑
★**03**：queso　名 乳酪；乾酪
★**07**：verano　名 夏天

PASO2　句子重組練習

01	Nos reuniremos todos los amigos, Pablo **sin embargo** irá. no	我們所有朋友將聚集在一起，然而保羅卻不會去。
02	El lobo al conejo, persiguió **sin embargo** alcanzó. lo no	狼追捕兔子，然而牠卻沒逮到。
03	Hubo un tsunami en Japón, **sin embargo** muertos. hubo no	日本發生了海嘯，不過沒有人死亡。

解答

★**01**：Nos reuniremos todos los amigos, sin embargo Pablo no irá.
★**02**：El lobo persiguió al conejo, sin embargo no lo alcanzó.
★**03**：Hubo un tsunami en Japón, sin embargo no hubo muertos.

PASO3　應用篇

A：Yo quería tomar café, sin embargo papá me sirvió té.

B：No importa, el café no te dejará dormir bien.

A：我想要喝咖啡，然而爸爸卻為我倒茶。

B：沒關係，咖啡會讓你睡不著。

A pesar de... 不管 / 儘管 / 任憑……

A pesar de（短句），表示「不管 / 儘管 / 任憑……」。

PASO1　Top 必學句

01	**A pesar de** haberse herido la pierna, Gabriel jugará al fútbol.	儘管他腿受傷，加布里埃爾還是會去踢足球。
02	**A pesar de** usar ropa tan cara, igual se ve fea.	儘管穿昂貴的衣服，看起來還是很醜陋。
03	**A pesar de** todo seguimos siendo amigos.	不管怎樣，我們還是朋友。
04	**A pesar de** haber estudiado mucho, todos hemos suspendido.	儘管已很用功讀書，我們全都不及格。
05	**A pesar de** estar enfermo, igual iré a la oficina.	儘管生病了，我還是照常去辦公室。
06	**A pesar de** que te perdiste, igual te encontré.	雖然你迷路了，我還是找到了你。
07	**A pesar de** ser viejo, mi abuelo todavía trabaja.	儘管人老了，我的祖父仍然工作。
08	**A pesar de** comer poco, igual estoy engordando.	儘管吃的很少，我還是胖。
09	**A pesar de** pelear tanto, seguimos juntos.	儘管爭吵頻繁，我們還是一起。
10	**A pesar de** tener un dulce, el niño igual lloraba.	儘管有糖果，孩子照樣哭了。

補充

★02：caro 　形 昂貴
★04：suspender 　動 中止、中斷、暫停
★07：viejo 　形 老
★10：dulce 　名 甜食；糖果

PASO2　句子重組練習

01	**A pesar de** el ruido, todo escuchábamos. igual	儘管所有的噪音，我們還是聽的到。
02	**A pesar de** estudiar, no aprobado ha curso. el	雖然沒讀書，他一樣通過了學期考試。
03	**A pesar de** tarde, acostarse levantó igual temprano. se	儘管熬夜，他還是很早起來。

解答

★01：A pesar de todo el ruido, igual escuchábamos.
★02：A pesar de no estudiar, ha aprobado el curso.
★03：A pesar de acostarse tarde, igual se levantó temprano.

PASO3　應用篇

A：A pesar de estar a fin de mes, aún no nos pagan.

B：Deberías hablar con tu jefe.

A：儘管已經是月底了，他們仍然未付錢給我們。

B：你應該跟你的老闆說。

…en cambio…

相形之下 / 相反 / 反而……

...+ en cambio，表示「相形之下 / 相反 / 反而……」。

PASO1　Top 必學句

01	Miguel es muy gordo, **en cambio** su hermana es delgada.	米格爾很胖，反之他的妹妹卻很瘦。
02	A Miguel le gusta la carne, **en cambio** a su señora, el pescado.	米格爾喜歡吃肉，反之他的夫人喜歡吃魚。
03	Vicente fue a la cita, **en cambio** Elena no llegó.	文森特如期赴約，但艾琳娜卻沒來。
04	Este hospital es muy bueno, **en cambio** al que fuimos ayer es regular.	這家醫院很不錯，反之我們昨天去的卻很普通。
05	Estudié toda la tarde, **en cambio** tú no estudiaste nada.	我讀了一下午的書，而你卻什麼也沒做。
06	Mi casa está lejos, **en cambio** la tuya está cerca.	我家遠，反之你家近。
07	Este escritorio es muy pesado, **en cambio** la mesa es liviana.	這張辦公桌很重，反之另一張桌很輕。
08	A mi me gustan las papayas, **en cambio** a ti las cerezas.	我喜歡木瓜，反之你偏愛櫻桃。

補充

★04：ser regular　短 普通
★07：liviano　　　形 輕的；不重的
★08：papaya　　　名 木瓜

PASO2　句子重組練習

01	Me gusta de helado **en cambio** a ti frutilla, el de chocolate.	我喜歡草莓冰淇淋，反之你偏愛巧克力。
02	Mi apartamento pequeño, **en cambio** es tuyo grande. es el	我的公寓是小的，反之你的很大。
03	Prefiero la en playa, veranear **en cambio** en campo. el tú	我寧願在海邊避暑，反之你喜歡鄉村。

解答

★01：Me gusta el helado de frutilla, en cambio a ti el de chocolate.

★02：Mi apartamento es pequeño, en cambio el tuyo es grande.

★03：Prefiero veranear en la playa, en cambio tú en el campo.

PASO3　應用篇

A：Aquí nieva mucho, en cambio en California está soleado.

B：Sí, qué suerte vivir en California!

A：這裡雪下的很多，反之在加利福尼亞州却是萬里晴空。

B：是啊，能生活在加州可真幸運！

No cabe duda... 毫無疑問……

No cabe duda（短句），表示「毫無疑問……」。

PASO1　Top 必學句

01	**No cabe duda** de quién será el próximo presidente.	毫無疑問，誰會是下一任總統。
02	**No cabe duda** de que el universo es infinito.	毫無疑問，宇宙是無限的。
03	**No cabe duda** de que Vicente se casará con Ana.	毫無疑問，文森特會娶安娜。
04	**No cabe duda** de que esta ciudad es muy limpia.	毫無疑問，這座城市很乾淨。
05	**No cabe duda** de que el español es un idioma importante.	毫無疑問，西班牙語很重要。
06	**No cabe duda** de que es un gran escritor.	毫無疑問，他是一位傑出的作家。
07	**No cabe duda** de quiénes ganarán el concurso.	毫無疑問，誰將能贏得比賽。
08	**No cabe duda** de cuál será el resultado.	毫無疑問，會是什麼結果。
09	**No cabe duda** de que tu hermana es la más guapa.	毫無疑問，你姊姊是最漂亮的。
10	**No cabe duda** de que eres un cobarde.	毫無疑問，你是個膽小鬼。

補充

★02： universo 名 宇宙
★07： ganar el concurso 短 贏得比賽
★10： cobarde 形 膽小鬼

PASO2　句子重組練習

01	**No cabe duda** irás que extranjero. de te al	毫無疑問，你將會去國外。
02	**No cabe duda** que contratar. te de van a	毫無疑問，他們會雇用你。
03	**No cabe duda** Tomás que es ambicioso. de muy	毫無疑問，托馬斯非常有野心。

解答

★01： No cabe duda de que te irás al extranjero.
★02： No cabe duda de que te van a contratar.
★03： No cabe duda de que Tomás es muy ambicioso.

PASO3　應用篇

A：Marta y yo somo gemelas.

B：Sí, no cabe duda de eso. Son idénticas.

A：瑪塔和我是雙胞胎。

B：是的，毫無疑問。妳們簡直是一模一樣。

索引 | Indice

索引 | Indice

索引 | Indice

索引 | Indice

索引 | Indice

索引 | Indice

國家圖書館出版品預行編目資料（CIP）

寫給無法完整說出一句西文的人／Pamela V.
Leon、儲明發 著. -- 初版. -- 臺北市：不求人
文化, 2015. 05
　　面　；　公分
　　ISBN 978-986-91421-7-5（平裝附光碟片）
　　1. 西班牙語　2. 會話　3. 句法

804.788　　　　　　　　104004654

給你大聲說西文的勇氣！

寫給無法完整說出一句西文的人。

保證勇敢開口的「西文句型大全集」！

書名 / 寫給無法完整說出一句西文的人

作者 / Pamela V. Leon、儲明發

封面插圖 / 橘子妹

內文插圖 / 灰階

發行人 / 蔣敬祖

編輯顧問 / 常祈天

主編 / 劉俐伶

執行編輯 / Jimmy Tsai

視覺指導 / 黃馨儀

內文排版 / 健呈電腦排版股份有限公司

法律顧問 / 北辰著作權事務所蕭雄淋律師

印製 / 金濱印刷事業有限公司

初版 / 2015年05月

初版五刷 / 2017年09月

出版單位 / 我識出版集團─不求人文化

電話 / (02) 2345-7222

傳真 / (02) 2345-5758

地址 / 台北市忠孝東路五段372巷27弄78之1號

郵政劃撥 / 19793190

戶名 / 我識出版社

網址 / www.17buy.com.tw

E-mail / iam.group@17buy.com.tw

facebook網址 / www.facebook.com/ImPublishing

定價 / 新台幣 320 元 / 港幣 107 元（附1MP3）

總經銷 / 我識出版社有限公司業務部

地址 / 新北市汐止區新台五路一段114號12樓

電話 / (02) 2696-1357　傳真 / (02) 2696-1359

地區經銷 / 易可數位行銷股份有限公司

地址 / 新北市新店區寶橋路235巷6弄3號5樓

港澳總經銷 / 和平圖書有限公司

地址 / 香港柴灣嘉業街12號百樂門大廈17樓

電話 / (852) 2804-6687　傳真 / (852) 2804-6409

2011 不求人文化

2009 懶鬼子英日語

I'm 我識出版集團
I'm Publishing Group
www.17buy.com.tw

2006 意識文化

2005 易富文化

2004 我識地球村

2001 我識出版社

2011 不求人文化

2009 懶鬼子英日語

I'm 識出版集團
I'm Publishing Group
www.17buy.com.tw

2006 意識文化

2005 易富文化

2004 我識地球村

2001 我識出版社